Nach einer wahren Begebenheit

Sternenstaub am Horizont

oder

Breakable - Zerbrechlich der Fall

zwischen Selbstwert und Zerstörung

Ein Roman von
Antonia Katharina Tessnow

*Bibliografische Information der Deutschen Nationalbibliothek:
Die Deutsche Nationalbibliothek verzeichnet diese Publikation
in der Deutschen Nationalbibliografie; detaillierte bibliografische Daten sind im Internet über http://dnb.dnb.de abrufbar.*

*TWENTYSIX – Der Self-Publishing-Verlag
Eine Kooperation zwischen der Verlagsgruppe Random House
und BoD – Books on Demand*

© 2018 Antonia Katharina Tessnow

*Herstellung und Verlag:
BoD – Books on Demand, Norderstedt*

ISBN: 978-3-740-74755-8

Autor: Antonia Katharina Tessnow

FÜR DEN EINEN
DER ALLES WAR

TEIL I

"Du wirst immer hübscher", begrüßte sie ihr Chef, als er ihr die Tür zu seinem privaten Büro öffnete.

Nicola sah ihn verhalten an und antwortete mit einem Lächeln.

"Langsam wird es langweilig, nicht? Immer wieder muss ich dir dasselbe sagen. Aber es stimmt!" Herr Conrad hatte die seltene Gabe, ihr das Gefühl zu geben, etwas Wunderbares zu sein. Etwas Besonderes und bedingungslos Liebenswertes. Den einen Tag in der Woche, den sie für ihn die Büroarbeit erledigte, fühlte sie sich auch so. Im Gegensatz zu sonst.

"Komm, koch uns erst mal einen Kaffee und setz dich zu mir. Und dann erzählst du mir alles."

Im Stillen hoffte er jedes Mal, einen flüchtigen Blick in ihr, wie er es bezeichnete, aufregendes Leben zu erhaschen. Sie dagegen empfand sich eher als verloren und orientierungslos auf einem Weg ohne Richtung und Ziel. Die Begeisterung, die Herr Conrad für sie und ihren Werdegang an den Tag legte, konnte sie nur schwer nachvollziehen und im Innersten nicht begreifen. Sie fühlte sich schwach und von dem Gehalt, was er ihr zahlte, komplett abhängig. Ihr gesamtes Dasein beruhte auf dem Wohlwollen dieses einen Mannes. Armselig, dachte sie von Zeit zu Zeit. Sie beruhigte sich lediglich mit der Tatsache, dass unzählig viele Menschen nichts anderes sind als Sklaven ihrer Jobs, die ihre Existenzgrundlage bedingen und von denen sie ebenso abhängig waren wie sie von ihrem. Der einzige Unterschied zwischen ihr und allen anderen war, dass ihre Arbeitskonstellation etwas exotischer war als es normalerweise der Fall ist. Gute 13 Jahre ist es her, dass sie diesen Deal gemacht hat, der seitdem besteht und ihr Leben regiert. Sie war flexibel und fünf Tage die Woche in Bereitschaft, jederzeit frei, im Büro zu erscheinen, wann immer Termine oder Arbeit anlagen. Unter diesen Umständen konnte sie natürlich keine andere Arbeit annehmen oder sich eine Selbstständigkeit aufbauen, die erfordert hätte, feste Termine zu vereinbaren und diese dann auch einzuhalten.

Für Herrn Conrad spielte das keine Rolle. Er war von ihren Fähigkeiten und ihrer Persönlichkeit vom ersten Tag an überzeugt. Er meinte, sie kann alles erreichen, was sie will, hat unzählige Talente und obendrein lieferte sie solch akkurate Arbeit im Büro ab, dass er sich eine bessere und zuverlässigere Mitarbeiterin nicht wünschen konnte. Dazu kam, wie er nicht müde wurde zu erwähnen, ihre galanten Umgangsformen, vor allem mit den Herren der Bank, die regelmäßig im Büro erschienen, aber auch sonst, am Telefon und in Sitzungen. Sogar ihre Ausdrucksweise in den Emails wurde gelobt. Herr Conrad glaubte an sie. Glaubte daran, dass sie Großes vor sich hatte. Warum, hat sie in all den Jahren nicht herausgefunden.

Während der Kaffee durchlief, schaltete sie den Computer ein, druckte die eingegangenen Emails aus und legte sie ihm stillschweigend neben seine Kaffeetasse auf den Tisch. Sie setzte sich ihrem Chef schräg gegenüber auf die bequemste Couch, auf der sie je gesessen hat und wartete, bis er die Papiere fertig studiert hatte.

"Wie geht es dir", fragte er, noch während er die Zettel vor der Nase hatte.

"Mit geht's ganz gut. Das neue Haus ist fast fertig saniert und die Renovierungsarbeiten soweit abgeschlossen. Du kannst dir nicht vorstellen, wie erleichtert ich bin. Endlich keine Bauarbeiten mehr!"

Herr Conrad schaute sie über den Rand seiner Lesebrille hinweg an:

"Wie lange wohnst du jetzt dort?"

"Seit eineinhalb Jahren."

"Puh", Herr Conrad legte die Papiere zur Seite, "eineinhalb Jahre ist das schon wieder her. Du warst aber auch fleißig! Und dein Mann? Wie geht's dem? Kommt der mit seinem Roman voran?"

Nicola schwieg. Ihr Schweigen gab ihrem Chef die Antwort, die er erwartet hatte. Er lehnte sich vor, griff nach seinem Kaffee, hob den Blick und schaute ihr direkt in die Augen. Schon immer hatten sie die seltene Gabe, dasselbe zu denken und es dem anderen anzusehen, ohne dass Erklärungen notwendig gewesen wären.

Herr Conrad, 78 Jahre alt, geboren und aufgewachsen in Lübeck, begann sein Leben als Lokalreporter im Nachkriegsdeutschland der 50er Jahre und arbeitete sich in den Vorstandsvorsitz eines der größten Verlage der USA. Er deckte täglich die Vereinigten Staaten mit den aktuellsten Schlagzeilen und Artikeln ein, hatte mehrere Zeitschriften unter sich und im Außenposten sogar eine Tageszeitung in Canada, allerdings nur im französischsprechenden Teil, und dort auch nur als stellvertretender Geschäftsführer.

Er kannte sich mit der Schreiberei aus und wenn es etwas gab, das ihm geläufig war, dann die Schwierigkeiten, die einem begegneten, wenn es galt, bestimmte Themen und Gedanken in die richtigen Worte zu kleiden. Und das, so schien es, machte Nicolas Partner, der als Schriftsteller arbeitete, allergrößte Schwierigkeiten. Sie schüttelte den Kopf:

"Nichts. In den dreieinhalb Jahren, die wir zusammen sind, hat er keine 50 Seiten geschrieben."

"Aber das Haus ist fertig", bemerkte Herr Conrad, "vielleicht liegen seine Stärken ja im Handwerk? Schließlich ist er gelernter Maurer und scheint durchaus praktisch begabt zu sein."

"Meine Rede", bestätigte Nicola. "Ohne ihn wäre das Projekt 'Alte Köhlerkate' gar nicht möglich gewesen. Wenn es ums Praktische geht, ist er Gold wert. Er ist geschickt, er ist bei der Sache, er leistet gute Arbeit und er hilft mir bei der Umsetzung von allen Ideen, die mir so im Kopf herum spuken.".

"Und du liebst ihn."

"Unser Leben funktioniert", antwortete sie ausweichend. "Wir haben uns zusammen gefunden. Schließlich bin ich durch ihn zum Schreiben gekommen. Ohne ihn hätte ich nie angefangen, Romane zu konzipieren. Und jetzt liegen schon fünf fertige Bücher bei meinem Literaturagenten in München. Was will ich mehr?"

Herr Conrad schaute sie skeptisch an. Er hielt nicht viel von ihrer Beziehung, besaß aber genügend Feingefühl, ihr nicht die Illusionen zu rauben und sagte zum wiederholten Male:

"Nimm ihn so, wie er ist und nutze das, was er dir geben kann. Als praktische Hilfe, als Lektor, als Ideengeber. Wenn du durch ihn inspiriert wirst und gute Literatur zu Papier bringst, dann ist es vielleicht auch nicht so schlimm, wenn ihr zwei getrennte Wohnungen in eurem Haus bewohnt und er die meiste Zeit alleine sein will. Das hat auch Vorteile. So hast du ebenfalls deine Ruhe, kannst neue Geschichten entwerfen und vor allem nachts ruhig schlafen, ohne dass dich jemand stört."

Die Uhr der St. Nicolaikirche schlug halb Neun. Nicolas Blick wanderte aus dem Fenster des obersten Stockes eines alten, urtümlichen Herrenhauses und schweifte über die Elbe, den Deich, die Schleuse, die Dächer unwirklich wirkender Villen. Und die Menschen, die irgendwie alle am Leben Teil nahmen und mitten drin standen, im Gegensatz zu ihr. Sie stand irgendwo am Rand, ganz für sich allein, lebte mit einem Mann zusammen und war doch einsamer als je zuvor. Sie lebte in einem abgelegenen Haus in Alleinlage hinter einem kleinen Dorf im tiefsten Mecklenburg-Vorpommern, an einem zerfurchten und oft matschigen Landwirtschaftsweg, der nur zur Erntezeit von Treckern und entsprechenden Maschinen befahren wurde. Weit ab ein verlassenes Gehöft, dass man nur von Ferne ahnen konnte und das an dunstigen Novembertagen im Nebel verschwand, hinter ihr die Wiesen der Feldberger Seenlandschaft, neben ihr ein Mann in der zweiten von zwei Wohnungen einer alten Köhlerkate, der nichts anderes wollte, als von ihr in Ruhe gelassen zu werden. Sie nippte an ihrem Kaffee. Der warme, bohnige Geschmack übermalte das bedrückende Gefühl, nicht zu wissen, wie sie ihr Leben weiterhin ertragen sollte.

"Und deine Hündchen? Was machen die?"

Nicolas Augen klarten schlagartig auf:

"Sie sind mein Sonnenschein!" Das war absolut wahr. Ihre zwei kleinen Schoßhündchen von drei Monaten und neun Wochen erlaubten ihr, das Gefühl der Isolation so weit es ging von sich zu weisen. Sie waren die Lösung. Glaubte sie.

"Sie weichen nicht von meiner Seite und lieben mich aus tiefstem Herzen. Mehr als jeder Mensch, der mir bisher begegnet ist."

Auch das stimmte. Als hätten die Zwei einen siebten Sinn, klebten sie an ihr wie Kaugummis unterm Schuh und suchten permanent ihre Nähe, fast so, als wollten sie ihrem Frauchen die innere Einsamkeit nehmen, die ihr selbst nicht in diesem Ausmaß bewusst war, die die kleinen Hündchen jedoch sensorisch erfassten und sensorisch darauf reagierten. Die Hunde füllten ihr Leben mit einer Liebe, nach der sie sich mehr als nach irgendetwas sehnte. Und vor allem: sie suchten ihre Nähe. Schon lange hat das niemand mehr getan.

Ihr Blick war noch immer nach draußen aus dem Fenster gerichtet, folgte ein paar Möwen, die vorbeiflogen und sich in der Luft um ein Stück trockenes Brot kabbelten. Sie liebte ihr Schreien, waren die Laute der Möwen doch gleichzusetzen mit dem Klang des hohen Nordens. Hamburg. Jedes Mal enthob sie diese Stadt und ihre kurzen Besuche dem Leben, das sie in Mecklenburg fristete. Ohne zu merken, was geschah, glitt sie, sobald sie zurück war, in ein Gefühl der Resignation ab. Und dabei dachte sie, sie wäre glücklich.

Es war still in der Köhlerkate. Ab und zu hörte man Traktoren vorbeifahren, doch auch die nahm Nicola schon gar nicht mehr wahr. Erst als es draußen ungewöhnlich laut rumpelte bemerkte sie, dass jemand auf den Hof gefahren sein musste.

Sie zog ihren Hausmantel aus, denn sie wusste, dass er immer den Eindruck erweckte, als sei sie gerade aufgestanden, und streifte sich eine Strickjacke über. Gerold stand schon in der Tür. Sie ging durch den neuen Durchgang, den Gerold und sie erst vor einem halben Jahr innerhalb des Hauses geschlagen hatten. Zwei Mauern haben sie aufgestemmt, neue Rigipswände gestellt, tapeziert, verspachtelt, gestrichen, nur um eine Verbindung zwischen ihm und ihr zu schaffen und nicht bei jedem Wind und Wetter außen herumgehen zu müssen, wenn sie sich mal besuchen wollten. Genützt hat es nichts. Näher sind sie sich dadurch nicht gekommen.

Sie stand neben ihrem Freund, der ihr vorkam wie ein Fremder, nur dadurch vertraut, dass sie seit fünf Jahren regelmäßig Zeit miteinander verbrachten, und sah zu, wie der soeben auf den Hof gefahrene Bauer von seinem Trecker sprang. Er schaute sie an. Und sie traf der Schlag.

"Hallo", begrüßte er Nicola und Gerold, unbedarft und fröhlich, nichts von der Kälte ahnend, die doch so offensichtlich zwischen ihnen stand und von der Nicola meinte, jeder im Umkreis von 10 Kilometern müsse sie spüren. "Ich hab euch ein paar Steine hingekippt. Die wolltet ihr doch haben, richtig?"

Die Hunde liefen in Freude aufgelöst auf den Bauern zu, sprangen jedoch nicht an ihm hoch und begrüßten ihn, so wie sie es sonst immer taten, sondern machten kurz vor ihm Halt, schlugen einen Bogen, guckten und drehten wieder ab. Dabei war sich Nicola bisher sicher, dass sie jeden Einbrecher mit Liebesbekundungen überschüttet hätten und erst weinen würden, wenn er wieder vom Hof führe, ihr Komm-bald-zurück-Gesicht aufgesetzt und die herzzerreißendsten traurigen Augen, die es auf der Welt gab.

"Danke, danke", sagte Gerold mit seiner gewohnt übertriebenen Lässigkeit, für die Nicola ihm am liebsten eine reingehauen hätte. Ihr war es peinlich, neben diesem Mann zu stehen in dem Bewusstsein, dass dieser Fremde wusste, dass es ihr

Lebenspartner war. Dieses Gefühl kannte sie nur zu gut. Sie hatte schließlich mehrere Jahre Zeit gehabt, sich daran zu gewöhnen.

"Na ihr zwei Kleinen", begrüßte der Bauer die Hundchen, die jetzt zwischen ihm und Nicola hin- und herliefen. Er streichelte sie abwechselnd, je nachdem, wer sich von den beiden gerade von ihm anfassen ließ. Nicola dagegen stand da wie angewachsen und brachte kein Wort heraus.

"Habt ihr selbst auch so was Kleines?", er zwinkerte Gerold und ihr zu. Nicola wurde schlecht.

Glücklicherweise nicht!

"Ne, ne", scherzte Gerold, "soweit sind wir noch nicht."

"Na dann wird's aber langsam Zeit. Dann habt ihr auch was, das ihr da oben abgeben könnt", er zeigte in Richtung Kindergarten. 'Das Geisterschloss' wurde er genannt. Wie passend. Die Vorstellung, mit Gerold ein Kind zu haben und damit ein Leben lang an ihn gebunden zu sein, war mindestens so gruselig wie dieser Name.

"Das wird wohl auch nicht passieren", flüsterte Nicola. Keiner hörte sie, aber der Fremde schaute sie an. Nein, er schaute in sie hinein.

"Keine Sorge, ich will euch nicht zu nahe treten", er berührte sie kurz am Arm. Eine beschwichtigende Geste, eine, die man tausendundein Mal im Laufe eines Tages macht, doch das hier war anders. Anders als alles, was Nicola je erlebt hat.

Immer noch angewachsen glotzte sie nur blöd, wollte was sagen, öffnete sogar schon den Mund, aber heraus kam - nichts. Dass Gerold irritiert guckte, bemerkte sie nicht.

Der Bauer sagte noch ein paar Sätze, die ungehört an ihr vorbeirauschten, bevor er sich umdrehte und viel zu schnell wieder ihren Hof verließ. Als er in seinen Trecker stieg, lächelte er sie an. Nicola glaubte für ein paar Momente, den Verstand zu verlieren.

*

Sie musste diesen Mann treffen. Wer war er? Wie lebte er? War er verheiratet? Hatte er Kinder, so wie alle hier im Ort? Es gab niemanden, der alleine lebte und unverheiratet war. Nicht hier. Nicht hier, in diesem kleinen, gemütlichen Dorf am Rande der Feldberger Seenlandschaft, wo die Welt noch in Ordnung war. Alle lebten ein gleichmäßiges Leben, alle lebten in geregelten Verhältnissen, alle waren verheiratet, hatten Kinder, waren glücklich. Und vor allem: alle *hatten* ein Leben. Im Gegensatz zu ihr. Sie verbrachte ihre Zeit mit irgendwelchen Dingen, von denen sie selbst nicht recht wusste, was sie waren; schrieb Bücher, von denen noch kein einziges verlegt wurde; machte Musik und bereitete sich auf die wenigen Auftritte vor, die hier in McPom für sie als Fremde abfielen und kümmerte sich ansonsten um ihre Hunde. Ging Gerold aus dem Weg bzw. er ihr, und war allein. Sie war permanent alleine. Eigentlich war sie immer alleine. Im Grunde genommen lebte sie alleine. Und viel mehr: sie lebte isoliert. Dabei war sie hier rausgezogen, um mit Gerold ein Leben aufzubauen. Gemeinsam.

Doch aus diesem gemeinsamen Leben wurde nichts, weil er kein Interesse daran hatte, sein Leben mit irgendwem zu teilen. Das hatte er noch nie. Er wollte nichts anderes als seine Ruhe haben. Arbeitete nicht, ließ den Genervten raushängen, wenn sie mal irgendwas von ihm wollte, stöhnte, als erwarte man sonst was, wenn man ihm eine Frage stellte oder noch mehr: ihn um einen Gefallen bat. Kurz und gut: Nicola fand sich damit ab, ihre Tage damit zu verbringen, ihn nicht zu stören. Auch eine Beschäftigung, der man nachgehen konnte.

Doch natürlich schenkt diese Art der Beschäftigung keine Erfüllung, sondern hinterlässt eine gähnende Leere, die tief in die Dunkelheit führt. Das Licht in ihrem Leben konnte sie nur wiederfinden, wenn sie sich von Gerold abwandte und ihr eigenes finden und leben würde. Das wusste sie schon lange. Das wusste sie eigentlich schon von Anfang an. Doch wirklich gestellt hat sie sich dieser Wahrheit erst vor ein paar Monaten, in dieser einen Silvesternacht, in der sie begriff, dass nichts, was sie je für diese Beziehung getan hat, einen Sinn machte und nichts, was sie jemals tun wird, einen Sinn machen würde. In dieser Nacht hatte sie akzeptiert, dass es vorbei war. Schweren Herzens. Und dass all ihre Bemühungen umsonst gewesen sind. Seit jeher. Von Anfang an.

Als der letzte Winter kam, die Tage kürzer und die Nächte länger und ungemütlicher wurden, dämmerte ihr, was sie nicht mehr von sich weisen konnte: Die Beziehung zwischen ihr und Gerold war so tief in diesen seltsamen, dunklen Abgrund gerutscht, dass sie nicht mehr zu retten war, egal wie sehr sie es sich auch beide wünschten, egal wie oft sie sich gegenseitig ihre Liebe beteuerten.

Die Rauhnächte kamen heran. Die Zeit zwischen den Jahren stand vor der Tür, und die letzten Fäden ihrer Verbindung rissen nach und nach ab, einer nach dem anderen. Silvester. Sie saß allein im Dunklen, Stunde um Stunde, ein Glas Wein vor sich, wo sie sonst nie Alkohol trank. Es blieb bei diesem einen Glas und der Erkenntnis, dass die Beziehung zu Gerold unwiederbringlich vorbei war. Seit diesem Tag war sie offiziell allein. Ihre Beziehung war vorbei. Und es gab nichts, was sie dagegen hätte tun können.

Sogar diese Kate hatte sie gekauft. Für ihn. Für ihre Liebe zu ihm, die sich nie erfüllte. Dabei hatte sie es doch so sehr gehofft! Hatte gehofft, wenn all seine Wünsche erfüllt wären, wenn die Lebensverhältnisse so wären, dass sie seinem Wesen entsprachen, wenn alles so wäre, wie er es sich wünschte, dann, ja dann würde er sie auch lieben und ein Leben mit ihr teilen wollen.

Sie hatte sich geirrt.

*

Und nun? Was war nun? Wo stand sie und wohin blickte sie? Hielt sie Ausschau nach Erlösung? Nach Trost? Nach Ablenkung und Versenkung?

Vielleicht. Möglicherweise war es genau das, was sie suchte und wollte. Denn ihr eigenes Leben zu ertragen, erschien ihr mittlerweile unmöglich. Sie wollte es einfach nicht mehr. Wollte nicht mehr weitergehen. Hatte einfach keine Kraft mehr, sich selbst zu motivieren, was sie schon seit gefühlten tausend Jahren tat. Ohne Erfolg.

Und dann? Kam *er* - dieser Fremde - und umgehend geriet ihre ganze Welt ins Wanken. Dieser eine Augenblick, in dem sie sich zum ersten Mal begegneten, änderte alles.

Ihre Einsamkeit verdrängte sie. Die wollte sie nicht sehen. An sie wollte sie nicht denken. Sie wollte nicht, dass wahr ist, was wahr war: ihr Leben war inhaltslos, und niemand auf der Welt würde in der Lage sein, diese Leere zu füllen. Auch er nicht.

*

Am kommenden Tag schnappte sie sich bei der erstbesten Gelegenheit ihre Hunde und ging eine große Runde über die Wiesen. Der Naturpark der Feldberger Seenlandschaft ist ein wundervolles Areal, das sich aus herrlichem Weideland, Wiesen und Feldern zusammensetzt, durchzogen von Bächen und Seen, umsäumt von Bäumen und Sträuchern. Das Grün stand voll und saftig, die Wege waren zwar zerfahren, doch da es trocken war, einfach zu begehen.

Ihre Hunde liebten die Gegend. Und sie liebte ihre Hunde. Es machte sie glücklich ihre Tiere glücklich zu sehen. Stundenlang konnte sie ihnen beim Spielen zuschauen und sich daran erfreuen, wie sie herumtollten und immer wieder ihre Nähe suchten. Ihre Tiere liebten sie über alles und aus ihren Augen blitzte jenes Licht, das ihr in ihrem Leben fehlte.

Was sollte sie jetzt tun? Wie sollte es weiter gehen? Schon lange wartete sie darauf, dass Gerold endlich auszog. Er gehörte nicht mehr hierher, nicht mehr zu ihr. Sie wollte ihn auch nicht mehr um sich haben. Spätestens Silvester wurde das deutlich. Doch rausschmeißen wollte sie ihn auch nicht. Und Krach vermied sie. Auf keinen Fall wollte sie sich mit Gerold entzweien. Warum, wusste sie nicht. Doch sie schwor sich, nichts zu tun, was ihre ohnehin schon zerbrechliche Verbindung vollends zerstört hätte.

Doch jetzt, wo er - dieser neue Mann, wer auch immer er war - in ihr Leben trat, änderte sich die Situation schlagartig. Sie spürte, wie Ungeduld in ihr aufstieg. Sie musste etwas unternehmen. Irgendetwas. Vielleicht sollte sie sich auf die Suche nach ihm machen. Nach diesem Mann. Und herausfinden, was es mit dieser geheimnisvollen Begegnung auf sich hat.

*

Sie musste ihn treffen. Egal wie. Sie musste ihn ausfindig machen. Ständig und überall ging er ihr durch den Kopf. Als wäre sie

16

besessen; als hätte er bei dieser kurzen Begegnung mit seiner flüchtigen Berührung in Bruchteilen von Sekunden ihre Seele in Besitz genommen.

Ihre Hunde, ihre geliebten Hunde, waren ihr Alibi für alles. Sie musste natürlich raus mit ihnen, und so begann sie, ausgedehnte Spaziergänge zu machen. Und zwar ständig. Permanent war sie draußen, nur um ihm irgendwann, irgendwo über den Weg zu laufen.

Es dauerte nicht lange, und die Gelegenheit kam. Sie war gerade im Dorf angekommen und stand auf der alten Dorfstraße. Rechts und links taten sich Häuser, kleine Höfe auf. Vor dem einen war eine kleine Obstkoppel angelegt, die Apfelblüte gerade vorbei und an den Bäumen zeigten sich erste Andeutungen von Früchten. Ein Traktor ratterte die Dorfstraße herunter. Sie hörte ihn schon von Weitem. Der Trecker bog um die Ecke und vor ihr stand - er. Der Motor ging aus, das Knattern verstummte, er sprang heraus und ihr entgegen, schmiss die Tür hinter sich zu und wieder war sie vom Blitz getroffen; ihre Knie wurden weich. Sie zitterte. Ihr Herz raste.

"Hallo", begrüßte er sie lässig, "na, unterwegs?"

Was für eine blöde Frage! Doch noch blöder von ihr, darauf einzugehen, ohne zu realisieren, wie inhaltslos diese Konversation werden würde:

"Ja, mit meinen Hunden."

Die kamen auch gleich angesprungen, machten aber erneut unweit vor ihm Halt und drehten abermals ab. Irgendetwas tief in Nicolas Bewusstsein beschloss, dies zu ignorieren. Sie ging einen Schritt auf ihn zu. Dasselbe tat der nächste Nachbar, ein Haus weiter. Auch er hatte diesen Mann, dessen Namen sie bis jetzt nicht wusste, gesehen und kam herbei gelaufen. Offensichtlich mit irgendeinem Anliegen, denn seine Schritte war eilig.

"Ich habe gehofft, dich zu treffen", flüsterte Nicola schnell und leise, "sehen wir uns mal, auf einen Kaffee?"

Der Fremde zückte sein Handy, gab ihr ebenso schnell wie sie gesprochen hatte, seine Nummer:

"Warum nicht?"

Er lächelte. Die Welt um sie herum entschwand.

"Hey Lolli, ich hab hier ein Problem mit der Abwasserleitung, für die ich gerad am Ausschachten bin. Das müsste unbedingt noch gemacht werden. Ich wollte dir das mal zeigen. Hast du kurz Zeit? Können wir da morgen vielleicht mal bei gehen?"

"Morgen ist schlecht. Ich habe einen Zaun zu reparieren. Schwager ist schon bestellt. Das wird schwierig."

"Komm doch mal kurz mit, ich zeig dir, was ich meine", und schon lief der Nachbar los.

Lolli? Wie kann man einen erwachsenen Mann Lolli nennen? Wäre Nicola nicht so ergriffen gewesen von ihren Gefühlen, sie hätte laut losgelacht. Zumindest gegrinst. Doch sie verkniff sich eine Reaktion. Lolli. Dieser alberne, kindliche Name zu dieser Erscheinung: groß gewachsen, kräftig, aber nicht dick; muskulös. Man sah ihm die viele körperliche Arbeit an. Kurze, dunkelrote Haare, ein ebenmäßiges Gesicht mit klaren Zügen, grüne Augen, Dreitagebart; er glich eher einem Iren, einem alten Kelten vielleicht oder einem Wikinger aus vergangenen Zeiten als einem Deutschen Bauern; und hatte eine Stimme, tief wie ein Bariton. Zum Dahinschmelzen! Lolli.

Er drehte sich noch ein paar Mal nach Nicola um, zuckte mit den Schultern als wollte er sagen: 'Was soll ich machen?'

Sie nickte. Er hob seicht die Hand. Dann drehten sich beide um und gingen ihrer Wege. Der ereignisreichste Moment des Tages klang noch bis zum nächsten Morgen in ihr nach.

*

Sie wollte nicht sofort anrufen oder ihm schreiben. Einen ganzen Tag hielt sie durch, doch dann konnte sie nicht mehr anders. Die erste SMS wurde abgesetzt. Es kam keine Antwort. Für den Rest des Tages: keine Reaktion. Es wurde hell, es wurde dunkel und über ihre Seele legte sich ein Schleier der Melancholie.

Die Nacht war lang. Ihre Gedanken kreisten um ihr eigenes Leben. Was machte sie hier, weit ab von diesem kleinen Dorf, inmitten tiefer Dunkelheit? In dieser alten Köhlerkate, die ihr und ihrem Mann so viel Mühe und Schweiß abverlangt hatte, und die dennoch keine heimatlichen Gefühle wecken wollte. Sie entglitt in erste Wachträume. Sah sich am Tag ihres Umzugs in der

Wohnung von Gerold auf seinem Bett liegen. Sie schreckte an jenem Morgen plötzlich auf. Es war früh um vier und sie wurde von einem Gefühl aus dem Schlaf gerissen, das ihr laut zurief: 'NEIN! Ein Riesenfehler, diese Kate gekauft zu haben und dorthin zu gehen! FALSCHER WEG!' Ihr schrie es damals förmlich aus ihren Gedanken entgegen.

Sie erlebte in ihren inneren Bildern die Szene wieder und wieder. Blickte selbst auf sich herab, wie sie sich an jenem Morgen in Gerolds Bett aufsetzte und laut schreien wollte. Doch sie schrie nicht. Sie blieb stumm. Und ertrug dieses schwarze Gefühl und akzeptierte diese dunkle Vorahnung, die nichts Gutes bedeuten konnte. Denn das einzige, das noch stärker war als diese dunkle Wolke, war ihre Angst, aufzustehen und alles wieder rückgängig zu machen: den Umzugswagen abzubestellen, den Kaufvertrag aufzukündigen, den Notar und den Vorbesitzer zu kontaktieren sowie ihren Makler, der längst das Exposé für ihr kleines Häuschen online gestellt hatte. Ganz zu schweigen von Gerold, all den Leuten, die für den Umzug organisiert waren und überhaupt ... sie wachte auf. Das dunkle Gefühl blieb.

*

Sie stand auf und wusch sich ihr Gesicht mit kaltem Wasser, um wieder etwas zu sich zu kommen, um Kühlung zu finden, um diese Schwere von sich zu waschen. Es gelang nur dürftig.

Sie kehrte zurück ins Bett. Was sollte sie auch tun? Zwar wusste sie, dass dort ihre schweren Gedanken und dunklen Ahnungen auf sie warteten, doch wo sollte sie sonst hin?

Alles in ihrem Leben war den Bach runtergegangen. Von diesem Tage an. Außerdem hatte sie am Tag des Umzugs zum allerersten Mal das Gefühl, Gerold sei nicht der Richtige für sie. Sie ärgerte sich dermaßen über ihn, benahm er sich doch im wahrsten Sinne des Wortes hirnlos, dass sie erschrocken, traurig und in ihrer Vorahnung bestätigt zugleich war.

Von diesem Tage an war nichts mehr wie zuvor. Sie haben sich von da an immer weiter voneinander entfernt bis sie schließlich komplett entzweit waren. Hier. In der alten Köhlerkate. Wo sie doch ihr gemeinsames Leben beginnen wollten. Allein. In herrlichster Umgebung und mit viel Ruhe zum Schreiben und

Arbeiten. In einem Haus mit zwei Wohnungen, wo jeder sein Reich hatte und sie doch gemeinsam wohnen, wirtschaften und sich gegenseitig inspirieren konnten. Die Idee war gut. Das Konzept passte zu ihnen und ihren Lebensentwürfen. Doch mit dieser dunklen Energie hatte niemand gerechnet. Das schwarze Loch, das alles anzog und verschlang stand nicht auf dem Plan. Davon war nie die Rede.

*

Sie lag wieder in ihrem Bett. Es dauerte lange, bis sie Ruhe fand und sie sich von ihren Erinnerungen erholte.

Die Müdigkeit legte sich erneut über sie und sie sank in einen leichten Schlummer. Die Dunkelheit, in der sie sich fand, war nach wie vor finster wie tiefste Nacht. Ein gewaltiger Schlag, der sich mit aller Wucht gegen sie richtete, ein ungekannter Hass, der übermächtig war und sich mit aller Gewalt entlud, traf sie mitten ins Gesicht und riss sie aus dem Halbschlaf. Sie zuckte zusammen und blickte um sich. Es war niemand da. Sie war allein.

*

Abbie, die neben ihrem Kopfkissen lag, guckt sie verstört an, kam sofort zu ihr, freute sich, ihr Frauchen wach zu sehen und begann umgehend, sie mit Liebesbekundungen zu überschütten. Tara Maus dagegen, ihre zweite Hündin, drei Monate jünger als Abbie, blieb seelenruhig liegen; guckte zwar zu Nicola auf, aber Abbie hatte wie immer die Situation voll im Griff. Kein Grund für Tara, zu reagieren.

Es blieb ruhig. Bis zum nächsten Morgen.

Ein Tag verging. Sie setzte sich an ihre Texte, schrieb weiter, ging mit ihren Hunden spazieren und Gerold aus dem Weg. Kein Lebenszeichen von Lolli.

Ihre nächtlichen Albträume beunruhigten sie nicht. Ihr ungutes Gefühl, hatte sie gelernt zu ignorieren. Seit dem Umzug wusste sie, mit diesem Gefühl zu leben. Es wurde ein Teil von ihr. Es begleitete sie seit jenem Morgen Tag und Nacht.

Und jetzt stand *er* plötzlich vor ihr. Dieser eigenartige, neue Mann, den sie nicht kannte, zu dem sie sich so hingezogen fühlte, der ihr aber gleichzeitig unheimlich war. Noch nie hatte Nicola solche Träume. Doch kaum war Lolli da, begannen sie.

Nur: was war zuerst da? Das dunkle Gefühl, und darum zog sie sich jemanden wie Lolli ins Leben, oder war er es, von dem diese Dunkelheit ausging, in der sie sich wiederfand? So oder so, das Gefühl war und blieb ein Schlechtes. Vielleicht wäre es am Besten, dieser seltsame Mann mit dieser unheimlichen Anziehungskraft meldete sich gar nicht erst wieder. Wenn sie alles vergessen könnte, einfach mit Gerold weiterleben würde, ihr Leben und ihre Schreiberei fortsetzte und sich darauf konzentrierte, ihren Frieden wieder zu finden, würde vielleicht am Ende doch alles gut werden. Ihr Gemüt hellte bei diesen Gedanken sofort auf. Sie atmete durch. Eine gute Idee!

Das Telefon ging und unterbrach ihre Gedanken: Lolli.

"Tut mir Leid, dass ich mich jetzt erst melde, ich hatte so viel zu tun. Ich habe deine SMS gekriegt."

Stille. Das Licht am Ende des Tunnels ihrer Gedanken, das sich soeben für den Bruchteil eines Momentes auftat, verschwand umgehend.

"Sehen wir uns bald?"

"Äh ..", sie musste sich kurz sammeln. Diese tiefe, bestimmende Stimme, die sofort wieder diesen Sog auf sie ausübte, lähmte sie. "Klar", sagte sie, ohne es zu wollen.

Gespräch beendet. Oder sagten sie noch was? Sie setzte sich und konnte sich nicht mehr erinnern.

Was nun? Sie musste ihn sehen. Sie wollte es nicht, doch irgend etwas trieb sie in seine Richtung.

*

Die Wiesen waren wie immer herrlich, die Stille Balsam für ihre Seele. Die täglichen Spaziergänge durch den Naturpark der Feldberger Seenlandschaft Heilung, obwohl sie nicht einmal wusste, wovon. Vom Leben? Von ihren erdrückenden Gedanken? Von der Welt, vor der sie sich immer mal wieder fürchtete und der sie oft genug versuchte zu entkommen?

Sie schaute neben sich. Ihre Hunde! Sie waren nach wie vor ihre Rettung. Sie gaben ihr Halt. Und Kraft.

Sie würde einfach bei ihm vorbei gehen. Sie würde eine Runde mit den Hunden drehen und ihn besuchen. Musste sie doch ohnehin mit ihnen täglich raus.

Es waren herrliche Tage, die Sonne schien, der Frühling war voll im Gange und die allgemeine Stimmung, die in der Luft lag, dementsprechend. Was also sollte schiefgehen?

*

Gesagt, getan. Am nächsten Tag würde sie sich auf den Weg machen. Am nächsten Tag? Warum eigentlich erst am nächsten Tag? Warum nicht gleich?

Sie stieg ins Auto, fuhr den unebenen Feldweg entlang bis sie das Dorf erreichte.

Etwas unsicher navigierte sie ihren Wagen in die Richtung, die ihr beschrieben wurde. Das musste der Hof sein! Herrje! Das war doch der Schrotthändler! Jedenfalls hatte sie das lange geglaubt.

Kurz nachdem sie und Gerold hier ankamen und wiederholt an diesem merkwürdigen Hof vorbei fuhren, auf den man von der Dorfstraße aus einen unverstellten Blick auf den hinteren Teil hatte, dachten sie, hier haust ein Schrotthändler: alte Viehwagen, verrostete Metallgestänge, Müll, Matsch, Dreck. Einfach widerlich! Hier gab es also auch Messis. Nicht nur in ihrer alten Heimatstadt Saarow, nein, auch in dem gutbürgerlichen, gepflegten, geordneten Linderow. Seitdem nannten sie diesen Hof, von dem sie nicht wussten, wer dazugehört, liebevoll 'den Schrotthändler'. Doch es war kein Schrotthändler, sondern einer der letzten Bauern im Dorf. Lolli.

Zaghaft ging sie um das Gehöft herum. Den vorderen Teil hatte sie noch nie gesehen. Eine große Hecke stand davor und versperrte die Sicht. Sie musste etwas suchen, bevor sie den Eingang zum Hof fand: eine kleine, verrostete Tür, die quietschte, als Nicola sie öffnete. Vor dem Haus begegnete sie einem alten Mütterchen, die hinkte und in gebückter Haltung, auf einen Stock gestützt, über den Hof schlich und sie mit strahlenden Augen begrüßte.

"Ich suche Lolli", brachte Nicola hervor.

"Lolli ist hinten am Schuppen. Warte. Ich bring Sie hin", antwortete ihr ein zartes Stimmchen.

'Wow, was für eine Frau!', dachte Nicola. Doch der erste Eindruck täuschte. Wie sehr sie hier in die Irre geleitet wurde, hätte sie in ihren kühnsten Träumen nicht erahnen können. Und doch wissen müssen. Aber sie wollte die Alarmglocken, die ununterbrochen in ihrem Kopf hallten, nicht hören. Sie hatte sich schon zu sehr an sie gewöhnt. Dass diese jedoch einen anderen Klang hatten und anders geartet waren als all jene, die seit ein paar Jahren in ihrer Seele schallten, nahm sie nicht mehr wahr. Und wollte es auch nicht. Zu lange hatte sie in Dunkelheit gelebt. Was also sollte noch passieren? Sie hatte ihren Mann - den Mann, für den sie ihre Heimat verlassen und ein Haus gekauft hat - verloren. Sie fühlte sich von ihrer eigenen Courage betrogen, die ihr verbot, den Kauf der Kate im letzten Moment rückgängig zu machen. Damals, an diesem schicksalhaften Tag, der eine Weiche ihres Schicksals stellte. Jetzt, zwei Jahre später, lag alles in den Brüchen. Sie hatte verloren wofür sie ihr Leben gegeben hätte. Was also hatte sie zu verlieren? Schlimmer konnte es nicht mehr kommen.

Sie betrat zum ersten Mal den Stall. Ein verwahrloster Schäferhund an der Kette sprang ihr aggressiv entgegen, bellte, fletschte die Zähne. Die alte Frau, die sie geleitete, stockte:

"Komm, wir gehen anders rum."

Sie drehten ab, entfernten sich von dem kläffenden Hund, gingen durch die viel zu dunkle Scheune, durch einen stinkenden, kleinen Stalltrakt, der notdürftig aus herausgebrochenem Beton und zusammengeschweißten Eisenstangen bestand, zu einer halb zerfallenen Holztür. Hier liefen ein paar Kühe auf blankem Beton in einem kleinen Areal, das mit einem Stromdraht eingezäunt war:

"Hier kannst du durch", die Alte zeigte auf die Kühe.

"Ach so", also durch die klapprige Holztür, unter dem Draht durch, der beständig tickte - Strom war also an - vorbei an den Kühen, auf der anderen Seite wieder unter dem Draht durch, hinten auf den Hof.

Nicola nickte.

Die Frau verschwand.

Der Beton war verdreckt. Es roch penetrant nach Kuhscheiße. Doch Nicola ekelte sich nicht. Sie hatte den Großteil ihres bisherigen Lebens in Pferdeställen verbracht, war lange Zeit als Berufsreiterin tätig gewesen und am Ende sogar Landesverbandstrainerin im Olympiastadion ihrer Heimatstadt Berlin gewesen. Stallgeruch schreckte sie nicht ab. Tierdung, vollgesogenes Stroh, Futterreste auf dem Boden, altes Heu, all das kannte sie. Allerdings nur aus Pferdeställen, in denen immer auch Kundenverkehr herrscht und die daher relativ sauber waren.

Sie kroch unter dem ersten Draht durch. Abbie und Tara folgten ihr. Die Kühe guckten weniger in Nicolas Richtung als in Richtung der Hunde, die sie sofort anvisierten. Tara schrie sogleich vor Angst auf. Nicola scheuchte die Kühe weg und rettete ihre kleine Hündin, die sofort zitternd auf ihren Arm sprang.

Zärtlich strich sie ihr übers Fell, sprach ihr gut zu, drückte sie an sich, küsste sie. Tara beruhigte sich. Abbie wich ihr nicht von der Seite und schielte mit eingekniffenem Schwanz zu den Riesentieren. Nicola kroch unter dem zweiten Draht durch, ließ Tara runter und lief über den Hof. Die Hunde sprangen erleichtert vor ihr her. Die erste Gefahr war überstanden.

Irgendjemand saß im Trecker und rangierte ihn hin und her. Lolli stand auf dem Hof, ein alter, klappriger Holzschuppen daneben, und begrüßte sie sogleich:

"Hallo!", strahlte er ihr entgegen.

"Hallo", entgegnete Nicola, "ich wollte meinen Hunden mal den Hof zeigen." Nicola kam sich hirnlos vor, doch Lolli schien das nicht weiter aufzufallen.

Die kleine Tara wuselte etwas orientierungslos auf den ausgelegten Steinplatten umher. Lolli dirigierte den Typen im Trecker, und als er ansetzte, rückwärts zu fahren, nahm er die kleine Tara auf den Arm. Was für ein eigenartiges Bild! Dieser herbe, kräftige Mann mit diesem kleinen bisschen Hund in der Hand. Irgendwie surreal.

Nach einer Weile zog der Typ samt Traktor in Richtung Koppel ab, die direkt an den Hof angrenzte. Nicola war das erste Mal mit Lolli allein.

"Was treibt dich hierher?", fragte Lolli, obwohl er die Antwort genau kannte.

"Ich wollte einfach mal vorbei kommen. Nur so." Sie schauten sich an und beide wussten, dass nichts, was hier passierte, 'nur so' geschah. Ihre Verbindung war tief und berührte beide in den tiefsten Schichten ihrer Seele. Da gab es etwas, das nicht zu leugnen war.

"Und du lebst also dort unten in der Köhlerkate. Zusammen mit einem Mann?", stieg Lolli sogleich ins Thema ein.

"Nein, ich lebe allein", erwiderte sie, sehr zu seiner Verwunderung.

"Ich dachte, du lebst dort mit deinem Mann zusammen?"

"Wir sind schon seit langem getrennt. Eine richtige Beziehung war es schon nicht mehr, als wir hier ankamen. Irgendwie haben wir zwar weiter gemacht, weil das zu diesem Zeitpunkt eben so war, aber funktioniert hat es schon seit dem ersten Tag nicht mehr."

Lolli stutzte, versuchte aber gleichzeitig, es sich nicht anmerken zu lassen. Ihre Blicke trafen sich. Wieder diese magische Energie, die jedes Mal dieselbe zu sein schien, obwohl es dennoch immer neue Momente waren.

"Wir leben seit langem nebeneinander her. Er will einfach nichts mehr von mir."

"Wie, er will nichts mehr von dir?" Lolli guckte verständnislos.

"Er will lieber allein mit sich sein. In jeder Hinsicht." Nicola wusste in diesem Augenblick nicht, warum sie das gesagt hatte. Sie kannte Lolli schließlich kaum. Aber er war ihr vertraut und sie öffnete sich umgehend.

"Das ist aber doch nicht normal. Du bist doch ein hübsches Mädel."

Lollis Augen musterten ihre Gestalt, als sie da stand und ihn ansah. Sein Blick fiel auf eine junge, zierliche Frau, keine 1,70 groß. Ihre langen, hellen Haare, ein schimmerndes goldblond, fielen ihr leicht gelockt über die Schultern.

"Lass mich raten. Du wiegst höchstens 55kg?", scherzte er.

"So in dem Dreh. Keine Ahnung. Ich habe keine Waage", sie blickte verstohlen auf den Boden. "Ich weiß auch nicht", fuhr sie fort, "er will einfach keine Beziehung. Mit niemandem. Er ist lieber allein. Da kann man nichts machen. Und ich habe es akzeptiert."

Sie sprach nicht weiter, vermied es, Lolli wiederholt anzusehen, und schaute zu ihren beiden Hündinnen hinüber, die freudestrahlend die Güllegrube inspizierten. Sie fanden den Schmutz und den Kuhdung toll. Für sie schien dieses Dreckloch ein Paradies.

"Sowas verstehe ich nicht", unterbrach Lolli ihre Gedanken, der ihrem Blick gefolgt war und ebenfalls zu den Hunden rüber schaute. "Sowas kann ich einfach nicht verstehen."

Nicola wurde ganz warm ums Herz, denn tief in ihrem Innern konnte sie es auch nicht verstehen. Wie man lieber mit sich alleine sein wollte anstatt seinen Partner, die geliebte Person, zu erleben und zu genießen. Sie hatte es nie verstanden und hatte sich in ihrer Sehnsucht nach Nähe und aus Liebe zu diesem Mann zu sexuellen Abartigkeiten hinreißen lassen, die sie am liebsten für immer vergessen würde. Es schauerte sie, wenn sie daran dachte.

"Es läuft schon sehr lange nichts mehr zwischen uns." Ihre Stimme war weich und klang traurig, als sie das sagte, doch Lolli registrierte es nicht. Oder doch?

"Das kann ich überhaupt nicht nachvollziehen", sein Blick glitt wieder zu ihr rüber.

Ein Lächeln huschte über ihre Lippen. Lolli bemerkte es und lächelte zurück. Was für eine zärtliche Übereinkunft.

Sie erlaubte sich für einen kurzen Moment, erfüllt zu sein. Auch wenn tief in ihrem Innern alle Alarmlampen rot blinkten und ihre innere Stimme mindestens genauso laut schrie wie vor zwei Jahren. Doch weil sie sich ja schon seit dem Tag ihrer Ankunft in Linderow dazu entschieden hat, alle Alarmsignale zu überhören, fielen die paar mehr, die jetzt angingen, auch nicht mehr ins Gewicht. Obwohl die Schwere, die sie bis hierher begleitet hat, noch schwerer wurde. Nur überstrahlt von diesen paar Augenblicken, in denen er ihr in die Augen sah. Und sie glaubte, glücklich zu sein.

Dieses Treffen gab ihrer Seele und ihrer Phantasie neues Futter. Sie schwelgte in Vorstellungen und ihren Gefühlen, die sie von einem aufs andere Mal davontrugen, beflügelt von dem Gedanken an seine Stimme, seine Augen, seine Ausstrahlung, die sie ganz in seinen Bann zog.

Er war tatsächlich allein. Hatte lediglich zwei Beziehungen in seinem Leben gehabt; eine Kurzzeitehe, die nach ein paar Monaten auseinander ging, wohl weil sie einen anderen ihm vorzog; und einer Wochenendbeziehung, zehn Jahre später. Auch sie lebten sich auseinander. Wiederum zehn Jahre später trat nun Nicola in sein Leben. Als die dritte Frau an seiner Seite. jedenfalls hoffte sie, sie würde es werden. Zumindest sehnte sie sich danach; und in ihren Träumen war sie es schon längst.

Wann nur konnte sie ihn wieder sehen? Was sollte sie tun, um ihm abermals zu begegnen? Erneut ihre Runden drehen um ihn zu treffen? Es blieb ihr nichts anderes übrig.

Daheim setzte sie sich immer noch jeden Morgen nach dem Aufstehen an ihren Computer. Aus Gewohnheit. Dabei war das letzte Projekt abgeschlossen und ein neues nicht in Sicht. Sie hatte die vergangenen Jahre mit Hochdruck an ihren Büchern gearbeitet, hatte einen autobiographischen Roman über Indien verfasst, das sie vor einer endlos scheinenden Zeit einmal besuchte und das damit verknüpfte Schicksal es so wollte, dass sie statt der geplanten 14 Tage drei Jahre in diesem Land verbrachte. Sie hatte eine Kinderbuchserie in drei Bänden geschrieben, die beinahe ebenso autobiografisch war wie der Roman, zumindest was den Lebenslauf des Hauptcharakters, des Pferdes, betraf. Sie hatte eine kurze Sommergeschichte verfasst und ein heilpraktisches Sachbuch über Pflanzenheilkunde geschrieben, inspiriert und gefördert von ihrem Hamburger, wie sie ihren Chef umgangssprachlich nannte. Er kannte den Markt besser als die meisten anderen und prophezeite ihr einen Riesenerfolg mit diesem Werk, denn Frauen und gesundes Leben, das sei schon immer ein Thema gewesen, was jede Frauenzeitschrift zu einem Renner machte. Meinte er. Der Erfolg blieb aus.

Nur theoretisch hatte er Recht gehabt. Leider haben sich die Zeiten geändert und der Buchmarkt lief schlecht wie nie. Dazu kam, dass Nicola einen Literaturagenten mit dem Temperament einer Schlaftablette hatte, wenn es darum ging, Bücher an den Mann zu bringen. Er war gute 65 und gesättigt. Hatte seine erfolgreichen Jahre hinter sich und kein Verlangen mehr nach Neuem. So geschah es, dass er Nicola und ihren Mann am langen Arm verhungern ließ.

Und sie verhungerten tatsächlich. Ihm stand die Privatinsolvenz ins Haus, da er Schulden angehäuft hatte, die er schon lange nicht mehr zu tilgen vermochte; und sie lebte von ihrem Einkommen, das Hamburg mit nach Hause brachte; von einem Job, der keine Zukunft hatte. Es war nur eine Frage des Glückes, wieviel Zeit ihr noch blieb bis auch sie ohne Einkommen dasitzen würde.

Und die Bücher wollten und wollten einfach nicht laufen. Was also sollte Nicola jetzt tun? Was war der nächste Schritt auf ihren Weg? Sich hinsetzen und den nächsten Roman schreiben? Dazu fehlte ihr der Optimismus, dass jemals irgendetwas aus der ganzen Sache herausspringen würde.

Wohin blinder Optimismus führt, sah sie an Gerold, der auf dieses Metier setze und existenziell am Rande des Abgrundes stand. Allerdings arbeitete er auch schon lange nicht mehr. Viele Jahre war es her, als er - gemeinsam mit einem Freund - ein erfolgreiches Projekt gelandet hatte, das sogar verfilmt worden war. Er war zu seiner Zeit sehr gefragt gewesen, ist wochenlang durch Deutschland zu Lesungen aller Art gereist und hatte überdurchschnittlich viel Geld verdient. Doch das war lange vorbei. Seinen Lebensstil aber behielt er bei. In seinem Bewusstsein schwebte er immer noch in den unerreichbaren Gefilden eines erfolgreichen Schreibers mit vollen Konten, was er längst nicht mehr war. Nicola ertrug die unrealistischen Selbstdarstellungen schon lange nicht mehr, ganz im Gegenteil: es widerte sie an. Ihre Liebe zu ihm erstarb und ihre Gefühle zu ihm versickerten nach und nach im Morast seiner überzogenen, wahnhaften Selbstdarstellung.

Lolli schien das ganze Gegenteil: bodenständig, realistisch, sich darüber im Klaren, was er hatte und was nicht. Eben ein waschechter Bauer. Ohne Hirngespinste und abgehobene Vorstellungen. Ganz auf dem Boden der Tatsachen.

*

Sie hatte abermals Glück. Ihr Abendspaziergang führte sie an den Rand des kleinen Wäldchens, das zwischen ein paar verpachteten Gartenparzellen und einem Maisacker lag. Ein Nachbar bewirtschaftete sein Grundstück, von dem aus man einen traumhaften Blick über die weite Ebene des Naturparks hatte. Das Panorama, das sich einem von hier aus bot, war atemberaubend.

Die herumlaufenden Hühner auf seinem Grundstück dienten vor allem der Belustigung von Nicolas Hunden, die mal aufgeregt, mal ängstlich am Zaun auf- und abliefen, mal bellten, mal winselten und sich einfach nicht entscheiden konnten, ob sie die seltsam gackernden Wesen komisch oder beängstigend finden sollten.

Ein Knattern war zu hören. Irgendjemand fuhr mit einem alten Moped den angrenzenden Acker ab. Nicola erhaschte einen Blick durch die Sträucher. Lolli!

Kaum sah er sie, kam er auch schon an, schaltete den Motor aus und ging ihr entgegen. Was für eine Ausstrahlung! Umwerfend! Nicola verliebte sich auf der Stelle ein zweites Mal in ihn.

Kaum war Lolli bei ihnen, kam schon wieder dieser blöde Nachbar angelaufen, der ihr schon das erste Mal ihre Begegnung verdorben hatte. Nicht dieses Mal! Was für eine Nervensäge! Hatte der einen Peilsender in der Tasche oder was wollte der schon wieder hier?

Die drei Männer begannen sofort mit belanglosem Smalltalk. Einer von ihnen scherzte, er habe noch nie solch saubere Kühe gesehen wie die von Lolli, die zur Zeit auf der kleinen Weide vor dem Haus der Nervensäge standen.

"Ich behandle alle meine Frauen gut", meinte Lolli, der Nicola aus den Augenwinkeln beobachtete, sie aber nicht direkt ansah.

Nicola hielt sich abseits. Sie stellte sich nicht dazu, sondern lief ihren Hunden hinterher, die mittlerweile das Hühnerhaus entdeckt hatten, das etwas weiter oben im Garten stand und die nicht fassen konnten, was sich hinter den verdreckten Scheiben dort drinnen abspielte.

'Mach doch endlich, dass du weg kommst', Nicola schielte zur Nervensäge und dem Gartenzwerg, die beide Lolli in Beschlag nahmen. Dabei war er doch nur wegen ihr hier! Und sie wegen ihm! Warum also diese Zerreißprobe mit diesen beiden Typen, die oberflächlich vor sich hin plauderten und damit ihre pure Langeweile totschlugen? Hatten die echt nichts Besseres zu tun?

Nein, hatten sie nicht.

Das erste Anzeichen, dass sich diese Runde dort auflösen würde, registrierte Nicola sofort und reagierte umgehend. Sie war auf der Stelle bei Lolli. Die Nervensäge stieg auf sein Fahrrad und machte sich endlich vom Acker - eine Floskel, die hier draußen auf dem Land eine ganz andere Bedeutung erhielt - und der Gartenzwerg kündigte an, dass er noch irgendetwas machen wolle. Wunderbar! Lolli war frei.

"Lass uns ein bisschen spazieren gehen", säuselte Nicola ihm ins Ohr, ohne dass der Gartenzwerg dies zur Kenntnis nahm oder dem Beachtung schenkte. Er drehte sich um und ging. Sie waren allein.

*

Ihr erster, gemeinsamer Spaziergang. Er schob seinen Roller neben ihr her bis sie die Köhlerkate erreichten und stellte ihn dort in der Einfahrt ab. Die Hauptwohnung, welche direkt auf die große Einfahrt zuführte, wurde von Anfang an von Gerold bewohnt - obwohl es Nicolas Haus war. Sie wusste, dass Gerold jetzt drinnen auf seinem Sessel saß, den er extra für seine Computerarbeit angeschafft hat, und der so platziert war, dass er direkten Überblick über die Auffahrt zum Hof hatte. Wie ein Wächter saß er da und beobachtete alles. Sie konnte keinen Schritt ungesehen auf ihrem eigenen Grund und Boden tun. Jeder der kam und ging wurde begutachtet. Sie spürte seine Blicke auf ihr und Lolli ruhen, obwohl sie ihn nicht sehen konnte. Schnell wandte sie sich vom Haus ab und Lolli zu, womit auch ihre Gedanken in eine andere Richtung gelenkt wurden.

Er zeigte ihr das Land, das er bewirtschaftete und das direkt hinter Nicolas Grundstück lag. Der Acker war so weit, dass er nicht zu überschauen war. Diese einfache, klare Sicht auf das Leben und diese Bodenständigkeit, die seinen Worten und seiner Haltung entsprangen, waren *Music to her ears,* wie die Amerikaner sagen würden. Keine hohlen Phrasen, keine Hirngespinste, keine Wahnvorstellungen von dem, was man ist oder was man hat.

Klare Worte, sichtbar vor einem liegend, eindeutig ausdrückend, was ist und was nicht ist.

Sie waren knapp auf dem Rückweg und keine Viertelstunde unterwegs, als er die ersten Annäherungsversuche machte. Er zog sie fest an sich, wollte sie küssen, doch sie blockte ab, obwohl sie sich die letzten Tage vor Sehnsucht nach ihm verzehrt hatte. Einen Quicky mit diesem Fremden schnell mal zwischen Acker und Gebüsch, war sicher nicht, was ihr vorschwebte. Sie stieß ihn von sich.

"Was willst du?", fragte er sie, ihr dabei direkt in die Augen schauend.

Diese Direktheit irritierte sie. Sie fühlte sich benommen und verwirrt und wusste auf diese Frage keine Antwort. Sie blieb still. Guckte ihn nur an und der Zauber, der seit ihrer ersten Begegnung über ihnen lag, begann, sich zu verziehen.

Als sie die Köhlerkate wieder erreichten und Lolli sein Moped wendete, kam Gerold sofort angelaufen. Nicola hatte ihre Hunde im Haus gelassen, die sie jetzt freudig begrüßten und Gerold empfand es scheinbar als unglaublich wichtig, sie ihr sofort zu überreichen. Sein fehlendes Einfühlungsvermögen für Situationen war sie zwar gewohnt, doch dass er so stumpf war, erfüllte sie augenblicklich mit Scham. Sie schämte sich für diesen Mann. Die Situation war bedrückend, die Atmosphäre zum Schneiden erstickend. *Hätte er nicht wenigstens warten können, bis Lolli weg war?* Nicola war sofort klar: Gerold musste ausziehen. Und zwar umgehend! Solch eine Szene würde sie kein zweites Mal ertragen.

*

Gerold hat ihr versprochen, sich um die Wohnung einer alten Bekannten zu bemühen, die ein paar Orte weiter leerstand. Beata selbst wohnte in Berlin, kam aber ursprünglich von hier. Ihre Eltern wohnten noch immer im Haus ihrer Kindheit, einem Mietshaus mit mehreren Wohnungen, von denen jeweils eine ihr und eine ihrem Bruder gehörte. Ihre stand praktisch schon immer leer. Da Gerold und sie sich schon lange kannten und - träge wie Gerold war - er ohnehin keine Lust hatte, sich große Mühe mit der Wohnungssuche zu machen, war dies die optimale Lösung.

"Beata ist in einer Woche hier. Dann machen wir die Sache klar. Sie wird mir den Schlüssel überreichen, und dann kann ich da rein."

'Wunderbar!', dachte Nicola, *'was für eine Erlösung!'*

Es folgte eine Woche des Wartens. Eine Woche der inneren Zerrissenheit. Sie wartete. Sie fieberte dem Moment entgegen, in dem sie endlich ihr Haus für *sich* hatte, ganz allein, ohne einen Wächter nebenan, der zu jeder Tages- und Nachtzeit den Hof beaufsichtigte. Wie herrlich würde es werden, sich endlich frei bewegen zu können!

Natürlich hätte sie ihn auch einfach rausschmeißen können. Doch irgendetwas in ihr hielt sie zurück. Aus irgend einem Grunde wollte sie ein spannungsfreies Verhältnis zu Gerold beibehalten. Sie wollte sich nicht mit ihm streiten, ihn nicht aus ihrem Leben verbannen, sondern trotz allem eine Grundlage dafür schaffen, auch in Zukunft noch normal miteinander umgehen zu können.

Was ist nur aus dem großen, selbstbewussten, starken Mann geworden, der sie einst mit seiner monumentalen Ausstrahlung in seinen Bann gezogen hat? Wo ist der einst im Leben stehende, erfolgsorientierte Mensch geblieben? Wie konnte es dazu kommen, dass er sich selbst so sehr aus den Augen verloren hat? Heute, fast fünf Jahre später und 40kg schwerer, verwahrlost und arbeitsunfähig, siechte er in seiner vollkommen verdreckten Wohnung vor sich hin und brachte nichts mehr auf die Reihe. Nicht einmal mehr seinen Geruch konnte Nicola ertragen. Sie hat sich in Gerold verliebt, so wie er viele Jahre zuvor gewesen ist. Denjenigen, den sie heute vor sich sah, hat sie nie geliebt. Nicht einen einzigen Tag lang. Ganz im Gegenteil: sie ekelte sich vor ihm; bekam Herpes, wenn sie sich seine Nähe vorstellte und seit sie hier in der Köhlerkate wohnten, jagte eine Pilzinfektion die andere, bis sie schließlich ganz aufhörte, sich von ihm berühren zu lassen. Dieser Mann machte sie im wahrsten Sinne des Wortes krank.

*

"Hast du schon etwas von Beata gehört? Wann wollt ihr euch denn nun treffen?"

Seine Zusage, in einer Woche die Wohnung zu verlassen, war jetzt schon fünf Tage her.

"Keine Ahnung", meinte er gelangweilt, in seinem Schreibsessel versunken, vor sich hinstarrend. "Die weiß noch nicht mal genau, ob sie überhaupt kommt. Ihr geht's irgendwie nicht so gut."

Nicola dachte, sie müsste platzen und konnte sich nur mit größter Anstrengung beherrschen:

"Dann fahr zu ihren Eltern. Die wohnen ja schließlich da. Dann sollen *die* dir eben den Schlüssel geben. Beata braucht sie doch nur anzurufen. Das kann doch nicht so schwer sein!", fluchte Nicola in einem annähernd beherrschten Ton. Immerhin hatte sie ihn nicht angeschrien, was sie jedoch am liebsten getan hätte: ihn genommen und seine ganze furchtbare Trägheit, die Lethargie, diese unerträgliche Handlungsunfähigkeit aus ihm herausgeschüttelt. Aber sie blieb ruhig, obwohl ihr ihre Abneigung mit allergrößter Sicherheit quer übers Gesicht stand und nicht einmal für ihn zu übersehen sein konnte.

"Ich will, dass du ausziehst. Und zwar jetzt!" Sie guckte Gerold direkt in die Augen. Ihr Blick war bestimmt und ihr Ausdruck ließ keinen Platz für Diskussionen. Selten war Nicola so kompromisslos und selbstsicher wie in diesem Moment. Sie wandte sich ab und verließ seine Wohnung. Ihr war schlecht. Sie wollte Gerold einfach nicht mehr sehen. Seine Anwesenheit war von diesem Tag an für sie nicht nur unerträglich sondern geradezu abscheulich. Und der Abstand zwischen ihnen war unendlich viele Male größer als die Distanz zwischen der einen Wohnung und der anderen. Und trotz des neu geschlagenen Durchganges gab es keinen Weg mehr von ihr zu ihm.

"Es tut mir Leid, da sind wohl meine Hormone mit mir durchgegangen." Lolli. Der Anruf kam ein paar Stunden nach dem letzten Treffen mit Gerold.

"Macht nichts", erwiderte Nicola, "das war mir tatsächlich ein bisschen zu schnell. Aber die Richtung stimmt schon."

Stille.

"Wollen wir am Wochenende was unternehmen?" Seine tiefe Stimme hallte in ihrem Herzen und ließ es bis zum Hals schlagen.

Und ob sie etwas mit ihm unternehmen wollte! Am liebsten jetzt sofort, hier und gleich.

"Am Sonntag könnten wir nachmittags auf die Freundschaftsinsel fahren. Wenn du Lust hast."

Mit dir würde ich überallhin fahren!

"Auf jeden Fall. Ich habe zwar schon von dieser Insel gehört, war aber selber noch nie da."

Natürlich war sie noch nie da. Wann denn? Und vor allem: mit wem? Gerold bewegte sich höchstens zwischen Schreibsessel, Küche und Bad hin und her. Auf diesen Wegen kam man einfach nicht viel rum.

"Komm um halb zwei zu mir. Dann fahren wir los."

*

Sonntag. Noch vier Tage. Ohne Frage: Lolli war wie eine Erlösung aus der Bedrückung ihrer eigenen vier Wände. Dabei war die alte Köhlerkate wunderschön gelegen und die Umgebung hätte schöner nicht sein können. Doch Nicola war es nicht vergönnt, in diesem Haus Frieden zu finden. Auch nicht, nachdem all die Sanierungsarbeiten abgeschlossen und das alte Fachwerk im Haus wieder freigelegt worden waren, zudem ein traumhaft schöner Kachelofen aus historischen Fliesen gesetzt wurde, den ein alteingesessener Ofenbauer noch in einer Hinterkammer zu liegen hatte. Auch nicht, nachdem das Dach neu gedeckt war und das Grundstück, gerade eingezäunt, nun einen sicheren Auslauf für ihre Hunde bot. Nicht einmal nachdem sie die Kate ausgeräuchert hatten und sogar eine Heilerin da war, die Haus und Grundstück energetisch gesäubert hat. Das alles half nichts. Das dumpfe Gefühl blieb. Ein latentes Unwohlsein begleitete jeden ihrer Schritte auf diesem Grund und Boden. Die niederdrückende Atmosphäre war nicht abzuschütteln. Ein wenig wurde sie aufgehellt durch die Gedanken an Lolli. Ein Lichtblick in der Dunkelheit. Ein Stern am Himmel. Doch in all ihrem Überschwang, geblendet von ihrer Begeisterung, merkte sie einfach nicht, dass sie dabei war, die Sonne auszuknipsen, um mit einer Kerze weiter zu wandern.

*

Die Halle war groß und finster. Die Schritte hallten in den hohen Räumen zwischen den Säulen auf dem steinernen, auf Hochglanz polierten Boden. Ein wenig Mondlicht drang durch die Scheiben und fiel vor ihre Füße, wie Strahlen, die durchs Fenster kamen und sich auf dem Marmor brachen. Sie konnte den Boden zwar kaum sehen, aber sie wusste, dass er spiegelglatt war. Hier und da blitzte etwas von dem Muster auf, verschnörkelte Ornamente, die am helllichten Tag in den schönsten Farben glänzten. Das wusste sie, denn sie konnte sich erinnern. Die Halle war ihr vertraut.

Das große Portal wurde geöffnet. Das Geräusch der sich bewegenden Flügel des Tores hallte ebenso wie ihre Schritte, die jetzt allerdings verstummt waren. Sie war stehen geblieben. Sie konnte das Portal nicht sehen, kannte sich hier aber aus und wusste, dass es etwas weiter vor ihr in der Dunkelheit lag, rechts hinter der zweiten, dicken, steinernen Säule. Auf sie zu trat er, der Herrscher, in all seiner Macht und unantastbaren Würde.

Sie realisierte, dass sie eine Sklavin war, gefolgt von jemandem mit einer Peitsche. Die Person hinter ihr erkannte sie nicht, sah nur, dass sie kleiner war als sie selbst und etwas gebückt ging. Dann sah sie an sich herab. Ihre Kleider waren einfacher Natur aber nicht zerrissen. Sie gehörte schließlich zum Hofstaat. Sie waren allerdings dreckig, als hätte sie damit schwere, körperliche Arbeit geleistet. Vielleicht in einem Steinbruch oder einer Grube? Das wusste sie nicht genau. Was sie allerdings wusste war, dass ihr irgendetwas vorgeworfen wurde, dessen sie allerdings nicht schuldig war.

Angst stieg in ihr auf und mit jedem Schritt, den der Herrscher sich ihr näherte, wurde die Angst größer. Dann trat er ins Licht des Mondes. Lolli. Ihre Angst war nun unerträglich. Ging er noch einen Schritt auf sie zu, sie würde an ihrer Angst ersticken. In diesem Moment holte es von hinten aus und die Peitsche ging auf sie nieder. Sie erwachte. Riss ihre Augen auf und lag erstarrt vor Schreck in ihrem Bett. Dunkelheit. Es war mitten in der Nacht. Oder war es schon morgens? Sie schaute auf ihr Handy: 3:48. Fast vier. Vier Uhr, die Stunde der Wölfe, wie ihr Chef zu sagen pflegte, oder auch: die Stunde der Wahrheit.

Wo sollte sie ihr Auto parken? Sollte sie einfach hochfahren, auf den Hof rauf? Oder lieber doch ein Stück weit weg, damit nicht jeder gleich mitbekam, wo sie war? Das Dorf war klein. Hier wusste jeder über jeden Bescheid und meinte meist, darüber hinaus noch vertrauliche Informationen zu besitzen, die es in den meisten Fällen gar nicht gab; die meistens nur halbwahr waren oder gänzlich erfunden.

Sie stellte ihr Auto etwas weiter unten im Dorf ab und lief das kurze Stück Straße hinauf. Der Hof war wirklich nicht schön gelegen. Ein Eckgrundstück, an dem allerdings keine wirkliche Straße, sondern nur ein Trampelpfad vorbei führte. Nur ein Hof weiter lag die Hauptdurchgangsstraße zwischen Trasstorf und Graven. Eine 50er Strecke, auf der die meisten mindestens 80 fuhren und nicht wenige auch mit 120 vorbeibretterten. Von dort ging die Dorfstraße ab und gleich der zweite Hof gehörte Lolli. Sie lief den kleinen Trampelpfad um den Hof herum und steuerte direkt auf den Stall zu. Eine dunkelrot gemalte, alte, fast zerfallene Tür wurde durch einen verrosteten Haken geschlossen gehalten. Sie öffnete. Der Hund schmiss sich sogleich wieder in die Kette und bellte aggressiv in ihre Richtung.

"Hallo, du bist ja schon da!", Lolli stand in einem kleinen Raum, der aussah wie eine Waschküche, und säuberte irgendwelche großen Bottiche.

"Halb zwei hatten wir gesagt, oder irre ich mich?"

Sie schauten sich an. Keiner sagte etwas. Der Blick übermalte das Gebell des Hundes, die Straße, sogar den Gestank des Stalls.

"Du siehst ja so schick aus."

Nicola schaute an sich herunter. In Lollis Stimme lag ein Unterton, der ihr auf der Stelle das Gefühl gab, dass es ihr peinlich sein musste, wie sie gekleidet war. Dabei waren es ihre ganz normalen Alltagssachen, wenn sie nicht gerade im Haus arbeitete oder auf der Baustelle stand: Einen langen Rock, der bis zum Boden reichte, aus leichten T-Shirt-Stoff, der weit fiel und ihr um die Beine spielte. Ein Trägershirt, eine Strickjacke, alles in grau und leichtem altrosé gehalten. Nichts besonderes, wie Nicola meinte. Doch unter Lollis Augen empfand sie ihre Kleidung als unangemessen.

Er stellte den letzten der vier großen Bottiche weg, wusch sich die Hände und trocknete sie an einem kleinen, verdreckten Handtuch, das an einer notdürftig angebrachten Leine baumelte, ab.

"Ich bin fertig. Jetzt muss ich mich nur noch umziehen."

"Kannst du mich vorher deinem Hund vorstellen?", bat Nicola.

Lolli guckte kurz etwas verdutzt, sagte jedoch nichts und folgte umgehend ihrer Bitte.

Er ging auf das arme Tier in der dunklen Ecke zu. Der Hund akzeptierte ihn als seinen Herrn, denn er duckte sich sogleich zur Erde und krauchte förmlich in seine Richtung.

"Komm Aestor, alles gut", der Hund war dieser tiefen Stimme genauso ergeben wie Nicola.

Sie ging zu dem Schäferhund und streichelte ihn. Er stank und sein Fell war schmierig. Sie hatte augenblicklich das Bedürfnis, sich die Hände zu waschen. Ganz anders als bei ihren Kleinen.

Die beiden gingen rein. Drinnen wirtschaftete die Mutter in der Küche. Lolli zog sich um. Nicola stand im Flur und im Nu waren sie soweit, das Haus zu verlassen. Beim Abschied wanderte der Blick seiner Mutter mehrmals von ihr zu ihm. Ein zynisches Lächeln lag auf ihren Lippen.

Im Auto ergriff Nicola sogleich seine Hand. Er erwiderte ihren leichten Druck, hielt ihre Hand in der seinen und strich mit dem Daumen über ihren Handrücken. Wie eine Offenbarung empfand sie seine Zuwendung! Sie registrierte nicht einen zusammenhängenden Satz, den sie sprachen. Alle Worte waren unwichtig, Schall und Rauch, egal. Seine Anwesenheit war, was zählte. Seine Nähe. Seine Stimme, in der sie versank, sobald er etwas sagte.

Der Parkplatz, von dem aus ein Weg zur Fähre führte, war relativ voll für hiesige Verhältnisse. Arm in Arm schlenderten sie den Parkweg lang, kamen zu einer Biegung, hinter der sich ein kleiner Steg auftat und eine alte, historische Mini-Fähre wartete. Gerade groß genug für ein paar Fahrräder und eine Handvoll Menschen. Ganz zur Not hätte vielleicht auch ein Auto übersetzen können, aber nur dann, wenn sonst nichts und niemand mitgefahren wär.

Lolli hatte in seiner Aufregung sein Portemonnaie vergessen. Nicola lachte und zückte das ihre. Sah sie darin doch die Bestätigung ihrer eigenen Gefühle, die sie ebenso kopflos hinterließen wie ihn. Ein Euro sollte die Überfahrt kosten. Das tat niemandem weh. Die Fährkarten versenkte sie in ihrem Portemonnaie. Sie würde sie aufbewahren. Für immer.

Die Insel war herrlich! Der Blick über die Trasstorfer Gewässer, die sehr verwinkelt waren, traumhaft. Er führte sie zu einer Stelle, die wohl zu Aussichtszwecken errichtet worden war. Ein Holzzaun umsäumte die Böschung, und der Blick reichte weit in das angrenzende Land hinter dem Wasser.

Lolli stellte sich hinter sie, umfasste sie mit seinen Armen, drückte seinen drahtigen Körper an ihren und schaute mit ihr auf die andere Seite:

"Es gab mal einen Herrentag. Ich habe ein paar Leuten, die unbedingt feiern wollten, einen meiner Trecker geliehen. Da drüben sind sie gestrandet", er zeigte auf einen Weg am gegenüberliegenden Ufer. "Die Jungs waren stockbesoffen und hatten sich im Unterholz festgefahren. Ich musste kommen und sie mit meinem zweiten Trecker wieder herausziehen."

Aus seinen Erzählungen klang tiefe Verbundenheit mit diesem Ort. Er war auf dem Hof in Linderow aufgewachsen, ist hier in der Gegend groß geworden und hat in seinem Leben nicht viel anderes gesehen als die Feldberger Seenlandschaft. Einerseits sicherlich ein bedrückender Gedanke, doch in Nicola weckte es heimelige Gefühle. Sie, die haltlos durch die Welt trieb und noch nie wirklich wusste, wo sie hingehörte, lehnte sich an seine Worte an, die nach tiefer Verwurzelung und Heimat klangen. In ihre Sehnsucht nach ihm mischte sich ihre alt vertraute Sehnsucht nach einem Zuhause; nach einem Ort, an den sie gehörte.

Eine kleine Gruppe Menschen steuerte auf ihren Platz zu und drohte die zwischen ihnen schwingende Harmonie zu zerstören.

Bevor sie zu nahe kamen, drehten Lolli und Nicola ab und schlugen den Weg ein, der sie weiter auf die Insel führte. Eine abseits stehende Holzbank war ihr nächster Ruhepunkt. Sie setzten sich.

"Und du, was machst du so?" Er schaute sie mit Augen an, die etwas Trauriges in sich trugen.

"Ich habe die letzten Jahre vor allem geschrieben. Habe diese Kate gekauft und habe Geld in Hamburg verdient. Nichts Besonderes. Nur weiß ich, dass es so nicht ewig weiter gehen wird. Mein Hamburger ist nicht mehr der Jüngste. Irgendwann, in nicht allzu ferner Zeit, wird er sein Büro schließen. Bis dahin muss ich eine neue Geldquelle aufgetan haben. Dann wird nichts so sein wie bisher. Das heißt, mein Leben, so wie ich es jetzt lebe, wird nicht mehr lange so weiter gehen können", das letzte Wort fügte sie nur sehr leise hinzu. Sein Blick verschlang sie.

Er lebte mit seiner alten Mutter zusammen, deren Uhr ebenso tickte wie die ihres Hamburgers. Vielleicht hatte das Schicksal sie füreinander vorgesehen, damit sie sich haben, wenn alle anderen Stricke um sie herum einmal rissen.

Er beugte sich zu ihr und küsste sie so sanft und zart auf ihre Lippen, dass sie durchflutet wurde von einem Schauer, der ihr die Beine weggerissen hätte, würde sie nicht schon sitzen.

Sie berührten sich, küssten und streichelten sich so zärtlich und liebevoll, dass Nicola wusste, in seiner Nähe für immer verloren zu sein.

*

Sie verzehrte sich nach ihm. In ihrer Phantasie hat er sie schon längst überall berührt, war ihr nahe, hat sie geliebt. Sie konnte nicht erwarten, dass das, was sie in ihren Wachträumen wieder und wieder geschehen ließ, auch in Wirklichkeit zu erleben. Sogar, wenn sie früh morgens im Büro am Computer saß, schwelgte sie, driftete ab und träumte sich davon. Zusammen mit ihm. Lolli. Bis ihr Chef sie aus ihren Gedanken wieder zurück in die Gegenwart holte:

"Guten Morgen! Du bist ja schon wieder hübscher geworden!"

Nicola konnte sich ein breites Lächeln nicht verkneifen. Es war ihr doch an der Nasenspitze anzusehen, wie verknallt sie war. Jeder Mensch im Umkreis von mehreren Kilometern musste es doch förmlich spüren?

"Komm, mach uns einen Kaffee", er griff die ausgedruckten Börsenberichte von der Bank und verschwand vorn in seinem großen Büro.

Der Kaffee lief schon durch und war fast fertig, dennoch ließ sie Herrn Conrad noch ein paar Minuten allein, die er nur zu gern genoss, bevor sie in die erste Besprechung gingen und das Telefon anfing, die Ruhe zu stören.

Gute 10 Minuten später saß sie vorn im großen Büro. Ihr Chef lehnte wie immer gemütlich in seiner Couchecke, seine Beine quer über die Tischkante des ebenso hohen, großen, weißen Couchtisches, seine Schuhe gleich als erstes in die Ecke verbannt, bestrumpft. Er war in die endlosen Auflistungen von Zahlen vertieft, seufzte mal hier, mal da, runzelte die Stirn.

Nicolas Gedanken dagegen glitten ab und landeten ein paar hundert Kilometer weiter in dem kleinen, malerischen Dorf Linderow. Ihr Blick dagegen fiel direkt auf die verstreuten Villen, den kleinen Marktplatz und die wundervoll hergerichtete, berühmte und mittlerweile vertraute Hamburger St. Nicolaikirche. Das Büro befand sich im besten Viertel vor den Toren der Metropole, die Adresse sprach Bände und die Lage selbst besaß genügend Aussagekraft, um Eindruck zu schinden. Treu nach dem Prinzip, nach dem auch ihr Ex-Verlobter, ein Investmentbanker aus den USA, für den milliardenschweren Fund für den er tätig war, die Adresse seines Büros in Bombay ausgesucht hatte.

"Du musst an der Adresse erkennen, ob es ein anerkanntes, gutsituiertes Unternehmen ist oder nicht", hatte er ihr oft genug erklärt. Das Hamburger Büro erfüllte definitiv dieses Kriterium.

Sie hingegen interessierte sich damals weniger für seinen beruflichen Status als für ihn als Mensch: ein gebürtiger Inder, der gerade die amerikanische Staatsbürgerschaft erhalten hatte, damals im Begriff, wieder nach Indien zu siedeln. Beruflich engagiert, versteht sich. Nicola war ihm gefolgt und so kam es, dass sie drei Jahre ihres Lebens dort verbrachte. Doch ein Leben mit ihm lehnte sie ab, auch wenn er es zu gerne wollte und sie immer wieder drängte, ihn zu heiraten. Sie liebte ihn einfach nicht. All seine Millionen haben daran auch nie etwas geändert. Letztendlich verließ sie ihn, so, wie sie bisher alle ihre Männer verlassen hatte, wenn sie nicht mehr zu ertragen waren.

"Wie geht es dir?", ihr Chef griff nach der Kaffeekanne und goss sich etwas ein. Nicola tat dasselbe. Der Kaffee war stark und pechschwarz. Genau, wie ihn ihr Chef haben wollte. Nicola grinste immer noch:

"Gut. Ich habe jemanden kennen gelernt", aus ihrem Lächeln wurde ein Strahlen. "Du hast mir doch immer gewünscht, mal einen Zahnarzt kennen zu lernen, der wirklich zu mir passt."

Sie nippte an ihrem Kaffee. Herr Conrad nickte. Ja, das hatte er. Immer wieder sprach er von dem symbolischen Zahnarzt, mit dem sie endlich mal 'normal' leben und sich eine Gemeinsamkeit aufbauen konnte. Der nicht so verrückt war wie Len, der Inder, oder so träge und depressionskrank wie Gerold.

"Ich glaube, ich habe ihn getroffen." Ihre Blicke trafen sich kurz. "Er ist Milchbauer und wohnt ziemlich weit oben im Dorf."

"Milchbauer", sinnierte Herr Conrad, "wie bist du denn zu *dem* gekommen?"

Nicola umriss die Geschichte in wenigen Sätzen. Ihrem Chef, feinsinnig wie er war, entging natürlich ihre Begeisterung nicht. Er hörte ihr nur zu gerne zu. 'Du bringst so viel Leben in mein Dasein. Ein Stück andere Welt', sagte er immer wieder. Ob das stimmte, wusste Nicola nicht. Doch irgend etwas musste ja dran sein. Schließlich kannten sie sich mittlerweile seit 13 Jahren und ihre Verbindung riss nicht einmal ab, als sie in Indien war. Mittlerweile arbeitete sie regelmäßig für ihn und war in seinem kleinen, privaten Büro das Mädchen für alles. Sie mochte ihren Job, denn sie mochte ihn. Sie waren ein eingespieltes Team und verstanden sich ohne Worte.

Herr Conrad blickte zu ihr rüber und studierte kurz ihren Gesichtsausdruck. Der seine war wie immer wohlwollend. Den Hauch von Skepsis, den er trug, wollte sie nicht sehen.

Der Tag, an dem Gerold auszog, war endlich gekommen. Sie fieberte dem Moment, wo sie endlich allein war, förmlich entgegen. Endlich war er zum Greifen nahe. Sie hielt die Luft an, bis sie das letzte Mal für die nächsten Tage seine Autotür zuklappen hörte, der Motor startete und er vom Hof fuhr. Eine lang ertragene Last schien von ihren Schultern zu fallen. Sie atmete tief ein und aus. Was für ein befreiendes Gefühl der Erleichterung!

Sie schrieb Lolli. Wartete jedoch nicht lange auf eine Antwort, denn er schrieb generell nicht zurück, sondern rief kurz darauf einfach an. Allein seine Stimme, wenn er 'Hallo' sagte, beraubte sie all ihrer Sinne. Sie faselte irgendein belangloses Zeug, er antwortete mit ebenso belanglosen Floskeln, hielt sich im Ganzen sehr kurz und Nicola spürte, dass er wie immer beschäftigt sein musste und keine Zeit zum Telefonieren hatte.

"Heute Abend?"

"Ich weiß noch nicht, muss ich mal sehen."

Die Abgeklärtheit in seiner Stimme machte sie noch verrückter, als sie eh schon nach ihm war.

"Gut, na dann."

Sie nahm es hin ohne es innerlich zu akzeptieren. Sie *musste* ihn heute sehen. Egal wie!

Seit dem ersten Kuss auf der Freundschaftsinsel, den sie bis heute auf ihren Lippen spürte, seit den ersten Berührungen, die bis jetzt nachklangen, konnte sie es nicht mehr erwarten, ihn endlich bei sich zu haben, mit ihm zusammen zu sein, seine Nähe zu spüren ohne irgendwelche Störnisse. Egal, ob andere Menschen in der Öffentlichkeit oder der Wächter im eigenen Haus.

*

Ein Trecker fuhr vorbei. Es war bereits nach acht Uhr abends, doch die Sonne schien noch. Das Zeitgefühl hat sie in Mecklenburg schon das eine oder andere Mal in die Irre geleitet, denn seltsamerweise merkte man hier, dass dieses Fleckchen Erde weiter im Norden lag als Saarow bei Potsdam. Obwohl nur ein paar hundert Kilometer dazwischen lagen, war es doch im Sommer länger hell und im Winter früher dunkel.

Das Motorengeräusch verstummte. Eine Tür klappte. Nicola lief raus. Lolli kam ihr entgegen. *Er ist hier!* Ihr Herz pochte vor Aufregung.

"Ich wollte nur mal schnell anhalten", lächelte er ihr zu.

"Komm rein."

Dieser Blick! Diese unglaubliche Verbundenheit. Diese magische Anziehung.

Er küsste sie. Ohne nachzudenken, geleitete sie ihn in ein kleines Zimmer, ihren Ruheraum im Haus. Die Kate war zwar an sich schon sehr ruhig, lag sie doch weit ab des kleinen Dorfes in Alleinlage, doch während der Saison polterten dort die Traktoren und schweren Hänger die unbefestigten Wege entlang und der Lärm der schweren Motoren, wenn die Bauern die Wiesen mähten oder ihre Äcker bestellten, schallte weit über die tiefe Ebene. Dieser eine Raum aber war so im Haus gelegen, dass auch die letzten Geräusche noch ausgeblendet wurden.

Er streichelte ihren Hals, berührte mit seiner Zunge vorsichtig ihre Lippen. Langsam ließen sie sich auf das Futon fallen, ihre Körper ineinander verschlungen, nach einander dürstend, ohne hektisch oder grob zu sein.

Sie badete in seiner Zärtlichkeit, sog alle seine Berührungen in sich auf. Und dann war es soweit, endlich, der so lang ersehnte, herbeigewünschte Moment kam. Er liebte sie mit all seinen Sinnen, versank in ihr, konnte ihr nicht nah genug sein; dürstete nach ihrer Liebe genau wie sie nach seiner. Sie verschmolzen in einer einzigen Bewegung, in einer einzigen Woge der Hingabe aneinander; versanken in ihrem Verlangen nach dem anderen, ließen sich davontragen und genossen die wohl erfülltesten Augenblicke ihrer beider Leben.

Sie ließ Lolli an diesem Abend nicht mehr los. Er blieb, hielt sie im Arm, liebte sie wieder und wieder. An Schlafen war nicht zu denken. Sie erlag ihrer Hingabe und verlor sich in seiner Nähe, von der sie sich wünschte, sie für immer festhalten zu können.

Schweren Herzens ließ sie ihn am nächsten Morgen gehen, mit dem Gefühl, als würde sie ihr Leben verlieren, wenn er sie verließe.

Sie fand sich allein im Haus wieder, voller Gefühle zu Lolli, die sie wieder und wieder zu ihm hin trugen, sie durchströmten, von ihr Besitz ergriffen.

Und plötzlich wusste sie, was es war, das sie von Gerold weg- und zu Lolli hinzog. Auf einmal konnte sie es benennen: Verlangen.

Gerold verlangte es nicht nach ihr. Es hat ihn nie nach ihr verlangt. Nicht einen einzigen Tag in all den letzten Jahren. Lolli dagegen wollte sie. Lolli begehrte sie. Lolli gab ihr das Gefühl, es wert zu sein, geliebt zu werden.

Gerold dagegen hatte ihr in den unzähligen Monaten fast den letzten Funken an Selbstwert geraubt, bis sie schon zu glauben begann, der Liebe anderer Menschen nicht wert zu sein.

*

Der Tag zog sich endlos in die Länge. Minuten wurden zu Stunden und Stunden zu Jahren. Sie sehnte sich nach ihm. Bei aller Vernunft, die sie sich einzureden versuchte, gelang es ihr nicht, ihre immer stärker werdende Sehnsucht zu unterdrücken. Sie wollte nicht schon wieder zu ihm, wollte ihn nicht schon wieder kontaktieren. Ihre Vernunft meinte, es sei besser, wenigstens noch einen Tag und eine Nacht verstreichen zu lassen, bevor sie ihm wieder begegnete. Doch ihre Sehnsucht meldete sich mit unüberwindbarer Stärke. Und siegte. Sie konnte nicht anders. Sie rief ihn an. Er sagte erneut, dass er keine Zeit habe. Wie gestern. Er schien nie Zeit zu haben, vollkommen ausgefüllt von seinem eigenen Leben, ohne Raum für irgendetwas oder irgend jemanden. Warten. Leere. Was sollte sie jetzt tun?

Die Dämmerung setzte ein. Langsam aber stetig kündigte sich die Dunkelheit an. Es war kaum mehr hell als es klopfte. Lolli.

Die gestrige Nacht wiederholte sich, nur mit noch größerer Intensität, langsam vertrauten und doch ganz neuen Berührungen. Sie liebten sich, als gäbe es kein Morgen, an dem sie sich wiedersehen würden; als wäre dies ihre letzte Chance, sich selbst zu spüren.

Seine Zärtlichkeit betäubte all ihre Gedanken und unguten Vorahnungen. Lolli wischte alle Zweifel mit seinen großen, kräftigen Händen weg, die so vorsichtig und behutsam mit ihr umgingen.

Keiner sagte ein Wort. Worte waren in diesen Augenblicken fehl am Platz, zu plump, zu grob. Keine Worte hätten ausdrücken können, was unausgesprochen zwischen ihnen in der Luft lag. Sie hätten alles zerstört. Beide versanken in ihrem gegenseitigen Verlangen nach dem anderen, das so stark, so intensiv und gleichzeitig so liebevoll und vorsichtig war.

Er blieb wieder bis zum Morgen, um früh aufzubrechen und sie erneut allein in ihrer Leere zurückzulassen, die größer und unerträglicher wurde, je näher sie sich kamen.

Tagsüber schlich sie durchs Haus, mied die Wohnung von Gerold, der zwar die nötigsten Sachen gepackt, ihr aber ansonsten seinen ganzen Müll und Dreck so hinterlassen hatte, als wäre sie seine Angestellte und dafür zuständig, ihm hinterher zu putzen. Sie ertrug den beißenden Geruch nicht, der durch seine monatelange Gammelei in jeden Winkel gezogen war. Die Wohnung stank. Und zwar schon lange. Denn Gerold stank; unerträglich! Nach zu viel Essen, Alkohol und Fettleibigkeit, alles gepaart mit mangelnder Hygiene und den Ausdünstungen konservierter Nahrungsmittel. Sie mied die Wohnung, denn bei dem Gedanken an ihn wurde ihr schlecht.

*

Natürlich waren es wie immer die Hunde, die ihren Tag erhellten. Sie wusste ziemlich bald, nachdem Abbie zu ihr gekommen war, dass sie mit diesen Tieren arbeiten und sie züchten wollte. Nie hatte sie so menschenfreundliche, von Liebe erfüllte Wesen kennen gelernt wie diese beiden Tiere, die sie auf Schritt und Tritt verfolgten und sie anhimmelten, sobald sie zu ihnen herunterblickte. Sie bildeten die konstante Größe in ihrem Leben, die große Liebe, die sie nie verlassen oder aufgeben würde. Denn die zwei liebten Nicola mehr als alles andere auf der Welt. Ihre Anwesenheit war für diese kleinen Hunde alles. Nicolas Herz erweichte, sobald sie in diese kleinen, schwarzen, treuen Äuglein blickte. Sie ließ sie so selten wie möglich allein, so gut wie nie aus den Augen und nachts, wenn Lolli nicht gerade vorbei kam, schliefen sie neben ihr, manchmal direkt auf ihrem Kopfkissen. Morgens, wenn sie dann aufwachten, freuten sich die zwei Kleinen über ihr Wiedersehen, als wären sie tagelang getrennt gewesen.

Draußen schossen sie dann durch die Gegend, spielten Einkriege, jagten sich gegenseitig und fanden immer wieder die tollsten und aufregendsten Dinge, die es zu erkunden galt. Maulwurfshügel standen dabei ganz oben auf der Liste.

Kamen sie irgendwann von ihren Spaziergängen nach Hause, waren die weiße Abbie und die schwarze Tara, die mit zunehmendem Alter immer heller wurde, schwer voneinander zu unterscheiden. Jedenfalls farblich.

Zu den Mahlzeiten bekamen sie nur das allerbeste Futter: frisches Fleisch, Gemüse, gutes Öl, manchmal Obst. Eben vielseitig. Da Nicola nicht nur ein Grundstudium der Medizin absolviert, sondern auch Tierheilpraktik studiert hatte, griff sie ernährungstechnisch tief in ihre Trickkiste, denn ihren Lieblingen sollte nur das Allerbeste zuteil werden. Sie würde alles für ihre Hunde tun - denn ihre Hunde würden alles für sie tun. Sie liebten sie einfach. Bedingungslos. Eben so, wie nur Tiere lieben können. Niemals würde sie ihre beiden enttäuschen. Sie würde sie nie im Stich lassen. Für nichts und niemanden auf der Welt.

*

Die Nacht begann, und sie wusste instinktiv, dass sie lang werden würde. Schlaflos. Ihr Herz pochte laut und übertönte sogar den Regen, der draußen in Strömen niederging. Sie fühlte sich durch ihre Sehnsucht an ihn gekettet und gleichzeitig dazu verurteilt, auf eine Nachricht von ihm zu warten, die nicht kam und heute auch nicht mehr kommen würde. Das ahnte sie. Das wusste sie. Sie drehte sich um und seufzte ihren Schmerz darüber leise in die Bettdecke. Die Stunden vergingen und ihre Vorahnung hat sich, wie so oft in ihrem Leben, erfüllt. Er kam nicht. Sie war müde und wünschte sich, schlafen zu können, doch ihre Gedanken waren zu wach, als dass es ihr vergönnt gewesen wäre, Ruhe zu finden.

Nach einer gefühlten Ewigkeit setzte sie sich auf, starrte in die Dunkelheit und blickte der Tatsache ins Auge, dass sie ihn liebte.

Ihre Gefühle zu ihm überstrahlten alles. Sogar in dieser tiefen, mondlosen Nacht schienen die Gedanken an ihn hell und leuchtend. Sie stellte sich Lolli vor, holte sich die verwunschenen Augenblicke der letzten Nächte zurück, schloss die Augen, blickte in seine Richtung, schaute ins Licht und sah Finsternis.

*

"Ich würde dich gerne öfter sehen. Dich einfach mal besuchen kommen. So, wie die anderen auch. Und bei dir sein."

Mit 'anderen' meinte Nicola den einen oder anderen Burschen der Linderower Dorfjugend, die immer mal bei Lolli vorbeischauten. Sie hatte im Vorbeifahren wiederholt irgendwelche Autos auf dem Hof stehen sehen, hinten, wenn er Kühe molk, und unterschiedliche Männer unterhielten sich mit ihm.

"Du kannst immer bei mir sein", antwortete Lolli in seinem gewohnt tiefen Bariton, "jederzeit."

Seine Worte, dann noch in diese wundervolle Stimme gekleidet, liefen an ihr herunter und bedeckten ihren Körper mit einer angenehmen, wohligen Schutzhülle wie das warme Öl einer indischen Ayurvedamassage.

Nicola musste nicht lange nachdenken. Am selben Tag noch entschied sie, zu ihm auf den Hof zu gehen. Sie wollte bei ihm sein; nein, sie *musste* bei ihm sein.

"Wie eine Motte, die ins Licht gezogen wird und nicht anders kann, als dort hinein zu fliegen; obwohl sie weiß, dass sie verbrennen und sterben wird. Ich muss da hin ohne es wirklich zu wollen", berichtete sie Gerold, wenn er vorbei kam, um wieder einmal ein paar Sachen abzuholen. Anfangs noch in der Hoffnung, dass er ihr helfen, sie vielleicht sogar retten könnte, heute lediglich um mit einer vertrauten Stimme aus der alten Welt zu sprechen, aus der sie kam, bevor sie gemeinsam in die alte Köhlerkate und nach Linderow gezogen waren, wo sie nun allein war und eine Fremde.

Das Merkwürdige war, wenn Lolli vor ihrem inneren Auge auftauchte, sah sie etwas sehr Anziehendes in seiner Ausstrahlung, aber auch etwas, das ihr Angst einjagte. Etwas, das ihr nicht erlaubte, nein zu sagen. Etwas, das über die normale Strenge hinaus ging. Etwas Rigoroses. Etwas Unerbittliches.

"Bitte, hilf mir", flehte sie Gerold oft mit stummen Blicken an. Doch er half ihr nicht. Er war zu sehr mit sich, seiner herannahenden Privatinsolvenz und seinem mittlerweile täglich zunehmenden Alkoholkonsum beschäftigt, als dass er Kapazitäten frei gehabt hätte, ihr zur Seite zu stehen. Das hatte er schon lange nicht mehr. Weder, um ihr zu helfen noch sich selbst.

*

Nicola fuhr fast umgehend, nachdem Lolli diese Sätze ausgesprochen hatte, hoch auf den Hof.

"Komm nach halb acht, dann bin ich fertig mit Melken", hatte Lolli ihr am Telefon noch schnell erklärt, wie immer kurz angebunden und ihr das Gefühl vermittelnd, in Eile zu sein und wenig Zeit zu haben.

Kurz nach halb war Nicola da. Der Stall schien heute freundlicher als letztes Mal. Seine Mutter war in der kleinen Waschküche beschäftigt, in der sie Lolli am Sonntag gefunden hatte. Sie ging gebückt, trug eine Kittelschürze und ein Kopftuch. Eine kleine, zerfallene Erscheinung. Sie stemmte die sichtlich schweren Messingkannen, eine jede gute 30 Liter fassend, und scheuerte wie eine Wahnsinnige mit einer Bürste in ihnen herum. Sie grüßte Nicola nicht.

Kurz schaute Nicola sich um und entschied dann, an Aestor vorbei hinten auf den Hof zu gehen. Der Hund kannte sie ja nun, bellte zwar aber ließ sie vorbei. Dort stand Lolli und quatschte mit irgendwelchen jüngeren Typen, die Nicola noch nicht einmal vom Sehen her kannte.

Er guckte nur kurz zu ihr rüber, die anderen grüßten flüchtig und Lolli brachte kein Wort heraus. Als wäre es ihm peinlich, dass sie da war, wegen ihm. Was für ein herzlicher Empfang!

Nicola überlegte kurz, auf dem Absatz kehrt zu machen, doch diese seltsame Anziehungskraft, die die Motten in die Kerzenflamme sog, hielt sie zurück.

Sie widmete sich ihren Hunden, die sogleich unter den alten, verrosteten Melkwagen trotteten und das offensichtlich über

Wochen angesammelte Futter mit ihren Näschen durchstöberten. Nicolas Blick folgte ihnen, wollte sie doch nicht zu den Männern herüber gucken, bei denen sie offensichtlich nicht willkommen war.

Nach einer gefühlten halben Stunde erschien die kleine Gestalt aus der Waschküche in der hinteren Stalltür:

"Ich bin feddich", gab sie in einem nahezu flüsternden und gleichzeitig strengen, vorwurfsvollen Ton von sich, wartete keine Reaktion ab, drehte sich um und verschwand im Schatten der Scheune.

"Is gut", raunte Lolli in ebenso strengem jedoch lauterem Ton zurück. Was für ein Umgangston! Nicola fröstelte kurzzeitig trotz sommerlicher Temperaturen.

Nachdem die anderen vom Hof waren, wandte sich Lolli ihr zu: "Lass uns rein gehen"

Sie folgte Lolli, machte jedoch vor der kleinen Tür, die in den hinteren Flur führte, Halt. Sie schaute zu ihren Hunden. Lolli folgte ihrem Blick:

"Die bleiben hier", ordnete er in strengem Ton an, dass Nicola fast Angst bekam, ihm zu widersprechen.

"Die können doch nicht auf dem blanken Beton schlafen", erlaubte sie sich zu widersprechen.

"Die finden schon ihren Platz", raunte Lolli.

Nicola sah sich um. Der Kuhstall war leer. Die Kühe waren draußen auf der Weide. Hier drinnen standen sie nur im Winter. Die Gitter in der Mitte, an denen von beiden Seiten Ketten zum Anbinden hingen, verrieten, dass die einzelne Kuh nicht viel Platz hatte, wenn sie hier stand. Die Ketten waren nicht besonders lang. Der Platz, den sie boten, reichte höchstens zum Hinlegen und Aufstehen.

Lolli guckte sie erbost an. Diese Art der Forderung schien er nicht gewohnt zu sein.

Hunde hatten in diesem Haus nichts zu suchen. Tiere hatten im Haus generell nichts zu suchen. Es war eben ein Bauernhof. Tiere galten entweder als Nutzvieh oder Ungeziefer, dreckig, räudig, verlaust. Was der arme Schäferhund an der Kette ja tatsächlich auch war.

Nicola setzte sich über Lollis strenge Blicke hinweg, holte frisches Stroh aus dem Stall und bereitete ihren beiden Lieblingen ein schönes, warmes Plätzchen gleich neben der Tür. Egal, was Lolli dazu meinte. Sie konnte nicht eher rein gehen, bevor sie nicht sicher war, dass es ihre Hunde gut hatten und versorgt waren.

Nichtsdestotrotz waren die beiden vollkommen aufgelöst, als Nicola ohne sie ins Haus wollte. Sie beugte sich zu ihnen herunter, nahm sie in den Arm, streichelte sie.

"Hier habt ihr es gut! Schlaft mal in Ruhe. Morgen sehen wir uns ganz früh wieder."

Das Einzige, was Nicola beruhigte, war der Gedanke, dass ihre beiden Lieblinge ja tatsächlich vom frühen Abend an die Nacht durchschliefen und sie spätestens morgens um 6 wieder bei ihnen sein würde. Sie ließ Abbie und Tara das erste Mal in ihrem Leben allein; und folgte Lolli ins Haus. Der war bereits im Wirtschaftsraum verschwunden und stand unter der Dusche.

Nicola ging in die Küche, setzte sich, wartete. Es dauerte nicht lange, und Lolli kam, mit einem Bademantel bekleidet, der von seinem Großvater hätte sein können, aus dem Bad und setzte sich ebenfalls kurz hin.

Was mache ich hier? Was will ich von diesem Mann? Einem Bauern? Der solch ein Leben führt? Der hier wohnt, alleine, mit seiner Mutter und solch ein anderes Lebensverständnis hat als ich?

Es war das ganze Gegenteil von der Beziehung zu Gerold, den sie sich nach den Maßstäben einer indisch arrangierten Hochzeit ausgesucht hatte: er war wie sie freischaffender Künstler und selbstständig, allein, auf sich gestellt. Und es hätte auch wunderbar gepasst. Theoretisch. Es hätte hervorragend funktioniert, wären da nicht die paar Kleinigkeiten gewesen, die eine Beziehung zu einer Beziehung machen und die einfach nicht passen wollten.

Doch ihre eigene Hoffnung betrog sie, so dass sie nicht klar erkennen konnte, was geschah. Ihre Hoffnung, dass diesmal, jetzt und hier, alles anders sein würde, was es ganz offensichtlich auch war. Doch darüber hinaus war sie blind für das Alleroffensichtlichste, blind vor Hoffnung, blind vor Sehnsucht nach Erlösung.

"Lass uns hoch gehen." Lollis tiefe Stimme beschwichtigten umgehend ihre Zweifel.

Er stand auf, öffnete die hintere Tür, die in einen weiteren, kleinen Flur führte und ging die Treppe hoch. Nicola folgte ihm.

Kaum schloss sich oben die Tür hinter ihnen, verwandelte sich Lolli wieder in den liebevollen, warmherzigen Mann, den sie schon in ihm gesehen hatte, als sie sich zum ersten Mal begegneten.

Er hielt sich nicht in seinem kleinen Wohnzimmer auf, das wirkte, als messe es nicht mehr als 3 x 3 Meter, sondern ging gleich weiter ins anschließende Schlafzimmer, das ebenso klein war.

Sie hatte parallel zu ihrem Studium eine Ausbildung zur Wellnesstherapeutin absolviert, war mit den unterschiedlichsten Massagetechniken vertraut und sie liebte es, sie anzuwenden.

"Warte, ich geh runter und hole etwas Öl. In der Küche?", fragte Nicola unbedarft.

"Ich komme lieber mit", er ging voran und sie fand sich schon wieder auf der kleinen, schmalen Treppe, die fast bedrückend wirkte. Lolli durchforstete mehrere Schränke in der Küche. *Er kennt sich in seiner eigenen Küche nicht aus?*

Nicola öffnete kurzerhand ebenfalls ein paar Schranktüren und wurde fündig. Pflanzenöl. Perfekt. Genau das, was sie wollte.

Das weiche Öl rann ihr durch die Finger und Lolli auf die warme Haut. Er glitt sofort in einen Dämmerzustand ab und genoss die sanften Berührungen, die ihm von seinen permanenten, körperlichen Anstrengungen und den daraus resultierenden Schmerzen Linderung verschafften.

Wieder waren sie allein und wieder wechselte Lolli umgehend in einen anderen Modus. Als wäre er zwei Menschen: einmal der herbe mit der strengen Ausstrahlung, unnahbar, kalt. Und einmal der ganz Liebevolle, Zärtliche, anhänglich und mit viel Einfühlungsvermögen, den niemand sehen durfte. Außer sie.

Es dauerte keine Woche, und sie war täglich auf dem Hof. Abends, nach dem Melken kam sie, morgens vor dem Melken ging sie.

Die Nächte waren intensiv und voller Liebe. Sie schmiegte sich an ihn und kuschelte sich in seine Arme, wann immer sie die Gelegenheit dazu hatte. Seine Nähe war ihr eine Wohltat, ihr Nektar, ihr Lebenselixier.

"Ob ich mal zugucken kann, wenn ihr die Kühe melkt?"

"Helfen", flüsterte Lolli ihr ins Ohr, "nicht zugucken. Helfen!"

Sie verstand das als Aufforderung, noch öfter bei ihm zu sein, als sie es ohnehin schon war. Er hielt sie fest im Arm. Wollte sie bei sich haben. So nah wie möglich.

In der alten Köhlerkate kümmerte sie sich um ihren Haushalt und das Alltägliche, umsorgte Tara und Abbie, schrieb planlos, umriss ihre Gefühle, schilderte Szenen, doch schwelgte hauptsächlich in Tagträumen, die sie zu Lolli führten und sie seine Nähe und seine Berührungen spüren ließen, als würden sie tatsächlich geschehen. Sie verzehrte sich nach ihm und konnte es morgens kaum erwarten ihn abends wieder zu sehen.

"Hallo Frau Teising", würde sie aus ihren Gedanken gerissen, "schön, Sie hier anzutreffen."

Eine Dorfbewohnerin schaute vorbei und stand hinter dem Zaun, den sie und Gerold dieses Frühjahr aufgestellt hatten. Nachbarn waren sie oben im Dorf irgendwie alle. Denn es gab so wenige Häuser, dass praktisch alle nebeneinander wohnten und schlichtweg jeder jedermanns Nachbar war.

Nicola öffnete die kleine Metalltür, die ebenso hoch war, wie der Rest der Umzäunung:

"Hallo Frau Ebeling, was treibt Sie hier her? Gibt es irgendetwas Bestimmtes?"

Frau Ebeling lachte:

"Nein, nein, diesmal kein Engagement für Klarinette oder Klavier, nur ein Frühlingsspaziergang in die Wiesen. Das Wetter ist doch herrlich!"

Linderow erschien wie im Traum, so schön war es hier. Die Bäume blühten, an den Sträuchern verwandelten sich die Knospen zu Blüten, und die schönsten Farben und Düfte umwehten die Lichtung, auf der die Köhlerkate stand. Ein altes Fachwerkhaus, um 1700 errichtet, so beschrieb es das damals angeforderte Exposé. Ein wundervolles, urtümliches Gemäuer. Eigentlich genau das Richtige für Nicola, die nur zu gern ihre melancholischen Gedanken spielen ließ. Hier hätten sie genug Nahrung gehabt, um in den herrlichsten Farben erblühen zu können.

"Ich habe gehört, Sie sind jetzt ab und zu oben bei Schacht?"

Nicola konnte das Strahlen, das sich um ihr Herz legte, nicht verbergen:

"Ja, bei Lolli", ihre Augen blitzen.

Frau Ebeling dagegen blieb eher nüchtern und konnte ihre Begeisterung nicht so recht teilen:

"Aber die Alte", sie winkte ab, seufzte tief, wandte kurz ihren Blick angewidert in eine andere Richtung und schaute kurz darauf Nicola wieder an, die diese Szene auf sich wirken ließ ohne zu intervenieren. "Die Alte hat doch bis jetzt jede Frau dort oben aus dem Haus gejagt. Die hat es doch immer wieder geschafft. Die ist so bösartig und gnadenlos! Sogar seine Ehefrau hat sie vergrault. Glauben Sie mir, ich kenne Käthe .." Ihre Stimme klang beängstigend.

"Ach so, seine Ehefrau auch? Ich dachte, die hatte vor der Hochzeit schon einen anderen Mann? So hat Lolli es mir jedenfalls erzählt."

"Das arme Mädel ist aus dem Haus dort oben geflüchtet und vielleicht einem anderen in die Arme gefallen. Aber Schuld an der Sache war die Alte. Das ist ein Scheusal, glauben Sie mir!"

Das hörte Nicola nicht zum ersten Mal. Immer wieder wurde ihr zugetragen, dass Lollis Mutter geisteskrank sei, aggressiv und gewalttätig. Alle schienen das hier zu wissen. Außer Lolli. Der erzählte eine andere Geschichte und malte ein anderes Bild von seiner Mutter; und von sich selbst.

"Dass ich hier mit ihr wohne ist doch nur zwangsläufig", beteuerte er immer wieder, was für Nicola auch plausibel klang. Schließlich hatten sie die Wirtschaft zusammen. Der Vater war vor langer Zeit verstorben, die Mutter war allein und konnte den Hof nicht ohne Hilfe bewirtschaften. Und letztendlich war es der Hof seiner Eltern. Dort ist er aufgewachsen und groß geworden. Dort hat er sein bisheriges Leben verbracht. Zudem war Lolli der einzige Sohn. Zwar zählte die Familie Schacht 6 Kinder, aber die drei Älteren und die beiden Jüngeren waren Mädchen. Wäre er kurz nach der Wende nicht eingesprungen und hätte die Rolle des Vaters übernommen, wäre die Mutter existenziell den Bach runter gegangen, der Hof hätte verkauft werden müssen und der Erlös nicht einmal gereicht, um die damals schon in die Jahre gekommene Frau bis ins Rentenalter zu tragen. Was also sollte er tun? Natürlich hatte er keine andere Wahl. Die hatte er nie. Und so schlimm konnte die Alte ja nun auch wieder nicht sein, schließlich sprach Lolli in ganz anderen Tönen von ihr. Nicola hörte natürlich die Gerüchte und jetzt die Worte von Frau Ebeling, doch letzten Endes waren es ja alles Außenstehende. Was konnten die schon wissen? Sie entschied sich, all dem Gerede nicht so viel Beachtung zu schenken. Dorftratsch. Was soll's?

*

Das schlechte Gefühl, das sie schon seit einer gefühlten Ewigkeit mit sich herumtrug auf der einen Seite und ihre Liebe zu Lolli, zu dem sie sich so hingezogen fühlte auf der anderen, setzten Nicola einer Zerreißprobe aus, der sie sich in ihren schwachen Momenten kaum mehr gewachsen fühlte. Doch sie kam gegen den Sog, der von Lolli ausging, nicht an, auch wenn parallel dazu ihr schlechtes Gefühl immer stärker wurde und immer deutlicher zum Vorschein trat.

Sie hatte tatsächlich angefangen, oben auf dem Hof zu helfen und fand sich immer öfter im Kuhstall zwischen Melkgeschirren, schweren Kannen, großen Bottichen, Gestank, Dreck und Scheiße.

Was soll das? Was mache ich hier? Wie komme ich bitte in einen Kuhstall?

Die Arbeit war schwer. Stallarbeit war generell keine leichte Arbeit, das wusste sie. Sie erinnerte sich nur zu gut an die unzähligen Stunden ihres eigenen Lebens, die sie im Stall verbracht und dort natürlich auch gearbeitet hat. Doch diese Anlage war in den letzten 75 Jahren nicht ein Mal modernisiert worden. Die Zeit der Rohrmelkanlagen ist komplett an diesem Betrieb vorbei gegangen, die vieles erleichtert hätte. Und an die moderne Technik mit Melkrobotern, wie sie heute aktuell ist, war gar nicht zu denken. Hier wurde noch ganz nach Großvaters Vorbild gemolken: die schweren Kannen wurden per Hand zusammengesetzt, die Melkgeschirre oben aufgeklemmt und jede Kanne einzeln rausgetragen. Schon das Aufsetzen der Geschirre bereitete Nicola Probleme. Das Heraustragen der Kannen war nicht viel einfacher. Sie hatten genug Gewicht, um Nicolas Hände schmerzen zu lassen, wenn sie sie die 30 Meter vor die Stalltür trug.

Dazu kamen jeweils zwei große Wassereimer, von denen ein jeder 15 Liter fasste. Beide waren mit Säure durchsetzt. Da das Wasser sehr heiß war, stieg der Dampf Nicola in die Nase und reizte Lunge und Augen. In einem Eimer befand sich ein Lappen. Damit wurden zu Beginn die Euter sauber gemacht. Das heiße Wasser schmerzte und an ihren Händen ging die Säure nicht vorbei ohne Spuren zu hinterlassen. Ihre Haut brannte und juckte bald, wenn sie des nachts erwachte.

Draußen wurde mit einer uralten, zusammengebundenen Strippe der Hof abgetrennt, so dass die 22 Milchkühe von der Weide nicht kreuz und quer liefen, wenn sie an den Melkwagen geholt wurden. Der Weidezaun, der aus einem einfachen, gespannten Draht bestand, wurde geöffnet, und die Kühe gingen zum Melkstand. Einige eiliger, die anderen langsam. Viele schlurften über die ausgelegten Betonplatten, waren lahm oder konnten gar nicht mehr laufen, ohne dass sie angetrieben wurden. Viele waren mager, die Knochen stießen hervor und die Rippen waren zählbar. Das Fell war stumpf und ihre Augen leer. Ein Bild der Trostlosigkeit bot sich bei jeder Melkzeit. Den Tieren ging es nicht besonders gut. Kümmern tat das niemanden. Doch Nicola hatte von der Milchwirtschaft zu wenig Ahnung, als dass sie hätte richtig einschätzen können, in welchem Zustand eine Kuh als krank galt.

"Das ist normal", winkte Lolli ab, wenn sie fragte.

Sie vertraute ihm.

Er musste es ja wissen.

Der Melkstand bestand aus einem verrosteten Gestänge, durch das die Kühe zur Mitte hin ihre Köpfe steckten. Metallbügel wurden herunter gelassen, damit die Tiere nicht wieder ausbüchsen konnten. Das Riesengestell stand auf ein paar aufgestapelten Ziegelsteinen und wirkte nicht besonders vertrauenerweckend.

Alte Blechfässer waren an der Stallseite abgestellt, einige so verrostet, dass sie Löcher hatten. Andere erzählten durch ihre eingeknickten Seiten von vielen durchgestandenen Wintern. Alter Teer quoll aus manchen, dazwischen abgestellte Gehwegplatten, auch hier kaputte und zerbrochene dabei. Demolierte Tröge aus Stein, Eisenstangen, altes Linoleum und immer wieder Futterreste und Scheiße in allen Winkeln. Was für ein Bild!

Der Stall sah nicht besser aus. Wenn Nicola aus der Milchkammer zur hinteren Scheunentür ging, fiel ihr Blick auf meterhoch gestapelten Sperrmüll: alte Fenster, Sauerkrautplatten, Schulranzen, vergammelte Matratzen, Holzreste, kaputte, halb zerhackte Schränke, ja sogar alte Kleidung hing und lag herum. Alles mit dem Staub und Dreck der letzten Jahrzehnte bedeckt.

Ein weiterer kleiner Stall, der vom vollgestellten Gang abging und in dem eine einzige, ziemlich große Box mit ebenso verrostetem Gestänge abgetrennt war, stand mehr als kniehoch voll Mist. Es stank. Und in der dunkelsten Ecke: der arme Hund an der Kette. Der Geruch seiner Fäkalien vermischte sich zusätzlich mit der Szenerie. Ein Ort des Grauens.

Was mache ich hier? Ein ums andere Mal formulierte sich die immerselbe Frage in Nicolas Kopf.

Nach dem Säubern der Euter nahm sie die erste schwere Kanne, hob sie zwischen die ersten beiden Kühe, schloss oben an die Vakuumleitung einen Gummischlauch an, der direkt mit dem Geschirr auf der Kanne verbunden war. Ein Hebel wurde umgelegt und das Vakuum baute sich tickend, in gleichmäßigem Rhythmus auf. Das Geschirr musste von der Kanne genommen und mit einer Hand umgedreht werden, um mit der anderen Hand die Striche anschließen zu können. Das alles in der Hocke, denn die Kühe standen nicht aufgereiht auf einem Melkstand, der es einem Melker ermöglichte, im Stehen zu arbeiten, sondern zu ebener Erde. Man musste also in die Knie gehen und sich runterbeugen, um diese ohnehin schon schwere Arbeit verrichten zu können.

Wenn die Kühe ausgemolken waren, nahm Lolli die Geschirre wieder ab und schleppte die schweren, vollgemolkenen Kannen zu zwei bereit stehenden Eimern, kippte die Milch dort ab, nahm dann die Eimer und trug sie den ganzen Weg durch den Stall, vorbei an all dem Dreck, dem Staub, der Scheiße, in die Milchkammer, wo er sie durch aufgespannte Geschirrhandtücher in die großen Bottiche kippte. All die Schlepperei wäre ihm erspart, hätte er wenigstens eine Rohrmelkanlage installiert, welche die Milch von den Kühen direkt, zentral, in einen großen Bottich pumpt.

Nach dem Melken spülte die Alte die Kannen. Ihr Kreuz war so kaputt und eingeknickt, dass es ihr nicht schwer zu fallen schien, über einen längeren Zeitraum in gebückter Haltung zu stehen und die Kannen unter dem laufenden Wasserhahn hin und her zu wenden. Immer wieder setzte sie mit der Wurzelbürste an, die in einem Eimer mit säure- bzw. laugenhaltigem Wasser schwamm. Säure und Lauge wurden bei jedem Melken gewechselt. Doch egal welche Substanz dem Wasser beigemischt war, immer schlug Nicola ein ätzender Geruch entgegen.

Nur ihre Hunde schienen sich wohl zu fühlen. Jedenfalls, wenn alle da waren und sie während des Melkens draußen im Dreck herumtollen konnten. Für die Hunde der ideale Spielplatz. Sie *liebten* Dreck! Ein großer Pluspunkt neben ihrem Lolli, der mit jedem Blick in ihre Augen verriet, wie froh er zu sein schien, dass sie da war; auch wenn er es nicht aussprach.

Das brauchte er auch nicht. Sie konnte es spüren. Auch wenn nicht in jedem Augenblick eines jeden Tages, so doch spätestens, wenn abends die Zimmertür hinter ihnen zuging und sie in seinen Armen auf der kleinen Couch versank, dicht an ihn gekuschelt.

"Weißt du, wie schön es mit dir ist?", flüsterte er dann, oder: "So gut wie mit dir hat es noch nie gepasst."

Sie war selig, sobald sie alleine waren. Ihre gemeinsame Zeit wog alles auf, was um sie herum passierte, alles, was das Leben an Widrigkeiten bereit hielt, schlichtweg einfach alles. Auch Nicolas Traurigkeit über die jahrelangen Abweisungen von Gerold, ihr zerstörtes Selbstwertgefühl, ihre Einsamkeit hier draußen allein hinter dem fremden Dorf und sogar ihre Erschöpfung von der schweren Arbeit. All das schwand in jenen Momenten, in denen sie in seinen Armen lag. All das wurde unwichtig und alles war gut. Sie haben sich gesucht und gefunden.

"Aber Nicola, das bist du doch gar nicht", redete ihr Chef wiederholt auf sie ein. "Du siehst ja völlig fertig aus! Du bist doch nicht dafür gemacht, im Kuhstall zu stehen! Schau dich doch mal an!"

Sie wusste, dass Herr Conrad Recht hatte, wusste aber nicht, was sie jetzt und hier hätte ändern können. Sich von Lolli lösen? Niemals! Und die einzige Möglichkeit, eine Beziehung mit ihm zu führen und ihm nahe zu sein, schien, sich in seiner Nähe aufzuhalten; was bedeutete: Stallarbeit. Überhaupt Arbeit. Sein Leben bestand aus Arbeit. Von morgens bis abends. Etwas anderes gab es nicht. Zeit für anderes war nicht vorhanden. Natürlich konnte sie jederzeit wieder vom Hof gehen. Theoretisch. Praktisch würde es einem Verlassen seines Lebens gleichkommen und auch als dieses verstanden werden. Obwohl das so nie ausgesprochen wurde, stand diese Wahrheit jedoch als bedrückende Tatsache ganz offensichtlich im Raum. Alle an dieser Situation beteiligten Personen wussten das. Und zu diesen Personen gehörten nicht nur Lolli und Nicola, sondern auch die Mutter, die mit im Haus wohnte. Mit der Lolli zusammen wohnte und fast alles teilte. Denn er selbst hatte kein eigenes Reich. Es gab nur ihr gemeinsames. Bis auf die zwei kleinen Zimmer, oben unterm Dach, in denen man sich kaum drehen konnte, hatte er nichts was ihm gehörte. Und nicht einmal die waren wirklich seine.

Er tat ihr Leid. Er hatte irgend etwas Mitleiderregendes und Anrührendes an sich; irgend etwas tief in ihm Verborgenes, das sehr zart und sehr verletzlich war und das nie erwachsen geworden ist. Und das hoffte, etwas bei Nicola zu finden, was ihm kein Mensch der Welt geben konnte: den Mut, aus seinem Versteck herauszukommen und sich zu behaupten, für sich einzustehen und den ihm zustehenden Raum im Leben zu fordern. Er allein konnte es nicht. Warum auch immer.

Nicola sah und wusste das. Er hatte etwas Hilfloses an sich. Und sie wusste: wenn er es nicht schaffen sollte, sich selbst zu helfen, für sich und ihre Beziehung einzustehen und sich durchzusetzen, wird ihre Liebe zerbrechen. Sie würde ihm nicht helfen können. Das konnte niemand.

Außerdem schien er sich sein Leben so eingerichtet zu haben, dass er immer und ständig hilfsbedürftig war. Die Stallarbeit schaffte er nicht allein. Seine Projekte, die er auf dem Hof versuchte umzusetzen, schaffte er nicht allein; ja, er schaffte sein ganzes Leben nicht allein. Angewiesen auf eine zweite Person, die immer da war und ihm den Rücken frei hielt, sei es beim Melken oder mit der Hausarbeit. Sein Leben war gar nicht so konzipiert, alsdass er es alleine hätte schaffen können. Das war unmöglich.

Allerdings war seine Mutter, auf die er sich berief, schon alt, ähnlich alt wie Nicolas Chef. Das hieß, über kurz oder lang würden beide ihre Stützen, die ihre Leben hielten, verlieren und hätten am Ende - sich. Dass sie sich über den Weg gelaufen sind, schien wie eine logische Schlussfolgerung des Schicksals, das sie zusammengeführt hat und ihnen beiden an ihrer gegenseitigen Liebe keinen Zweifel ließ. Sie schienen füreinander gemacht, ja, füreinander geschaffen zu sein. Sie sollten sich treffen, um sich gegenseitig zu helfen und vielleicht sogar ein Stück weit zu retten. Dessen war sich Nicola sicher. Es konnte gar nicht anders sein. Wenn es eine Erklärung dafür gab, dass sie sich hier, an diesem Ort, in den Armen dieses Mannes wiederfand, den sie mehr liebte als jeden Menschen, dem sie jemals begegnet war, dann diese.

Ihr Chef hörte ihren Ausführungen gebannt zu, wenn sie versuchte, in Worte zu kleiden, was sie dachte, fühlte und erlebte.

"Aha", er lächelte zu ihr rüber, "der Zahnarzt ist also ein Milchbauer." Beide wussten, was gemeint war. Und Nicolas Gefühl sagte ihr: sie hatten Recht.

Gerold rief an. Wie immer nahm sie ab und war trotz all der vergangenen Unstimmigkeiten, die es ihnen verboten haben, gemeinsam weiterzugehen, froh und dankbar für diesen Kontakt:

"Hallo Püppi", begrüßte er sie in vertrauter Manier. Obwohl sie durch eine Trennung gingen und der Auszug noch lange nicht abgeschlossen war, haben sie einander gegenüber nie die Achtung und den Anstand verloren. In alt vertrauter Freundlichkeit tauschten sie neue Gedanken aus, waren sich irgendwie nahe, verstanden sich.

"Wie geht's dir?", fragte er besorgt und ernsthaft interessiert.

Sie wollte nicht zu viel von ihren Gefühlen zu Lolli preis geben, obwohl Gerold sie natürlich erahnte:

"Mir geht's soweit ganz gut. Ich bin viel oben bei ..", sie sprach den Satz nicht zu Ende.

"Habe ich dir nicht gleich gesagt, dass Lolli nicht vielleicht ein Mann für dich sein könnte?"

Ja, das hat er. Gleich nach dem ersten Treffen, als Lolli bei ihnen auf dem Hof gewesen war und Steine abgeladen hatte, die noch immer unangetastet dort lagen.

Nicola schwieg. Irgendwie fühlte es sich seltsam an, von ihrem Ex-Partner solche Worte zu hören, wo *er* doch eigentlich derjenige hätte sein sollen, der an ihrer Seite steht - der Schriftsteller und Feingeist, der er war, auch wenn er sich selbst abschnittsweise vergaß und gehen ließ - und nicht der Bauer.

"Ich habe diese komischen Träume, weißt du? Todesträume. Immer wieder werde ich schwer verletzt von irgendjemand anderem, liege auf dem Boden im Sterben und Lolli steht daneben und guckt zu."

Der letzte war gerade einmal zwei Tage her. Dorffest in Linderow. Alle waren versammelt. Nicola stand vor ihnen und die Blicke der Männer hafteten an ihrem weißen Kleid, das ihr leicht um ihre schlanken Beine wehte. Im Hintergrund grölten ein paar Besoffene, und die Musik schallte aus dem Bierzelt zu ihnen herüber, viel zu laut, als dass Nicola auch nur einen Meter näher hätte herangehen wollen. Und plötzlich, wie aus dem Nichts heraus, wurde sie mit voller Wucht von einer halbvollen

Bierflasche am Kopf getroffen. Sie flog zur Seite, krachte gegen den Hänger, der nicht unweit von ihr stand, fiel hin und schlug erneut mit dem Kopf auf. Diesmal auf die eiserne Kupplung des Hängers, die ihr unglücklicherweise zugewandt war. Sekunden später war sie blutüberströmt.

Die Männer sprangen auf und wandten sich ihr sofort zu, Chaos brach los, jemand schrie, Leute kamen angelaufen, was Nicola allerdings nur noch im Dämmerzustand mitbekam. Lolli war in höchster Alarmbereitschaft, weil er sofort die Geschichte seines Vaters vor Augen hatte, der vor vielen Jahren auf diese Art und Weise bei einem Sommerausflug ums Leben kam. Es war heiß. Er und seine Kumpels waren unterwegs, als sein Vater unglücklich fiel und mit dem Kopf gegen einen Hänger schlug. Im Krankenhaus stellte man innere Blutungen fest, die nicht zu stillen waren. Er wachte nicht mehr auf und verstarb nur zwei Wochen später.

Jetzt blickte er auf Nicola nieder, der das Blut aus der Nase und einer großen Platzwunde am Kopf über ihr Gesicht lief und ins Gras tropfte. Nicola spürte Lollis Blick und wandte sich ihm mit aller Kraft zu bevor auch das letzte bisschen Wahrnehmung schwand und sie für immer das Bewusstsein verlor.

"Schräge Träume hast du. Glaubst du, die haben eine Botschaft?"

"Die Sache wird mich umbringen und Lolli wird dabei zugucken und mir nicht helfen", antwortete Nicola ohne nachzudenken.

"Gute Zukunftsaussichten", scherzte Gerold, dessen Humor ungebrochen schien und dessen unbeschwerte Art ihr sogar in Augenblicken, in denen ihr überhaupt nicht zum Scherzen zumute war, ein Lächeln ins Gesicht zauberte. Er nahm das Leben nicht so ernst wie die meisten Menschen, die Nicola traf und besaß zudem einen Humor, der nie unter die Gürtellinie ging und immer aus Verständnis geboren war.

"Super Zukunftsaussichten!", pflichtete sie ihm bei. "Erinnerst du dich daran, was damals der Wahrsager gesagt hat? Ich soll auf meine Träume achten. 'You will get warning signs in your sleep' - du wirst in deinen Träumen gewarnt werden - Erinnerst du dich?"

"H-hm", raunte Gerold. Natürlich erinnerte er sich. Der Handleser aus Indien, den sie an diesem einen seltsamen Abend im Hotel Berlin getroffen hatten. Sie beide, wo sie doch so ungern ausgegangen sind, zog es an diesem Abend in die Berliner

Innenstadt wo sie in dieser Hotelbar Cocktails tranken. Überhaupt nicht ihre Art. Und dort, in der Lounge, trafen sie Mr. Singh, einen Inder aus Kalkutta, der Stadt der Künstler, Schreiber und Fortuneteller.

"Zeigt mir eure Hände, ich lese euch euer Leben", begrüßte er sie. Er erzählte ihnen, wie sie sich getroffen haben und dass sie umziehen werden, ein Haus kaufen, etwas weiter weg. Er offenbarte ihnen Details über ihr Leben und ihre Zukunft, die alle - ausnahmslos alle - so eintrafen, wie er sie vorausgesagt hatte. Inklusive die Sache mit den Träumen: "You will get warning signs in your sleep." Du wirst warnende Zeichen in deinen Träumen erhalten.

"Was soll ich jetzt tun?", fragte Nicola hilfesuchend ihren Ex. "Eigentlich geht's mir mit Lolli sehr gut, doch unterschwellig habe ich das Gefühl, mich in mein eigenes Verderben zu manövrieren. Und dann diese Träume. Ich will da nicht hin, fühle mich aber so sehr dort hin gezogen, dass ich dagegen nicht ankomme. Ich komme da nicht weg. Kannst du mir nicht helfen?"

Nein, das konnte er nicht. Er konnte genauso wenig stellvertretend für sie stark sein und ihre Lebensentscheidungen vollstrecken wie sie für Lolli stark sein konnte. Stehen musste jeder für sich. Allein.

Insgeheim hoffte sie, Gerold würde sie am Ende doch noch retten, verwarf diese Hoffnung jedoch sofort wieder, sobald sie am Horizont ihres Bewusstseins auftauchte. Weil es Blödsinn war, so zu denken. Sie war jetzt auf sich allein gestellt. Gerold war weg, die Beziehung vorbei. Auch wenn sie sich nie im klassischen Sinne gestritten hatten und bis heute nicht vollkommen entzweit waren, so ging doch ab jetzt jeder seiner Wege. Gerold war nur noch eine Randerscheinung. Eine Hilfe. Eine Stütze. Vielleicht. Manchmal.

Brauchte sie Gerold überhaupt? Oder klammerte sie sich nur an ihn, aus einer tief vertrauten Lebensangst heraus, die nur er kannte und verstand? War die Sorge, ihn zu verlieren und loszulassen, echt, oder von Selbstzweifeln gespeist, die ihr immer wieder einhämmerten, nicht gut genug und den Anforderungen dieses Leben einfach nicht gewachsen zu sein?

Denn die Realität hatte auch eine andere Seite: kaum war Gerold vom Hof, taten sich neue, ungeahnte Türen auf. Nicht, dass Lolli ihr zur Seite gestanden hätte. Der brauchte Unterstützung für sein eigenes Leben. Der wollte sie 'um sich haben', wie er oft und gerne betonte. Doch es kamen andere Helfer aus dem Ort, die plötzlich wie aus dem Nichts auftauchten und Arbeiten für sie verrichteten, die sie alleine, als die zierliche Frau, die sie war, nicht im Stande gewesen wäre zu bewältigen. Warum also machte sie sich Gedanken? Woraus entsprang ihre Sorge? Oder gehörte diese, wie so viele andere Gefühle, von denen sie vor kurzem noch glaubte, besessen zu sein, auf ein Mal der Vergangenheit an? Deuteten ihre Träume möglicherweise auf die Vergangenheit, die sie zeitgleich zu ihrer Liebe zu Lolli verarbeitete und die Traumwelten vermischten einfach nur Vergangenes mit Gegenwärtigem? War die Zeit der Angst vielleicht vorbei? Das Telefon klingelte erneut. Lolli. Ihr ungutes Gefühl schob sie schnell noch beiseite und schrieb es ihrer längst vergangenen Liebe zu. Unberechtigterweise.

*

Der Sommer hielt langsam Einzug und ihre Anwesenheit auf dem Hof war schon fast zur Gewohnheit geworden. Früh um halb sechs klingelte der Wecker. Kaum wachte Nicola auf, rutschte sie rüber auf Lollis Seite und kuschelte sich so dicht an ihn, wie sie konnte. Er hielt sie fest in seinen Armen und sie drückten und streichelten sich, bis es Zeit war, das Bett zu verlassen. Manchmal nickten sie für Sekunden wieder ein, manchmal streichelten sie sich, fassten sich zärtlich an, küssten sich, bis er so erregt war, dass er nicht mehr anders konnte, als sie zu lieben. Immer vorsichtig, immer liebevoll, innig, intensiv.

Der morgendliche Tagesablauf war zur Routine geworden. Er ging runter und setzte Kaffee auf, sie schüttelte kurz noch mal die Betten auf und folgte ihm. Unten deckte sie den Tisch, immer für drei, nicht für zwei. Auch wenn die Mutter meist im Bett blieb und zum ersten Frühstück, wie es hier hieß, nicht erschien. Es wurde kurz etwas gegessen, ein Pott Kaffee getrunken und dann ging es ab in den Stall.

Nicola begrüßte ihre Hunde. Lolli rauchte eine Zigarette, dann ging die Arbeit los. Sie verschwand in der Milchkammer bzw. der Waschküche, wie sie es bezeichnete, auch wenn dieser Raum so nie genannt wurde, und setzte die Kannen zusammen. Vier große Melkkannen, vier in sich verschlungene Deckel und Geschirre, die in einem merkwürdigen System an ein paar viel zu kleinen Haken an der Wand hingen.

Dazu die zwei großen blauen 15-Liter-Eimer, kochendes Wasser und Säure, die Nicola immer erst ganz zum Schluss hinzufügte, um den Dämpfen so gut es ging zu entgehen. Das Raustragen all dessen war der schwerste Teil der morgendlichen Arbeit. An den beiden Eimern schien sie schier zu verzweifeln.

"Ich schaff das nicht, Lolli", traute sie sich an diesem Morgen vorsichtig zu sagen. "Die Eimer sind zu schwer. Ich habe nachts schon Unterleibsschmerzen von dem schweren Gewicht."

Sein Gesicht war alles andere als erfreut. Nicola hatte sofort ein schlechtes Gewissen, als ihre Blicke sich trafen. Sie wollte, für nichts auf der Welt, diese wundervolle, geheimnisvolle, ja zärtliche Verbindung, die ihre Seelen vom ersten Moment an miteinander verknüpfte, kaputt machen. Nicht daran kratzen. Ihr keinen Schaden zufügen.

Fehlanzeige! Er ging murrend an ihr vorbei, ärgerlich darüber, dass jetzt auch noch so eine banale Arbeit an ihm hängen blieb. Und das nur wegen ihr!

Schweigend trieben sie die letzten Kühe an den Melkstand und begannen mit der Arbeit. Er brachte Futter auf die Mitte des Melkstandes, das er mit einer alten Schiebkarre schwungvoll über ein zerfahrenes, angelegtes Brett manövrierte, kippte den Mais rechts und links ab und die Tiere machten sich sofort über ihn her.

"Dann stehen die Kühe ruhiger", erklärte er ihr eingangs mal.

Nicola zog den ersten großen Eimer zu sich heran, griff in das heiße Wasser und säuberte mit dem darin schwimmenden Lappen das erste Euter. Dieses war heute ausnahmsweise mal nicht so dreckig wie sonst. Vor allem dann, wenn die Kühe sich auf der Weide in den Matsch oder die Scheiße gelegt haben, erforderte es viel Mühe, die Tiere so sauber zu bekommen, dass sie melkfertig waren. Denn zuweilen klebte der Dreck in dicken Schichten unten an den Eutern und Nicola war kaum im Stande, die dicke Schmutzschicht mit dem kleinen Lappen zu entfernen. Zusätzlich wurde die eine oder andere Kuh beim Säubern ihres Euters unruhig und begann, mit dem Schwanz zu schlagen, an dessen

Quast meist ebenfalls Dreck und Scheiße hingen, die ihr dann mit einem gezielten Schlag ins Gesicht gewischt wurden.

Als das Euter sauber war und sie mit mittlerweile schnellen, geschickten Handgriffen jeden der Striche angemolken hatte, schob sie den Eimer zur Seite und holte die erste, große Kanne, schloss den Schlauch oben an, öffnete den Hebel, der das Vakuum erzeugte, ging abermals in die Knie, nahm das Melkgeschirr ab, drehte es mühsam mit zwei Händen um und schloss die einzelnen Melkbecher an die jeweils vier Striche. Kurz festhalten, bis sich das Vakuum aufgebaut hat und das Geschirr hielt. Aufstehen. Nächste Kuh.

Lolli kam nach dem Füttern zum Melken hinzu, hockte sich zur ersten angeschlossenen Kuh und wartete, bis sie ausgemolken war. Dann entließ er über einen kleinen Knopf unten am Geschirr das Vakuum und die Melkbecher fielen fast von alleine ab. Jedenfalls sollte es so sein. Die Realität sah allerdings so aus: er wartete gar nicht erst, bis das Vakuum verebbt war, sondern riss mit einem Ruck das Geschirr von der Kuh, was die Tiere nicht selten vor Schmerzen zusammenzucken ließ. Er spürte das nicht. Er machte diesen Job sieben Tage die Woche seit nun bald 46 Jahren am Stück. Jeden Morgen und jeden Abend. Betriebsblindheit nannte man das wohl.

Sie sprachen an diesem Morgen kein Wort miteinander. Lolli verrichtete versunken seine Arbeit und es schien, als würde er sie absichtlich keines Blickes würdigen. Nicola dagegen fühlte sich schuldig, dass er nur wegen ihr Extraarbeit hatte, die all die Jahre seine alte Mutter verrichtet hatte, die dementsprechend kaputt auf den Knochen war. Sie war nicht ganz 78, hatte mehrere Rückenoperationen hinter sich und konnte nur noch gebückt laufen. Arbeiten war nur noch möglich, wenn sie ein Stützkorsett trug, das ihrem ohnehin schon schwachen Rücken wenigstens ein bisschen Halt gab. Seine Mutter hatte sich ihr Leben lang kaputt geschunden mit Arbeit, die eigentlich viel zu schwer für jeden Menschen war, ohne Rücksicht auf sich selbst und andere. Doch nicht aus der Not heraus, wie ihr immer wieder eingeredet wurde, sondern aus ihrer eigenen, freien Entscheidung, wie Nicola im Laufe der Zeit verstehen sollte.

Angeblich waren die Erbschaftsverhältnisse des Hofes nie geklärt worden. Jede Möglichkeit, hier Erneuerungen einzuleiten oder Investitionen zu tätigen, waren im Vorfeld vereitelt worden. Und so herrschte hier seit über 50 Jahren absoluter Stillstand. Lolli gehörte nichts. Der Mutter gehörte so gut wie alles. Ihre Hälfte und der Anteil des Vaters. Der kleine Rest, der übrig war, ging an Lolli und seine fünf Schwestern, die alle in sehr frühen Jahren ausgezogen waren und sich hier selten blicken ließen. Im Fall der Fälle würde der Hof an alle sechs Erben zu gleichen Teilen gehen und umgehend verscherbelt werden. Denn Lolli konnte seine Schwestern weder auszahlen noch sie dazu bewegen, ihm einen Pachtvertrag auszustellen, der ihm wenigstens seine Einkommensquelle bis zur Rente gesichert hätte. Wenn es also hart auf hart kam, verlor er seine Existenzgrundlage.

Eine Rohrmelkanlage, die hier hätte eingebaut werden können, um die Arbeit zu erleichtern, wurde aus anderen Ställen schon seit langem wieder ausgebaut. Denn die nächste Revolution im Bereich der Milchwirtschaft hielt in rasend großen Schritten Einzug: Die Melkroboter. Nein, es waren keine Roboter, wie wir sie im klassischen Sinne kennen, die im Aussehen dem Menschen nachempfunden sind und die mit zwei Melkgeschirren durch den Stall rollten, mit blinkenden Kappen auf dem Kopf und allen möglichen Knöpfen rund um den Rumpf. Nein.

Nicola kannte diese Technik nur vom Hörensagen, wusste von großen Ställen und sogenannten Melkstationen, welche die Kühe aufsuchen konnten um mechanisch abgemolken zu werden.

Viele Bauern investierten jetzt in ihre Betriebe. Die Zukunft stand unmittelbar vor der Tür. Die Milchquote, die einmal eingeführt wurde, um die Preise auf dem Markt stabil zu halten, sollte in weniger als zwei Jahren abgeschafft werden und alle Bauern rätselten, was dann wohl passieren würde. Fielen die Preise ins Bodenlose? Und wann würde der Preis sich wieder erholen? Ab welcher Betriebsgröße könnte sich die Milchwirtschaft noch rechnen? Wieviele kleine Betriebe würden durchs Raster fallen und aufgeben müssen, weil sie den Einbruch der Preise nicht überstehen konnten?

Auch Lolli hatte den Tiefstand der Milchpreise 2009 schmerzlich zu spüren bekommen.

"Ich habe in dieser Zeit bares Geld zur Straße gebracht", erklärte er immer wieder.

Die Preise waren so schlecht, dass die Bauern ihr eigenes Geld dazulegen mussten, um in diesem Jahr Milch zu produzieren. Jetzt verstand Nicola auch die Bilder, die damals in der Berliner Abendschau durchs Fernsehen gegangen waren. Sie hatten gezeigt, wie eine große Zahl an Bauern vor dem Brandenburger Tor auflief und ihre Milch direkt auf dem Pariser Platz in die Gullis laufen ließ. Die haben einfach nichts mehr an ihrer Arbeit verdient. Die haben dafür bezahlt, tagtäglich im Stall zu stehen und ihr Vieh zu versorgen, damit wir unsere Milch noch ein paar Cent billiger kaufen konnten, als wir es ohnehin schon immer taten.

Selbstverständlich kann man nicht einfach in einem Jahr Milch produzieren und im nächsten, wenn die Preise gerade mal nicht stimmen, kurzfristig damit aufhören um dann, wenn sich die Preise wieder erholt haben, erneut damit anzufangen. Solch ein Betrieb baut sich nicht in ein paar Monaten auf. Einen Bestand an Milchkühen zieht sich kein Bauer schnell mal in ein paar Wochen heran. Die geborenen Kälber müssen aufwachsen und erst das richtige Alter erreichen, um selbst zum ersten Mal zu kalben bevor das einzelne Tier in die Milchproduktion eingearbeitet werden kann. Es erfordert jahrelangen Vorlauf, sich einen Bestand an Tieren heranzuziehen, der es einem ermöglicht, gewinnbringend zu wirtschaften. Dazu reichen zwei oder drei Tiere nicht aus. Die 22 Milchkühe, die Lolli im Stall zu stehen hatte, war nahe an der absoluten Untergrenze des betriebswirtschaftlich Vertretbaren. Und dann war dieser geringe Verdienst gekoppelt an das Schleppen von Kannen und Eimern per Hand durch den dunklen Stall. Unwirtschaftlicher kann man sein Geld heutzutage kaum mehr verdienen.

Nach der Melkarbeit mussten die Kannen gespült werden, was mittlerweile ebenfalls in Nicolas Aufgabenbereich fiel und nicht mehr in den von Lollis Mutter. Er entließ die Tiere vom Melkstand, fütterte die paar wenigen Jungtiere in der Scheune, machte draußen sauber und fegte den Dung weg, den die Tiere hinterlassen hatten. Meist waren sie beide zur selben Zeit fertig. Zweites Frühstück.

Heute strahlte Lolli sie nicht wie gewohnt an, nahm sie nicht in seine Arme und drückte sie auch nicht fest an sich, als sie fertig waren. Er schaute nur in die Milchkammer, in der sie gerade den letzten Eimer spülte und weghing und deutete mit seinem Blick, dass es an der Zeit war, reinzugehen.

Die Uhr zeigte kurz vor halb neun. Fast zwei Stunden Arbeit für zwei Leute für das Melken von 22 Kühen.

Beim zweiten Frühstück saß die Mutter meistens mit am Tisch. Sie war schwerhörig und somit gestaltete sich jedes Gespräch als sehr mühsam. Immer musste sehr laut gesprochen werden, was Nicola zu schaffen machte, denn sie liebte die Stille und hasste es, das, was sie erzählte, fast schreien zu müssen, damit ihr Gegenüber es verstand. Außerdem verzerrte es in den meisten Fällen die Konversation, denn die Stimmlage beim Schreien ist von Natur aus eine andere, als wenn man normal miteinander sprechen kann.

Zwar besaß die Alte ein Hörgerät, benutzte es jedoch nie. Sie zwang somit auf ihre Art jeden, der mit ihr sprach, sie anzuschreien.

Nach dem Frühstück holte Nicola ihre Sachen von oben. Abbie und Tara erwarteten sie jedes Mal sehnsüchtigst, wenn sie zum zweiten Mal morgens in den Stall kam, denn sie wussten, dass es dann nach Hause ging. Und sie liebten es, mit Nicola zusammen zu sein und Zeit mit ihr zu verbringen. Zu wissen, dass sie da war, und sich ihrer Nähe sicher zu sein, war für diese kleinen Tiere ihr Lebenselixier. Nicola erweichte es jeden Tag aufs Neue das Herz. Ihre Schätze! Was für Sonnenscheinchen doch diese Hunde waren!

*

Normalerweise begann Nicola am Vormittag mit ihrer Schreibarbeit. Sie machte es sich bequem, damit sie in Ruhe denken konnte, klappte ihr Netbook auf und schrieb das nieder, was sie in feiner Denkarbeit am Vortag in ihrem Kopf erarbeitet hatte. Doch obwohl sie die Schreiberei liebte und die Jahre mit Gerold, in denen sie das Leben einer Schriftstellerin führte und wunderbare Bücher geschrieben hat, fraglos zu den schönsten ihres bisherigen Lebens zählten, rückten sie doch langsam und unmerklich zusammen mit ihm in die Vergangenheit. Natürlich war sie damals in ihrem Element. Hier gehörte sie hin. Doch warum sollte sie diesen Weg weiter gehen, wenn sie auf ihm verhungerte?

Gerold war ihr Negativbeispiel dafür, was passierte, wenn man sich einzig und allein auf die Schreiberei verließ. Eine Horrorvision. So wollte sie nicht enden!

Außerdem war Nicola weder frei im Kopf noch spürte sie in sich die Kraft und den Elan, sich hinzusetzen und ein neues Buch zu verfassen. Sie war müde. Müde von den vielen Jahren erfolglosen Wirkens, müde von dem langen, mühevollen Weg mit Gerold, der sie hier in diese Einöde führte und sie viel, viel Geld und Mühe gekostet hat. Und nicht zuletzt war sie müde von der Stallarbeit. Ihre Hände schmerzten. Ihr Rücken tat ihr weh. Und ihre Knie! Die ständige Arbeit in der Hocke, die sie nicht gewohnt war, machten ihr enorm zu schaffen. Ihr Körper war erfüllt von Schmerzen, der bis in die Knochen strahlte - oder von ihnen ausging? - sie konnte es nicht sagen.

Anstatt zu Schreiben, legte sie sich hin und fiel augenblicklich in einen Erschöpfungszustand, der sie benebelte. Was sollte sie tun? Das hier war nicht ihr Leben. Aber was war es dann?

*

"Unsere Krise war nicht nur eine Beziehungskrise, sondern auch eine berufliche", sagten sie und Gerold sich wiederholt am Telefon.

"Wäre das mit den Büchern anders gelaufen und unser Konzept aufgegangen, dann hätten wir uns vielleicht nie getrennt", versicherten sie sich.

Sie hatte geschrieben und er ihre Bücher redigiert, ihr Rat gegeben, als Ideengeber, als Lektor gewirkt. Sie haben sich gemeinsam die Pferdebuchserie erdacht, in die sie ihre Erfahrungen aus der Reiterei und er sein schriftstellerisches Können gebracht hatte. Gemeinsam haben sie sich eine Geschichte samt Charakteren, Handlungsabläufen, Situationen, Orten, Ereignissen, ganze Lebensläufe und Werdegänge erdacht. Drei Bände hatte Nicola geschrieben und ihrem gemeinsamen Literaturagenten in die Hand gedrückt. Sogar zur Buchmesse nach Leipzig waren sie gefahren, nur um ihn zu treffen. Doch nichts war passiert. Der Agent war eine Flasche. Er machte: Nichts. Gar nichts.

Sie haben jahrelang gearbeitet und fanden sich am Ende ihres Weges am Abgrund wieder. Es blieb nur noch die Trennung. Die Kate haben sie in geschickter Manier auf Nicola übertragen, die sie ohnehin fast vollständig bezahlt hat, und retteten sich selbst noch mit letzter Kraft vor dem totalen Verlust all ihres Hab und Gutes, des Hauses, das alles war, was sie besaßen, und haben gehofft, die Änderung des Grundbucheintrages würde durch sein, bevor auch der allerletzte Dispokredit von Gerold ausgereizt war und sie doch noch in den Strudel hineingerissen würden, der ihre beiden Existenzen verschlungen hätte.

Dabei war das Konzept so gut gewesen, ihr gemeinsames Leben so farbenreich erdacht, die Grundlage zum Schreiben, die vor allem aus Ruhe und Abgeschiedenheit bestand, gegeben. Alles schien perfekt gewesen. Doch das war es nie gewesen.

Nun lag sie da, ihre beiden, sie über alles liebenden Hunde an ihrer Seite, erfüllt von Schmerzen, die nicht allein aus der Stallarbeit resultierten, sondern ein komplett gescheitertes Leben in sich bargen. Sie war kaum in der Lage, ihren Körper in die Senkrechte zu bringen, so geschafft schien sie. So sehr hatte ihr das Leben zugesetzt.

Gerade mal eine Runde mit den Hunden meisterte sie noch, ihnen zuliebe, damit sie endlich mal Sonne, frische Luft und grünes Gras erlebten und nicht nur den stinkenden, dreckigen Hof oben an der Hauptstraße.

Der Abstand zu Gerold wurde immer größer, schon alleine deshalb, weil sie nicht mehr so nah aufeinander saßen. Und mit dem Abstand schwanden auch Nicolas Gefühle der Abneigung. Ganz allmählich wurden die darunter verborgenen Hoffnungen, die sie einst gemeinsam mit ihm hierher geführt hatten, wieder sichtbar und laut. Es hätte doch alles so schön sein können!

Sie war doch so glücklich mit ihm und diesem freien, geistreichen, schöpferischen Leben gewesen. Warum hatte es nicht sein sollen? Warum musste ausgerechnet die Sache mit ihr und Gerold so schief gehen? Warum durfte sie nicht endlich einmal Glück haben und ein normales Leben führen, das ein wenig Stabilität bot, eine Arbeit verrichten, für die sie geschaffen war, die ihr Herz erfüllte und vor allem: die sie gut konnte und die ihr leicht von der Hand ging. Und damit am Ende auch Geld verdienen, so wie tausende andere auf dieser Welt auch? Warum musste alles in ihrem Leben so dermaßen schief gehen?

Ihre Welt brach über sie herein. Die Wahrheit ihres Daseins erdrückte sie und sie fühlte sich vom Schicksal geschlagen, von ihren eigenen Talenten betrogen, mit denen sie zwar reich beschenkt war, aber die ihr einfach nicht ermöglichten, zu existieren. Was lief bloß falsch? Warum musste ihr Weg so furchtbar steinig sein?

Gerold trank. Er versenkte sich in Alkohol und war immer wieder tagelang nicht ansprechbar.

"Meine Droge ist der Kuhstall", erklärte Nicola ihm immer dann, wenn das Thema auf seinen Rausch kam, der es ihm erlaubte, vor seiner Wahrheit zu flüchten. "Ich mache auch nichts anderes", bestätigte Nicola voller Verständnis. "Guck dir doch an, was ich mit mir und meinem Leben mache. Das ist auch nichts anderes, als mich zuzudröhnen und auszuschalten. Mehr ist das nicht. Ich mache es halt nur auf eine andere Art als du."

Und das stimmte. Es war die bittere Wahrheit. Sie wusste das. Sie wusste das von Anfang an. Nur an diesem sonnigen Sommertag, den sie im Bett verbrachte, brach es über sie herein.

Abends lag sie wie gewohnt auf seiner Couch vor dem Fernseher, die Mutter zog sich ihrerseits in ihr Zimmer zurück und Nicola war allein. Sie saß unten in der Küche, als ihr Bruder anrief. Sie flüchtete sich für dieses Gespräch zu ihren Hunden in den Stall, merkte, dass sich Tränen ihren Weg bahnten, die Nicola nicht mehr lange würde unterdrücken können.

"Schwesterchen, wie geht es dir denn?"

Sie weinte. Bitterlich.

"Jetzt, wo auch noch die Sache mit Gerold schief gelaufen ist und ich es mit der Schreiberei nicht geschafft habe, auf die Beine zu kommen, kann ich ebensogut Kühe melken. Das ist jetzt auch egal."

"Willst du dich denn aufgeben und alles, wofür du so lange gearbeitet hast, wegschmeißen? Willst du wirklich dein Leben fortwerfen?"

"Welches Leben denn?"

Lolli hielt sie fest an sich gedrückt, sogar wenn er schlief. Vor allem, wenn er schlief. Er hielt sie, wollte sie, liebte sie, wünschte sich, dass sie immer bei ihm war. Jeden Tag. Jede Nacht. Immer.

Wenn es etwas gab, das ihr gut tat und das ihr Seelenheil ein Stück weit wieder herzustellen vermochte, dann war es die Beziehung zu ihm. Nicola badete in seiner Zuneigung und Liebe. Sie sog seine Berührungen und seine Nähe förmlich in sich auf. Niemals wollte sie ihn loslassen und niemals wollte sie von ihm losgelassen werden. Für keinen Preis der Welt. Und wenn sie für den Rest ihres Lebens im Kuhstall stehen sollte, den Haushalt machen, die Zimmer putzen, egal. Es war alles egal. Nichts spielte mehr eine Rolle. Sie würde alles dran setzen und einfach alles tun für diese Liebe, die so stark und so echt war, so rein und so ungestört. Er war alles für sie. Noch nie hatte sie so geliebt, fühlte sich so zu einem Mann hingezogen, hatte solch ein Verlangen nach einem Menschen gehabt wie nach Lolli. Er WAR es einfach. Nichts auf dieser Welt konnte das, was zwischen ihnen stand, zerstören. Nichts und niemand. Ihn schickte der Himmel. Er war ihr Heil. Wenn es etwas gab, das gut war in ihrem Leben, dann war es ihre Verbindung zu ihm. Sie liebte ihn aus tiefsten Herzen, über alle Maße. Und wenn alle Welt in Dunkelheit versank, ihre Existenzgrundlage einbrach und die letzten ihr vertrauten Menschen weit weg waren und sich mit jedem Jahr, das verging, weiter von ihr entfernten: dieses Licht, das ihre Liebe in ihr entzündete, leuchtete und überstrahlte all ihre Sorgen und Gedanken, all ihre Ängste, ihre Einsamkeit und Verlassenheit.

Sie wollte sich umdrehen, doch Lollis Griff, mit dem er sie hielt, war so fest, dass sie es nicht wagte, sich zu bewegen. Sie blickte kurz auf. Er schlief, tief und fest. Sie entschied sich, so liegen zu bleiben und ihn durch ihre Bewegungen nicht zu wecken. Ihr Kopf versank in dem Kissen direkt neben seinem Gesicht. Sein Geruch stieg ihr mit jedem Atemzug in die Nase und damit das Glück, bei ihm sein zu dürfen, mit ihm sein zu dürfen, ihn ganz nahe zu spüren. Langsam träumte sie sich davon.

*

Sie fand sich in den Wirren eines Sklavenmarktes wieder. Sie war eine Sklavin. Ein Sklaventreiber ging durch die Menge. Er suchte nach jungen Frauen. Nicht aber, um sie für sich arbeiten zu lassen, sondern um Dinge mit ihnen zu tun, die so schrecklich waren, dass sie dazu nur ein Gefühl und keine Bilder hatte. Sie wusste nur, dass er die Frauen, die er sich aussuchte, quälte, sie missbrauchte, sie folterte und ihnen unermessliche Schmerzen zufügte.

Er wählte Nicola aus.

Und nahm sie mit.

Natürlich starben alle Frauen, allerdings nicht unter seiner Hand, sondern unter der Hand des Herrschers - desselben Herrschers, den Nicola schon in den großen, mondbeschienenen Hallen vor sich hatte.

Heimlich schaffte sie es, sich davonzustehlen. Zwar war sie nicht ausgebrochen, aber sie ist gestorben; hat ihren Körper verlassen, bevor er mit ihr 'fertig' war.

Er fand sie tot. Sie konnte ihn sehen, denn sie schwebte über dem Geschehen; und er war wütend. Er hat getobt! Nicht weil sie tot war. Zu Tode foltern wollte er sie sowieso. Sondern weil sie gestorben ist, obwohl er das für sie noch gar nicht vorgesehen hatte.

*

Die Melkarbeit begann am nächsten Tag wie immer früh. Die Mutter war am Frühstückstisch nicht anwesend, kam dafür aber nach hinten, als Lolli und Nicola schon voll in den Gängen waren. Sie hatte sichtlich schlechte Laune, ging auf Lolli zu und keifte ihm irgendetwas entgegen. Nicola war zu weit weg und konnte es nicht hören. Sie wurde, im Gegensatz zu Lolli, gänzlich von der Alten geschnitten und mit voller Absicht keines Blickes gewürdigt. Nur eine verachtende Handbewegung ging in ihre Richtung, als die Mutter an ihr vorbeilief.

Nicola suchte mit ihren Augen nach Lolli und hoffte, in einem Blick von ihm Rückhalt zu finden. Fehlanzeige. Lolli sah sie nicht einmal an. Nicht einmal, als auch er an ihr vorbei lief, einen vollen Eimer Milch in der Hand.

Alles hat seine Schattenseiten, beruhigte sich Nicola selbst. *Nichts ist perfekt. Die perfekte Beziehung gibt es nicht.*

Beim zweiten Frühstück war die Alte anwesend und konnte nur mit Mühe ihren aufkochenden Zorn im Zaum halten. Von Abneigung erfüllte Blicke trafen Nicola ein ums andere Mal. Wenn das Gespräch am Tisch ihr zugewandt war, wandelte sich die Stimme der Alten in ein wuterfülltes Zischen.

Lolli schien das komplett kalt zu lassen. Er tat gerade so, als würde er es nicht bemerken. Oder bemerkte er es wirklich nicht? Dabei war die Spannung hier im Raum und die Feindseligkeit dieser Frau doch alles andere als zu übersehen!

Lolli stand Nicola weder bei noch half er ihr weiter mit einer Erklärung, sondern verließ einfach die Küche, als er fertig mit Frühstücken war und überließ Nicola dem Zorn seiner Mutter.

Kaum hatte er die Wohnung durch den Flur verlassen und war im Stall verschwunden, platzte es aus der Alten heraus. Sie zitterte vor Wut, ihr Blick bohrte sich in Nicolas Fleisch, sodass ihr augenblicklich übel wurde.

"Was ist dein Problem?", ging Nicola auf sie zu.

Die Alte hastete in den ebenfalls vom Flur abgehenden Wirtschaftsraum, nahm eine leere Tupperdose, die Nicola auf der dort platzierten Küchenanrichte abgestellt hatte, und warf sie ihr entgegen:

"DEINEN MÜLL MUSST DU NICHT HIER BEI UNS ABRÜMPELN!", schrie sie aus voller Kehle.

Nicola verstand die Welt nicht mehr. Eine leere Tupperdose war der Grund ihres Zorns? War die Frau verrückt?

"Aha", erwiderte sie, "Was noch? Was ist dein Problem mit mir?"

"DU HAST HIER ÜBERHAUPT NICHTS ZU SUCHEN!", wollte sie am liebsten schreien, doch verlor sich in Ausführungen über leere Dosen und irgendwelche Haarspangen, die in diesem voll chaotischen Wirtschaftsraum, in dem sogar die Fliesen von den aufgequollenen Wänden platzen, nicht im geringsten auffielen. Doch ihr fielen sie auf. Und erfüllten sie mit einer Wut, die nicht im entferntesten in Relation zu dem Sachverhalt stand.

Nicola beobachtete die vor sich hin wütende Frau. Hinter verschlossener Tür wirkte sie garnicht mehr so unbeholfen und instabil. Ihren Stock, mit dem sie demonstrativ draußen über den

Hof lief, hatte sie im Haus oder im Stall nie dabei. Den stellte sie immer gleich als erstes in die Ecke.

Der Vorhang fiel. Langsam schimmerte durch, was ihr von Anfang an prophezeit wurde. Die Fassade bröckelte und es wurde sichtbar, was nicht länger geheimgehalten werden konnte: diese Frau hasste. Tief in ihrer Seele war es schwarz. Und sie duldete niemanden neben sich. Die massive Intensität von Kälte, die durch die bröckelnde Fassade wehte, ließen Nicola erschauern.

*

Lolli war nirgends zu finden. Er war bereits in seinen Trecker gestiegen und vom Hof in Richtung Wiesen gefahren. *Schönen Dank auch! Schön hast du mich auflaufen lassen. Ausgeliefert und hängen gelassen!*

Sie verließ ebenfalls den Hof, fuhr runter in die Köhlerkate und brauchte erst einmal Zeit, um sich von dem Schock zu erholen. Die innige und liebeserfüllte Beziehung zu Lolli schien überhaupt nicht im entferntesten mit der Bösartigkeit der Mutter vereinbar. Da tat sich ein Abgrund auf, der mit dem logischem Verstand allein nicht zu überbrücken war. *Was war denn bitte mit dieser Frau los?*

Nicola selbst hatte zwar auf der Heilpraktikerschule auch eine Ausbildung in Psychologie hinter sich gebracht, ihre eigene Mutter war Medizinalrätin und hatte ihr Leben lang in der Psychiatrie gearbeitet, doch eine Erklärung, die sie beruhigte - geschweige denn zufrieden gestellt hätte - fand sie auch dann nicht, als sie noch so tief in ihrem Fundus stöberte. Die einzige Erklärung: die Frau war tatsächlich geisteskrank.

*

Von diesem Tage an bemühte sich die alte Frau Schacht nicht länger, ihre Abneigung gegen Nicola zu unterdrücken oder zu überspielen. Ganz offen trug sie ihren Hass am Tisch bei gemeinsamen Essen zur Schau, strafte ihre Anwesenheit mit verachtenden Blicken, sprach nicht mit ihr und wenn Nicola dann doch mal etwas sagte, schmiss sie wutentbrannt ihr Messer auf den Tisch oder ihr Brötchen auf den Teller und strafte sie mit Blicken, die töten konnten. Sie versprühte ihren Hass wie eine Spinne ihr Gift, ohne auch nur einen Funken Anstand in ihrer dunklen Seele.

So etwas hatte Nicola noch nicht erlebt. So viel Kälte hatte sie in diesem Leben noch nicht zu spüren bekommen. Und Lolli? Was war mit Lolli?

"Lass 'se einfach düsen", war seine Erklärung, der seine tiefe, ruhige Stimme obendrein solch einen Nachdruck verlieh, dass Nicola hoffte, an seine Worte glauben zu können. Das Problem war nur: *ihn* traf der Hass nicht. Ihr Zorn war nicht gegen *ihn* gerichtet. Spürte er ihn deshalb nicht? Oder wollte er mal wieder nicht spüren?

"Aber Lolli, wenn deine Mutter deine Freundin aus dem Haus grault und mit solch einem Hass konfrontiert, dann richtet sich das doch automatisch auch gegen dich!", erklärte sie verzweifelt und hoffte, er würde sie sehen, ihre Ratlosigkeit erkennen und ihr helfen. Doch ihr Versuch blieb erfolglos. Lolli starrte in diesen Momenten nur schweigend auf den Boden und zog an seiner Zigarette, ohne Nicola anzuschauen. "Sie zerstört doch vor allem DEIN Leben!" Ihre verzweifelten Versuche, ihn zu erreichen, prallten an ihm ab. "Bekommst du denn nicht mit, wie sie mich behandelt? Du sitzt doch direkt danebt!"

"NATÜRLICH BEKOMME ICH DAS MIT!", sagte er vor lauter innerer Zerrissenheit mit solch einer Wut, dass es Nicola augenblicklich die Sprache verschlug.

Stille.

Keiner sagte etwas.

Nicola war sprachlos. Heute Morgen noch erwachte sie in seinen Armen, weckte ihn zärtlichst, liebte ihn, und ein paar Stunden später standen sie hinten auf dem Hof, entzweit, sich auf solch eine plumpe Art und Weise angiftend?

"Du musst sie verstehen", begann Lolli, "sie ist immer noch geschädigt von meiner Ehefrau. Dagmar. Sie hat ihr so zugesetzt! Jetzt denkt sie, alle Frauen würden mich so betrügen und mir so schaden, wie Dagmar es damals getan hat."

"Aber was ist denn passiert? Was war denn bitte *so* schlimm, dass ein solches Verhalten gerechtfertigt ist?"

"Dagmar wollte mich unbedingt heiraten. Sie war zwar nicht meine Traumfrau und wirklich geliebt habe ich sie sowieso nicht, aber ich habe letzten Endes eingewilligt. Ich war ja nun schon 30 und habe gedacht, dass man sich schon irgendwie zusammenleben kann. Auch wenn es nicht die große Liebe ist."

"H-hm", machte Nicola, versuchte Verständnis zu zeigen, gespannt auf den weiteren Verlauf einer Geschichte, die mittlerweile mehr als 15 Jahre zurück lag.

"Es stellte sich aber im Nachhinein heraus, dass sie schon vor der Ehe einen anderen Mann hatte, der ebenfalls verheiratet war. Da allerdings ihre biologische Uhr tickte, und sie - wie wir ja auch - streng katholisch war, musste sie ein Alibi finden, um zu heiraten."

"Und das Alibi warst du?"

"Sie wurde fast unmittelbar nach der Hochzeit schwanger. Lange Zeit hat sie versucht uns einzureden, dass das Kind von mir ist, doch das habe ich nie so richtig geglaubt. Weißt du", sein Blick wandte sich jetzt Nicola zu, "wir haben Weihnachtseinkäufe gemacht, im Jahr unserer Hochzeit. Im Mai haben wir geheiratet, wir waren also noch nicht lange ein Ehepaar. Da kommt ein Bekannter auf mich zu, Dagmar drehte ab, so, wie sie es immer getan hat, wenn wir jemanden getroffen haben, und mein Bekannter fragte mich nur:

'Kennst du die?'

'Wieso?', fragte ich zurück.

'Na, das ist doch die Geliebte von dem Finke!'

Und damit war mir klar, dass ich nicht der einzige Mann war."

Nicola nickte.

"Dann wurde das Kind geboren. Ein Junge. Sie behauptete immer noch fest und steif, das Kind sei von mir. Dabei war es dem Finke wie aus dem Gesicht geschnitten. Ich konnte ja nun nicht mit absoluter Sicherheit sagen, dass das Kind nicht von mir ist, und somit waren alle Vorahnungen doch immer nur Vermutungen. Bis zum Tag der Taufe. Da sollte ich den Kleinen halten. Wir standen am Taufstein. Ich habe so gezittert, dass ich schon Angst hatte, das Kind fallen zu lassen. Dann hat sie sich endlich ein Herz gefasst und mir danach gesagt, dass es nicht meins ist. Ich habe sofort die Scheidung eingereicht."

"Das ist ja eine krasse Geschichte! Sowas habe ich ja noch nie gehört! Das tut mir wirklich sehr, sehr leid."

Nicola war schockiert. Wie konnte eine Frau einem Mann so etwas antun? Und warum heiratete sie noch, wenn sie ihn doch gar nicht wollte? Wirklich Sinn machte das nicht.

"Dagmar hat mir noch einen Brief geschrieben. Den kann ich dir zeigen. Da kannst du selbst mal lesen, wie falsch und verlogen sie war."

"Und deine Mutter hat das durchschaut, oder wie?"

"Sie hat die ganze Zeit geahnt, dass Dagmar fremd geht. Von Anfang an. Sie hat es mir ja immer erzählt. Doch das Schlimmste kam noch: Dagmar hat versucht, die kirchliche Trauung zu annullieren. Und da sollten wir alle zum Pastor, ein Bischof kam zu uns, wir mussten aussagen, unsere Aussagen sogar schriftlich abgeben. Sie wollte einfach nur ihren Pfaffen heiraten, doch den Gefallen habe ich ihr nicht getan! Ich habe alles getan, damit die kirchliche Ehe nicht annulliert wird!"

Nicola hörte aufmerksam zu. Sie sagte nichts, auch wenn ihr diese Geschichte irgendwie merkwürdig vorkam. Fast unglaubwürdig.

"Und das hat meiner Mutter so zugesetzt, dass sie jede Frau spüren lässt, was sie erlebt hat und was ihr von Dagmar angetan wurde. Auch Sandra bekam das zu spüren."

"Wer war Sandra?"

"Sandra war eine Frau aus Rostock, eine Bekannte von Valkamp, hier aus dem Dorf, weißt du?"

Nicola kannte die Valkamps bzw. wusste, wer sie waren:

"Klar."

"Wir hatten uns auf einem Dorffest kennengelernt. Es hat sofort gefunkt. Sie hat bei Rostock gewohnt und hatte eine Tochter, die ein bisschen behindert war. Ihr Mann ist, ähnlich wie dein erster, bei einem Autounfall ums Leben gekommen. Wir hatten eine Wochenendbeziehung. Zwei Jahre lang. Aber die ging dann auch auseinander. Sie hatte einen Job dort und am Ende kam sie kaum noch hier her. Sie hat die Geschichte mit Dagmar von meiner Mutter ziemlich zu spüren gekriegt."

"Ach so."

"Allerdings ist sie am Ende auch fremdgegangen. Ich habe das herausgefunden, weil ich mir bei ihr einen Tripper eingefangen habe. Ich bin dann sofort hingefahren und habe sie zur Rede gestellt. Sie hat überhaupt nichts gesagt, nur geschwiegen. Dann bin ich wieder nach Hause gefahren. Hätte sie mir doch wenigstens eine Erklärung gegeben, dass vielleicht irgend ein Arbeitskollege sie zum Sex gezwungen hat oder so, das hätte ich ja noch verstanden. Aber sie hat einfach nichts gesagt. Gar nichts."

Nicola hatte ein merkwürdiges Gefühl bei diesen Geschichten, doch da war wieder das Problem mit dem schlechten Gefühl. Es war immer da. Darum konnte sie einfach nicht mehr sagen, woher es kam und wodurch es ausgelöst wurde:

"Und deine Mutter hat sie beschimpft, wegen Dagmar?"

"So könnte man es nennen. Sandra ist jedoch nie darauf eingestiegen. Sie war eine ganz Ruhige. Also am besten, man lässt sie einfach düsen. Lass sie, nicht drauf eingehen, fertig."

Das klang einfach, logisch und plausibel. Die Alte einfach links liegen lassen. Sollte doch eigentlich nicht so schwer sein. Außerdem: was hatte sie mit der Mutter zu tun?

Der Arbeitsmodus pendelte sich immer weiter ein. Es war mittlerweile selbstverständlich, dass sie täglich oben bei Lolli war und ihre Arbeit zu zweit wurde Schritt für Schritt zur Routine.

"Wie lange willst du das aushalten?", fragte ihr Chef, dessen Blick auf ihre Hände fiel, die ziemlich geschunden aussahen.

"Ich habe mir gedacht, ich gebe mir ein Jahr. Ein Jahr Pause. Ein Jahr, um zu sehen, ob es funktioniert. Ein Jahr für mich. Und dann entscheide ich, wie es weiter geht. Tun wir uns dann komplett zusammen oder gehe ich zurück in mein Leben und setze den nächsten Roman auf?"

"Die Geschichte könnte dir vielleicht interessanten Stoff bieten, weißt du?", er lehnte sich bequem in die noch bequemere Couch, "ich habe meine Redakteure bei dem Redaktionssitzungen immer gefragt: Was interessiert die Leser?", er schaute zu Nicola herüber. "Na andere", beantwortete er seine eigene Frage. "Die Leute interessieren sich für die anderen. Wenn wir alt sind und auf der berühmten Parkbank sitzen, worüber werden wir uns unterhalten? Darüber, wie sich vor 30 Jahren die Börse entwickelt hat oder darüber, wer gerade Bundespräsident war? Über irgendwelche Celebrities, die es längst nicht mehr gibt oder das Auto, das in die Werkstatt musste? Nein! Über Menschen werden wir reden. Wen wir getroffen haben und was wir mit ihnen erlebt haben. Das interessiert die Leser. Nach dieser Maxime habe ich Zeitungen gemacht."

Er musste nicht weiter sprechen um klar zu stellen, was er damit sagen wollte. Die Auflagen der Zeitungen haben sich unter seiner Führung verdoppelt, der Verlag war nie zuvor und nie wieder danach so erfolgreich wie zu seinen Zeiten. Er war einer der erfolgreichsten Journalisten, die es je gab. Seine Devisen waren reine Erfolgskonzepte.

"Also, im schlimmsten Fall hast du guten Stoff für deinen nächsten Roman. Das sind doch herrliche Aussichten!"

So gesehen fühlte sich ihre Lebenssituation tatsächlich äußerst hoffnungsvoll und licht an. Ob sie es wirklich war, würde sich zeigen. Doch für diese paar Stunden, die sie einmal in der Woche in dem wundervollen Hamburger Büro zusammen mit diesem Mann verbrachte, war ihre Welt tatsächlich in Ordnung und nichts, was so trübe und grau aussah, wenn sie sich in Linderow aufhielt, konnte das Licht dimmen, dass Herr Conrad mit seinen aufbauenden Worten in ihr Leben brachte.

*

Sie war mit Gerold verabredet. Er hatte immer noch genug Sachen da. Der ganze Carport stand voller Kisten, die er seit dem Umzug in die alte Köhlerkate bis jetzt nicht ausgepackt sondern nur dort geparkt hatte. Auch seine Wohnung war unangetastet. Nicola wehrte sich innerlich dagegen, rüberzugehen und seinen Dreck wegzumachen. Das war seine Aufgabe.

Er fuhr auf den Hof und ihr Körper ließ sie ihre Abneigung gegen ihn deutlich spüren. Ihr Magen verkrampfte und ihr wurde leicht schlecht. Sie musste sich zwingen, ihn anzugucken. Nicht nur, weil er so fett und unansehnlich geworden war, sondern weil er etwas ausstrahlte, das sie förmlich anwiderte. Eine selbstgefällige Gleichgültigkeit, die abstoßend war. Durchs Telefon sah und erlebte sie all diese Eindrücke nicht, die sie immer wieder verdrängte, die jedoch bei jedem persönlichen Treffen aufs Neue auf sie einwirkten. Sie wünschte sich nur eins: dass sie so schnell wie möglich mit dem Packen fertig sein und er wieder verschwinden würde.

Natürlich hatte er nicht vor, die Wohnung endlich mal auszuräumen, geschweige denn, seinen eigenen Dreck, der sich von dem Tage an begann anzusammeln, an dem sie hier eingezogen waren und seitdem stetig zunahm, zu beseitigen. Nicht im entferntesten dachte er daran, für sich selbst zu sorgen, was auch beinhaltete, genug Verantwortungsbewusstsein zu besitzen, andere - auch wenn sie seine Ex-Freundin war - nicht mit seinem persönlichen Dreck zu belasten. Schon gar, wenn er solche Ausmaße hatte, wie der in seiner ehemaligen Wohnung. Doch sein Widerwillen dagegen, irgendetwas zu tun, schrie ihr förmlich entgegen. Sie konnte einfach nicht fassen, diesen Mann einmal geliebt zu haben.

Sie saßen nebeneinander auf der Couch, draußen im kleinen Wintergarten vor der Tür, auf der sie so oft gesessen hatten und auf der sie sich in den letzten Monaten zu oft gewünscht hatte, er würde verschwinden. Ihre Trennung war schon lange ausgesprochen, auch wenn sie immer noch Kontakt hielten. Solange sie ihn nicht sehen musste und nicht seinen vergammelten Geruch in der Nase hatte, genoss sie sogar die Vertrautheit zwischen ihnen, die er durch seine Stimme und seine Gedanken in ihr Leben brachte.

"Ich glaube, es wird kein Comeback mit uns geben", sagte er gedankenversunken, an seiner Zigarette ziehend.

"Ich auch nicht", stimmte sie zu.

Was für eine absurde Vorstellung! Jetzt, nachdem sie Lolli kennen- und liebengelernt hatte, schien es ihr geradezu abartig sich vorzustellen, mit ihm wieder eine Beziehung einzugehen. Undenkbar!

Er legte ihr ausführlich dar, dass ihm die Beziehung zu ihr nicht gut tat und er von Anfang an gewusst hatte, dass ihm diese Beziehung nicht gut tun würde, er sie trotzdem geführt hat, weil er doch irgendwo gehofft hatte, dass es noch was werden wird, allerdings nie wirklich daran geglaubt hat. Er tat so, als wenn *sie* daran schuld wäre, dass er so verkommen war. Er hatte alles gehabt, was er brauchte: Ruhe, Zeit, Alleinsein und jemanden, der bezahlte. Besser ging es nicht. Und wie immer, wie schon die sechs Jahre mit seiner Exfreundin vor ihr, waren alle anderen an seinem Dilemma schuld, nur er nicht. Vorher war es immer seine Ex, wegen der er nicht zum Arbeiten kam und so verlottert war, jetzt war sie es. *Na klar!*

Seine Worte schob sie beiseite, sagte nichts dazu, argumentierte nicht, rechtfertigte sich nicht, erklärte sich nicht. Sie schwieg und wartete im Stillen darauf, dass er endlich ging.

*

Wieder Melkzeit. Die Routine gab Halt. Sie gab Beständigkeit. Und Sicherheit. Genau das, was sie jetzt brauchte: Etwas, worauf sie sich verlassen konnte.

Es war ein warmer Sommertag. Die Sonne brannte und erwärmte ihre Seele, die durch die Geschichte mit Gerold immer wieder in kalte Gefilde abdriftete. Es war Zeit, loszulassen.

Sie beobachtete ihre Hunde, wie sie im Heu spielten und merkte plötzlich, wie eine tiefe Traurigkeit sie ergriff, die sich seit dem

Gespräch mit Gerold unmerklich in ihrem Innern Raum verschaffte und nun langsam durchdrang. Die Wahrheit über die letzten Jahre stand unausweichlich vor ihr und schlug ihr mit aller Wucht die Beine weg. Sie hatte es gewusst. Sie hat es die ganze Zeit über gewusst: er wollte sie nicht. Was auch immer er sagte, sie hat es gewusst. Seine Worte konnten nur kläglich verschleiern, was seine Haltung ihr gegenüber mit aller Deutlichkeit offenbarte. Sie konnte in seinen Zuständen und seinen Reaktionen lesen wie in einem offenen Buch. Nichts blieb ihr verborgen. Und jetzt dämmerte ihr, wie Recht sie all die Jahre hatte, in denen sie belogen wurde. In denen sie nie gewollt wurde und er doch durch seine Worte versucht hat, diese Tatsache zu verschleiern. Heute, endlich, war er wenigstens mal ehrlich zu ihr und hatte ausgesprochen, was sie ohnehin schon wusste.

Er schien über die Trennung sichtlich glücklich und erleichtert, im Gegensatz zu ihr. Er klang fast fröhlich als er ihr erklärte, dass er die Beziehung zu ihr nicht nur nicht mehr wollte, sondern sie die ganze Zeit nicht gewollt hat; dass keine Frau bei ihm eine Chance gehabt hätte, nicht nur sie nicht. "Eine Beziehung war einfach nicht dran, als ich dich damals kennen gelernt habe", erklärte er ihr, und sie wusste instinktiv, dass eine Beziehung für ihn niemals dran sein würde. Nicht in diesem Leben. Dass er weder zu ihr zurück kommen, noch sie wiederhaben wollte und womöglich nicht einmal eine Freundschaft mit ihr aufrecht erhalten könnte. Dazu war er einfach nicht in der Lage. Er wollte es einfach nicht. Er wollte niemanden in seinem Leben. Keinen Menschen, kein Tier, keine Freunde, ja nicht einmal Verwandte. Er wollte die Welt aus seinem Leben ausschließen.

Sie hatte so lange in dem Zustand des Abgewiesenseins gelebt, dass es für sie wie ein Wunder war, nun einen Mann vor sich zu haben, der sie wirklich wollte. Der sie um sich haben wollte. Der sie bei sich haben wollte.

Dennoch fragte sie sich, was werden soll. Lolli hatte nicht annähernd Gerolds Geist, der es ihr einst erlaubte, sich in ihn zu verlieben. Der sie von Anfang an faszinierte und um dessenwillen sie ihn einst zu ihrem Partner haben wollte. Unbedingt. Um jeden Preis. Auch wenn er sie nicht so sehr liebte wie sie ihn. Es war ihr egal gewesen. Diesen Preis hatte sie in Kauf genommen, konnte sie doch nur bei ihm sein und ihr Leben mit ihm teilen.

Doch der Wahrheit läuft man nicht so einfach davon. Was nicht sein soll, wird auch nicht sein, egal wie sehr man sich bemüht. Was nicht zusammen passt, kann auch nicht passend gemacht werden. Niemand kann Schöpfer spielen und die Gefühle der Menschen, ihre Neigungen und Sehnsüchte, nach seinen Vorstellungen formen. Liebe ist gegeben. Oder auch nicht.

Wie oft hatten die Männer bei ihr das Nachsehen gehabt, die sie geliebt und gewollt hatten und denen sie nicht geben konnte, wonach sie verlangten: Liebe. Jetzt war *sie* an der Reihe, die andere Seite dieser tragischen Situation zu durchleben und einen Menschen loslassen zu müssen, für den sie ihr Leben gegeben hätte, auch wenn sie ihn schon lange nicht mehr liebte, ihre Gefühle schon lange im Morast seiner Nachlässigkeit versumpft waren.

Lolli sah zu ihr hoch und guckte sie an. Sie lächelte. Was für ein warmherziger, liebevoller Mensch er doch war! Und wie sehr ihr zugewandt in einer Art und Weise, die alles aufwog, Geist, Intellekt, Bildung, Erfahrung, Weltgewandtheit, Herkunft, alles. All das war Nicola nicht mehr wichtig; danach würde sie nie mehr Ausschau halten. Diese Aspekte waren keine Richtschnur mehr. Allein das Maß an Menschlichkeit und Wärme, die jemand ausstrahlte, interessierten sie. Alles andere war alles andere.

Und plötzlich passierte noch etwas in ihrer Seele: ein tiefer Frieden dämmerte herauf, da sie nun endlich wieder im Gleichklang mit der Wahrheit und somit im Gleichklang mit dem Leben war. Endlich war ausgesprochen, was die ganze Zeit so offensichtlich im Raum stand und doch so vehement abgewehrt worden war.

Dieser Frieden würde sich etablieren, wenn sie den Schmerz über die Trennung verwunden hatte. Nie wieder würde sie versuchen, eine Liebe zu erzwingen. Das schwor sie sich in dem Augenblick, in dem Lolli ihr in die Augen sah.

*

Am nächsten Tag, unmittelbar nachdem sie die Köhlerkate erreichte, parkte sie ihr Auto direkt in der Nähe des Haupteinganges, zog alle Decken heraus, die Fußmatten, die Sitzbezüge und begann akribisch, ihr Auto zu reinigen. In jeden

Winkel, in jede Ecke wollte sie auch den letzten Rest Dreck los werden, symbolisch für den Dreck, den Gerold ihr nicht nur hinterlassen, sondern auch in ihr Leben gebracht hatte. Sie staubsaugte ihr Auto und entfernte damit den Schmutz einer ganzen Beziehung, den Dreck der letzten Jahre.

Außerdem würde sie heute endlich mal die Wohnung inspizieren. Als sie fertig war, schloss sie zum ersten Mal, seit Gerold weg war, den Haupteingang des Hauses auf. Im Badezimmer klebte noch der Dreck, den die Vorbesitzer hinterlassen hatten, von denen sie einst dieses Haus übernahmen. Dabei erinnerte sie sich, wie dreckig es schon in seiner alten Wohnung war, so dreckig, dass sie sich teilweise geekelt hatte. Sie erinnerte sich daran, wie seine damalige Küche aussah und die heutige immer noch aussieht, obwohl sie gestern, nachdem er endlich vom Hof gefahren war, gute zwei Stunden damit verbrachte, sie zu putzen. Ein Dreckloch, für das sie sich hätte schämen müssen, wenn irgendjemand einen Blick hineingeworfen hätte.

Wenn sie zu dem Zustand der Wohnung etwas sagte, zog er sich stets zurück, war beleidigt und strafte sie mit verachtenden Blicken, die sagten: 'wie kannst du es wagen ..' Es glich einer Hoheitsbeleidigung, ihn darauf aufmerksam gemacht zu haben, wie es bei ihm aussah oder um ihn bestellt war. Und wagte man es, das Thema Geld anzuschneiden, empfand er es als eine ebenso große, wenn nicht sogar eine noch größere Beleidigung. Und fragte man ihn, wie er sich die Zukunft vorstellte, dann ging gar nichts mehr. Er zog sich tagelang zurück, verfiel in Depressionen, schloss sich ein und machte sie - sie allein - dafür verantwortlich, dass es ihm so schlecht ging, ja gehen musste!

Es klopfte. Ein alter Mann war mit einem klapprigen Fahrrad ihre Auffahrt heraufgekommen, ohne dass Nicola ihn bemerkt hatte. Er zückte seinen Hut:

"Hallo. Ich wollt doch mal sehen, wer hier wohnt." Unverblümt und ohne jede Hemmung trat er ein. "Ich bin Kurt. Wir haben unseren Hof oben. Du weißt?"

Nicola wusste natürlich nicht, nickte aber, denn sie setzte nicht sehr viel Vertrauen in eine eventuelle Erklärung dieses Mannes, der mindestens genauso klapprig wirkte, wie sein Fahrrad.

"Pass auf, Mädchen. Du bist noch so jung. Verschwende dein Leben nicht an das Haus Schacht. Geh da weg. Deine Mühe lohnt sich nicht. Ich weiß, wovon ich rede. Ich lebe seit über 70 Jahren hier und habe viel gesehen, viel erlebt. Dinge, die du nicht wissen willst."

Die Unerschütterlichkeit, die seine Worte ausstrahlten, gaben Nicola zu verstehen, dass es sich bei diesem Mann ganz und gar nicht um einen klapperigen Alten handelte, sondern um einen in sich ruhenden, erfahrenen Menschen, der wusste, was er sagte. Als er sich zu ihr wandte und sie ansah, erkannte sie zudem, dass seine Erscheinung etwas Solides ausstrahlte. Etwas, das sie nicht benennen konnte, seinen Worten jedoch eine Glaubwürdigkeit verlieh, die sie in ihrem tiefsten Innern zum Wanken brachte und dem dunklen Gefühl wieder einmal mehr Nahrung zuführte.

*

Die Abweisung der Mutter, die Warnungen der Dorfältesten, Gerolds Eingeständnis, ihre Erschöpfung und dann noch ein Anruf ihres alten Vermieters, der sie bat, vorbei zu kommen, boten ihr die wunderbare Gelegenheit, nach Hause zu fahren und eine Pause von Linderow, von Mecklenburg und dem Kuhstall einzulegen.

Saarow. Für gute 20 Jahre hat dieser Ort ihr als Zuflucht und Heimat gedient. Doch da dieses Fleckchen Erde unmittelbar an den Süden Berlins grenzt und diese gigantische Stadt seit dem Fall der Mauer unaufhaltsam wächst, kann man heute nicht mehr unterscheiden, wo Berlin aufhört und Saarow beginnt. Gäbe es keine Ortsschilder, würde man Saarow schlicht und ergreifend für einen Berliner Bezirk halten.

Bei ihrem alten Vermieter hatte sie noch eine Massageliege zu stehen, die sie ihrem Nachbarn, einem Therapeuten für klinische Massagen, zur Nutzung hinterlassen hatte. Nun wechselten jedoch die Mieter und die Liege musste weg. Das perfekte Alibi für Nicola, sich aus dem Hause Schacht bis auf weiteres zu verabschieden, ohne den Zorn von Mutter und Sohn auf sich zu ziehen. Nicola machte sich gleich morgens nach dem Melken auf den Weg.

Sie mied Berlin, denn obwohl sie hier aufgewachsen war, mochte sie diese Stadt überhaupt nicht. Sie kam über den südlichen Berliner Ring, durch Potsdam, vorbei an Katlitz und Darnsdorf direkt über die Hauptstraße in den Ort. Auf der Fahrt durch

Potsdam durchfluteten sie vertraute Gedanken und Gefühle, alte Bilder aus längst vergangenen Zeiten, Menschen, zu denen sie keinen Kontakt mehr hatte, Freundschaften, die sich verlaufen haben und Ereignisse, manche schön, manche weniger schön. Viele ihrer Erinnerungen waren eng verknüpft mit Lara, ihrer Musikpartnerin aus Marienburg, mit der sie einige Auftritte gemeinsam gemeistert hat und darum oft diese Strecken gefahren war. Die Musik betrieb Nicola bis heute, auch wenn nicht mehr hauptberuflich wie zu Saarower Zeiten. Lara und sie schienen sich musikalisch perfekt zu ergänzen und Nicola hätte sie liebend gern näher bei sich und mehr in ihrem Leben gehabt, wozu es jedoch nie kam.

Die Hauptstraße Saarows war mittlerweile zur Durchgangsstraße mutiert, das ehemals idyllische Flair der Stadt existierte schon lange nicht mehr.

Sie parkte ihr Auto auf einem öffentlichen Parkplatz gegenüber ihrer alten Wohnung. Sie stieg aus. Es war laut. Unglaublich laut!

Bevor sie rüber auf die andere Straßenseite wechselte, stattete sie ihrem alten Trödler noch einen Besuch ab, der direkt gegenüber ihrem alten Vermieter sein Geschäft hatte und der bei der Stadtverwaltung nicht besonders beliebt war. Ein Messi, wie er im Buche stand und der Stadt ein Dorn im Auge, doch immer nett und gastfreundlich. Nicola mochte ihn.

"Rapunzelchen!", begrüßte Sared sie mit offenen Armen. "Das ist ja eine Freude, dich zu sehen. Was führt dich hier her?" Ein vollbärtiger Israeli kam auf sie zu, der aussah, als sei er einer Kishon-Satire entsprungen, sein Bart weiß und sein Humor dem von Kishons Kurzgeschichten in nichts nachstehend. Er umarmte sie kurz und rief sofort seine Frau:

"Elef, guck mal, wer da ist!"

Auch sie kam sogleich, begrüßte Nicola herzlich, verschwand in der vollgerümpelten Küche und setzte einen Tee auf.

Eigentlich wollte Nicola sich nicht lange beim Trödler aufhalten, denn sie spürte, wie genervt sie war. Hier in dieser Stadt, weg von Linderow, weit weg von Lolli, umgeben von Lärm, Smog und Gestank. Schon jetzt, kurz nach ihrer Ankunft wusste sie, dass sie hier nicht länger bleiben wollte.

Dann kam ihre Mutter. Nicola hatte ihr erzählt, dass sie heute hier sei. Sie blieben doch noch eine Weile und tranken Tee: frische

Pfefferminze. Der Tee, den Elef, liebevoll und einfühlsam wie sie war, gekocht hatte, war wie immer herrlich. Der Beste, den Nicola kannte. Elefs Küche und vor allem dieser Tee standen in extremem Kontrast zu der Erscheinung dieses Hofes und Nicolas innerem Gefühl der Gereiztheit, das auch ihr Lieblingstee nicht zu lindern vermochte.

Sie holte ihre Massageliege, und obwohl Sared und Elef wie immer unglaublich nett und reizend waren, war sie froh, dort weg zu sein und diesen Besuch abgehakt zu haben.

Im Anschluss, es war bereits Mittagszeit, gingen sie noch in das Restaurant am Marktplatz. Seit die Stadtverwaltung ihr neues Gebäude fertig bauen ließ, hatte Saarow nun auch ein Lokal in der Altstadt. Nett aber etwas zu überkandidelt, wie Nicola fand. Es war sehr fein, aber nicht gemütlich. Eigentlich nichts für den Ursaarower, der ein einfacher Arbeiter war und eine gute Stammkneipe dem feinen Lokal vorzog. Hier hatte die Stadt also mal wieder vollkommen an den Bürgern vorbei gewirtschaftet. Nichts Neues. Nichts Außergewöhnliches.

Während des Essens mit ihrer Mutter war Nicola nach wie vor genervt, und zwar so sehr, dass es ihr schon leid tat. Sie kannte sich selbst nicht mehr, erinnerte sich aber gleichzeitig, dass sie in diesen Breitengraden öfters so war wie jetzt. Unausstehlich! Gereizt. Unfreundlich. Überfordert. Sie begriff, dass diese Gefühle nichts mit ihrer Mutter zu tun hatten, sondern mit dem Ort, an dem sie sich befand. Die Reizüberflutung, die diese Stadt mit sich brachte, machte ihr sogar dann zu schaffen, wenn sie wie jetzt, alleine mit ihrer Mutter, in einem Lokal am Marktplatz saß, auf dem praktisch nichts los war.

Gleichzeitig kam wieder das Thema 'Gerold' auf und sie spürte, wie wütend sie auf ihn war, wie sehr ihr seine Tatenlosigkeit und seine Trägheit auf die Nerven ging. Seine Wohnung war noch immer voll mit seinen Sachen, die sie in diesen Momenten, wütend wie sie war, am liebsten in einen Container geschmissen und entsorgt hätte. Und zwar restlos alles. Inklusive des letzten Fetzen Kontaktes, den sie hatten. Hätte man sie in diesem Augenblick gefragt, was sie will, wäre ihre Antwort gewesen: '*Nie wieder etwas von ihm hören oder sehen, nie wieder Kontakt, keine Berührungspunkte mehr!"*

Auf dem Hof Schacht sprach sie wenig davon und ihrem Frust machte sie nun hier Luft. Ihre Mutter durfte ihn sehen, in vollem Umfang. Sie wollte Lolli damit nicht belasten, denn sie wollte die Beziehung zwischen ihr und Lolli nicht gefährden. Darum wurde sie förmlich wütend, als ihre Mutter vorschlug, Lolli könnte doch einen seiner Hänger zur Verfügung stellen und Gerolds Sachen dort erst mal raufstellen:

"Vielleicht hat der ja einen, den er nicht braucht?"

Nicola reagierte äußerst überzogen, weil sie es dumm von ihrer Mutter fand, in Erwägung zu ziehen, Lolli in die Sache mit Gerold zu involvieren und ihn dafür arbeiten zu lassen, dass Gerold faul in seinen Stuhl furzte und immer fetter wurde. Niemals würde sie zulassen, dass Lolli den Preis für Gerolds Anteilnahmslosigkeit bezahlt und auch nur einen Handschlag macht, den Gerold selbst erledigen musste und nur in Gerolds Verantwortung lag, in sonst niemandes.

"Meinst du nicht, dass deine Zeit in der alten Köhlerkate vielleicht vorbei ist? Ich weiß, mir hat es damals, nach der Trennung, geholfen, aus der gemeinsamen Wohnung auszuziehen."

Nicola dachte, sie müsste explodieren, als ihre Mutter diesen Vorschlag unterbreitete, leicht und locker, in ihrer Kaffeetasse rührend. *Sie* war ja nicht umgezogen. *Sie* hatte ja kein Haus saniert, ein Dach decken lassen und bald 100.000 Euro investiert. *Sie* hatte gut reden. Und *ihr* würde auch kein erneuter Umzug bevorstehen. Was also faselte sie da? Nicola war kurz davor, einfach aufzustehen und zu gehen und war heilfroh, als die Rechnung kam, sie sich endlich ins Auto setzen und zurück in Richtung Norden fahren konnte.

Saarow war nicht mehr ihre Heimat. Hier fühlte sie sich nicht mehr zuhause. Ihr Leben in dieser Stadt war für immer vorbei und auch, wenn alles in ihrem Leben zusammenbrach, war eine Rückkehr keine Option.

Sie widmete sich in den darauffolgenden Wochen wieder vermehrt ihrer Schreiberei und sie wurde wieder zu dem, was sie für sie immer gewesen ist: Erleichterung, Befreiung, Gewinnung von Klarheit. Das Schreiben war wie ein Bedürfnis, wie ein innerer Drang, den sie nicht unterdrücken konnte und der ihr Leben lang zugeflüstert und sie gedrängt hat, ganze Bücher voll zu schreiben mit eigenen Gedanken, Texten, Gedichten und Geschichten. Sie schrieb. Sie hat schon immer geschrieben. Und dazu brauchte sie Gerold nicht, wie sie sich beharrlich eingeredet hat. Ganz im Gegenteil. Er hinderte sie mit seinen ewigen Zurückweisungen und seiner Lethargie am Leben, am Erleben des Lebens, woraus ihre tiefsten Gefühle und Inspirationen gespeist wurden. Und plötzlich erkannte sie, dass sie das Zeug dafür hatte, alleine zu stehen und selbstständig zu arbeiten, gerade weil sie wieder am Leben teilnahm, sich nicht hinter verschlossenen Türen verschanzte und sich von allem und jedem abkapselte. Die unabdingbare Grundvoraussetzung aller Geschichten und jedweder Tiefe.

Sie genoss Linderow, die Stille, die langen Spaziergänge, die Weite. So hatte sie sich ihr Leben immer vorgestellt, immer gewünscht. Wie gerne hätte sie diesen Ort als Zuhause empfunden, doch dieses Gefühl wollte sich in der alten Köhlerkate einfach nicht einstellen, trotz aller Schönheit um sie herum, der unberührten Natur, der malerischen Umgebung. Sie beneidete jeden, der diesen Ort seine Heimat nennen konnte.

Was war ihre Erfahrung von Heimat? Aufgewachsen in einem Häuserblock in Berlin Lankwitz, einem 2x3 Meter großen Zimmer mit Blick auf die Mülltonnen im Hinterhof. Die Stadt rauschte im Hintergrund, egal, wo man sich befand. Sie hasste diesen Ort. Sie hat ihn immer gehasst. Und so kam es, dass sie sich verloren fühlte in einer Welt, in der sie nie heimisch geworden ist. Bis heute nicht. Von Anfang an war sie auf der Suche nach einem Stück Heimat und in ihren stillen Momenten dämmerte es ihr, dass ihr dieses Gefühl in diesem Leben nicht vergönnt sein wird.

'Wir sind heimatlos, so lange wir leben auf der Welt' schoss ihr der alte Bibelspruch durch den Kopf, ein Spruch, den sie nie vergessen hat und der das Motto ihres Lebens sein könnte.

"Wird mein Leben immer so weitergehen?", fragte sie beim abendlichen Melken, doch nicht Lolli, obwohl sie die Frage offen ausgesprochen hatte, sondern sich selbst. Er schwieg.

"Ja", antwortete es in ihrem Innern, "Heimat kann es für dich erst im Jenseits geben. Es ist dein Schicksal, nirgendwo hinzugehören."

Sie kämpfte mit den Tränen.

"Ich fühle mich so haltlos wie ein Blatt im Wind, das von jedem Sturm erfasst und mitgerissen wird. Es gibt nichts Vertrautes in meinem Leben. Das Vertrauteste war Gerold, und auch er ist nicht mehr da. Niemand ist hier. Keiner meiner Freunde, niemand aus meiner Familie. Ich bin allein. Allein in der Fremde. Haltlos eben."

Lolli stellte die Milcheimer hin und kam zu ihr:

"Mein Leben ist auch nicht ideal. Ich kann mir auch ein schöneres vorstellen. Urlaub, Wochenende, frei, normale Bezahlung", er ging einen Schritt auf sie zu und nahm sie in seine Arme. Kaum, dass er sie berührte und sie seinen Körper an dem ihren spürte, war ihre Welt wieder in Ordnung. Sie schloss die Augen und wünschte sich, dass das Gefühl dieses flüchtigen Augenblicks für immer anhalten und sie durchdringen würde. Er ließ sie los. Das Gefühl blieb. Sie lächelte ihn an.

"Fühl dich angekommen", flüsterte er ihr zu.

Etwas Schöneres hätte er nicht sagen können.

Sie liebte ihn. Seit jeher. Von Anfang an. Und so würde es immer sein.

Lolli war, im Gegensatz zu ihr, tief und fest verwurzelt. Er hat nie wirklich etwas anderes gesehen als diesen Hof. Er war schon immer hier, bekannt wie ein bunter Hund, hat seine Kindheit, Jugend, Lehrzeit, einfach alles hier durchlebt. In diesem Dorf. Er war nie irgendwo anders gewesen. Zwar hatte er es woanders kurzzeitig versucht, kam jedoch nach ein paar Monaten zurück. Er gehörte hierher wie eine alte Eiche, deren Wurzeln tief in die Erde reichten. Und man merkte ihm an, dass er wusste, wo sein Platz auf dieser Welt war. Aus seiner Haltung sprach tiefe, innere Sicherheit. Stabilität. Angekommen sein.

'Fühl dich angekommen', dieser Satz schallte in ihrem Herzen wie ein Echo in den mächtigen Gebirgen der amerikanischen Canyons. Zu gerne hätte Nicola das getan.

*

"Hallo", riss es die beiden aus der Stille.

"Hallo", erwiderte Lolli.

Seine Schwester und ihr Mann standen auf dem Hof.

"Hallo", sagt auch Nicola.

Lollis Schwester: klein und gedrungen. Ihr Mann: relativ attraktiv, aufgeschlossen, mit angenehmer Ausstrahlung. Er steckte sich eine Zigarette an. Auch seine Frau rauchte.

"Und, was macht der Bau deiner Halle?", fragte Christian.

Lolli deutete über den Hof:

"Wir müssen aufräumen, die alten Sachen wegnehmen und mal zum Schrotthändler fahren. Vielleicht hat der noch ein paar Stahlträger rumliegen."

"Was willst du denn da aufräumen? Hau den Scheiß weg! Das ist doch alles Müll!" Christian zeigte auf das verrostete Gerümpel auf der anderen Seite des Hofes direkt vor der Koppel.

Lolli zuckte mit den Schultern und schenkte Christians Worten keine weitere Aufmerksamkeit.

Seine Mutter kam nach hinten. Augenblicklich fror die Atmosphäre ein. Christian wandte sich ab, Lolli senkte den Blick zum Melkgeschirr, das er, neben der Kuh hockend, mit der Hand festhielt.

Abbie und Tara kamen angewetzt und sprangen Nicola aus vollem Tempo auf den Arm. Sie zitterten und guckten verhohlen zu der Alten. Nicola war verwundert, hielt ihre Lieblinge fest und streichelte sie. Sie hatten ganz offensichtlich Angst. *Die hatten doch bisher nie Angst?*

"Müll? Das ist doch kein Müll!", keifte die Alte, "das kommt da rüber. Das kann man vielleicht noch gebrauchen!"

Niemand reagierte. Keiner sagte ein Wort. Alles blieb still. Die Alte behandelte diese erwachsenen Männer wie kleine, dumme

Schuljungen. Und es schien okay für sie zu sein. Kein schräger Blick, keine verzogene Miene, alles schien normal.

Nicola blieb still und machte ihre Arbeit, beobachtete die Männer zwar, glitt dann aber ab und hing ihren eigenen Gedanken nach. Ihre Hunde wichen ihr nicht von der Seite. *Da muss doch was vorgefallen sein!*

Lollis Schwester verschwand mit der Mutter im Haus. Sofort entspannte sich die Atmosphäre wieder.

"Was wollt ihr denn mit dem Scheiß? Das kann doch kein Mensch mehr gebrauchen!" echauffierte sich Christian, was Nicola gut verstehen konnte.

"Das räumen wir da rüber", bestätigte Lolli die Anweisungen seiner Mutter, ohne weiter drauf einzugehen. "Hast du morgen Zeit? Wollen wir nach Graven fahren und mal gucken, was der Schrotthändler da so hat?"

Christian nickte. Nicolas Hunde beruhigten sich erst wieder, als seine Mutter schon eine Weile weg war.

Abends, als er sich endlich neben sie legte, verkroch sie sich in seine Arme. Sie hielt ihn fest wie nie, schmiegte sich an ihn und konnte gar nicht genug davon bekommen, ihn ganz nah bei sich zu spüren. Von seiner Innigkeit und seiner Zärtlichkeit überwältigt, gab sie sich ihm hin, und kaum, dass er sie zu lieben begann, vergaß sie die Welt und wurde von einer Woge der Glückseligkeit davongetragen.

Es war traumhaft. Sie spürte, wovon sie immer geträumt hatte. Es war nicht plumper Sex, sondern Liebe, Nähe, Verschmelzung. Die Sehnsucht danach, den anderen ganz nah bei sich zu haben, zu erleben, zu spüren, Körper an Körper, Haut an Haut. Er genoss es, mit ihr zusammen zu sein, ebenso wie sie es genoss, ihn zu erleben. Sie waren sich in ihrer Liebe einig. Ihr Zusammengehörigkeitsgefühl ließ keine Fragen offen.

Sie schlief allmählich in seinen Armen ein, wohl behütet und sicher. Die Geräusche des laufenden Fernsehers wurden leiser und leiser bis sie ganz verschwanden. Sie dämmerte weg und fand sich im Nebel wieder. Sie irrte umher und suchte nach Lolli, wimmerte seinen Namen, ohne Richtung und Ziel. Sie spürte, dass er irgendwo da vor ihr wandelte, aber sie konnte ihn nicht sehen, und er war zu weit weg, um sie zu hören. Sie fühlte, dass etwas nicht stimmte, schaute zu Boden und sah, dass unter ihr plötzlich

Fratzen und Gesichter aus dem Boden auftauchten und nach ihr griffen. Sie schreckte mit letzter Kraft hoch, bevor sie unmittelbar danach in einen tiefen, traumlosen Erschöpfungsschlaf abglitt.

*

Der Wecker klingelte wie immer um halb sechs. Nicola wachte als Erste auf. Ihr tat alles weh. Ihre Hände, ihre Arme, ihr Rücken. Sie fragte sich nicht nur, ob sie das Leben eines Bauern teilen sondern vielmehr, ob sie das Leben eines Bauern durchhalten konnte. Sie war jetzt schon am Ende, ihre Kräfte verbraucht, nach nicht einmal drei Monaten. Alle ihre Knochen schmerzten. Sie konnte nicht mehr aufstehen, ohne dass ihr die Knie wehtaten. Und wenn sie sich tagsüber erlaubte, sich hinzulegen, dann fiel sie in eine dermaßen fundamentale Erschöpfung, die so tief war, dass sie glaubte, nie wieder die Kraft zu finden, aus dem Bett aufzustehen.

Erzählen würde sie das niemandem. Diese Blöße wird sie sich nicht geben. Ihre Schmerzen und ihr desolater körperlicher Zustand waren ihr Geheimnis. Auch ihre Verzweiflung und ihr Glaube, dass sie irgendwann zusammenbrechen wird und nicht mehr weiter gehen kann, reumütig zurück in die Köhlerkate fliehen würde und dann - erst dann - wirklich begriff, was sie an Gerold verloren hat.

Sie hatte Angst davor. Angst, dass ihre Befürchtung wahr wird. Denn sie vertraute der neuen Situation nicht. Generell vertraute sie sehr wenig. Wenig bis gar nicht. Dem Leben, so meint sie gelernt zu haben, vertraute sie ohnehin grundsätzlich nicht. Doch jetzt war das Eis, auf dem sie sich bewegte, unerwartet so dünn, dass sie glaubte, jeden Moment einzubrechen. Und zu ertrinken.

Lolli stand auf. Sie waren beide noch einmal eingenickt und nun mussten sie hoch, ohne sich noch mal in den Arm genommen zu haben. Der Tag begann und damit die schwere körperliche Arbeit.

Auch das Essen zum ersten Frühstück substituierte nicht die fehlende Kraft, die Nicola einfach nicht zur Verfügung stand. Und die sich auch nicht einfach so aus dem Nichts heraus mobilisieren ließ. Sie hatte diese Kraft einfach nicht. Die Arbeit war schlichtweg zuschwer.

Immer noch besser als zu saufen oder Drogen zu nehmen! beruhigte sie sich insgeheim. Lolli lächelte sie an. Sie rutschte zu ihm ran und küsste ihn, nahm seine Hand, schmiegte sich an ihn.

"Du bist so schweigsam", flüsterte er ihr zu. Sie lächelte, streichelte seinen Arm. Doch kaum, dass sie ein wenig Nähe gespürt hat, löste er sich auch schon wieder von ihr, stand auf und verließ die Küche. Seine Mutter wurde wach und durchquerte die Küche mit wütenden Schritten, wütend darüber, dass Nicola anwesend war, dass sie da war, dass es sie gab.

"DU ERWARTEST DOCH WOHL JETZT NICHT VON MIR DASS ICH DA RAUS GEHE!", schrie sie Nicola in einem so hasserfüllten Ton an, dass sie sich fast an ihrem letzten Rest Kaffee verschluckte. Auf so viel Feindseligkeit am frühen Morgen war Nicola nicht gefasst.

"Nein", sagte sie beschwichtigend, sprachlos und vollkommen überrumpelt.

"Dann ist ja gut", die Alte nickte kurz während sie sich abwandte und die Küche verließ. *Was für ein Scheusal!*

Draußen wurde sie erneut von dieser seltsamen Traurigkeit ergriffen, von der sie nicht sagen konnte, aus welcher Richtung sie genau kam und was sie bedingte. Sie ergriff einfach nur Besitz von ihr und umspülte ihr Inneres. Dieser Ort hier hatte etwas Bedrückendes. Das Melken und auch das zweite Frühstück brachte sie souverän hinter sich. Fand sie jedenfalls. Sie bemühte sich, freundlich und aufgeschlossen zu sein. Trotzdem entging Lolli ihr Schweigen nicht und er sprach sie zum zweiten Mal an diesem Morgen darauf an.

"Du bist so schweigsam", flüsterte er ihr erneut zu, und bei nächster Gelegenheit, als seine Mutter die Küche verließ, "muss ich mir Sorgen machen?"

Du bist der allerletzte, der sich Sorgen machen muss! dachte sie, als sie ihm in die Augen sah und vor Liebe hätte weinen können.

"Du musst dir ganz sicher keine Sorgen machen", flüsterte sie, merkte jedoch sofort, dass es ihn nicht überzeugte. Sie liebte ihn so sehr, dass es schon weh tat. Doch sie traute sich nicht, ihm das zu sagen. Sie brachte nicht mal ein simples 'ich liebe dich' über die Lippen. Sie brachte in seiner Gegenwart überhaupt nicht viel über die Lippen, fühlte sich gehemmt und unsicher, sodass sie es für die beste Lösung hielt, einfach still zu sein. Sie hoffte, die

Botschaft, die sie ihm auf der körperlichen Ebene sandte, über Zärtlichkeiten, Nähe und Fürsorge, würde für sich sprechen. Sie hoffte, er würde diese Botschaft deuten und entziffern können, langfristig keine weiteren Fragen stellen und ihr ihr Schweigen lassen.

"Was sind denn deine Träume?", fragte Herr Conrad.

"Ich weiß es nicht. Eigentlich liebte ich mein Leben als Schriftstellerin. Es war schon perfekt. Aber was soll ich tun? Den nächsten Roman aufsetzen? Einfach weiter ins Blaue schreiben? Wo doch das Resultat der letzten Jahre gleich null war?"

Ihr Chef seufzte:

"Der Buchmarkt sieht im Moment so beschissen aus wie nie", gab er zu bedenken. "Wenn der Markt anders aufgestellt wäre, würdest du deine Bücher schon längst verlegt haben. Aber so …", er wusste ihr auch nicht anders zu helfen, als dass er alle ihre Werke durchredigierte und versuchte, alte Kontakte spielen zu lassen. Doch auch seine Bemühungen der letzten Jahre brachten - nichts.

"Das drückt dich ganz schön nieder wie ich sehe, nicht?"

Nicola schaute zu Boden:

"Ja. Es ist nicht gut gelaufen. Nichts ist gut gelaufen."

Herr Conrad verstand jedes Wort. Er kannte sie wie kaum ein anderer. Still und leise wurde er im Laufe der letzten Jahre zu dem wichtigsten Zeitzeugen ihres Lebens. Dazu kam, dass sie trotz des großen Altersunterschiedes seelenverwandt waren. Artverwandt. Verstanden einander ohne Umschweife, Erklärungen oder Missverständnisse. Er war ihr näher als irgend jemand sonst.

"Und jetzt bin ich auch noch in diese merkwürdige Geschichte hineingeraten, die mir und meinem Leben überhaupt nicht gut tut, von der ich aber auch nicht loskomme. Ich habe ja im Augenblick auch nichts mehr."

"Also, erst einmal hast du mich. Ich bin hier, und dein Job hier ist dir sicher. Dann hast du dein herrliches Haus, das voll bezahlt und soweit fertig saniert ist, habe ich das richtig verstanden?"

Nicola nickte.

"Gerold ist auch noch da und hat ein offenes Ohr für dich, auch wenn er etwas untergegangen ist. Aber zur Seite stehen würde er dir doch immer noch, und zwar sofort, wenn du ihn darum bitten würdest, oder?"

Nicola nickte abermals.

"Und nicht zuletzt hast du deine Hunde!"

Ihr Blick fiel auf die beiden neben ihr schlafenden Kleinen, die wie immer bei jeder Besprechung dicht an sie gekuschelt in ihrer Nähe lagen. Nicola lächelte.

"Siehst du. Du jammerst, so gesehen, auf ziemlich hohem Niveau, findest du nicht?"

"Doch, du hast Recht. Natürlich hast du Recht. So gesehen …"
Ihre Gedanken glitten zu den einsamen Momenten, die sie tagsüber bei sich im Haus verbrachte, vor Erschöpfung nicht in der Lage, auf ihrem eigenen Grundstück viel zu meistern. Schon gar nicht alleine. Zu ihrer Existenzangst und davor, irgendwann ohne ihn dastehen zu müssen, kamen noch die Unentschlossenheit, was sie zukünftig tun sollte und der Gedanke an vergangenes Scheitern, was ihr die Wahl nicht gerade erleichterte. Und obendrein diese furchtbare Mutter, die eine Hexe war, immer aggressiv Nicola gegenüber und hasserfüllt.

"Das Geheimnis ist, dass du nie irgendjemanden dazu bringen wirst, dich zu respektieren, zu lieben und gut zu behandeln, wenn du es selbst nicht tust. Menschen merken sowas. Wenn auch nicht bewusst, aber tief drinnen. Und dann behandeln sie dich auch so bzw. dein Leben wird dementsprechend sein. Und die Erfahrungen, die du machst, ordnen sich ebenfalls diesem Schema unter."

Natürlich war das, was ihr Chef da sagte, die Wahrheit. Das wusste sie. Nur: woher sollte sie ihr Selbstwertgefühl nehmen, wenn es einfach nicht da war?

*

Lollis Geburtstag kam heran. Sie hatte den Auftrag, sich zusammen mit seiner Schwester um alles zu kümmern. Rechtzeitig begannen die beiden mit diversen Einkäufen und Besorgungen:

"Inwieweit kann ich denn der Sache mit deinem Bruder vertrauen?", fragte Nicola, als das Gespräch auf der Autofahrt von der Oberfläche langsam in die Tiefe ging.

Gritt seufzte:

"Keine Ahnung. Ich weiß nur, dass er nach der Sache mit Dagmar sehr mitgenommen war. Er wollte erst einmal für ein paar Jahre nichts mehr von Frauen wissen."

"Das verstehe ich", beteuerte Nicola, die trotz aller Erklärungen bei dieser Geschichte mit Dagmar nach wie vor ein merkwürdiges Gefühl hatte. "Diese Geschichte ist ja auch kaum zu glauben!"

"Tja", antwortete Gritt, "was soll man dazu sagen? Es soll ja tatsächlich so gewesen sein, dass am Ende zum Vaterschaftstest drei Männer eingeladen waren und nicht nur einer. Lolli war gar nicht erst benachrichtigt."

Nicola stutzte:

"Das ist ja nicht zu fassen!" *Was war denn das für eine Frau? Klingt ja fast nach einem sexbesessenen Vamp.*

Bei allem Zweifel behielt Nicola ihre Gedanken für sich. *Es soll ja die merkwürdigsten Geschichten geben. Und die seltsamsten Menschen. Also, wer weiß, was da dran war.*

Wenn diese Geschichte allerdings wirklich stimmen sollte, dann erklärte das natürlich die Abneigung der Mutter, jedenfalls im Ansatz, und die Zurückhaltung von Lolli, der sich zwar in ihren zweisamen Momenten etwas öffnete, doch im Großen und Ganzen sehr verschlossen war.

"Ach, übrigens, ich war letztens oben bei euch im Zimmer."

"Ach so?"

"Ja, Muttern hat mich rauf geholt. Ich wusste erst gar nicht, was sie wollte. Sie meinte, sie hätte mir irgendwas zu zeigen. Ich war wirklich ahnungslos, das schwör ich dir!"

Ach du meine Güte, was kommt denn jetzt?

"Sie hat mir gezeigt, wie die Betten gemacht waren und sich furchtbar darüber aufgeregt, wie es dort oben aussah."

"Wie: aussah?", wunderte sich Nicola, ihr Entsetzen nur spärlich unterdrückend.

"Na ja, ihrer Meinung nach waren die Betten nicht gemacht. Meine Betten sind allerdings auch oft nicht gemacht", schob Gritt scherzend hinterher.

Nicola fand das allerdings gar nicht lustig:

"Deine Mutter kontrolliert das Zimmer deines 45-jährigen Bruders?"

Nicola war fassungslos. "Außerdem fahre ich mindestens einmal in der Woche nach Hamburg. Da stehe ich als Erste auf, früher als dein Bruder und deine Mutter. Da schmeiße ich Lolli natürlich nicht aus dem Bett, um die Betten zu machen. Also ich kann mir nur erklären, dass es an einem der Hamburg-Tage da oben so aussah. Ansonsten ..."

Nicola ärgerte sich, dass sie sich überhaupt Gedanken über so einen Müll machte. Und es ärgerte sie, dass sie von der Alten kontrolliert wurde. Dass sie *und* Lolli von der Alten kontrolliert wurden. *Und das auf diesem Müllhof, von dem jeder denkt, da hausen Messis! Lolli wird in zwei Tagen 46, in ein paar Jahren 50. Und die Mutter macht Zimmerkontrolle und guckt, ob die Betten gemacht sind? In was für Verhältnissen lebt der denn?*

"Aber sage bitte nichts. Ich wollte dir das nur erzählen. Nicht, dass du Muttern was davon mitteilst. Oder Lolli."

"Und ob ich das machen werde! Das geht zu weit! Das werde ich nicht für mich behalten! Ich bin nun schon viel öfter auf dem Hof, als geplant, helfe mittlerweile bei so gut wie jeder Melkzeit, mache *ihren* Job und dann werde ich hinten rum noch auseinander genommen. Nein!"

Der nächste Morgen kam. Lolli und Nicola waren wie immer schon hinten bei der Arbeit. Als die Mutter erschien, sprach Nicola sie direkt an:

"Bist du nachher beim Frühstück da?", fragte sie unverblümt.

Die Mutter guckte doof, konnte es sich aber nicht erlauben, so zu reagieren wie sie es gern getan hätte. Lolli war ja anwesend, und in seinem Beisein traute sie sich nicht, seine Freundin so offensiv anzugreifen wie sie es normalerweise tat, wenn die beiden alleine waren. Sie kriegte lediglich ein ziemlich stilles "ja" über die Lippen und verschwand.

"So, jetzt hast du sie vorgewarnt und jetzt wird sie sich so hochschaukeln, dass sie nachher platzt. Glaube mir, ich kenn se", erläuterte ihr Lolli. "Du darfst sowas nicht ansagen. Du musst sie kalt erwischen. Jetzt ist der Stress vorprogrammiert. Ganz die Wahldecks!"

Wahldeck war die Ursprungsfamilie gewesen, aus der die Mutter kam. Sie waren für ihre Aggressivität und ihre Zornesausbrüche bekannt.

"Ich wollte sie ja gerade *nicht* kalt erwischen, sondern ihr Vorlauf geben, damit sie weiß, dass gleich ein Gespräch auf sie zukommt. Ich finde das fair. Besser, als jemanden zu überrumpeln."

Lolli schüttelte fast unmerklich den Kopf, kippte die volle Kanne ab und widmete sich wieder seiner Arbeit.

Was auch immer Nicola tat: Es war einfach nicht richtig.

*

"Gritt hat mir erzählt, du hast sie hoch in Lollis Schlafzimmer geholt und ihr die Betten gezeigt, die angeblich nicht gemacht waren?"

"DA OBEN SIEHT ES DOCH AUS WIE IM SCHWEINESTALL!", wetterte die Alte sogleich los.

"Vielleicht, wenn ich nach Hamburg fahre. Was erwartest du? Dass ich Lolli aus dem Bett werfe, damit ich die Betten aufschütteln kann?"

Nicola konnte nicht glauben, was für eine absurde Diskussion hier im Gange war.

"DA OBEN SIEHT ES DOCH JEDEN TACH SO AUS!", schrie sie.

Nicola verstand die Welt nicht mehr. Die zwei kleinen Zimmer sahen aus wie ein Mini-Museum, ganz nach Ost-Standard eingerichtet, die Tischdecke lag immer ordentlich auf dem runden Tisch, der das kleine Wohnzimmer fast vollständig einnahm, Staub war gewischt, die Schrankwand im Schlafzimmer verrückte sich auch nicht von allein und die Betten schüttelte Nicola tatsächlich jeden Morgen frisch auf. Und ihre Kleidung hatten Lolli und Nicola unten im Wirtschaftsraum. Also auch die lag nirgends herum.

"Jeden Tag?", wunderte sie sich offen.

"WIR KÖNNEN GERNE HOCH GEHEN! DANN KANN ICH DIR DAS ZEIGEN!"

"Gut", amüsierte sich Nicola, "gehen wir hoch." Sie wusste, dass sie die Zimmer explizit ordentlich hinterlassen hatte. Nicht einmal ihre Tasche, in der sie ihre Habseligkeiten verstaute, lag irgendwo herum.

Die Alte wetzte sofort die Treppe hoch. Konnte sie es sich doch nicht nehmen lassen, Nicola ein paar auf die Fresse zu hauen.

"Los, geh mit", ermunterte Nicola Lolli. Der stand ebenfalls auf und ging hoch. Nicola blieb grinsend sitzen, nahm ihr Telefon und schrieb eine kurze Email an Gerold, dessen einfache und unkomplizierte Art, was ihre Lebensführung anging, sie in diesen Augenblicken schmerzhaft vermisste:

Hey mein Pirat, wie geht s dir? Hast du den Abschied aus der alten Köhlerkate etwas verwinden können? Hören wir uns heute vielleicht?

Ihr war mehr als zuvor nach der Trennung von Gerold danach, seine vertraute und friedfertige Stimme zu hören. Allmählich begann sie zu vermissen, was sie einst so an ihm schätzte: seine Jovialität, seinen Sanftmut, seine Toleranz, seinen Geist, der es ihm und ihr erlaubte, auch über die hässlichsten Gefühle hinweg ihren Anstand einander gegenüber zu wahren.

Nicola atmete noch einmal tief durch, legte ihr Blackberry beiseite und ging ebenfalls hoch. *Was machten die beiden da oben bloß so lange?*

Als Nicola das Zimmer betrat, stand die Alte am Fußende des Bettes. Das Zimmer war ordentlich, die Betten vorbildlich aufgeschüttelt und aufgeschlagen. *Was war ihr Problem?*

"So", begann die Mutter mit vor Wut zitternder Stimme, "wie sieht das hier aus?"

Nicola verstand die Welt nicht mehr.

Lolli dagegen lehnte nervös in der Tür, wieder ganz der unbeholfene Schuljunge, und schien die Situation tatsächlich ernst zu nehmen.

"DIE BETTWÄSCHE IST GANZ ZERKNITTERT UND DIE ECKEN LIEGEN JA GAR NICHT AUF FALTE!", erzürnte sich die Alte todernst über die frisch bezogenen, sauberen Kissen und Decken.

"Ich kann es nicht glauben! Da habe ich jahrelang in einem der ärmsten Länder der Erde Menschen auf der Straße sterben sehen, und jetzt diskutiere ich hier über Bettwäsche, die nicht auf Falte liegt?"

"Na, so kannst du aber jetzt nicht argumentieren!", fiel Lolli ihr in den Rücken. Beide guckten sie vorwurfsvoll an.

Sie drehte sich um, lief so schnell sie konnte die Treppe herunter, griff ihre Tasche, verließ das Haus und setzte sich, ihre Hunde im Schlepptau, ins Auto, wartete keine Sekunde, startet den Motor und fuhr davon. *Nur weg hier! Was für ein Albtraum!*

Unten in der Kate angekommen, musste Nicola sich erst einmal sammeln. War das jetzt echt oder hatte sie das geträumt? So was kann es doch gar nicht geben!

Aber es war passiert. Die ganze Kleinbürgerlichkeit aus dem Hause Schacht entblößte sich vor ihr und zeigte ihre verzerrte Gestalt mit widerwärtigem Gesicht und wahllos zusammengefügten Proportionen.

"Die sind nie da raus gekommen", meinte Gerold, als sie ein paar Stunden später sprachen. "Die haben nie irgend etwas anderes gesehen als ihren Hof und den Stall. Die haben auch nie etwas anderes gemacht. Ihr Horizont endet bei auf Falte gelegter Bettwäsche und den Ärschen der Kühe."

Natürlich hatte er damit ins Schwarze getroffen. Nicola merkte, wie sie von dieser Kleinbürgerlichkeit angewidert war. Dennoch verspürte sie eine seltsame Sehnsucht nach eben dieser kleinbürgerlich scheinenden Normalität. Vielleicht nicht gerade nach dieser ausgearteten Form, aber von der Sache her: nach so etwas wie Normalität.

"Erinnerst du dich an den Steppenwolf von Herrmann Hesse?", fragte Nicola. "An die Szene, wo er, der Schriftsteller und freie Künstler, auf der Treppe saß und seine Vermieterin beobachtete, wie sie den Tisch für ihre Gäste deckte, die am Abend kommen sollten? Und er, einerseits angewidert von der Oberflächlichkeit solcher Gesellschaften, gleichzeitig eine unglaubliche Sehnsucht verspürte nach diesem ganz einfachen, normalen Leben? Das die große Masse der Menschen so glücklich macht? Mit dem sie einfach zufrieden sind?"

"Ja, ich erinnere mich", antwortete Gerold, "aber kannst *du* es denn?"

"Was?"

"Wirklich glücklich und zufrieden sein mit solch einem Leben? Dein Glück in der Kleinbürgerlichkeit und Routine finden. Langfristig?"

Nicola wusste, dass sie es nie können wird, und genau wie den Hauptcharakter im Steppenwolf machte auch sie dieses Wissen darum traurig. Traurig, anders zu sein und sein Glück eben nicht dort finden zu können, wo es doch - wie es schien - alle Menschen fanden. Außer sie. Und Gerold.

Sie waren anders. Sie hat diese Welt aus gesellschaftlichen Zusammenkünften, gemachten Betten und festgelegten Essenszeiten und immer geputzten Wohnungen nie angezogen. Ihr Ziel ist es nie gewesen, eine Alltagsroutine im Sinne von Zeitgebundenheit und der Abhängigkeit von Arbeitgebern zu etablieren. Der Tod wäre es für sie, nicht das Leben.

"Mach dir doch nichts vor, Püppi", sprach er in seiner gewohnt geduldigen Art, "du bist ein Freigeist. Du schreibst, machst Musik, bist kreativ. Das verstehen die nicht. Das werden die nie verstehen! Bei denen geht's um gemachte Betten. Das siehst du doch! Davon hängt ihr Seelenfrieden ab. Aber deiner doch nicht!"

"Ist schon richtig, aber wo hat mich meine Kreativität hin gebracht? Guck dir an, wo wir jetzt stehen. Ich habe noch nie irgendwas mit den Büchern verdient und du?" Sie wollte nicht weiter sprechen und wieder ausführen, wie es finanziell um ihn stand. Das brauchte sie auch nicht. Beide kannten die Situation nur zu genau.

"Du musst Geduld haben! Die Schreiberei ist ein langfristiges Business. Hier kann man kein schnelles Geld verdienen. Warte! Mein Kumpel hat über sieben Jahre wie ein Weltmeister geschrieben, bevor überhaupt das erste Mal Geld reinkam. Das dauert eben seine Zeit. Aber du bist gut! Du hast das echt drauf! Wenn du aber jetzt aufgibst, dann kannst du alles vergessen. Dann hast du Recht: dann wird das nie was!"

Sie liebte ihn immer noch für die Momente, in denen er so viel Mut und ungebrochenes Vertrauen in sie setzte, in ihre Fähigkeiten, in ihre geschaffenen Werke. Mehr, als sie es selbst je getan hat.

"Und mich kannst du nicht als Beispiel nehmen. Ich bin einfach die letzten Jahre eine faule Sau gewesen. Klar, dass man auf diese Art in der Insolvenz landet. Aber du bist ja nicht faul, so wie ich!

Du bist so fleißig und haust ein Ding nach dem anderen raus. Wenn *du* einmal den Schritt durch die Tür der guten Verlage machst, dann bist du auf der sicheren Seite. Du musst dann einfach nur noch nachproduzieren. Damit hast du doch kein Problem!"

Seine Worte waren wie immer Balsam für ihr niedergeschlagenes Selbstwertgefühl. Er hat all die Jahre die Aufgabe übernommen, die eigentlich die ihre war: er hat an sie geglaubt. Stellvertretend für sie. Irgendwann wird er jedoch nicht mehr da sein, ihr so zugewandt wie jetzt. Irgendwann wird er seine eigenen Wege gehen und sie werden sich nach und nach voneinander entfernen. Vielleicht ganz unmerklich, aber so würde es sein. Glauben musste sie in Zukunft selbst an sich. Das nahm ihr keiner mehr ab. Und aus dem Hause Schacht war das wohl auch nicht zu erwarten. Die hatten genug mit sich selbst, ihren Kühen und ihrer auf Falte gelegten Bettwäsche zu tun, als dass sie hätte erkennen können, wer sie überhaupt war. Sprich: sie war allein. Mehr denn je.

*

Der Naturpark der Feldberger Seenlandschaft. Immer wieder war er herrlich und bot eine perfekte Plattform für Vorstellungen, Träume und Visionen. Vor allem bei warmem Wetter, wenn die Landwege nicht vom Regen aufgeweicht waren sondern trocken, genoss sie die traumhaft schöne Landschaft der Wiesen und Felder, ihre täglichen Spaziergänge, die frische Luft, durchzogen von dem Duft blühenden Weizens und frischem Gras.

In den zwei Tagen vor Lollis Geburtstag, in denen sie sich hat komplett einspannen lassen für die Arbeit auf dem Hof und die Vorbereitungen der Feier, sehnte sie sich nach diesen freien Ausblicken unten auf den Wiesen und allem, was dazu gehörte. Ein Jahr hatte sie sich gegeben; ein Jahr, in dem sie sich ausprobieren wollte, ganz einlassen, komplett das Leben mitleben, das hier von ihr erwartet wurde, wäre sie die Frau an Lollis Seite. Doch es machte ihr zu schaffen. Nicht nur die körperlich schwere Stallarbeit, sondern auch die hohen Erwartungen an sie, wie zum Beispiel die Vorbereitungen solch einer Veranstaltung. Das alleine wäre sicher nicht das Problem gewesen, doch nichts, was sie tat, schien gut genug zu sein. An allem wurde herumgenörgelt und sie erntete böse, verachtende Blicke als einzigen Lohn.

Lolli blieb lethargisch. Er war die Bösartigkeit und die feindselig-kalte Atmosphäre in diesem Haus gewohnt. Für ihn war das Alltäglichkeit. Der Normalzustand. Verachtende Blicke und böse Worte waren für ihn nichts Außergewöhnliches. Dementsprechend reagierte er auch nicht, wenn seine Freundin wieder mal heruntergeputzt wurde, angegriffen von seiner Mutter; oder eben nicht mit ihr gesprochen, sondern sie mit Verachtung gestraft wurde. Er nahm das hin, als würde nichts geschehen und alles 'normal' sein.

Doch sie liebte ihn. Hatte doch jeder dunkle Seiten.

"Ich bin ein Weichei", erklärte er ihr beim einen oder anderen Anlass. Nicola verstand zwar nicht so ganz, was er damit meinte, denn auch er konnte sehr abweisend und gefühlskalt sein, wenn er sich gerade mal wieder verschloss und den Unnahbaren mimte. Doch wenn er sich ihr öffnete und einen Blick in seine Seele gewährte, spürte sie, wie liebevoll und warmherzig er doch war. Und er wünschte sich nichts sehnlicher, als dass sie immer - einfach und schlichtweg *immer* - bei ihm war. Die Mutter war eben ein Übel, das man in Kauf nehmen musste. Und das er nicht ändern konnte. Man musste es halt hinnehmen, wie es war.

Doch er hatte leicht reden. Denn der Zorn der Alten war nicht gegen ihn gerichtet, sondern gegen sie. Und zwar so offensiv-aggressiv wie von keinem Menschen, den sie je getroffen hatte. Kaum, dass Lolli das Haus verließ, gab sich die Alte keine Mühe mehr, sich zu verstellen und machte ihr das Leben zur Hölle, wo sie nur konnte.

Die Feier stand unmittelbar bevor. Nicola war gerade fertig damit, die Kannen zu spülen und auf dem Weg ins Haus, wo Gritt in der Küche all die Köstlichkeiten wie Salate, Kuchen und Marinaden fertig stellte, an denen die zwei schon den ganzen Tag lang gearbeitet hatten.

"WOLLTEST DU NICHT NOCH DAS KLO PUTZEN! HAST DU NICHT GESAGT, DU KÜMMERST DICH DARUM?", schrie ihr die Alte schon entgegen, als sie durch die kleine Tür vom Stall in den hinteren Flur trat. Wutentbrannt und vor Zorn zitternd stand sie vor ihr. Nicola sammelte sich kurz, winkte ab und tat was Lolli ihr geboten hatte:

"Lass sie einfach stehen, wenn sie so garstig wird. Ich kenn se."

Die Alte keifte ihr hinterher und Nicola beendete diese unschöne Szene nur mit einer abwinkenden Handbewegung:

"Jetzt nicht! *Heute* nicht!", sagte sie energisch, betrat den Hausflur und schloss die zweite Tür hinter sich. Die Alte ließ sie stehen.

Wie konnte ein Mensch nur so sein? Auch wenn Nicola den Hass dieser Frau diesmal abgewunken hatte, so war sie doch innerlich aufgewühlt. Reichte es nicht, dass sie die letzten Tage hier von morgens bis abends stand und half? Musste die Alte in ihrer blinden Wut und in ihrem unkontrollierten Zorn alles zerstören? Merkte die nicht, was sie da kaputt machte?

"Lolli, deine Mutter dreht da drinnen wieder durch. Bitte hilf mir", flüsterte Nicola Lolli zu, der auf dem Hof stand und die ersten Gäste begrüßte.

"H-hm", raunte er, nicht besonders interessiert daran, sich gerade jetzt mit seiner kranken Mutter auseinandersetzen zu müssen.

"Hilf mir bitte. Das wird da drinnen ausarten. Die geht auf mich los!" Nicola hoffte auf seine Hilfe, flehte ihn fast an.

Keine Reaktion.

Lolli kam nicht mit ins Haus.

Nicola ging allein zurück durch den ersten in den zweiten Flur, in dem noch ihre Sachen lagen, die sie für den Abend brauchte. Die Alte stand am anderen Ende in der offenen Tür, ihr Blick nach draußen gerichtet, vor Wut pumpend.

Schnell griff Nicola ihre Sachen und verschwand im Wirtschaftsraum, schloss die Tür hinter sich und drehte den Schlüssel im Schloss - was sie sonst nie tat. Doch jetzt war es sicherer.

In Windeseile zog sie sich um. Auch sie zitterte, allerdings nicht vor Wut, sondern aus Angst. Von der Alten ging eine so zerstörerische Energie aus, dass Nicola Schweißausbrüche bekam und sich fragen musste, was als nächstes passierte? Wird dieses Scheusal ihr eine reinhauen? Jedenfalls war sie schon mehr als einmal kurz davor.

Als sie umgezogen war, verließ sie schnellstmöglich das Haus. Draußen versuchte sie sich, unter die Gäste zu mischen, hatte aber ein extrem ungutes Gefühl. Sie schuftete hier und brachte sich ein, gab ihre Lebenskraft und -zeit, und niemand nahm es zur Kenntnis.

Lolli war noch immer draußen und kümmerte sich nicht darum, ob Nicola ihn um Hilfe gebeten hat oder nicht.

"Lasst uns die Sachen rausholen und die Tische decken", meinte Gritt, die ebenso wenig von dem Eklat im kleinen Flur mitbekommen hatte wie irgendjemand sonst. Wieder stand Nicola damit allein.

Abbie und Tara hopsten fröhlich durch die Menge, ihre zwei Lieblinge, die in den letzten Tagen viel zu lange im Stall warten mussten, auf sie, ihr Frauchen, das sie doch über alles liebten.

Da sie nicht ins Haus durften, waren sie fast den ganzen Tag allein und lebten von den kurzen Augenblicken, die Nicola durch den Stall ging.

Es zerriss ihr das Herz und sie war heilfroh, dass die Vorbereitungen der letzten beiden Tage abgeschlossen waren und die Feier endlich begann. Sie würde ihre Kleinen nicht noch einmal so lange alleine lassen.

Sie ging ins Haus. Abbie und Tara folgten ihr. Kaum war sie in der Küche und griff sich die erste Salatschüssel, ging die Mutter auf die beiden Hunde los:

"MACHT, DASS IHR HIER RAUS KOMMT!", schrie sie in bekannter Manier.

Nicola stellte die Schüssel hin, brachte umgehend ihre Kleinen vor die Tür, schloss die Haustür hinter sich, wandte sich zurück in die Küche und ging direkt auf die Alte zu:

"WAS IST DEIN PROBLEM?", schrie jetzt auch sie.

Nicola kochte vor Wut. Über die zwei Tage lange Arbeit, die ihr niemand dankte, über die Attacke der Mutter, die Lolli scheißegal zu sein schien, über das viel zu lange Getrenntsein von ihren Hunden, das ebenfalls niemanden interessierte und nun auch noch ein Angriff auf SIE, ihre beiden über alles geliebten Schätze. Das ging zu weit!

Nicola hastete raus, eilte zu Lolli:

"Du *musst* jetzt kommen! Deine Mutter rastet aus!"

Mit aller Vehemenz und Nachdruck befahl sie Lolli quasi, ihr hier und jetzt endlich zu helfen und ihr beizustehen. Er kam mit rein. Kaum waren sie drinnen, ging die Alte auf Nicola los:

"DU HAST GESAGT, DU PUTZT DAS KLO!"

"ABER DOCH NICHT HEUTE! ICH HABE DEN GANZEN TAG GEARBEITET!", schrie Nicola zurück.

"NICHTS KANNST DU! ZU NICHTS TAUGST DU! ZU NICHTS BIST DU ZU GEBRAUCHEN!"

"Hä?", sagte Lolli in seiner phlegmatischen Art, "war die Toilette denn dreckig?"

Er stand da wie ein Idiot. Darum ging es doch gar nicht! Seine Mutter griff seine Freundin an und er stand daneben und ließ es wie immer zu.

"DANN PUTZ SIE DOCH SELBER! DU HAST DOCH DEN GANZEN TAG ZEIT!", konterte Nicola.

Lolli ging mit ihr durch den kleinen Flur in den Stall:

"Habe ich dir nicht gesagt, du sollst sie in Ruhe lassen!"

Nicola war vollkommen perplex:

"Was?", fragte sie entgeistert. Da war er gerade Zeuge dieses Angriffs geworden und wies SIE zurecht? *Das kann doch nicht wahr sein!*

"Die ist auf meine Hunde losgegangen!", verteidigte sich Nicola.

"Ach so? Das wusste ich nicht."

"Ist auch egal. Die Alte greift mich an, macht mich nieder, schreit rum. Und du sagst kein Ton und machst nichts! Das kann doch nicht dein Ernst sein!"

"Jedenfalls hast du mir jetzt meinen Geburtstag versaut", erklärte er ihr.

Nicola war erschüttert, verletzt, wütend. *Sollen die doch ihre Scheißparty alleine feiern!*

Sie ging nach hinten, setzte sich an den Melkstand, holte ihr Telefon aus der Tasche und wählte die Nummer, von der sie sich den größten Beistand versprach: Gerold. Sie brauchte jetzt seine vertraute Stimme. Er meldete sich mit dem gewohnt besonnenen:

"Hallo Püppi."

Sie erzählte ihm sogleich die ganze Geschichte und umriss die Widerwärtigkeit der Alten, ihre Angriffe, das Klo.

"HÖR AUF!", befahl ihr Gerold.

So kannte sie ihn gar nicht. Vor lauter Schreck war sie auf der Stelle still. "HÖR AUF!", sagte er noch mal mit aller Vehemenz und Nachdruck. "Wenn du mir noch *ein Mal* so eine Pisse erzählst wie Bettwäsche oder geputzte Klos, lege ich auf der Stelle auf! So ein belangloser Scheiß! Ich kann es nicht mehr hören! Es liegt unter deiner Würde, dich mit deinem Geist und deinen Gaben mit so etwas zu befassen und dich darüber auch noch zu streiten! Die ticken nicht ganz richtig! Das ist eine alte, dumme Bäuerin, die keine andere Frau an der Seite ihres Sohnes haben will. Ihr Leben dreht sich um Betten und Klos. Lass die ihre Scheißklos putzen, aber du doch nicht! Kümmere dich um dein eigenes Leben und deine Talente. Die Alte hat keine Ahnung, wer du bist. Und er auch nicht. Das werden die nie! Glaube mir!"

Er hatte Recht. Absolut Recht. Doch sie kam nicht raus aus ihrer Haut. Denn er konnte noch so sehr Recht haben, was sollte sie tun? Die Tatsache, dass sie mit ihren Büchern noch keinen Cent verdient hatte und ihres einsamen Lebens müde war, stand so unausweichlich im Raum, dass sie nicht gewusst hätte, wohin sie sich wenden und was sie machen soll, verließe sie diesen Hof. Außerdem liebte sie Lolli, kannte sie doch ihre stillen Momente, seine einfühlsame, zärtliche und liebevolle Art, wenn sie alleine waren - die im krassen Gegensatz zu der Bösartigkeit der Alten standen und auch dazu, wie er sich benahm, wenn sie anwesend war.

"Natürlich ist dein Selbstwert angeschlagen, aber *so* zerstört kann es doch gar nicht sein! So zerstört, dass du dir so eine Nummer rein ziehst. Weg da! Raus da! Hau da ab! Da hast du nichts verloren!"

"Was mache ich denn jetzt?", fragte sie sich selbst und sprach es laut am Telefon aus. "Das Problem ist: Mein Auto ist eingeparkt. Hier sind so viele Leute, ich komme nicht vom Hof ."

"Soll ich kommen und dich abholen?", fragte Gerold fürsorglich.

Nicola lachte verstohlen:

"Das wär's! *Er* feiert Geburtstag und ihr Exmann kommt auf den Hof und holt sie ab."

"Das wäre DIE Geburtstagsüberraschung schlechthin! Happy Birthday!" Gerold war sichtlich gut gelaunt.

"Auf jeden Fall!"

Verschmitztes Lachen.

Schweigen.

"Die Idee ist gar nicht so schlecht. Gib mir etwas Zeit. Ich melde mich bei dir. Das Angebot ist super! Vor Allem gibt es mir viel Kraft! Tausend Dank"

Lolli guckte durch die Scheunentür und deutete ihr an, dass er sich fragte, wo sie blieb. Sie nickte ihm mit dem Telefon am Ohr zu. Er verstand und entfernte sich wieder. Nie würde er auch nur ein Bruchstück vom Inhalt dieses Gespräches erfahren geschweige denn, wer am anderen Ende der Leitung hing. Niemals.

Sie klappte das Telefon zu, versenkte es in ihrer Tasche und blickte auf in den Himmel. Es war dunkel. Keine Wolken am Firmament und die Sterne leuchteten hell und klar. Trotz der nahegelegenen Hauptstraße war es still.

Sie würde Gerold nicht anrufen. Sie würde ihn nicht bitten, zu kommen. Zwar blitzte - wie ein kurzer Schweif am Horizont - noch einmal das Gefühl der Vertrautheit in ihr auf, das lange Zeit zwischen Gerold und ihr gestanden und sie miteinander verbunden hatte; das Gefühl, sich frei entfalten zu können und alles sein zu können, was sie wollte. Ohne verurteilt zu werden. Ohne Angst haben zu müssen, beschämende, oder schlimmer, verächtliche Blicke zu ernten. Doch wie eine Sternschnuppe am nächtlichen Himmel verlosch dieses Gefühl, kaum dass sie es wahrgenommen hatte. Noch lange versuchte sie, es sich zurück zu holen. Erfolglos. Der letzte Schimmer ihres gemeinsamen Lebens war unwiederbringlich verglüht.

*

Nicola war hin- und hergerissen. Sie liebte ihn, hielt aber diese Spannung, die die Mutter zwischen ihnen und vor allem *in* ihr hervorrief, kaum aus. Hier und heute war der Gipfel aller Unverschämtheit! Trotzdem blieb sie. Jedenfalls für diesen Abend.

Essen konnte sie nichts. Zwar hat sie den ganzen Tag lang dafür gearbeitet, dass der Tisch so reich gedeckt war wie jetzt, doch nach Essen war ihr nicht zu Mute. Ganz im Gegenteil. Ihr war übel.

Der leere Stuhl, den Lolli neben sich gestellt hatte, blieb den Abend über leer. Ihr war nicht danach, sich zu ihm zu setzen. Nicht, nachdem er sie hat so hängen lassen. So saß sie fast am anderen Ende der Tafel und bekam nur bruchstückhaft mit, wie er mit irgendwelcher bäuerlichen Verwandtschaft über Traktoren und Düngemittel diskutierte.

Sie, die nie trank und Alkohol verabscheute, hielt sich an einer Flasche Eierlikör fest und orientierte sich an ihrem Schwager, dem Mann von Gritt, Christian. Der Einzige, der auf ihrer Seite zu stehen schien:

"DAS hat sich noch keiner gewagt! Der Alten Paroli zu bieten! Sowas gab es hier noch nicht! Das war der Hammer." Christian feierte seine eigene Party.

Natürlich hatten die Gäste draußen alles mitbekommen. Geschrien haben sie ja laut genug. Wahrscheinlich so laut, dass auch die Nachbarn noch was von dem Streit hatten.

Sowas gab es hier noch nicht?

"Wie?", fragte Nicola vorsichtig.

"Na, hier traut sich doch keiner was zu sagen!", antwortete Christian.

"Die Alte wütet hier auf dem Hof und in den Leben anderer Leute, und keiner sagt was?" Nicola traute ihren Ohren nicht.

"Wer denn? Das traut sich doch niemand!"

"Na darum ist die wahrscheinlich so. Weil alle ihr erlauben, sich zu benehmen wie ein Besen. Kein Wunder, dass die so über die Stränge schlägt. Wenn ihr nie jemand eine Grenze gesetzt hat und alle ihr nach dem Mund reden!"

"Jedenfalls hat sich das, was du dich da getraut hast, noch *nie* irgendwer gewagt."

Unfassbar! Da benimmt sich dieses widerliche Ding niederträchtiger als jeder Mensch, der ihr jemals begegnet ist, und alle nehmen es hin?

Die Alte war den ganzen Abend nicht zu sehen. Was für ein Glück! Sie hatte sich in ihr Schlafzimmer zurückgezogen. Da soll sie auch schön bleiben. Am besten, sie schließt sich dort ein und verwest. Dann haben wenigstens alle ihre Ruhe!

Am Ende der Feier hatte Nicola genug getrunken um fahruntauglich zu sein. Sie blieb. Allerdings nicht wegen Lolli sondern wegen ihres Führerscheins, den sie nicht wegen dieser grässlichen Alten auch noch verlieren wollte.

Am nächsten Morgen wäre sie am liebsten sofort gegangen. Doch irgend etwas verbot ihr, das zu tun. Wollte sie doch nicht aus einem Reflex heraus gleich die ganze Beziehung zerstören. Sie brauchte Zeit zum Nachdenken. Zerstört war schnell etwas. Kitten ließen sich Beziehungen allerdings ungleich schwerer. So ihre Erfahrung.

Also hielt sie aus, half den Morgen noch mit im Stall, blieb sogar zum zweiten Frühstück und war mehr als erleichtert, als sie endlich bei sich zu Hause ankam.

"Ich habe es überstanden!", berichtete sie Gerold am Telefon.

Solange sie ihn hatte, schien die Sache mit Lolli ein Spiel. Solange er in ihrem Leben war, war die Erfahrung 'Hof Schacht' ein Abenteuer. Ein Zeitvertreib. Nichts Ernstes. Die wirklich guten, substantiellen Gespräche hatte sie mit Gerold. Wirklich unterhalten und austauschen konnte sie sich nur mit ihm. Er schätzte sie. Er erkannte, wer sie war. Er sah, was in ihr verborgen lag. Nichts von dem war Lolli, geschweige denn der Alten zugänglich. Sie bewerteten das Leben und die Menschen nach ihrer Funktion: was bringen sie? Welchen direkten Nutzen hatte der Betrieb von ihnen? Können sie Betten machen und Klos putzen? Mehr konnten sie nicht sehen. Zu weiteren Erkenntnissen reichte ihr Horizont nicht. Mehr waren sie nicht in der Lage wahrzunehmen. Das setzt eben ein gewisses Maß an Empathie voraus und Einfühlungsvermögen.

"Es erfordert zudem Geist, das wahre Wesen eines Menschen erfassen zu können", wurde ihr Psychoprofessor im Studium nicht müde zu predigen. Eigenschaften, die einem nicht unbedingt in den Sinn kamen, wenn man sich anschaut, nach welchen Wertmaßstäben hier geurteilt wurde.

*

Lolli sprach in den nächsten Tagen, in denen sich Nicola vom Hof fern hielt, mit seinen Schwestern. Gritt, auf der einen Seite, und seiner jüngsten auf der anderen. Sie war aus Hamburg angereist und schien alles am allerbesten zu wissen, obwohl sie im besagten Moment noch lange nicht da war. Sie und ihr Lebenspartner kamen erst viele Stunden später. Doch wenn es um die Bösartigkeit der Alten den Freundinnen des eigenen Bruders gegenüber ging, hatten alle taube Ohren und blinde Augen. Niemand sagte auch nur einen Ton der Mutter gegenüber, sondern sie verschworen sich gegen Nicola, die einzige, die sich in ihren Augen unmöglich verhalten hat. Wie konnte sie nur ihrer Mama so zusetzen?

Auch in diesem Fall wurde Stillschweigen bewahrt und die Sachlage zu Nicolas Ungunsten ausgelegt. Die Mutter hätte doch nur ein bisschen mit dem Handtuch gewedelt und die Hunde nach draußen leiten wollen, losgegangen sei sie auf die Tiere natürlich nicht. Sowas würde Mama doch nie machen! Ihre ganze Wut und Aggression wurde gar nicht erst zur Sprache gebracht. Die hat es praktisch nie gegeben. *Nicola* war diejenige, die hier maßlos übertrieb. Ihrer Meinung nach.

"Ihr habt alle Recht", bestätigte Nicola der Mutter, als sie allein mit ihr ein paar Tage später in der Küche saß. Die Alte hatte sie doch tatsächlich angerufen und meinte, sie sollten mal reden. Wie kulant von ihr! "Ihr habt alle Recht. Ich sollte wirklich von diesem Hof gehen. Es macht keinen Sinn, dass ich hier bin. Und wenn ich nach kurzer Zeit so wütend bin wie letztens, ist es wirklich richtig, wenn ich gehe."

Jetzt war es die Mutter, die sprachlos war. Wusste sie doch nur zu gut, was wirklich gelaufen war:

"Ganz so war es ja nun auch nicht gemeint." Ihr war es ganz offensichtlich unangenehm zu wissen, dass Lollis Freundin ihn verlassen würde. Wegen ihr. "Aber ich habe ja deine Nummer. Für alle Fälle", versuchte sie im letzten Moment noch irgendeine Art der Übereinkunft herzustellen, die sie in Wirklichkeit jedoch weder wollte noch anstrebte.

Nicola verabschiedete sich höflich und ging hinaus zu Lolli, der gerade mit dem Melken fertig war und hinten am Melkwagen den Mist zusammenkehrte.

Dieselbe Erklärung, die Nicola seiner Mutter gab, gab sie nun auch ihm. Er war sichtlich berührt, hielt sie fest, drückte sie an sich, als wollte er versuchen, ihre Seele und ihr Herz bei sich zu behalten.

"Es ist besser so", versicherte sie ihm. "Du hast absolut Recht. Das war nicht Okay von mir, so auszurasten."

Nicola nahm alle Schuld auf sich, auch wenn sie wusste, dass die Wahrheit eine andere war. Doch es kümmerte sie nicht. Nicht mehr. Sie schlug die zwei mit ihren eigenen Waffen. Die Familie machte sie allein schuldig an der Schreierei und dem Drama, das sich hier abgespielt hatte? Bitte! Konnten sie haben! Dann nahm sie es auf sich, ließ allen Beteiligten ihren Glauben, zog die Konsequenzen und machte sich davon. Sollten sie doch allein ihre Kühe melken und sich am Küchentisch gegenseitig bestätigen, wie toll sie und wie furchtbar doch Lollis Frauen waren. Ihr war es egal. Zwar war ihr Selbstwert ziemlich angeschlagen, aber Gerold lag - in diesem Punkt zumindest - richtig: so im Keller war es nun doch nicht.

Es dauerte eine Weile, die Worte wechselten hin und her, bis Nicola sich aus Lollis Armen wand, sich umdrehte und ging. Sie hatte es geschafft! Sie war erhobenen Hauptes von diesem Hof und damit von dieser schrecklichen Erfahrung gegangen. Auch wenn ein Teil ihres Herzens drohte, zu brechen.

Ihre Hunde waren vom Hof. Raus aus dem Stall! Sie selbst musste keine schwere Arbeit mehr leisten, keine bösen Blicke mehr ertragen, sich keiner Keiferei und keinen niederdrückenden Vorwürfen mehr aussetzen. Sich mit keiner auf Falte gelegten Bettwäsche und keinen Klos mehr befassen. Was für eine Erlösung!

Niederschreiben würde sie das alles! Angefangen hatte sie schon. In ihren wachen Momenten, die zwar sehr selten aber doch dann und wann da waren, hatte sie sich erste Notizen gemacht. Ihre Aufzeichnungen verwahrte sie in einem Ordner auf ihrem Netbook, das die Kürzel von Lolli trug.

Der Sommer war herrlich. Endlich konnte sie die Wiesen und die Felder wieder genießen - oder jetzt überhaupt erst mal? Sie war frei. Endlich frei!

"Du bist keine Bäuerin und kein kleines, dummes Häschen, auf dem man ziellos herumhacken kann!", bestätigten nicht nur Gerold und ihr Chef den Fehlgriff mit Lolli und den Irrtum mit dem Kuhstall, sondern auch ihre Reitfreundin Kerstin. Eine liebenswürdige, junge Frau aus dem Dorf, der Nicola eines ihrer Pferde angeritten hat und das nun ausgebildet wurde fürs Gelände. Ein Freizeitpferd sollte es sein. Unerschrocken und leicht zu händeln.

"Ist das nicht wundervoll hier?", schwärmte Kerstin, neben ihr auf ihrer alten Stute herreitend. Die Aussicht über die weite Ebene war wie immer phänomenal. Kerstin und ihr Mann waren ebenfalls bei Lollis Geburtstag gewesen. Sie haben natürlich alles mitbekommen:

"Genau richtig, dass du da weggegangen bist. Das hätte dich nie glücklich gemacht. Das war nichts für dich. Und die Sache mit der Mutter ..", sie winkte ab.

Die Alte war bekannt hier im Dorf. Keiner mochte sie. Alle mieden den Kontakt zu ihr. Ausnahmslos alle, die Nicola bisher getroffen hatte.

"Dabei hat es so schön angefangen", wehmütig blickte Nicola in die Weite.

"Ich erinnere mich, wie glücklich du am Anfang warst", bestätigte ihr Kerstin, "aber mit dieser Mutter wäre das nichts geworden. Mit der da oben hat das noch nie funktioniert. Ich wär da schon lange weg gewesen."

Und das wäre sie tatsächlich. So klein und unscheinbar sie in ihrer Erscheinung auch war, so klar und entschlossen ging sie ihren Weg und hat sich ein Leben geschaffen, das sie gerne lebte und das zu ihr passte. Im Gegensatz zu Nicola, die bis heute nicht so recht wusste, wohin sie gehörte.

*

Die Tage waren entspannt, und die sommerlichen Temperaturen trugen ihr Übriges dazu bei, die Umgebung und die Stille der alten Köhlerkate nahezu paradiesisch erscheinen zu lassen. Nicola saß draußen auf der Bank vor dem Haus, ihre Hunde zu ihren Füßen im Gras liegend, und las.

Ein Trecker fuhr vorbei. Die Motorengeräusche verstummten. Eine Tür klappte.

Nicola erwartete, wen sie am meisten fürchtete. Und sie lag richtig: Lolli.

Sie öffnete ihm die kleine, metallene Tür:

"Wie siehst *du* denn aus?", erschrak sie, "hast du die letzten Nächte nicht geschlafen?"

"Was soll ich denn im Bett ohne dich?", erwiderte er. Sein Gesicht wirkte schal, seine Haut trotz der Arbeit an der frischen Luft blass, er eingefallen.

Er setzte sich neben sie auf die kleine Gartenbank und sah aus, wie das sprichwörtliche Häufchen Elend. Einen Moment schwiegen sie. Dann unterbrach er kläglich die Idylle:

"Komm zurück!", bettelte er.

Sie sah ihn an und empfand tiefes Mitleid. Dieser Mann litt erbärmlich, so schien es ihr. Er war förmlich nicht wiederzuerkennen. Der eher kalte, immer auch ein wenig abweisende, distanzierte, in sich gekehrte Mann trat aus seinem eigenen Schatten, und es zeigte sich eine gebrochene Gestalt, die innerlich zerrissen war. Entmutigt. Verzweifelt. Gebrochen von einem Leben, das geprägt war von Angriffen einer übermächtigen

Mutter, gegen die er nicht ankam; gegen die er noch nie angekommen war.

"Ich weiß nicht", sagte Nicola. "Du hast doch gesehen, wie das da oben ausgeartet ist. Nach so kurzer Zeit."

Sie thematisierte ganz bewusst die Hinterhältigkeit seiner Alten nicht, mit der sie auf Nicola an dem besagten Tag losgegangen ist. Sie hatte einfach keine Lust, dieses ganz offensichtlich falsche und verlogene Verhalten der Alten auszuwerten. Gegen solche Lügen kam eh keiner an. Gegen so viel Böswilligkeit hatte niemand eine Chance.

"Aber was soll ich denn ohne dich. Du fehlst mir so!" Seine sanften Augen und sein zärtlicher Blick brachten ihr Herz in Bruchteilen von Sekunden zum Schmelzen, wie damals, als sie ihn zum ersten Mal sah:

"Ich weiß nicht, ob das so eine gute Idee ist." Sie blieb äußerlich stark. Tief in ihrem Herzen wünschte sie sich allerdings nichts sehnlicher, als wieder mit ihm zusammensein zu können, ihn zu spüren, seine Nähe zu erleben, in seinen Armen zu liegen und in den unendlichen Frieden einzutauchen, der zwischen ihnen lag, wenn sie allein waren.

"Ich denke darüber nach", gab sie zur Antwort. Und das wollte sie wirklich. Jetzt einfach schnell sagen, dass sie zurück kommen würde, auch wenn ihre Seele nach ihm brannte und sie sich nichts Schöneres hätte vorstellen können als bei ihm zu sein, wollte sie jedoch keinesfalls.

"Aber nicht so lange", flehte Lolli, der sie ganz offensichtlich sehr vermisst haben musste. Noch ein falsches Wort, und er würde in Tränen ausbrechen.

"Gib mir ein wenig Zeit. Wenn es soweit ist, dann komme ich hoch."

Nicht ganz zufrieden aber doch erfüllt mit ein wenig Hoffnung, ging er vom Hof. Der laute Motor des Traktors durchbrach die Stille der Landschaft wie ein Steinschlag die Oberfläche eines ruhenden Sees. Er fuhr los. Die Geräusche entfernten sich. Nicola war wieder allein.

*

Ihre Mutter rief an. Als Nicola ihre Geschichte erzählt hatte, war nur noch Schweigen in der Leitung zu hören. Ihre Mutter war sehr bedacht und machte selten unüberlegte Bemerkungen. Dazumal war sie ihr Leben lang als Neurologin im Sozialpsychiatrischen Dienst tätig gewesen, was ihr ein breites Spektrum an menschlichen Erfahrungen eröffnete, auf das sie immer und jederzeit zurückgreifen konnte.

"Liebes, wenn das mit dieser Frau nach so kurzer Zeit so ausartet, dann pack deine Sachen, geh runter in dein Haus und überlege dir, wie du in Zukunft dein Leben gestalten willst."

Ein weiser Rat. Nicola wünschte, sie könnte genug Kraft in ihrem Innern mobilisieren und ihre Gefühle soweit herunterkühlen, um ihn auch zu befolgen. Nicht, weil sie blindlings tat, was ihre Mutter sagte, sondern weil sie selbst spürte, dass es genau das Richtige wäre.

"Wenn eine Frau so aggressiv und böse ist, dann stimmt mit diesem Menschen etwas ganz grundsätzlich nicht. Sie wird auf irgendeine Art psychisch krank sein. Und dich zusätzlich dafür hassen, dass du ihr ihren Sohn wegnimmst. Die wird alles tun, um dich aus dem Leben da oben rauszuekeln. Das ist meine Prognose."

Nicola wusste, dass sie es nicht schaffen würde, sich dauerhaft von Lolli fern zu halten. Dafür waren ihre Gefühle ihm gegenüber zu stark. Doch sie wusste auch, dass die Prophezeiung ihrer Mutter, die von nun an wie ein Damoklesschwert über ihrem Bewusstsein hängen würde, zutraf. Und die sich aller Wahrscheinlichkeit nach, sollte sie tatsächlich so wahnsinnig sein und noch einmal dort hoch gehen, in nicht all zu ferner Zukunft erfüllen wird.

"Wie ist sein Name?", fragte Ehrhard, ihr ehemaliger Professor der Psychologie, zu dem sie seit vielen Jahren ein sehr freundschaftliches Verhältnis hatte, am Telefon.

"Leopold", antwortete Nicola wahrheitsgemäß, "aber alle nennen ihn Lolli."

"Lolli! OH NEIN!" Ehrhard lachte, "der kleine Lolli! Das ist ja ein kleiner-Jungen Name!"

"Es ist mir auch regelrecht peinlich, diesen erwachsenen Mann bei diesem Namen zu nennen, ganz ehrlich."

"Das kann ich mir vorstellen. Aber wie ist er denn? Ist er der Kleine? Der Unbeholfene? Er lebt ja bei Mama. Nennt er sie auch so?"

"Klar."

"Benimmt der sich auch so? Ist er Mama-Kind?"

"Ich nehme ihn nicht so wahr. Allerdings hat das ja nicht immer was zu sagen. Es wäre nicht das erste Mal, dass ich mich täusche."

Als Nicola wenig später zu ihrer täglichen Hunderunde aufbrach, traf sie Lolli auf dem Acker gleich hinter ihrem Haus. Er hielt an, als er sie sah, und stieg aus. Seine Niedergeschlagenheit erreichte ihren Höhepunkt, als sie ihm erzählte, was für einen Rat sie kurz zuvor von ihrer Mutter erhalten hatte.

Er geleitete sie in seinen Trecker, fuhr ein Stück abseits des Weges und manövrierte ihn an eine Ackerkante, auf die niemand Einsicht hatte. Und weinte.

*

Natürlich erlag Nicola ihrer Sehnsucht und sie konnte nicht anders, als wieder zu ihm zu gehen. *Er* hatte ihr ja eigentlich nichts getan. Sie beide sollte doch eigentlich das ganze Drama mit der Mutter nicht tangieren.

"Ich lebe doch auch nur zwangsläufig mit ihr da oben zusammen", beteuerte er ihr. "Ich hatte doch nie eine andere Wahl. Ich habe hier die Wirtschaft übernommen und Muttern ist nun mal da. Ich kann se ja nicht rausschmeißen. Lass se düsen, wenn se anfängt. Lass se einfach links liegen. Ich mach das genau so."

Es klang so einfach und unkompliziert, wenn er das sagte und aussprach. Als wäre gar nichts dabei. In Wirklichkeit war es allerdings nicht möglich, sich so viel zielgerichtetem Hass zu entziehen, ohne dass einem die Knie weich wurden. Doch sie wollte es versuchen. Vielleicht lag es ja doch an ihr, dass alles so war und die Mutter sie nicht leiden konnte? Oder jedenfalls zum Teil. Sehr gut leiden konnte sich Nicola ja zur Zeit selbst nicht einmal, also war es nicht besonders verwunderlich, dass sie ausgerechnet jetzt auf eine Person traf, die ihr ihre eigene Abneigung von außen ins Leben trug.

Zwei Tage später fand sie sich also wieder im Kuhstall, der schon vertraut geworden war. Die Arbeit war immer noch Routine, das Wetter immer noch sommerlich, Lolli liebevoll und zärtlich und die Mutter - riss sich doch tatsächlich zusammen und war freundlich. Es war fast, als sei nichts geschehen. Keiner verlor ein Wort über das Geschehene. Es wurde Frieden angeordnet. Doch dieser Frieden war trügerisch und es sollte nicht besonders lange dauern, bis erneute Sticheleien einsetzten. Diesmal allerdings nicht hinter verschlossenen Türen, sondern ganz direkt am Küchentisch, wo sich der Hauptteil des Lebens im Hause Schacht abspielte.

Böse Blicke waren an der Tagesordnung. Die Stimmung nach kürzester Zeit wieder explosiv aufgeladen mit dem bekannten Hass und der Abscheu der Alten. Dieser Energie war einfach nicht zu entkommen.

Lolli ließ das kalt. Er guckte aus dem Fenster, als würde nichts sein. Vielleicht war für ihn ja auch nichts? Für ihn war solch ein Umgang scheinbar normal. Er kannte es vielleicht gar nicht anders. Vielleicht bedeutete dieses Gefühl für ihn einfach nur 'zu Hause'?

*

Nicht einmal zwei Wochen, nachdem sie dort oben wieder aufschlug, erschlich sie sich abermals ihren Weg vom Hof. Sie flüchtete, still, heimlich und leise. Unter einem Vorwand: Constantin, ihr Bruder, kam zu Besuch. Sie erwartete ihn sehnsüchtig und freute sich auf die Vertrautheit, die er mit seiner Anwesenheit in ihr Leben brachte.

Doch als sie voreinander standen, spürte sie voller Entsetzen, dass auch er ihr ein großes Stück weit fremder geworden ist als er es noch vor ein paar Jahren war, als sie in den brandenburgischen Gefilden wohnte und sie ihr Leben wesentlich reger miteinander geteilt haben. Er war Arzt in einem Krankenhaus und spielte in seiner Freizeit leidenschaftlich gerne Klavier. Gemeinsam haben sie viele schöne Auftritte gemeistert und im wahrsten Sinne des Wortes über die Bühne gebracht. Sie vermisste ihre gemeinsame Zeit, doch diese Gefühle und Gedanken gingen - wie so vieles andere auch - in der Arbeit im Kuhstall unter und versanken in der alltäglichen Erschöpfung.

Sie gingen spazieren und sie erzählte ihm alles, die ganze Geschichte mit Lolli und Gerold, der Mutter, ihr selbst. Er hörte ihr, wie immer, sehr geduldig zu, schüttelte hier und da den Kopf, machte mal 'h-hm' und sagte 'oh je!'.

"Das Arbeiten kann zur Sucht werden; genau wie das Marathonlaufen. Die brauchen jeden Tag ihren Rausch. Die laufen sich sprichwörtlich in eine Ekstase. Das ist ihre Droge. So, wie du mir die Konstellation auf dem Hof dort oben schilderst, kommt es mir fast so vor, als sei die Arbeit für die beiden das, was der Marathon für den Läufer ist: eine Droge, in die sie sich hineinlaufen, ein Rausch, den sie sich abholen, ja den sie brauchen. Jeden Tag. Um abends, wenn der Rausch abebbt, vor Erschöpfung und befriedigt in die Kissen zu sinken und wegzudämmern."

Nicola hörte gespannt zu. Auch ihr Bruder hatte viel Erfahrung mit der Anamnese von psychisch Kranken. Während der Ausbildung zum Facharzt hatte er lange Zeit selbst in der Psychiatrie gearbeitet und viele Diagnosen erstellt, Kranke gesehen, Krankheitsbilder ausgewertet.

"Da wirst du nicht glücklich", prophezeite auch er ihr. "Das Tragische ist: eine Liebe kann wirklich echt sein und trotzdem zum Scheitern verurteilt."

Nicola wollte nicht, dass all die Vorhersagen und Meinungen anderer auch noch ihr letztes Stück Hoffnung zerstörten, an der sie sich immer noch festhielt. Insgeheim träumte sie davon, dass vielleicht doch alles nicht so kommen würde, wie sie befürchtete und ihr immer wieder vorausgesagt wurde. Doch letzten Endes: war es so wichtig, was andere sagten?

Bevor Constantin fuhr, guckten sie sich noch mal die Wohnung von Gerold an, die sie, so beschloss sie, von nun an die Jägerwohnung nennen wird. Selbst ihr Bruder, dessen Schmerzgrenze, wenn es um Schmutz ging, relativ hoch lag, war entsetzt, wie es bei diesem Mann aussah. Und auch Nicola war geschockt, denn obwohl sie oft genug - zu oft, wie sie fand - hier gewesen war, so hatte sie doch immer nur oberflächliche Blicke geworfen, die ihrer Meinung nach schon genug Aussagekraft hatten. So genau wie Constantin es jetzt tat, hatte sie sich bislang gar nicht umgesehen. Ein wahlloses Gemisch aus ausgedrückten Zigarettenkippen, Essensresten, Papier, irgendwelchem ungeordneten Kram und Schmutz, wo man hinsah, zwang sich ihnen auf.

"Das ist ja schon pathologisch", bemerkte ihr Bruder kopfschüttelnd, als er vor Gerolds Schreibtisch stand, einem Berg aus Müll.

Nicola grinste. Sie liebte seine trockene, durchdachte Art und seinen bisweilen sarkastischen Sinn für Humor. Auch wenn diese Bemerkung nicht als Witz gedacht war, so brachte sie doch in ein paar Worten auf den Punkt, was sie in vielen Nächten durchdacht und in vielen Diskussionen thematisiert hat.

Mit Wehmut verabschiedete sie ihren treuen Bruder und Freund wenige Stunden, nachdem er gekommen war und ließ ihn fahren. Kaum war er vom Hof, beschloss sie, dass dringend etwas mit der zweiten Wohnung passieren musste. Sie wartete nicht lange und machte sich daran, den Dreck, den ihr Exfreund ihr hinterlassen hatte, kurzerhand doch selbst zu beseitigen. Warten wollte sie auf Gerold nicht mehr. Der würde nicht kommen und hier sauber machen. Das hatte er nie vor und würde es auch nicht tun. Das überließ er ihr.

Jetzt war der Moment gekommen, an dem sie es nicht mehr ertrug. Genau darauf hat Gerold von Anfang an gesetzt. Sie schmiss alles weg, was wegzuschmeißen war, befreite das Haus und somit sich selbst von dem Dreck der vergangenen Beziehung, in der Hoffnung, sich am Ende besser und auch ein Stück weit gereinigt zu fühlen. Im Bezug auf die Wohnung ging das Konzept auf.

*

Die Mutter saß gleich früh mit ihnen mit am Tisch, ganz offensichtlich innerlich kochend. Inzwischen ein vertrautes Bild. Sie zitterte vor Wut. Nichts außergewöhnliches. Dann platzte es aus ihr heraus:

"ICH HABE DIR GESTERN SCHON GESAGT: DER GRABEN MUSS GEMÄHT WERDEN!", schrie sie ihren Sohn an.

"Habe ich doch schon gestern Abend", verteidigte sich Lolli, ohne darauf einzugehen, in was für einem Ton und in welcher Manier sie mit ihm vor seiner eigenen Freundin sprach.

Noch vor ein paar Monaten hätte Nicola ihren Ohren nicht getraut. Mittlerweile verwunderten sie solche Szenen nicht mehr. Trotzdem hielt sie sich zurück. Seine Abmahnung zu seinem Geburtstag reichte ihr. Sie mischte sich in dieses kranke Geschehen nicht mehr ein. Sie wusste nur eines: *So* würde *ihre* Mutter - oder wer auch immer - mit ihr *nicht* sprechen! Das gab es weder bei ihnen zu Hause, noch hat es das jemals gegeben, noch wird es das jemals geben. Dieser Jähzorn, diese Erbitterung, die Hemmungslosigkeit dieser Ausbrüche waren Nicola fremd. Solch einen Umgang kannte sie aus ihrem persönlichen Umfeld nicht.

"Das sind einfache Leute", bemerkte ihr Chef immer wieder aufs Neue, wenn sie von solchen Situationen berichtete. Und von denen gab es genug. Diese Grundstimmung lag an der Tagesordnung.

"Weißt du, wenn man Geist hat, dann kann man zwischenmenschliche Emotionen sublimieren, dann kann man sich darüber hinwegsetzen. So wie Gerold. Der lässt sich in keinen Strudel ziehen und rastet einfach aus. Wenn man aber keinen Geist hat, dann wird man schlichtweg von seinen eigenen Emotionen davongerissen, so wie diese blöde Bäuerin, die ihr Leben lang nichts anderes gemacht hat, als in der Kuhscheiße zu stehen. Die kann ihre Erbitterung und ihren Frust über ihr jämmerliches Dasein nicht unter Kontrolle halten und nur ausdrücken, indem sie ihre täglichen Tobsuchtsanfälle bekommt. Ist doch ganz klar!"

Klar war das klar. Nicola sah das auch ganz deutlich. Doch es war immer noch etwas anderes, dieses Thema zu besprechen oder direkt mit diesen Emotionen konfrontiert zu sein. Was dem Wahrheitsgehalt seiner Worte allerdings keinen Abbruch tat und Nicola half, in solchen Momenten gefasst zu bleiben.

"Und wie reagiert dein Zahnarzt?"

"Er nimmt das alles einfach so hin. Ich kann das nicht verstehen! Wie kann man einem anderen Menschen erlauben, so mit einem umzugehen?"

"Er wird es nicht anders gewohnt sein. Das ist seine Normalität."

"Irgendetwas stimmt doch an der ganzen Sache nicht. Irgendetwas ist doch da nicht schlüssig dran."

"Was genau meinst du?"

"Ich kann es dir nicht sagen. Ich weiß nur, dass auf dem Hof - mal abgesehen von der kranken Alten - irgendetwas komisch ist. Mit Leopold stimmt auch etwas nicht."

"Es kann ja schon mal nicht ganz hinhauen, dass dieser erwachsene Mann nie eine andere Wahl gehabt hat. Der war verheiratet. Kleine Wohnungen gibt es überall. Er hatte eine zweite Freundin zwischendurch, die mit ihm da weg wollte, wie du berichtet hast. Er hätte von Anfang an seine Verhältnisse regeln können und sich etwas Eigenes schaffen. Hat er doch alles nicht gemacht! Und vor allem könnte er dieser alten Fotze mal Einhalt gebieten. Ihr klar machen, dass sie so weder mit ihm noch mit seiner Freundin umzugehen hat. Es ist seine freie Entscheidung, das nicht zu tun! Seine freie Wahl!"

Nicola nickte, während ihr Chef sprach. Seine Gedanken waren ihr nicht neu, denn die hatte sie selbst oft genug. Er sprach lediglich *die* Worte aus, die ihr schon die ganze Zeit auf der Zunge lagen, wenn Lolli wieder einmal mit seinen Erklärungen ankam und ihr beteuerte, er hätte ja nie eine Alternative gehabt, er konnte ja nicht anders, er sei ja nur ein Sklave seiner selbst. Dass das so nicht stimmte, war ihr vom ersten Tag an klar. Auch wenn sie es nicht gleich hätte in Worte fassen können, so wie ihr Chef das jetzt tat.

Doch es stimmte noch mehr nicht auf diesem Hof und an diesem Lebenskonstrukt. Das altbekannte, ungute Gefühl zeigte immer weniger auf die alte Köhlerkate und immer deutlicher auf das zweite Gehöft des Dorfes, den Hof Schacht. Langsam bekam das dunkle Gefühl in ihrem Leben ein Gesicht. Stückweise kristallisierte sich ganz klar heraus, woraus diese zerstörerische Energie gespeist wurde, die sie von Anfang an mit diesem Ort verband: sie ging von *denen* aus, die ihr das Schicksal in ihr Leben sandte und in die sie so viel Energie investierte.

*

Beim abendlichen Melken gab sich Lolli wie so oft in sich gekehrt. Die permanente Spannung, die durch die schlechte Laune der Mutter in der Luft lag und der Zwiespalt, in dem er dadurch steckte, dass sie ihm ganz offensichtlich seine Liebe nicht gönnte, zerrissen ihn. Einerseits kam er nicht gegen die Schärfe und Autorität dieser Frau an, andererseits war er abhängig von ihr, machte sein Leben von ihr abhängig. Er war ihr Geschöpf und erfüllte ein Leben lang genau *die* Bedürfnisse, die sie in ihm angelegt hat.

Er war nicht im Stande, aus eigener Kraft diesen Teufelskreis zu durchbrechen, sich zu erheben, sich gegen die Mutter zu stellen und sein Leben in die eigenen Hände zu nehmen. Nach Nicolas Empfinden lebte er in einer Art selbstkreierter Hölle aus Abhängigkeit, Aussichtslosigkeit und Leere. Sein Leben war inhaltslos. Er war allein und doch wieder nicht, weil die Alte permanent anwesend war und ihn wie einen Sklaven hielt.

Er wirkte unsicher, wenn er mit ihr sprach. Immer erfüllt von einer seltsamen inneren Anspannung, die allerdings erst auf den zweiten Blick sichtbar wurde und die vielleicht ohnehin nur für Nicola sichtbar war.

Und das wahrscheinlich deswegen, weil Nicola ebenfalls eine Frau war, genau wie seine Mutter, und er ebenfalls irgendwie gefühlsmäßig an ihr hing. Das öffnete ihr Türen zu seiner Seele, die für alle anderen fest verschlossen waren. Nicht nur seine Empfindsamkeit und seine Zartheit lagen hinter diesen Türen verborgen, sondern eben auch all die Störungen, die in seinem Verhältnis zu Frauen lagen und ihren Ursprung in der Bindung zur Mutter hatten.

In seinen Erzählungen stellte er sich immer als extrem guter Mensch dar, schwebte irgendwie über den anderen, ohne wirklich an deren Leben Teil zu nehmen. Freunde hatte er nicht. Nur ein paar flüchtige Bekannte, die meisten gute 30 Jahre jünger als er, die ab und zu vorbeikamen um Smalltalk zu halten oder wenn sie irgendwas von ihm wollten.

Obendrein verhielt er sich wiederholt sehr sanftmütig, gab sich als unglaublich sensibel und mitfühlend aus und hatte die Fähigkeit, sich im Außen so gekonnt in Szene zu setzen, dass alle ihm diese Rolle abkauften. *Wenn die Leute doch nur wüssten, wie abfällig er über sie redete!* Dass sein eigener Hund an der Kette unter Schmerzen vor sich hin rottete, dass das Füttern und Tränken sogar an heißen Sommertagen oft vergessen wurde, er mager war und räudig, spielte dabei keine Rolle. Doch auch dafür hatte Lolli die passende Erklärung bereit:

"Ach der Hund", er winkte nur ab. "Wir haben immer Hunde gehabt. Passt schon alles. Der verhungert schon nicht. Und die Ohrenentzündung hat der schon immer. Da kann man nichts machen. Außerdem läuft der weg, wenn man ihn mal von der Kette lässt. Also, was soll man machen?"

Man könnte ja wenigstens eine Laufleine anbringen, damit der arme Kerl mal aus seiner vollgeschissenen Ecke herauskommt und nicht den ganzen Tag neben seinen eigenen Fäkalien liegen muss! Und man könnte ihn regelmäßig füttern und tränken, und ihm nicht nur ein Schälchen Milch am Abend nach dem Melken hinstellen - wenn er überhaupt etwas bekommt. Und vor allem könnte man ihn mal einem Tierarzt vorstellen. Der arme Kerl hat Schmerzen!

Doch Nicola verkniff sich ihre Kritik. Sie formulierte sie in Gedanken, sprach sie aber nicht laut aus. Die Gnadenlosigkeit, mit der jede Form des Widerspruches oder der Kritik geahndet wurde, zeigte Lolli zwar nicht so extravertiert wie seine Mutter - bei ihm war die Wut, die ein Widerspruch auslöste, eher nach innen als nach außen gerichtet - doch die Wut war dieselbe. Und Nicola spürte sie. Auch wenn er sie noch so gut zu verbergen glaubte. Darum war sie still. Und widersprach nicht. Sie traute sich nicht. Genauso, wie Lolli es nicht wagte, seiner Alten zu widersprechen, wagte Nicola es nicht, ihm zu widersprechen. Die Dynamik der altbekannten Mutterbeziehung wurde eins zu eins an seine Partnerin weitergegeben. Andere hatten widerstandslos zu gehorchen. So kannte er es. So lebte er Beziehungen. Er benahm sich eben - wie zu Hause.

Jedes Mal, wenn man Aestor am Kopf berührte, und sei es auch nur ganz sanft, schrie dieses Tier auf. Die Schmerzen mussten horrend sein. Doch der Hund zählte nicht in den Bereich derer, denen gegenüber er ja angeblich so unglaublich sensibel und einfühlsam war, wie er beteuerte. Der gehörte in eine andere Kategorie, die von seinem angeblichen Mitgefühl und Sensibilität nicht erreicht wurden.

Genau wie die Kühe, die nichts anderes als Nutzvieh waren, und in die selbe Kategorie fielen wie der Hund. Hinkten sie, hatten sie Schmerzen, interessierte es keinen Menschen. Weder ihn noch seine Mutter. Für sie waren die unter Schmerzen stehenden Tiere auf dem Hof eine Normalität. Nichts, worum man sich Gedanken hätte machen müssen.

Im krassen Kontrast dazu standen die Selbstbilder, die die Schachts von sich hatten. Sie empfanden sich tatsächlich als über der Masse der Menschen stehend, verständnisvoll, mitfühlend, weltgewandt. Und selten, äußerst selten, hörte Nicola auch nur ein positives Wort über andere Menschen aus den Mündern dieses alten Bauernpaares.

"Die Frauen hier im Dorf kannst du alle vergessen. Hier möchte ich mit keinem tauschen!", beteuerte Lolli des Öfteren.

"Und Christian, der Mann meiner Schwester, ist ein Schwachkopf. Ein Taugenichts. Ich kenn den!"

Der eine war eine Schlaftablette, der nächste ein Großmaul, und wie der Nachbar zu solch einem hässlichen Weib kommen konnte, verstand er schon mal gar nicht. Das war Lolli. Wenn man dann wagte zu hinterfragen, warum er denn alleine sei und mit bald 46 Jahren noch immer bei Mama wohnte, kam die mittlerweile bekannte Erklärung:

"Du weißt doch, ich konnte nicht anders. Ich hatte nie eine Wahl", mit mitleiderregendem Blick.

Doch, dachte Nicola, *die hattest du!* Langsam, ganz langsam, begann sie hinter die großen, alles verschleiernden Worte zu blicken und eine Realität sprang ihr entgegen, die sie lieber nie gesehen und von der sie die Finger hätte lassen sollen.

*

128

"Hilf mir", bat sie ihren alten Freund und ehemaligen Prof. um Hilfe. "Ich verstehe einfach nicht, was mit mir los ist! Warum komme ich da nicht weg?"

"Liebst du ihn denn?"

Nicola musste nicht überlegen:

"Ja."

"Dann weißt du, was dich dort hält. Es ist doch immer so: wenn die Seele liebt, und den tiefsten Wesenskern einer anderen Seele erfasst, hat das nichts mit dem Geist und der Persönlichkeit zu tun, die noch so verkorkst sein können. Liebe spielt sich auf einer anderen, tieferen Ebene ab. Die wird von Verhaltensstörungen und Psychosen im ersten Augenblick meist nicht getrübt. Hast du denn das Gefühl, du erfasst sein Wesen?"

"Ja."

"Und wie ist es? Was zieht dich so an?"

"Seine ruhige Art. Die Stille, die wir genießen, wenn wir allein sind. Seine tiefe Stimme, die einen unglaublichen Frieden in mir auslöst. Sogar wenn er vor mir steht und mir erklärt, dass ich Schuld am Konflikt mit der Mutter bin. Ich höre diese Stimme, sehe ihn, habe seinen Geruch in der Nase und kann nur fühlen, wie sehr ich ihn liebe. Seine Worte gehen an mir vorbei. Die treffen mich nicht."

"Und was ist mit seinem Geist?"

"Der ist ziemlich verkorkst, wie du es nennst. Der kann leider nur in den Kategorien seiner Mutter denken. Gehorcht ihr, widerspricht ihr nicht, erlaubt ihr, seine Partnerin niederzumachen - und merkt es nicht mal!"

"Klingt für mich nach einem ungelösten Ödipuskomplex", erläuterte er ruhig. "Der hat sich nie von seiner Mama losgelöst und lebt mit ihr in einer Art Symbiose. Der kommt gegen die nicht an. Alles, was sie macht, ist normal. Und er kann nicht über diesen Tellerrand hinaus sehen. Erzählt er denn, dass er nie eine andere Wahl hatte?"

"Immer!"

"Siehst du, das ist ein Anzeichen. Diese Menschen denken tatsächlich, sie hätten nie eine andere Wahl gehabt. Die sind ja auch von Mama gesteuert. Ist sie denn herrisch und aggressiv?"

"Na, und wie! So etwas habe ich noch nie erlebt!"

"Siehst du, das sind die typischen Muttertypen, die zu einer solchen Konstellation gehören. Steht er denn zu dir, wenn sie auf dich los geht?"

"Nein. Der steht immer zu Mama."

"Dann ist die Sache doch klar! Das ist ein ganz typisches Muttersöhnchen! Wie sieht es aus mit Freunden? Hat er Freunde, die ihn besuchen oder mit denen er mal weggeht, sich austauscht, mit denen er mal was bespricht?"

"Nein, Freunde hat er nicht. Es kommen ein paar junge Burschen, ab und zu, und besuchen ihn im Kuhstall beim Melken und führen Smalltalk. Ein paar von der Dorfjugend halt. Und ein vollkommen verblödeter Taxifahrer, der so dumm ist, wie eine Scheibe Toastbrot und nichts anderes von sich gibt als dämliche Sprüche, die weder komisch noch inhaltsreich sind. Der wird geduldet, weil er viel hilft. Wenn der mal frei hat, dann fährt er halt nicht Taxi sondern Trecker."

"Das ist ja auch nicht so schlau, oder?"

"Kann man nicht gerade behaupten."

"Er hat also keine ebenbürtigen Freunde, keine Männer, mit denen er mal seine Themen reflektiert, mit denen er mal allein ist? Na ja, Mama ist halt da."

"Eben. Wenn er jemanden hat, dann sie."

"Was stellt er denn für Ansprüche an dich? Wie sollst du denn sein? Was ist ihm wichtig? Ist er verwöhnt?"

"Der ist so verwöhnt, das gibt's gar nicht! Mama kocht jeden Mittag Essen, wie im Kindergarten. Ich glaube, der Typ hat sich in seinem ganzen Leben noch nicht einen Tag lang selbst versorgt. Einmal war die Mutter nicht da und ich musste zu einer Probe zu meiner Kantorin nach Graven. Was meinst du, was da los war, als die Alte nach Hause kam und mitgekriegt hat, dass ich mittags nicht am Herd stand! Und er saß wie immer daneben und sagte nichts."

"Bekommst du denn was dafür, dass du da so viel hilfst?"

"Nein, nicht einen Cent und keinerlei Gegenleistung."

"Oh mein Gott, Nicola!" Ehrhard war ganz außer sich. "Und dann machen die dich noch so nieder? Ja sag mal, spinnen die denn?"

"Das hat sich meine Mutter auch schon gefragt."

"Aber warum machst du denn das?"

"Du kennst ja meine Situation sehr gut. Weißt du, ich habe mir ein Jahr gegeben um das Leben auf diesem Hof mit diesem Mann zu testen. Und Ferien zu machen von meinem eigenen Leben. Darum bin ich da. Und studiere diesen Fall. Stehe im Kuhstall. Führe das Leben einer Bäuerin bzw. versuche, eine Beziehung zu Lolli aufzubauen. Richtig möglich ist es ja nicht. Wegen der Alten.

Anfangs war ich noch tagsüber da, aber das hat mir die Alte ganz schnell abgewöhnt. Es ist schlicht und ergreifend nicht möglich, sich tagsüber in diesem Haus und auf diesem Hof aufzuhalten. Am schlimmsten ist es, wenn Leopold nicht da ist und ich mit ihr alleine bin. Die geht permanent auf mich los! Die lässt keine Gelegenheit aus, mich zu beschimpfen und anzuschreien. Die ist so angriffslustig, das ist beängstigend! Und wenn ich ihr begegne, schlägt mir diese kochende Wut entgegen, selbst wenn sie ausnahmsweise mal nichts sagt. Die Alte ist ein Scheusal! Die ist einfach nicht zum Aushalten."

"Klar! Du nimmst ihr ihren Sohn weg! Ein Leben lang hat sie die Kontrolle über ihn und jetzt kommst du! Ein Mädchen aus der Stadt! Und zusätzlich deckst du einen Bereich ab, der ihr nicht zugänglich ist: die Liebe, die körperliche Nähe, die Sexualität. Dieser Bereich, zu dem du Zugang hast, der ihr aber verschlossen ist, und der dir eine andere Macht gibt als ihr, ist der Punkt für den sie dich abgrundtief hasst. Und was bist du darum in ihren Augen?"

Nicola schwieg.

"Eine Hure! Natürlich!", vervollständigte er seine Ausführungen. "Hat sie dir schon mal vorgeworfen oder angedeutet, dass du mit anderen Männern ins Bett gehst?"

"Angeblich hat sie meinen Schwager, den Mann von Lollis Schwester, mal direkt drauf angesprochen, ob da was mit mir läuft."

"Da siehst du es! Die denkt natürlich nur in solchen Kategorien! Die ist so einfach gestrickt, die weiß überhaupt nicht, was sie da anrichtet. Was erzählt sie denn von seinen früheren Beziehungen? Waren das auch alles Huren? Sind sie ihrem armen, kleinen Lolli fremd gegangen?"

"Angeblich alle. Selbst Lolli singt dieses Lied. Er ist in seinen Augen das arme Opfer und alle Frauen böse und gemein, verlogen und betrügerisch."

"Guck, wie die den beeinflusst und seinen Geist unter ihrer Kontrolle hat! Hör dir an, was er über seine anderen Frauen erzählt und du weißt, wie du enden wirst. Sei vorsichtig, meine Liebe. Die wird ihn so lange bearbeiten, bis er dir dasselbe unterstellt und dich dafür abserviert. Berechtigter Weise natürlich, laut seinem Verständnis. Und wenn er auch nur eine ganz kleines bisschen ihres Charakters geerbt hat, dann macht er dir die Hölle heiß und zerreißt dich ohne Skrupel in der Luft."

"Die zerstört alles, Ehrhard. Alles. Was soll ich bloß tun?"

"Da kannst du wahrscheinlich gar nichts tun. Am Ende wird Mama die Bessere sein, schon allein darum, weil sie immer da ist und immer da war und alles so funktioniert, wie er es kennt. Sie wird ihn auf ihre Seite ziehen bis er selbst denkt, dass du ebenso ein Flittchen wie die beiden anderen bist und *du* diejenige, die den Stress verursacht, und langsam aber sicher wird alles in die Brüche gehen."

Nicola sagte nichts. Es versetzte ihr einen herben Schlag, dass sie sich in einen Mann verliebt hatte, dessen Geist zeitlebens von den Intrigen der Alten verseucht wurde, und ihre Liebe somit von vornherein zum Scheitern verurteilt schien.

Dabei liebte sie Lolli, denn sie sah noch ganz andere Geheimnisse und Tiefen in ihm, wenn sie denn endlich mal allein waren und nur sich hatten. Es gab eben diese alles erfüllenden Momente, in denen sie sich so nah und in denen ihre Gefühle füreinander so innig waren. In denen es besser mit ihnen passte als mit jedem anderen Mann, den sie je getroffen hatte. Sie liebte ihn unendlich und konnte nichts dagegen tun, kam gegen diesen Sog, der sie zu ihm leitete, einfach nicht an.

*

"Hallo Kleines, ich bin morgen im Landtag in Schwerin und würde auf dem Rückweg mal bei dir vorbeischauen", ertönte die sonnige, altvertraute Stimme des ehemaligen Bürgermeisters ihrer

Heimatstadt am anderen Ende des Telefons. "Hast du Zeit? Das wär wahrscheinlich abends so um sieben?"

"Natürlich habe ich Zeit! Ich freue mich riesig, wenn wir uns sehen!"

Sie erzählte Lolli davon, der - wie erwartet - nicht besonders begeistert war, dass sie sich mit einem anderen Mann traf. Kein Wunder. Seine Mutter hatte ihn bezüglich anderer Männer mit aller Wahrscheinlichkeit schon gut bearbeitet.

Die Katastrophe brach allerdings erst am nächsten Tag herein. Dass es ein Drama darum geben würde, dass sie ausnahmsweise mal unterwegs war, hätte Nicola gewettet. Und hätte gewonnen.

Herr Phillip rief nicht am späten Nachmittag, sondern schon am frühen Nachmittag an:

"Ich bin schon raus. Ich wäre dann so in zwei Stunden da!"

In zwei Stunden. Das hieß: Nicola würde heute Abend nicht bei der Stallarbeit anwesend sein.

Sie fuhr hoch zu Lolli. Er war gerade im Begriff, mit dem Auto zum Landmaschinenhandel ins nächste Dorf zu fahren.

"Warte, ich komm mit", sagte Nicola sichtlich gut gelaunt und sprang schnell zu ihm ins Auto. "Herr Phillip ist schon heut Nachmittag da. Ich werde also heut nicht mit im Stall sein, sondern mit ihm in der Fischerhütte Essen gehen. Ich habe hier ja so wenig Leute, kenne praktisch gar keinen und freu mich so, mal wieder einen Bekannten aus meiner alten Welt zu treffen." Nicola hatte fast das Bedürfnis, sich zu entschuldigen.

Lolli war ganz offensichtlich nicht begeistert, ja schien sogar böse mit ihr. Sie hatte es nicht anders erwartet, kannte sie doch die Anspruchshaltung nur zu gut, die auf diesem Hof herrschte. Alle, die hierher kamen, hatten entweder zu arbeiten oder sich hier nicht blicken zu lassen. Kurze Stippvisiten beim Melken waren erlaubt, aber ansonsten wollte man mit niemandem außerhalb seines eigenen Dunstkreises etwas zu tun haben.

Die Stimmung an der Kaffeetafel war zum Zerreißen gespannt. Die Mutter trug mal wieder schamlos ihre Abneigung Nicola gegenüber zur Schau, die sie nur deshalb zurückzuhalten in der Lage war, weil Lolli noch mit am Tisch saß. Dass Christian auch anwesend war, störte sie weniger, was sich zeigte, als Lolli die Küche in Richtung Stall verließ.

"ICH DACHTE ICH HÄTTE HEUTE MEINE SCHULDIGKEIT GETAN!", schrie die Alte quer über den Tisch. "WARUM HAST DU DENN DAS NICHT FRÜHER GESAGT?", schrie sie Nicola direkt an.

"Weil ich es nicht früher wusste. Ich habe erst heute Nachmittag den Anruf gekriegt."

"DAS HÄTTEST DU AUCH GLEICH SAGEN KÖNNEN!"

"Sie wusste es doch vorher gar nicht!", verteidigte sie Christian. Der Einzige, der noch ansatzweise hinter ihr zu stehen schien. Auf jeden Fall auf ihrer Seite war, denn er - als Schwiegerkind - hatte in den Jahren schon mehr als einmal das wahre Gesicht der Alten zu sehen bekommen. Er kannte sie. Ihm würde es nicht Leid tun, kippte sie morgen tot um. Ganz im Gegenteil: dann würde hier endlich mal Ruhe einkehren. Ruhe, die es in diesem Haus nie gab und noch nie gegeben hatte. Jedenfalls nicht für die Partner ihrer Kinder. Sie machte allen das Leben zur Hölle. Nicht nur Nicola sondern auch ihm, vor vielen Jahren, bis zu seinem rigorosen Auszug nur einen Tag nach der Hochzeit. Auch die anderen, dem heutigen Mann von Lollis nächstältester Schwester, durften die zerstörerische Aggression dieses abscheulichen Weibes kennen lernen. Die Älteste ging, als sie 17 war, die Jüngste zog gleich nach der Lehre nach Dortmund. Es war also niemand mehr da - außer Nicola - an der sie ihre Feindseligkeit ausleben konnte.

Beide verließen die Küche. Christian beruhigte Nicola mit einer beschwichtigenden Geste, legte ihr kurz den Arm um die Schulter, wortlos. Er wusste, was sie durchmachte und wie sie sich fühlen musste.

Als Nicola losfuhr, verabschiedeten sie sich ebenso wortlos. Lolli war schon hinten am Melkwagen. Den interessierte der Stress mit seiner Mutter ohnehin nicht.

Sturm zog auf und der Himmel verdunkelte sich. Nicola kümmerte sich nicht weiter um die wutentbrannten Bewohner dieses Hofes, stieg in ihr Auto und fuhr in die Fischerhütte.

"Meinst du nicht, dass du dich mit Gerold noch einmal zusammenraufen kannst? Ihr habt doch beide so gut zusammengepasst!"

"Nein, das glaube ich nicht", flüsterte Nicola und puhlte dabei verlegen am Wachs des Kerzenständers.

"Manchmal durchlebt man Durststrecken in einer Beziehung, aber noch einmal jemanden finden, dessen Leben so gut zu deinem passt wie seins, meinst du, das passiert ein zweites Mal?"

Nicola machten seine Worte traurig. Das Gleiche hatte sie auch schon unzählige Male gedacht und konnte doch nichts retten. Jetzt war es vorbei, sie waren getrennt, der Auszug vollzogen, ihre Liebe verflogen.

Sie schwiegen eine Weile, bevor Nicola ansetzte und ihm ihr Herz öffnete, ihm erzählte, was ihr zur Zeit widerfuhr.

Auch ihr alter Freund sagte nichts anderes als: "Raus da!"

Sie begann zu ahnen, dass es tatsächlich keinen anderen Weg geben würde. Dass sie da weg musste. Dass die Sache mit Lolli keine Zukunft hatte. Doch ihre Liebe war noch nicht erkaltet genug, als dass sie ihr erlaubt hätte, ihn zurückzulassen.

*

Nach dem Essen hielt Nicola noch einmal kurz auf dem Hof an. Sie wollte Lolli sprechen und ihre geliebten Hunde zu sich holen. Sie erreichte noch nicht einmal das Haus, da schoss ihr die Alte schon entgegen:

"WARUM HAST DU HEUTE FRÜH NICHT GLEICH GESAGT, DASS DU HEUTE ABEND NICHT HIER BIST?"

Voller Selbstvertrauen und gestärkt durch das Treffen mit ihrem alten Bekannten, erwiderte sie ebenso scharf:

"WEIL ICH ES DA NOCH NICHT WUSSTE!" Fast hätte sie sich wieder abgewendet, wenn die Alte nicht auf sie zugekommen wäre:

"DU WIDERLICHES MISTSTÜCK! DU HAST HIER GAR NICHTS ZU SUCHEN! DU KANNST NICHTS; DU ..."

Nicola fiel ihr ins Wort:

"WAS BIST DU NUR FÜR EIN SCHEUSAL!", schrie sie ihr direkt ins Gesicht. Damit hatte die Alte nicht gerechnet. "DU ZERSTÖRST DIE VIELLEICHT LETZTE CHANCE DEINES SOHNES, SICH NOCH MAL EINE BEZIEHUNG AUFZUBAUEN UND SPÄTER NICHT ALLEINE ZU SEIN! DU ZERSTÖRST ES MIT DEINER BÖSARTIGKEIT!

MERKST DU DAS NICHT?" Nicola beruhigte sich etwas. "Und du willst wissen, was die Leute über dich denken, he? Das ist dir doch immer so wichtig! Sie denken alle, ausnahmslos ALLE, was für ein Ekelpaket du bist! Was für eine Hexe! Niemand hier will etwas mit dir zu tun haben! Keiner!"

"HALT DIE SCHNAUZE! HALT DIE SCHNAUZE!" Die Alte kam zitternd mit weit ausgeholter Hand auf sie zu. Nicola wusste, dass sie früher oder später zuschlagen würde. Was für eine hohes Maß an Gewaltbereitschaft hier auf diesem Hof doch herrschte! Wer weiß, wozu diese Frau fähig war? Doch Nicola verspürte merkwürdigerweise keine Angst sondern fühlte sich tatsächlich überlegen:

"Was bist du für ein böses Ding!", sie guckte der Alten direkt in die Augen, als sie das sagte und wiederholte sich: "Was bist du für ein böses Ding!"

Sie ging hoch. Lolli saß oben auf der Couch vor dem Fernseher. Nicola setzte sich nicht zu ihm sondern ihm gegenüber in den Sessel und machte den Fernseher aus:

"Wie brauchen etwas Eigenes", ohne Umschweife tauchte sie sofort ins Thema ein. "*Das,* was da mit deiner Mutter läuft, *geht gar nicht!*" Lolli blieb stumm und sein Gesicht ausdruckslos, als sie ihm detailliert erzählte, was vorgefallen ist. "Sie ist immer so! Sie geht auf mich los in dem Moment, in dem du das Haus verlässt. Exfrau hin oder her, aber das geht so nicht! Wir brauchen etwas Eigenes. Anders geht es nicht mehr!"

"Ich hatte ja schon mal vor, hier oben auszubauen. Die Pläne liegen sogar noch unten in der Schublade. Aber dazu ist es ja nicht mehr gekommen. Ich hätte ja hier was gemacht, wenn Dagmar .."

Die Geschichte war wohlbekannt. Und es tat Nicola sicherlich auch Leid. Doch andererseits lag diese Sache mittlerweile 15 Jahre zurück. Sie konnte nicht als Entschuldigung für *alles* herhalten!

Lolli blieb relativ ruhig, schien beinahe abwesend. Er erklärte ihr, wie die Wohnung oben damals geplant war und dass man das sicherlich auch heute noch so ausbauen könnte. Sie würde direkt an seine beiden Zimmer angrenzen. Ein Teil des Dachbodens würde mit dazu genommen werden, Küche und Bad eingebaut und die Wohnung wäre da. Es hörte sich nicht einmal sonderlich kompliziert an. Nicola saß versunken im Sessel und war trotz der Pläne ratlos.

Obwohl Lolli sie bei sich haben wollte und nicht einmal jetzt gern gehen ließ, fuhr sie runter in ihre Kate. Sie musste hier weg. All das, was hier statt fand, war viel zu erdrückend, als dass sie hier hätte heute Nacht friedlich schlafen können.

*

Sie fuhr in die alte Köhlerkate. Schon auf dem Hinweg fühlte sie sich, als würde sie neben sich stehen und auf sich herab sehen. Es fühlte sich falsch an, als wäre es nicht gewollt, als wäre es nicht so gemeint, dass sie Lollis Hof verlässt. Einerseits war er sehr verletzlich und hilflos, hatte etwas Anrührendes, das Nicola ihr Herz erweichte. Andererseits hatte er auch irgendetwas Eigenartiges in seiner Ausstrahlung, etwas Strenges, das sie erschauern und gleichzeitig gehorchen ließ. Er war zwar still, aber in dieser Stille lag irgendetwas Bedrohliches.

Sie parkte ihr Auto gar nicht erst ordentlich auf seinem Platz, sondern fuhr lediglich vor, öffnete die Autotür und schloss sie gar nicht erst wieder. Mit sperrangelweit aufgerissener Tür stand das Auto direkt vor dem Haus. Ohne, dass ihr bewusst war, was sie tat, ging sie hinein. Es fühlte sich leer an. Geradezu gruselig. Nicht, dass sie Angst gehabt hätte, aber ihre Gedanken überschlugen sich, das Treffen mit Herrn Phillip, die Gespräche mit Ehrhard, die Alte, die leere Köhlerkate, die Bücher, Gerold. Es dämmerte ihr, welch ein Leben sie aufgegeben hatte: das Leben mit einem Mann, bei dem sie frei war, sich frei entfalten konnte und der immer hinter ihr stand, egal, was sie tat. Der sie in ihrem Leben unterstützt hat und nie über irgendetwas, das sie sagte oder tat, urteilte. Der geistreich war und bei dem sie das Gefühl hatte, alles hätte sein und werden können, ohne Grenzen; so hätte sie ihr Leben leben können, bis ans Ende ihrer Tage. Jetzt schnürte es ihr die Kehle zu, in ihrem gemeinsamen Haus zu sein. Alleine. Sie hielt es nur mit großer Mühe aus.

Sie lag in Gerolds Bett und starrte zur Zimmerdecke. Was machte sie dort oben auf dem Hof? Wieso war sie da? Was war der Grund, dass sie bei Lolli war, der nie Zeit hatte und bei dem sich alles nur um sein eigenes Leben drehte? War sie wirklich so allein, dass sie sich aus purer Verzweiflung an einen Mann gab, bei dem sie sich so unfrei und gehemmt fühlte wie noch nie? Was lief da, dass sie bei ihm war und vor allem bei ihm blieb? War die Liebe wirklich so groß und der Sog so unentrinnbar?

Sie erinnerte sich, dass sie sich anfangs wünschte, Lolli würde sich einfach nicht mehr melden, damit sie ihr normales Leben mit Gerold weiterleben konnte, einfach so, als sei nichts gewesen. Doch er meldete sich, schrieb SMS und rief immer wieder an. Sie konnte nicht anders als zurückzurufen, und zwar so ziemlich umgehend, wenn sie sah, dass ein unbeantworteter Anruf auf ihrem Handy zu sehen war. Es war aber keine unabhängige, freie Sehnsucht, sondern eher ein Zwang, unter dem sie stand; fast schon eine Hörigkeit. Die Energie, die sie dazu veranlasste, zu springen, wenn er auf den Plan trat, beunruhigte sie und in ihren wildesten Träumen sah sie Bilder von Szenen, in denen er Herr und sie Sklavin war. Warum blieb sie da? Definitiv war das Gefälle, das hier im Raum stand, absurd und dennoch so offensichtlich, dass ein Leugnen unmöglich war.

Die Sache war: sie liebte ihn nicht nur, sondern hatte auch Angst vor ihm. Sie kuschte wie ein scheues Reh, wenn er auftauchte, war unsicher, fühlte sich unbeholfen und minderwertig. Wie um alles in der Welt sollte sie eine Beziehung zu ihm durchhalten? Das konnte nicht gut gehen! Doch auf der anderen Seite: wie sollte sie die Kraft und vor allem den Mut finden, sich von ihm abzuwenden? Und wie, in Gottes Namen, hat sie Gerold für diesen Menschen gehen lassen können?

Doch auch wenn sie versucht hätte, Gerold zu halten, sie hätte es nicht gekonnt. Er war nicht nur ihr, sondern sich selbst entglitten. Und trotzdem war er ihr zugewandt, hilfsbereit und dachte mit. Und er unterstützte sie wo immer er konnte. Sie war nicht so allein wie sie vielleicht dachte. Sie hatte ihn, ihren Freund. Sie konnte zu jeder Tages- und Nachtzeit zu ihm und mit ihm sprechen, wenn ihr etwas auf der Seele lag. Er verstand sie.

Doch vor nun gut einem halben Jahr sah sie das alles nicht so. Da erdrückte sie seine Nachlässigkeit. Mittlerweile hatten sie guten Abstand und all das, was sie zusammengehalten hat, wurde wieder sichtbar.

Und jetzt? Wollte sie all das tatsächlich wegschieben für einen Mann, dem sie hörig war? Der auf den Plan trat und mit ihr machte, war er wollte? Der sie dirigierte wie ein willenloses Schaf und dem sie folgte, als hänge ihr Leben davon ab?

Instinktiv wusste sie nämlich: Am Ende war es entweder Gerold oder Lolli. Nicht, dass sie mit Gerold jemals wieder eine Beziehung hätte eingehen wollen, aber verlieren wollte sie ihn auch nicht. Doch entschied sie sich für Lolli, wären ihre Tage mit Gerold gezählt. Sie würde versinken in einem Leben aus Angst, Aggression und Dunkelheit. Und Gerold würde dabei nicht zusehen. Er würde sich abwenden. Und sie hinter sich lassen.

So fragte sie sich nicht nur, ob sie ein Leben mit Lolli wollte, sondern im gleichen Atemzug: wollte sie ein Leben *ohne* Gerold?

Die alte Köhlerkate ertrug sie nicht mehr, denn sie löste Schmerzen in ihr aus. Schmerzen über ein verlorenes Leben. Reumütig gestand sie sich ein, dass ihre Mutter Recht hatte und Nicola sie zu Unrecht 'beschimpft' hatte. Vielleicht war die Zeit in der alten Kate vorbei. Vielleicht musste sie dort weg. Doch wohin? Zu Lolli? Was würde dort mit ihr passieren? Würde sie nichts anderes mehr tun als ihren Mund halten und kuschen? Für ihn arbeiten und nicht mehr reden, immer darauf hoffend, dass er sich ihr zuwendet und von den kurzen Augenblicken zehrend, in denen er es auch tatsächlich tat?

*

Am kommenden Tag fuhr sie früh nicht hoch zum Melken. Warum auch? Dafür, dass sie angeschrieen und niedergemacht wurde? Sie ging lieber früh raus, spazieren, ihren Kopf frei kriegen, ihre Gedanken frei machen von der erdrückenden Welt der Schachts.

Die Linderower Wiesen waren wie immer ein Traum; langsam wurden sie ihr vertrauter. Trotzdem blieb bei aller Schönheit der Natur eine Fremde, die ihr Unbehagen bereitete. Sie war hier einfach nicht zu Hause. Es war die Heimat von Leopold und eine geheimnisvolle Energie, die von ihm ausging, lag über der Ebene wie dichter Nebel an einem Novembermorgen.

Obwohl sich Lollis Mutter immer mehr zwischen sie drängte und ihnen beiden ihre Liebe verleidete, sprach er von einer gemeinsamen Zukunft:

"Kannst du dir eine gemeinsame Zukunft unter den Umständen mit mir überhaupt vorstellen?", wunderte sich Nicola, für die ein Leben in dieser Konstellation, gemeinsam mit der Alten auf einem Hof, eher einem Alptraum glich als der Erfüllung ihrer Wünsche.

"Ich kann mir eine Zukunft mit dir sogar sehr gut vorstellen", antwortete er ohne überlegen zu müssen, als sie am selben Nachmittag bei ihm im Trecker saß... "Doch ich kann dir ja nichts versprechen. Ich weiß ja selbst nicht einmal, woran ich bin. Wenn Muttern stirbt, dann wird der Hof durch fünf geteilt und geht an mich und meine fünf Schwestern. Und die wollen Geld sehen. Das heißt: verkaufen. Damit verliere ich meine Existenzgrundlage."

"Ja, kann deine Mutter denn nichts zu deinen Gunsten regeln?"

Lollis Antwort auf diese Frage war lediglich ein Zucken mit den Schultern. Es machte Nicola wütend, wie gleichgültig er seinem eigenen Leben gegenüber war:

"Aber warum machst du das denn mit?"

Jetzt sage bitte nicht, du hast keine andere Wahl!

"Ich habe keine andere Wahl."

Nicola gab auf. Außerdem wollte sie nicht mit ihm streiten. Aber sie wusste natürlich ganz genau, dass er sich selbst belog und sich in eine Opferrolle hineindachte, die er nicht inne hatte, von der er aber nach so vielen Jahren des Selbstbetruges komplett überzeugt war. Natürlich kannte Nicola bereits die Verhältnisse, versuchte aber dennoch, sein Bewusstsein dafür wachzukitzeln:

"Wie alt warst du denn, als du den Betrieb übernommen hast?"

"22", antwortete er.

"22, das war also vor 24 Jahren. Und 24 Jahre lang hattest du keine andere Wahl? Was war mit Sandra? Zu der hättest du doch gehen können oder dir mit ihr etwas aufbauen. Oder hat deine Mutter auch *sie* aus dem Haus gegrault", wagte Nicola das erste Mal ganz direkt auszusprechen, auch wenn sie wusste, dass sich dieser Mann mit Händen und Füßen gegen diese Wahrheit wehren würde.

"Na ja, bei Sandra magst du vielleicht nicht so ganz unrecht haben."

"WAS?" Nicola war entsetzt. "Und da erlaubst du ihr, auch auf deine nächste Freundin so loszugehen und dir von ihr deine Beziehung zerstören zu lassen?"

Lolli schwieg und guckte stumpf vor sich auf den Acker, den er gerade pflügte. Stundenlang fuhr er den Acker rauf und wieder runter. Stupide und langwierige Arbeit, dazu im lauten Trecker bei enormer Hitze. Nicola lief der Schweiß. Dabei war sie erst eine gute halbe Stunde bei ihm. Um solch eine Arbeit durchhalten zu können, erforderte es ein gewisses Maß an Stumpfheit. Tagelang saß er im Traktor und fuhr über den Acker, pflügte, mähte die Wiesen, fuhr Dünger, immer wieder im selben Modus: den Acker rauf, den Acker runter. Und morgens und abends wurden die Kühe gemolken. Ganz nach Großvaters Vorbild.

Auf diesem Hof und in dem Leben dieser beiden Menschen war nicht nur die persönliche Entwicklung sondern auch die Zeit stehen geblieben. Ein Besuch bei den Schachts war nicht nur zu vergleichen mit einem Besuch bei verdreckten Messis, für die es normal ist, auszuflippen, wenn im Haus die Bettwäsche nicht auf Falte lag, sondern auch mit einer Reise in die Vergangenheit. Nicht nur die Melktechnik sondern auch die Wertmaßstäbe und der zwischenmenschliche Umgang waren auf dem Stand von vor hundert Jahren. Der Sohn, Untertan der Mutter. Alle hatten zu gehorchen. Statt Auseinandersetzung, Reflektion, Problemanalyse und Lösungsfindung - Schreierei und Tobsuchtsanfälle. Zu anderem waren diese Leute nicht imstande. Zu mehr reichte es nicht.

Und Lolli? Versank in seiner Apathie. Oder war er gar latent autistisch? War ihm sein Leben tatsächlich so gleichgültig? Auf jeden Fall hatte er abgeschaltet. Ließ dieses Leben über sich ergehen. Verkroch sich in sein Inneres, in dem es brodelte und das ihn auseinander riss. Entweder es gab ihn, sein Leben, seine Liebe, sein So-Sein-Dürfen - oder seine Mutter, den Hof und seine Existenzgrundlage. Beides gleichzeitig ging nicht. Koexistieren konnten diese beiden Seiten nicht. Es gab kein sowohl-als-auch, nur ein Entweder - oder.

Dazu kam: es stimmte natürlich nicht, dass die Alte nichts regeln *konnte,* sondern dass sie nichts regeln *wollte.* Doch hätte sie ihrem Sohn den Hof überschrieben, hätte sie keine Macht und keinen Einfluss mehr auf ihn und über sein Leben gehabt. Ihr Sklave würde zum Herrn. Undenkbar!

Seine Kälte, seine Mitleidslosigkeit, die sich in keinem Wesen besser widerspiegelte als in dem armen Schäferhund an der Kette, seine Unerreichbarkeit und seine rigorose Ausstrahlung, die

Strenge, die bei näherem Hinsehen unheimlich war - all das wurde gespeist aus der tiefen Quelle der Wut und des Hasses auf das eigene Leben, die über Jahrzehnte hinweg genährt wurden - von der Alten und dem Leben, das sie ihm aufzwang. Und er: unfähig, sich loszulösen und seinen eigenen Weg zu gehen. Zu kraftlos, sich gegen sie zu stellen, die trotz ihrer eingefallenen, runzeligen Statur eine Übergröße darstellte, gegen die er nicht ankam. Und es zu Lebzeiten auch nicht wird.

"Damit der frei wird, muss die Alte sterben", meinte ihr Chef am Telefon. "Und die Alte wird das Zepter nicht aus der Hand geben. Eher wird die sterben, als dass die ihre Macht abgibt, glaube mir!

Aber warum ich anrufe. Ich muss dir einen Witz erzählen. Den hab ich neulich gehört. Pass auf!"

Nicola lächelte. Herr Conrad hatte eine so herzerfrischende Art, das Leben zu betrachten, ohne es ganz Ernst zu nehmen und vermittelte einem trotzdem nie das Gefühl, er wüsste nicht um die Ernsthaftigkeit der Sache.

"Da ist ein Firmenchef, gute 75 Jahre alt. Er ruft seinen Manager zu sich und sagt: 'Hören Sie, langsam bin ich alt und kann nicht mehr so recht, wie ich will. Die Knochen schmerzen und die Kraft lässt nach. Unter unseren 150 Mitarbeitern muss es doch einen geben, der jung und dynamisch ist, das Zeug dazu hat, meine Stelle zu übernehmen und vor allem bereit ist, all die Strapazen, die solch ein Leben mit sich bringt, hinzunehmen. Damit die Firma eine Zukunft hat und noch lange weiter bestehen kann.

Finden Sie ihn.

Und schmeißen sie ihn raus!"

Nicola musste laut loslachen.

"Das ist die Alte!", fügte er hinzu, während er es genoss, sie Lachen zu hören.

In Nicolas Gemüt zog für ein paar Momente die Sonne ein:

"Das ist die Alte!"

*

Ein herrlicher Sommer neigte sich dem Ende zu, von dem Nicola kaum etwas mitbekam. Hin- und hergerissen zwischen ungekannter Zuneigung und ungekannter Ablehnung. Die Beschimpfungen der Alten gehörten nun mehr oder weniger zum Tagesablauf, jegliche Versuche, Lolli auf dieses Thema anzusprechen oder gar Hilfe und Unterstützung von ihm zu bekommen, liefen ins Leere.

Trotz des warmen Wetters blieb die Köhlerkate kalt. Der Sommer und die Wärme wollten einfach nicht in Nicolas Leben einziehen, deren Herz so verletzt war, deren Seele so viel Kälte hat spüren müssen. Auch die wundervollen, farbenprächtigen Sonnenuntergänge des Spätsommers, mit denen die warme Jahreszeit sich verabschiedete, konnten weder Nicolas Inneres erreichen, noch der Hässlichkeit des Lebens, die ihr dieses Jahr mehr denn je zugesetzt hat, ein Gegengewicht bieten und sie ausgleichen. Ihr Leben war in eine Schieflage geraten, ihr inneres Gleichgewicht schon lange aus dem Lot und kurz davor, ihr zu entgleiten und zu kippen.

Familie gab es für sie nur am anderen Ende des Telefons. Freunde ebenfalls. Nur ein paar flüchtige Bekannte hatte sie hier vor Ort, war ansonsten eine Fremde in der Fremde. Es war Gerold, wohl ihre einzige Vertrauensperson und ihr einzig, leibhaftiger Rückhalt, der ihr das letzte bisschen Halt gab, bevor sie sich komplett auf sich selbst gestellt wiederfand und verzweifelt versuchte, all die Stärke, die sie nicht nur brauchte, um stehen zu bleiben, sondern auch, um all das, was ihr widerfuhr, auszuhalten, irgendwie aus ihren letzten Reserven heraus zu mobilisieren. Allein. Ohne Hilfe. Das wäre der Weg in die wahre Unabhängigkeit. Sie wusste das. Hatte aber gleichzeitig das Gefühl, von den Aufgaben ihres Lebens überfordert zu sein. Sie hatte einfach keine Kraft mehr.

Dann doch einfach oben bleiben. Da war immerhin Lolli, auch wenn er hin- und herschwankte zwischen Zuneigung und Gleichgültigkeit bis hin zu Abweisung, Ignoranz und Kälte. Doch ohne ihn würde der letzte Funke Liebe, den sie erfuhr, auch noch ausgehen. Dann lieber dieses kleine Stück Liebe genießen und den Rest ertragen. *Die perfekte Beziehung gibt es ohnehin nicht,* der alte Satz, den sie sich mit aller Kraft einzureden versuchte. Zeitweise schaffte sie es sogar, sich damit zu beruhigen.

*

Es begann eine Zeit, vor der sie sich insgeheim schon lange gefürchtet hatte: Die Winterarbeit stand an. Die Kühe wurde eingestallt, was bedeutete, dass nicht nur die Arbeitsbedingungen schlechter waren als draußen, sondern auch das Arbeitspensum stieg. Hatte sie doch schon Probleme, die Arbeit zu bewältigen, die bis jetzt anlag. Jetzt stand sie in einem viel zu kleinen, stickigen Stall, in dem sie kaum Luft bekam, musste vor dem Melken noch den schweren Kuhdung mit einer Schaufel zurückziehen und sich neben die Kuh in den Mist hocken, wo doch jetzt zwischen den einzelnen Kühen noch weniger Platz war als draußen. Von den massiven Dämpfen wurde ihr kotzübel. Doch wenn sie wirklich ein gemeinsames Leben mit Lolli versuchen und irgendwann einmal die Frau an seiner Seite sein wollte, führte nichts an dem Kuhstall vorbei. Der war nun einmal Teil seines Lebens und würde vielleicht, wenn sie durchhielten und die Mutter im wahrsten Sinne des Wortes überlebten, auch einmal Teil ihres Lebens sein. Die Arbeit hier gehörte zum Tagesablauf wie die Butter aufs Brot. Sieben Tage die Woche. Jeden Morgen und jeden Abend. Diese Arbeit war nicht wegzudenken. Wenn man die Frau an der Seite dieses Mannes sein wollte, dann gehörte sie eben dazu.

Aber diese Routine gab auch Halt. Diese simple Arbeit, die nicht besonders viel Anforderungen an den Geist stellte, beruhigte. Im immer gleichen Tagesablauf lag Sicherheit.

Für diese Einfachheit liebte sie Lolli. Für das Simple, das Wissen, wo man hingehörte, das Heimatgefühl, das auf sie überging, wenn sie bei ihm war. Durch ihn spürte sie eine tiefe Verwurzelung mit diesem Ort, die Nicola in ihrem Leben ansonsten nicht vergönnt war. Sie liebte die Stabilität seines Lebenskonstruktes, auch wenn es das nur nach außen hin war, dennoch hatte es etwas Unerschütterliches, das Sicherheit bot; eben *die* Sicherheit, die Nicola fehlte und die sie so sehnsüchtig suchte.

Nicola verstand, warum die Alte sie dort nicht haben wollte. Sie wollte die alte Ordnung nicht aufgeben, würde es doch ihren Tod bedeuten. Das Aufgeben von langgepflegten Gewohnheiten kann ja schon einem Todeserlebnis nahe kommen. Das Aufgeben einer Ordnung und einer Routine, wie sie die Alte selbst schon aus Kindertagen kannte, wäre schlicht und ergreifend unmöglich. Ein Todeserlebnis allererster Klasse. So war klar, dass es am Ende nur eine geben konnte: sie oder Nicola.

*

Lolli behandelte sie immer öfter so, als würde es ihn überhaupt nicht interessieren, ob sie da war oder nicht bzw. wer sie war oder auch nicht. Sie verrichtete ihre Arbeit, doch allzuoft lief er schweigend an ihr vorbei, sie keines Blickes würdigend. Als würde er absichtlich an ihr vorbei sehen, als interessierte er sich gar nicht für sie.

Und das tat er auch nicht. Wie es ihr ging, wer sie war, ob sie mal Hilfe brauchte, im Haus, in ihrem Leben, interessierte tatsächlich niemanden. Außer Christian. Die gute Seele der Familie. Wie dieser Mann zu dieser Familie kam, war und blieb Nicola ein Rätsel.

Sie fühlte sich zeitweise wie der Hund an der Kette, der dort vor sich hin rottete, Schmerzen litt, den alle sahen und den niemand wahrnahm. Insgeheim verglich sie sich mit ihm, fühlte sich selbst in ihm widergespiegelt, in seinem Zustand, in seiner Hilflosigkeit, in seinem Ausgeliefertsein, der Perspektivlosigkeit und den Schmerzen.

"Guck dir ganz genau diesen Hund an. Das wird deine Zukunft sein, wenn du dort bleibst", mahnte sie Herr Conrad. "Und das *darf* nicht deine Zukunft sein! Wenn du einmal ganz auf dich alleine gestellt bist, dann darfst du nicht diesem Bauern in die Arme fallen, hörst du?! Am Ende deines Weges darf nicht dieser Hof stehen!"

Nicola nickte sogar als sie nur an seine Worte dachte. Gleichzeitig ging ihr Herz auf. Ihr Chef, ihr bester Freund, auch wenn diese Freundschaft sehr ungewöhnlich war, doch war es eine Freundschaft und eine sehr innige dazu. Er war ein Teil ihres innersten Kreises, zu dem nicht mal ihre Mutter zählte, und auch ihr Vater nur sporadisch Zutritt erhielt. *Er* war ihr Vertrauter, ihr Zeitzeuge, ihr unerschütterlicher Mutmacher in allen Lebenslagen. Niemals würde sie ihn verlassen. Für keinen Mann, für keinen Job, für kein noch so verlockendes Angebot eines Hauses, auch wenn es ihr Traumhäuschen wär, klein, überschaubar, idyllisch gelegen mit Blick auf die Alpen. *Ihn* würde sie nie verlassen. Für nichts auf der Welt.

Ihre beiden Hunde freuten sich, dass sie jetzt jeden Tag, ganz früh bis ganz spät, Zeit mit ihrem geliebten Frauchen verbringen konnten, das alles für sie war. Nicolas Sternchen vermochten jedoch nicht die ganze Zeit den dunklen Stall zu erhellen, in dem die Arbeit nicht mehr mit dem Melken und dem Kannenspülen beendet war, sondern es dann noch daran ging, auszumisten, Stroh ranzukarren und alle Kühe einzustreuen. Gute drei Stunden waren sie jeden Morgen und jeden Abend beschäftigt, zu zweit, um am Ende gerade mal 22 Kühe gemolken zu haben. Und das Geld reichte angeblich nicht für zwei.

"Aber wie stellst du dir denn das vor? Du erwartest doch, dass ich praktisch immer hier bin und weißt gleichzeitig, dass ich nicht einen Cent Geld verdiene? Du willst doch, dass ich irgendwann mal ganz hierher komme, wenn deine Mutter stirbt, oder?"

"Ja, natürlich!", bestätigte Lolli, als wenn das überhaupt nicht zur Debatte stand.

"Und wie soll das gehen? Von irgendetwas muss ich doch leben. Ich kann doch hier nicht einen Vollzeitjob machen ohne Gegenleistung?"

"Wie du dein Leben bestreitest, ist nicht mein Problem."

"WAS? Nicht *dein* Problem? Und wie soll das dann deiner Meinung nach funktionieren? Unter diesen Umständen werde ich über kurz oder lang nicht mehr hier im Stall stehen *können*. Selbst, wenn ich es wollte."

"Du willst doch wohl nicht die Verantwortung dafür übernehmen, dass eine 75jährige Frau im Stall stehen muss", erwiderte er scharf, so scharf, dass es Nicola die Sprache verschlug.

Er stand auf, kippte die Milch ab und ließ sie stehen.

Als wenn es *ihre* Verantwortung wäre, dass seine Mutter mit in den Stall musste. Es war einzig und alleine *seine* Nachlässigkeit der letzten 25 Jahre, in denen er hier im Stall keinen Handschlag getan hat, um die Arbeit zu erleichtern und irgendwann mal seinen Job alleine machen zu können. Damit hatte Nicola überhaupt nichts zu tun!

Sie behielt ihre Gedanken für sich, verschluckte sich am Gestank des Stalles und begann zu husten. Doch sagte nichts. Wie so oft schwieg sie an Stellen, an denen sie hätte aufbegehren müssen. Doch ihre Gedanken kreisten, formulierten sich langsam in ihrem Kopf und wenn es an der Zeit war, sie wohlgeordnet zu formulieren, war der Moment schon lange vorbei.

Ihr Spaziergang fiel heute länger aus als üblich. Sie genoss die frische Luft nach den vielen Stunden stickigem Kuhstall und die Weite der Ebene. Dachte nach, ließ alles sacken. Räusperte sich immer mal wieder und wurde trotz der frischen Luft den beißenden Schmerz in der Kehle nicht los. Ihn hatte sie gratis für ihre Mühen im Stall mitbekommen.

Manchmal pochte ihr Herz schon, wenn sie nur auf den Hof fuhr. Nicht vor Aufregung, sondern aus Angst. Angst vor der Mutter, den Übergriffen, den Angriffen, den Lügen, die danach erzählt wurden, wenn alles umgedreht und gegen sie verwandt wurde. Und Angst vor Lolli, seiner unheimlichen Ausstrahlung und dem Wolf im Schafspelz, der er ganz offensichtlich war, auch wenn sie seine dunkle Seite bisher hauptsächlich in Form von Nichtachtung erfahren hatte.

Was also wollte sie noch da oben? Wollte sie dieses Experiment wirklich ein ganzes Jahr durchziehen? Denn dazu mutierte es langsam: ein Experiment, eine Charakterstudie, eine Echtzeitrecherche über Mütter, Söhne, versäumte Abnabelungsprozesse und all deren Folgen. Darüber hinaus konnte sie allerdings nicht anders, als Lolli zu lieben, auch wenn die Liebe, die sie zurückbekam, nur spärlich war und immer weiter abflaute.

Wie sollte die Entwicklung auch verlaufen? Unter ständigem Beschuss der Alten, die Propaganda gegen Nicola machte, wann immer sie konnte während Nicola sich gar nicht ausmalen mochte, welche Bemerkungen und Spitzen die Alte brachte, wenn sie nicht mit am Tisch saß - was jeden Tag mindestens einmal der Fall war. Unter diesen Umständen konnte Lolli ja gar keine Gefühle entwickeln!

Dazu kam noch die totale Abhängigkeit von dieser Frau, nicht nur äußerlich sondern auch innerlich. Doch so lange die Liebe bestand, Nicola noch keine Idee hatte, was sie sonst mit ihrem Leben anfangen wollte, ihre Hunde noch nicht soweit waren, als dass sie mit ihnen hätte anfangen können zu züchten und das Jahr noch nicht vorbei war, würde sie bei ihm bleiben und die Augenblicke genießen, die sie und Lolli beisammen waren und die in ihrer Harmonie überhaupt nicht zur Gesamtsituation dieses Hofes, vor allem zur Feindseligkeit der Mutter, passten. Die Alte hatte keine Ahnung, was für ein Leben, was für eine Zukunft, sie da kaputt trampelte!

Die kleine Tara kam angewetzt und sprang ihr freudestrahlend entgegen. Unterbrach ihr Spiel für eine kurze Liebesbekundung, die sie Nicola geben und von ihr bestätigt haben wollte. Nicolas Herz ging auf. Sie wurde von ihren Kleinen geliebt, das stand außer Frage. Mehr, als sie sich hätte wünschen können und intensiver, als sie je von Menschen erfahren hat. Das Telefon klingelte. Gerold:

"Hallo Püppi, alles klar?"

Natürlich erzählte sie ihm alles. Erfrischt und aufgefangen durch seine vertraute Stimme und sein vertrautes Wesen, öffnete sie sich ihm und gab ihr Innerstes preis.

"Das wird nicht gut gehen. Warum tust du dir das an?", fragte er wiederholt, verstand aber auch ihre Beweggründe, warum sie entschied wie sie entschied. "Unterschätze nicht die Macht des Fokus', den man setzt. Der Fokus liegt ganz klar auf seinem bekannten Leben. Der wird nichts ändern. Der wird sich nicht von seiner Mutter lösen. Und vor allem: der wird dich nicht erkennen. Vergiss, dass der dich versteht oder gar wertschätzt. Darauf musst du verzichten, solange du mit denen da oben zu tun hast. Das weißt du hoffentlich mittlerweile?"

"Ja und nein."

Sie erklärte ihm nicht die wundervollen und innigen Momente, wenn sie mit Lolli allein war, die Zartheit, die Liebe, die zwischen ihnen stand. Das war ihr Geheimnis und das würde es auch bleiben. Er würde es ohnehin nicht verstehen können. Bei allem Geist, den er besaß und für den sie ihn so sehr schätzte, konnte er diese unausgesprochene Ebene, auf der es keine Worte gab und die nur zu erspüren war, nicht begreifen. Das konnte er auch während ihrer Beziehung nicht. Daran war sie im Kern auch gescheitert. Dieses Missverstehen, bzw. dieses Sich-überhaupt-nicht-verstehen auf körperlicher Ebene entzweite sie. Alles andere kam dazu, noch oben drauf, erschwerte die Beziehung erheblich. Doch all das hätte man überleben können, Privatinsolvenz, depressive Verstimmungen, ja sogar eine auf dem Papier vollzogene Scheidung kann man durchstehen, wenn eine Beziehung von innen her zusammengehalten wird, durch eine Art von Liebe und deren Bekundungen, die aufgenommen, verstanden und erwidert wird. Das war hier nicht der Fall gewesen. Zu Zartheit, Nähe und der innigen Verschmelzung statt plumpem Sex war es nie gekommen. Dazu hatte er keinen Zugang. Diese Tür war ihm verschlossen und ist ihm all die Jahre verschlossen geblieben. Die Wahrnehmung dieser feinen Schwingungen war in ihm einfach nicht angelegt. Nur ihr Geist hat sie miteinander verbunden und das tut auch er auch jetzt noch. Vielleicht wird er es immer. Denn langsam aber sicher wurde Gerold zu dem, was er sich all die Jahre erhofft und gewünscht hat: zu einem Wegbegleiter, einem Ratgeber, einer starken Schulter, wenn sie mal Halt brauchte. Einem Freund. Innerhalb der Beziehung mit ihr war er das nie gewesen.

*

Ihr Husten wurde schlimmer, die Stickigkeit im Stall unerträglicher, die Schmerzen in ihren Rippen, die ihr bei jedem Husten einen Stich versetzten, kaum mehr auszuhalten. Die Melkzeit war schon fast vorbei, als sie zusammengekrümmt auf dem Futtertrog im kleinen Stall kauerte und verkrampft versuchte, ihren Husten zu unterdrücken, der ihr so weh tat.

Lolli kümmerte das nicht. Es schien, als legte er ihren Zustand als Schwäche aus, und Schwäche verabscheute er, setzte sie gleich mit Versagen.

Es war Christian, der sie entdeckte und sofort eingriff:

"Wir fahren jetzt in die Klinik. Das geht so nicht! Nicht einen weiteren Tag wirst du in diesem Zustand im Stall stehen."

Er war ihre Rettung. Selbst Vater von zwei fast erwachsenen Töchtern, besaß er genug Verantwortungsgefühl, um sich zu kümmern wenn es galt, dies zu tun.

Er schnappte sich Nicola und fuhr mit ihr in die Klinik. Auf dem Weg dort hin erzählte sie ihm von dem letzten Gespräch mit Lolli und davon, wie verzweifelt sie war, keinen Ausweg zu sehen.

"Wie? Das Einkommen reicht nicht für zwei? Ist der doof?", kommentierte Christian die Geschichte. Er selbst: Harz IV Empfänger, lebte gemeinsam mit seiner Frau und zog seine Töchter groß. Kam klar. "Weniger als wir hat der auf keinen Fall. Natürlich reicht das für zwei! Der will, dass du da arbeitest. Da muss doch mal was rumkommen! Was denkt der sich denn?"

"Meinst du, der wird die Beziehung gegen den Baum laufen lassen? Wegen Geld?"

"Wenn er das tut, dann ist er selber Schuld! Erst die Alte und dann auch noch das! Aber ich kenne ihn. Bevor der was von sich gibt, lässt der die Welt untergehen. Der wird nichts einbringen. Kann ich mir jedenfalls nicht vorstellen."

Christians Worte machten Nicola nicht viel Hoffnung. Doch Zeit darüber nachzudenken hatte sie nicht. Und wollte sie auch gar nicht haben. Sie hustete. Und konnte sich vor Schmerzen kaum mehr aufrecht halten.

"Eine Rippenfellentzündung mit angehender Lungenentzündung. Am besten, Sie bleiben heute Nacht hier", verkündete der Arzt.

Nicola willigte ein, ließ sich in die Kissen des Krankenbettes fallen, war zu kraftlos, um zu widersprechen.

Der Krankenhausaufenthalt bot ihr genau die Pause, die sie dringend brauchte. Weg vom Hof. Raus aus dem Stall. Ruhe.

*

Am nächsten Tag schon sollte sie wieder entlassen werden, bekam jedoch schwere Medikamente und absolute Ruhe verordnet.

"Wo kommen Sie her?", fragte der Arzt bei der Visite.

"Aus Linderow. Zur Zeit vom Hof Schacht."

"Oh Gott", entfuhr es dem Mann. "Was machen Sie denn *da*?"

"Ich bin mit Leopold liiert."

"Und stehen im Kuhstall?", fragte er mit hochgezogenen Brauen und skeptischem Blick.

Nicola bejahte.

"Meinen Sie nicht, es wäre sinnvoll, wenn Sie noch ein paar Tage hier bleiben? Die spannen Sie doch gleich wieder für die Arbeit ein. Die Schachts sind dafür bekannt, jeden für sich einzuspannen, und seine Mutter kennt überhaupt keine Gnade."

Woher er sie kannte, wollte Nicola gar nicht wissen. Spannend fand sie nur, dass sogar der Arzt sie offensichtlich vor den Schachts schützen wollte. Trotzdem lehnte sie ab:

"Ich habe zwei kleine Hunde. Die will ich nicht länger dort alleine lassen."

Der Arzt verstand und entließ sie. Wenn auch mit ungutem Gefühl und der eindrücklichen Bitte, sich von dem Hof Schacht fernzuhalten. Und schon gar nicht auf Beschimpfungen einzugehen und auf die Versuche, ihr ein schlechtes Gewissen einzureden.

"Passen Sie auf sich auf!", gab er ihr mit auf den Weg.

Nicola versicherte ihm, dies zu tun, wissend, dass das Aufpassen auf sich selbst nicht zu ihren größten Stärken zählte.

*

Lolli kam sofort am ersten Tag zu ihr. Und blieb die Nacht, obwohl sie furchtbar hustete und sie deswegen beide kaum schlafen konnten. Egal. Er wollte bei ihr sein, sie halten, sie spüren, sie nahe wissen.

Als wären sie verschmolzen, hielten sie sich die Nacht über im Arm und schliefen tatsächlich auf der Couch im Wohnzimmer, die viel zu klein war und doch für sie beide reichte.

"Ich will nicht ohne dich sein", flüsterte ihr Lolli ins Ohr.

Sie drückte ihn, küsste ihn. Er erwiderte. Sie liebte ihn. Sie liebte ihn so sehr, dass sie trotz Hustens, Krankenhäusern, Warnungen aller Art die Welt vergaß und das Gefühl hatte, alle ihre Träume erfüllten sich, als sie in seinen Armen lag. Nie wieder würde sie einen Mann so lieben wie ihn. Nie.

*

Nicola wagte es kaum noch, den Ausbau, den Lolli mal skizziert hat, anzusprechen. Sie wollte ihre stille Übereinkunft, die zärtliche Nähe, die ihre Seelen verband und im Gleichklang schwingen ließ, nicht kaputt machen. Er wehrte sich ohnehin innerlich mit Händen und Füßen gegen jede Art der Veränderung. Nicola spürte das. So, wie er sich scheinbar sein ganzes Leben lang gegen irgendwelche Veränderungen gewehrt hat, wehrte er sich nun auch dagegen. Klar, wenn man nicht alleine denken kann und unter der Herrschaft solch einer bösartigen Frau steht wie er unter der Vorherrschaft seiner Mutter, wirkt natürlich jede Veränderung vor allem als eines: beängstigend.

"Der wird eher sterben als sich zu verändern", erklärte Ehrhard, "der kommt da nicht alleine raus. Das wird der nicht schaffen. Sowas schafft niemand von alleine. Die Mutter ist zu mächtig und wird ihn nie, niemals ziehen und seine eigenen Gedanken entwickeln geschweige denn seine eigene Liebe zu einer anderen Frau erblühen lassen. Dazu hat sie einfach nicht den Geist. Die merkt überhaupt nicht, was sie da tut! Das kann die gar nicht reflektieren! Wie denn auch? Das hat die ja auch nie gelernt. Melken, Kuhscheiße, Klos, Kochen; Bettwäsche auf Falte legen. Das ist ihr Leben. Was anderes hat die nicht, was anderes kennt die nicht, und darüber hinaus reicht auch ihr Horizont nicht."

"Das Schlimme ist ja, dass sich die ganz Dummen für die ganz Schlauen halten."

"Natürlich! Ihre Welt ist der Wertmaßstab für alles. Eben weil sie dumm sind, können sie sich nicht vorstellen, dass es auch noch andere Welten mit anderen Maßstäben und anderen Formen der Intelligenz gibt als die Ihre. Das ganze Leben, ja - das ganze Sein - wird daran gemessen, wie die Bettwäsche gefaltet ist und die Kühe gemolken sind. Zu mehr reicht es nicht. Alles und jeder, der nicht diese Maßstäben erfüllt, fällt durch ihr persönliches Raster und ist dumm, unentwickelt, ja lebensunfähig! Nicht mal die Betten kann die machen!"

"Ja, so denkt die!"

"Klar denkt die so. Da endet ihre Welt und ihr Horizont. Und zudem weißt du ja mittlerweile, dass du ihr ihren Sohn wegnimmst. Das darf nicht sein. Und dann auch noch so eine wie du, die nicht mal lebensfähig ist - nach ihren Maßstäben. Da wirst du ihrer Auffassung nach zu Recht angegriffen und niedergemacht, und am Ende rennt sie zu ihrem Sohn und verbreitet die Lüge darüber, dass du doch Schuld an der Unruhe im Haus seiest und eine Zicke bist. Sie hat damit ja nichts zu tun. Sie will ja nur sein Bestes - im Gegensatz zu dir. Das ist die Symbiose! Die kann nicht anders, glaube mir. Die wird ihr Söhnchen nie entlassen. Der wird erst frei sein, wenn die Alte stirbt. Die wird dem nichts gönnen."

"Aber wie kommt es zu sowas? Und vor allem dazu, dass die Betroffenen diese all zu offensichtlichen Muster nicht durchschauen?"

"Die eigene Krankheit zu erkennen ist fast unmöglich", antwortete er ihr, "und dazu kommt noch etwas: Rache."

"Inwiefern?"

"Rache ist ein weitreichendes Thema in der Psychologie. Sie rächt sich an ihm. Nicht willentlich, versteht sich! Es ist die Rache für ein ungelebtes Leben. Rache für eine ungelebte Kindheit. Wer weiß, wie es bei ihr zuging? Bösartigkeit ist zu 90% motiviert aus purer Rache. Unbewusster Rache natürlich. 'Ich durfte nicht sein, was ich wollte und nicht leben, wie es mir entsprach; ich durfte nicht glücklich sein, jetzt darf mein nächster es auch nicht!

Und er? Er ist der Gott in seinem Universum und formt all seine Geschöpfe nach seinem Bilde.

Es klingt vielleicht im ersten Moment absurd, dass du dort arbeiten sollst ohne Geld und gleichzeitig zusehen, wie du klar kommst. Doch bei näherem Hinsehen will er dich gleichmachen. Der will auch, dass du keine Perspektive hast. Dass du abhängig bist. Das du nicht mehr weg kommst und kannst. Dass du dich nicht mehr bewegen kannst und keinen Ausweg mehr hast. Das ist sein Ziel. Du sollst dich da reingeben, dein Leben, deine Lebenszeit, deine Lebenskraft dort einbringen und ansonsten nichts haben. Und wenn du da einmal reinfällst, wenn die Alte ins Gras beißt und du in der Mühle da oben drin hängst, na dann viel Spaß! Dann wirst du sein wahres Gesicht kennenlernen. Begib du dich mal in seine Abhängigkeit. Der ist nicht so nett wie er scheint. Glaube mir! Guck dir einfach den Hund an der Kette an. Das ist nicht nur er. Das bist du!"

*

Doch was hielt sie? Warum blieb sie dort? Was war es, weswegen sie all die Beschimpfungen und die Kälte ertrug, die ihr dort oben entgegenschlugen?

Die Aussicht auf eine gemeinsame Zukunft. Die Zärtlichkeit. Nächte, wie die letzte unten in der Köhlerkate, in der ihr seine sehnsuchtsvolle Hingabe an ihrer beider Zuneigung wieder einmal keinen Zweifel an der Reinheit und Echtheit ihrer Liebe ließ. Nicola war ständig hin- und hergerissen zwischen Gegenwart und Zukunft, zwischen Hoffnungen und Befürchtungen. Konnte sie Lollis Worten glauben, wenn er ihr ausmalte, wie das alles mit ihnen funktionieren könnte, das gemeinsame Wohnen, Leben, Arbeiten? Ob Kühe oder Hundezucht, Auftritte oder Auftragsmalerei, ihre Leben würden einfach perfekt ineinander greifen und zusammenpassen - wenn, ja wenn! - die Mutter stirbt. Bis dahin hieß es eben: Zähne zusammenbeißen und das Elend ertragen. Alles andere, Lebensumstände, Köhlerkate, Geld, das würde sich von alleine regeln. So Lolli.

"Menschlich ist sie das Letzte", bestätigte er ihr. Vielleicht seine Art, Nicola den Rücken zu stärken, zumal er es schon nicht tat, wenn es die Situation erforderte.

Eine gemeinsame Zukunft wäre ja nicht nur die Lösung für Nicolas Leben, sondern auch die Lösung für Lollis. Wenn alle Stricke rissen und sie dann doch irgendwann mit ihren Leben alleine dastehen würden, dann hätte sie sich - und keiner der beiden wäre allein und würde in irgendeiner Hinsicht in Bedrängnis kommen. Sie würde bei ihm sein. Immer. Und jeden Abend, jede Nacht, in seinen Armen verbringen. Was für ein schöner Gedanke! Was für eine erfüllende Vorstellung! Was für eine traumhafte Vision!

Dann würde endlich Frieden auf dem Hof herrschen, ohne die Alte, ohne ewige Beschimpfungen und Intrigen! Dann, dann endlich würde sie eine richtige Partnerschaft mit Lolli leben können. Dann.

Und bis dahin? Schaffte sie es, auszuhalten? Konnte sie es? Hatte sie die Kraft dazu, all die Angriffe und Unverschämtheiten über sich ergehen zu lassen? Einzig und allein der Gedanke an eben diese Zukunft - mit ihm - trug sie. Hätte sie über alles hinwegtragen sollen.

*

Doch es gab Dinge, die sie nicht in ihre Rechnung mit einbezogen hat. Die sie nicht hat einbeziehen können. Unbekannte Größen in einer Gleichung, die sich erst vollständig aufstellen ließ, wenn alle Faktoren bekannt waren.

Trotz aller Warnungen traute sich Nicola, als sie abends beieinander im Bett lagen, noch einmal den Ausbau anzusprechen. Sofort, umgehend, ohne Vorwarnung, rastete Lolli völlig aus:

"DU HAST NOCH NICHT MAL DEIN EIGENES HAUS FERTIG GEMACHT UND DA WILLST DU HIER ANFANGEN?"

Nicola war erschrocken und irritiert zugleich:

"Aber was hat denn *mein* Haus mit dem Ausbau zu tun?", wunderte sie sich und war zutiefst verletzt, wie harsch dieser Mann, den sie doch einfach nur liebte, mit ihr sprach.

"GUCK DIR DOCH MAL AN, WIE DAS DA UNTEN BEI DIR AUSSIEHT!"

Nicola begriff das ganze Drama nicht, setzte sich auf und schaute ihn mit verstörten Blicken an. Gerade lagen sie noch liebevoll beieinander, jetzt schrie er sie an? Das war ihr zu hoch. Da kam sie nicht hinterher. Das konnte sie beim besten Willen nicht nachvollziehen:

"Aber warum sieht es da unten wohl so aus? Wenn ich den ganzen Tag so viel Arbeit in mein Haus stecken würde wie hier in den Kuhstall, dann würde es da unten auch anders aussehen", wagte sie zu sagen.

Darauf hinzuweisen, wenn sie auch noch so viele Stunden Hilfe von ihm hätte wie er von ihr, wagte sie nicht auszusprechen. Die Schonungslosigkeit seiner Worte und die Unnachsichtigkeit in seiner Stimme verbaten ihr unausgesprochen den Mund.

"DANN GEH RUNTER UND KÜMMER DICH UM DEINEN EIGENEN SCHEISS!"

Nicola war so gekränkt, dass sie vollkommen aufgelöst um Worte rang und doch keine passenden finden konnte. Sie schwieg. Wie immer, wenn sie getroffen und erschrocken zugleich war. Sie brachte im wahrsten Sinne des Wortes keinen Ton heraus.

"DANN GEH INS HAUS UND MACHE DA DEINE SACHEN FERTIG UND BASTA! WAS WILLST DU DENN *HIER*?"

"Was ich hier will? Ich dachte, wir bauen uns gemeinsam eine Zukunft auf? Ich dachte, es ist gewollt, ja erwartet, dass ich hier im Stall stehe. Ich meine, ich weiß genau, was los ist, wenn ich nicht zur Arbeit erscheine. Und da fragst du, was ich hier will?"

Lolli war so wütend, dass er sich beleidigt wegdrehte, als sie sprach. Einzig und allein die Tatsache, dass sie oft genug seine psychische Verfassung durchgesprochen und analysiert hat erlaubten ihr, ruhig zu bleiben. Seine Abwehrmechanismen setzten in aller Heftigkeit ein und steuerten ihn, wie ein Clown seine Marionette. VERÄNDERUNG stand in großen Lettern im Raum. Und: er hätte sich bewegen müssen, etwas tun müssen, um dieser Beziehung eine Grundlage zu geben. Das war zu viel verlangt! Das ging nicht. Das *konnte* er einfach nicht, wie Ehrhard ihr in endlosen Gesprächen versucht hat, einzubläuen. Dazu war er zu verhaftet von seiner Situation, seinem Leben, seinem Leiden.

*

Sie ging. Sie ging tatsächlich runter ins Haus. Alleine. Weg von Lolli, weg von dem Hof, weg von Mama.

Nur einer, die treue Seele des Hauses Schacht, stand an ihrer Seite, bereit, ihr zu helfen: Christian.

"Wir packen das!", ermutigte er sie.

"Was wollen wir denn alles machen?" fragte sie ratlos den vor Elan und Tatendrang glühenden Mann, der schon seit einer ganzen Weile kein Fremder mehr war.

"Kommt drauf an, was du dir vorstellst? Was soll denn am Ende dabei raus kommen? Willst du vermieten? Fest? Oder vielleicht eine Ferienwohnung?"

"Natürlich habe ich mir immer wieder Gedanken darüber gemacht. Und ich meine, dass eine Ferienwohnung doch eine gute Sache wäre. Wär mir jedenfalls lieber, als das Ding fest zu vermieten."

Christian nickte:

"Klar, wenn du das willst. Könnte schon klappen."

Drüben war alles unverändert. Auch wenn Lolli noch so ungehalten reagiert hat, aber eines muss man ihm lassen: Er hatte Recht. Hier war nichts, absolut NICHTS passiert. Und das konnte auch so nicht bleiben. Und, dachte Nicola im Stillen, war es wirklich die bessere Lösung, *erst* die alte Köhlerkate fertig zu machen und *dann* mit einem Ausbau oben zu beginnen.

"Als erstes muss Gerold seine Sachen hier rausholen. Nützt nichts. Egal, was mit dem los ist. Der *muss* jetzt kommen und sich um seinen Kram kümmern", bemerkte Christian, zwar nicht so streng und abfällig wie die Schachts es gesagt hätten, aber doch mit einer Bestimmtheit, die keine andere Wahlmöglichkeit offen ließ.

"Ja", bestätigte Nicola mit einem Nicken, zögerte nicht und wählte sofort Gerolds Nummer.

Es folgte ein kurzes Gespräch. Immer noch etwas unter Schock stehend vom vergangenen Abend, doch den Rücken gestärkt durch Christian, musste Nicola ihre Bitte so klar formuliert haben, dass Gerold tatsächlich umgehend einwilligte, zu kommen und seine Wohnung zu räumen. Und wenn er die Sachen erst mal in den Carport stellte. Hauptsache, die Wohnung war leer, sein Dreck und seine Möbel waren raus, und die Renovierungsarbeiten konnten beginnen.

Gesagt, getan. Es folgte ein kompletter Monat konsequenter Arbeit, Christian stand täglich mit ihr auf der Baustelle, seine Frau kam dann und wann vorbei, ihn bringen, ihn abholen, mal zum Kaffee, ab und an sogar zum Mittagessen. Die Arbeit ging voran, die Fortschritte waren fast jeden Tag zu sehen und am Zustand der Wohnung abzulesen. Nur Lolli machte sich rar. Von ihm war keine Hilfe zu erwarten. Mit jedem Tag der verging, bohrte sich der Keil tiefer in Nicolas Herz und es wurde schwer. Hatte sie sich doch so eingebracht; und nun, im Gegenzug, ließ Lolli sie komplett hängen. Sogar Christian, der anfangs begeistert von Lollis neuer Beziehung war und ihr vor allem *deshalb* half, weil er sie 'unbedingt da oben sehen wollte', wie er immer betonte, begann zu zweifeln. Lediglich Lollis Schwester beruhigte sie ein wenig:

"Für den ist die Welt in Ordnung. Ihr seid jetzt hier unten, renoviert die Wohnung, und wenn ihr fertig seid, kommst du wieder hoch. Ganz einfach. Weiter denkt der nicht. Der weiß nicht, dass es ein Problem gibt. Der denkt, alles ist ok."

"Tatsächlich?" Nicola konnte das Gehörte kaum glauben. "Weiter denkt der nicht?"

Gritt schüttelte den Kopf. "Ganz die mecklenburgische Art: Situationen aussitzen, warten bis sie vorbei sind, fertig."

Christian verdreht die Augen und schien nicht einer Meinung mit seiner Frau zu sein:

"Aber so geht das doch nicht! Da ist doch keine Beziehung! Der kann doch wenigstens ab und zu mal helfen!"

Gritt zuckte unbeholfen mit den Schultern:

"Das ist mein Bruder. Was soll ich sagen?" Sie wandte sich zurück an Nicola: "jedenfalls glaube ich nicht, dass er von irgendwelchen Ungereimtheiten weiß."

Nicola kommentierte Gritts Erklärung nicht weiter, sondern nahm diese Information reaktionslos entgegen. Die große Enttäuschung darüber, dass sie monatelang Stallarbeit geleistet und sich bis in die körperliche Erschöpfung gearbeitet hatte, Lolli ihr jedoch nicht einen Tag lang zu Helfen bereit war, kroch ihr die Kehle hinauf, bis es sie zuschnürte. Nicola lächelte und hoffte, dass Gritt nicht bemerkte, wie gequält ihr Lächeln war.

*

"Ich traue es mich ja kaum zu sagen, aber weißt du, manchmal glaube ich, Lollis Problem ist: er ist einfach dumm", vertraute Nicola Christian ein paar Tage später an, als sie alleine beim Mittag saßen.

Christian schob seinen Teller weg und ging zum Nachtisch über. Warmer Vanillepudding.

"Kann sein. Jedenfalls geht es doch nicht, dass wir hier wochenlang arbeiten und der lässt sich nicht einmal blicken. Was macht der denn den ganzen Tag? *So viel* hat der ja nun auch nicht zu tun! Für Mama hat der immer Zeit wenn die was will."

Sein Gesicht verzog sich. Wortlos schob er den Pudding von sich weg. Nicola grinste verschmitzt, nahm sich ebenfalls ihr

Schälchen und probierte. Auch sie schob wortlos den Pudding von sich. Für ein paar Momente saßen sie schweigend am Tisch.

"Soll ich was Neues machen?", fragte sie und prustete los.

"Was hast du denn da rein gemischt? Willst du mich vergiften oder was?!"

"Ein bisschen Chili, dachte ich, kommt ganz gut."

"Ja, aber doch nicht so viel!"

"Schmeckt Scheiße, oder?"

Christian, ganz der gelassene, entspannte Mecklenburger:

"So kann man's nennen!"

"Und nu?"

"Mach 'n Kaffee. Ich geh eine Rauchen. Oder kannst das auch nicht?" witzelte er.

"Krieg ich hin", erwiderte sie.

"Sei bloß froh, dass dir das nicht oben im Haus passiert ist. Na da wär was los gewesen!"

"Die Alte hätte mich gesteinigt!"

"Das wäre ein Theater geworden, kannst du ja wohl wissen!"

"Die Alte ist doch das Letzte!"

"Die Alte ist das Allerletzte!"

"Also haben die Dorfältesten hier doch Recht!"

"Wieso, was sagen die denn?"

"Na, genau das: die Alte ist das Allerletzte! Die wissen hier doch alle, wie die tickt. Die ist doch im ganzen Dorf dafür bekannt, Lolli die Frauen aus dem Haus zu graulen. Und ihre Bösartigkeit zu verspritzen wo immer sie kann."

"Klar wissen das alle. Außer einer."

Nicolas Blick wandte sich zu Christian. Sie sagte nichts, nickte und ahnte noch lange nicht das Ausmaß der Katastrophe, die ihr noch bevorstand.

"Ich erinnere mich an meine Hochzeit. Da hat sich die Olle ja auch ein Ding erlaubt!", begann Christian, der sich sofort wieder an die Arbeit machte. "Da ist doch die Alte - auf meiner Hochzeit! - zu meinen Eltern gegangen und hat mitten auf der Feier da rumgegakt. Ich weiß bis heute nicht, was sie ihnen alles an den Kopf gehauen hat. Ich weiß nur eines: am nächsten Tag kam mein Vater zu mir und erklärte, dass - egal was kommen mag - er mit dieser Frau nie wieder etwas zu tun haben will."

"Und dann?"

"Ich habe mir Gritt geschnappt, ihr gesagt, sie soll ihre Sachen packen und wir sind noch am selben Tag oben ausgezogen und rüber zu meinen Eltern gegangen. Da haben wir dann gewohnt, bis unser eigenes Haus fertig war."

"Oh mein Gott!", flüsterte Nicola.

"Die Alte hat natürlich rumgeheult und wieder mal behauptet, das war doch alles nicht so gemeint. Aber so kann man sich doch gar nicht aus Versehen benehmen! Und schon gar nicht immer wieder! Das geht doch überhaupt nicht! Klar weiß die, was die tut!"

"Die ungehaltenen Niederträchtigkeiten, die die Alte immer wieder von sich keift, waren also tatsächlich bekannt und hatten demnach nicht ausschließlich etwas mit Lollis Ex-Frau zu tun …"

"Nein, wieso? Wie kommst du darauf?"

"Weil er mir das so erklärt hat."

Christian schüttelte den Kopf und konnte nicht glauben, welche Lügen Nicola hier aufgetischt wurden:

"Frag mal Dirk, den Mann von Lollis zweitältester Schwester. Der kann dir auch ein Lied von der gemeinen Alten singen. Das wissen alle! Die ist bekannt dafür. Das hat nichts mit Dagmar zu tun."

"Wie kann es denn aber sein, dass der absolut und tatsächlich nicht merkt, wie die Alte drauf ist?"

"Tja, ich weiß es auch nicht", Christian schüttelte immer noch den Kopf, zuckte mit den Schultern, legte den Schraubenzieher zur Seite, nahm sein Bier und seufzte. Er schaute sich um. Sein Blick fiel auf frisch tapezierte Wände, neu ausgerichtete, mit Rigips abgehängte und ebenfalls tapezierte Decken; neu installierte Lampen, Zierleisten, die er in mühevoller Kleinarbeit angebracht und Nicola verspachtelt hatte. Die beiden großen Zimmer, die miteinander verbunden waren und zwischen denen er gerade den großen Durchgang mit Holz verkleidete, wirkten nicht mehr dreckig und dunkel, sondern hell und sauber, auch wenn sämtliches Material, was sie noch benötigten und benötigt haben, hier gelagert stand.

Die Küche war neu renoviert, sowie der kleine Flur und der Durchgang; Wände waren gestellt, Anschläge verspachtelt, Tapete aufgebracht. Nun ging es ans Malern. Nicolas Aufgabe. Christian war für das Grobe zuständig und für alles, was handwerkliche Erfahrung erforderte, die Nicola weit weniger besaß als er.

Die Sonne kam raus, fiel durch die großen Fenster und erhellte den inzwischen hellen Raum noch mehr.

"Weißt du", begann er, "wenn man so viele Jahre mit solch einem Menschen wie der Alten da oben verbracht hat, dann hat man was in seinem Charakter, was damit kompatibel ist."

Nicola hielt inne:

"Wie meinst du das?"

"Na, wenn da ein Mensch ist, der so bösartig und falsch ist, so hinterhältig auf andere Menschen losgeht - und das hat sie bei seinen anderen beiden Frauen ja auch gemacht - und er letztendlich doch immer wieder bei ihr bleibt, dann muss der doch was an sich haben, was dazu passt; was irgendwie mit diesen Charakterzügen vereinbar ist."

Nicola wusste, was Christian meinte. Die Strenge und Unbarmherzigkeit, die Lolli aussendete waren ähnlich beängstigend wie die Frontalangriffe der Alten. Und dann dieser arme Hund, an dem beide täglich vorbeiliefen. Ohne ihn zu sehen!

"Sandra hat die doch auch aus dem Haus gegrault. Der hat sie doch auch unterstellt, die geht mit sämtlichen Männern ins Bett."

"Was für eine Unverschämtheit! Sag mal, hat die widerliche Hexe tatsächlich nicht einen Funken Anstand?"

"Ich weiß auch nicht." Er nippte an seinem Bier, lächelte, stellte es zur Seite und griff nach einer kleinen Säge, mit der er gerade das Holz zurechtschnitt, so dass es sauber um den alten Eichenbalken gelegt werden konnte, der genau im Durchgang stand:

"Wo ist meine Brille?"

"Woher soll ich denn das wissen?"

"Und wo ist jetzt mein Bleistift?"

"Der liegt vor dir. Den kannst du nur nicht sehen, weil du deine Brille nicht findest."

Christian schaute sich suchend um. Er suchte ständig irgendetwas. Eigentlich war er fast ununterbrochen am Suchen und unterbrach diesen Prozess nur kurzzeitig, wenn er doch tatsächlich mal alles beisammen hatte, um zu arbeiten. Nicola ließ kaum eine Gelegenheit aus, um ihm das scherzhaft aufs Brot zu schmieren.

"Sag nichts!", tat er künstlich genervt, als er auch nach längerem Suchen seine Brille nicht finden konnte, "Sag nichts!"

Nicola lachte und widmete sich selbst wieder ihrer Streicherei.

"Ah, hier!"

Die Brille gab's also noch!

"Ganz *ohne* ist Lolli auch nicht. Mir hat der auch schon mal eine geplättet."

"Wie? Der hat dir eine reingehauen?"

"Ja. Der hat doch mal angefangen in Bremen zu arbeiten. Bei seinem Onkel. Ich war zu diese Zeit schon mit seiner Schwester liiert. Lolli war weg und ich hab im Stall gestanden."

"Lass mich raten: ohne irgend eine Gegenleistung."

"Natürlich nicht! Wir kennen doch alle das Haus Schacht. Von Gegenleistung halten die nicht viel."

"Aha, du hast also gearbeitet und das Geld floss auf Lollis Konto?"

"So ungefähr."

Da haben die damals schon andere für sich und ihren Vorteil eingespannt und skrupellos ausgenutzt. Langsam und stetig drangen immer weitere Erklärungen für Nicolas dunkle Vorahnungen in ihr Bewusstsein. All die schönen Worte der Schachts, die sich beharrlich als die armen Opfer darstellten und diese Rolle hervorragend zu spielen vermochten, konnten nicht ewig verschleiern, was so offensichtlich war. Vielleicht verschleierten ihre Worte die Wahrheit noch am ehesten vor ihnen selbst, waren *sie* doch immer die armen Ausgenutzten und die Betrogenen. Dabei waren Mutter und Sohn diejenigen, die andere für ihre Selbstzwecke missbrauchten und obendrein noch undankbar waren! Sogar die unhaltbarsten Beschimpfungen ließen sie auf die Leute niedergehen, die für diese Menschen und ihren

Hof ihre Zeit und ihre Kraft geben. Alles verschleiert hinter endlosen Erklärungen, die nur einem einzigen Zweck dienten: von sich abzulenken; von ihrer Falschheit, ihren Lügen, ihrer verdrehten Wahrheit und ihrer Niederträchtigkeit.

"Und dann? Wie ging es weiter?"

"Ich stand einen Sonntag also mal wieder seit früh um halb sechs im Stall. Das war während der paar Monate, in denen er in Westdeutschland bei seinem Großcousin gearbeitet hat. Als es dann 10h war, sah ich Lollis Auto draußen stehen. Ich, hin zu Schwiegermutter, und gefragt, ob Lolli denn schon wieder zurück ist? Die meinte nur 'Der muss doch mal ausschlafen. Der ist doch gestern so spät nach Hause gekommen'!

'Wann ist der denn gekommen?' hab ich gefragt. Nun dachte ich, vielleicht ist der die Nacht durchgefahren und war angeschlagen oder was. Da meint die doch tatsächlich 'na gestern Abend um 11h'

Der arme Junge! Ich dachte ich spinne!

'Hol den runter!' sag ich, 'Spinnt ihr denn alle hier?'

Von da an hatte ich keinen Bock mehr, mich großartig krumm zu machen. Ich hab ja unterm Strich auch gar nichts davon gehabt! Es war Lollis Wirtschaft! Ich meinte, die sollen sich ab jetzt was ausdenken, aber ich bin hier raus."

"Und jetzt sag nicht, dafür, dass du denen deinen unbezahlten Job gekündigt hast, hat Lolli dir eine rein gezogen."

"Genau dafür!"

"Das kann doch nicht wahr sein!"

Die ganze Gnadenlosigkeit, die Nicola nicht erlaubte, nein zu sagen, war also nicht eingebildet. Sie war echt.

Und die Angst, die sie vor ihm hatte, auch.

*

Die letzten Kleinigkeiten der Renovierungsarbeiten zogen sich länger hin als erwartet. Immer fiel noch etwas ins Auge, das erledigt werden musste. Nicola und Christian verbrachten noch immer jeden Tag zusammen, außer die Sonntage, an denen jeder frei machte und keiner der beiden scharf auf die Baustelle war.

Tag ein, Tag aus arbeiteten sie fleißig, durch Christian fokussiert, durch Nicola angetrieben, als hinge ihr Leben davon ab. Und im gewissen Sinne tat es das auch.

"Er ist auch wirklich in einer blöden Situation", meinte Nicola, eine Tapetenbahn für die Decke in der Küche einkleisternd, die sie beide in all ihrer Begeisterung vergessen hatten. "Er konnte ja all die Jahre gar nichts wirklich machen. Ihm gehört da ja nichts. Und so eine Rohrmelkanlage, die ihm wenigstens das jahrelange Kannen- und Eimerschleppen erspart hätte, ist einfach eine Investition, die nicht machbar war."

"Und das hast du geglaubt?", fragte Christian in seiner vertrauten Seelenruhe und schaute Nicola dabei direkt an.

"Ja, so hat er mir das erklärt", bestätigte sie.

"Der hat doch eine komplette Rohrmelkanlage im Schuppen zu liegen. Die müsste nur mal eingebaut werden.

"Der hat WAS?"

"Die liegt da doch schon seit 20 Jahren. Aber da passiert ja nichts."

"Moment mal!", Nicola hielt inne, nachdem sie die letzte Bahn Tapete angeklebt und glatt gewischt hat, "der hat seit 20 Jahren eine Melkanlage auf dem Hof zu liegen und anstatt sie einzubauen, konzipiert der seine Arbeit, von der seine Existenz abhängig ist, so, dass er *immer* auf Mama angewiesen ist und ohne sie praktisch nicht leben kann?"

"Ja", Christian nickte und verkniff sich jedweden Kommentar, der auch nicht nötig war.

"Das kann doch wohl nicht wahr sein! Worauf wartet der denn?"

"Der wartet auf den Weihnachtsmann. Da passiert nichts. Ich seh das doch schon seit Jahrzehnten. Da ist die letzten 46 Jahre nichts passiert. Da ist alles so, wie es immer war. Funktioniert doch. Warum soll der sich bewegen?"

"Vielleicht, damit er als erwachsener Mann mal seinen Job alleine bewältigen kann, ohne Mami?"

"Wieso denn? Die ist doch da. Geht doch."

Oh mein Gott! Was läuft denn hier schief? Was ist denn mit dem Typen kaputt? Nicola war außer sich. Hatte sie doch bisher Lollis Worten absoluten Glauben geschenkt, der ihr immer wieder die

Leier des 'ich-hatte-doch-keine-andere-Wahl'-Liedes vorspielte. Sie konnte es auch ohne Christians Erklärung ja schon kaum mehr hören. Aber jetzt würde sie die Masche dieses Bauern überhaupt nicht mehr ertragen. *Unfassbar!*

Nach guten sechs Wochen war die Wohnung tatsächlich fertig renoviert und sauber. Es war theoretisch an der Zeit, wieder hoch zu gehen. So war es verabredet. Doch angesichts der erdrückenden Tatsachen kaum möglich. Sollte sie einfach unten bleiben? Sie wollte es. Sie wünschte, sie könnte Lolli widerstehen, sich gegen ihn auflehnen, ihm ein NEIN! ins Gesicht schleudern, sich von ihm abwenden und ihn verlassen.

Aber Vorstellung an die vielen Stunden des Alleinseins, die ihr bevorstanden, würde sie unten im Haus bleiben, trieben sie wieder zurück in Lollis Arme und sie konnte sich nicht lange seiner Bitten erwehren, doch wieder zu ihm auf den Hof zu kommen. Ihr Herz hielt sie gefangen und ihre Liebe ergriff von ihr Besitz, sobald er vor ihr stand. Zu alledem kam diese merkwürdige Energie, die etwas Beängstigendes hatte und die ihr nicht erlaubte, sich ihm zu widersetzen.

Sie hoffte, ja sie sendete Stoßgebete zum Himmel, dass ihr die Kraft gegeben sein möge, sich loszulösen. Irgendwann. Auch wenn es für sie vorerst den Fall bedeuten würde, einen Sturz in die Leere, ein Abgleiten in die totale Isolation. Doch konnte das so schlimm werden im Gegensatz zu dem, was ihr dort oben auf dem Hof an körperlich überfordernder Arbeit und an seelischen Grausamkeiten geschah und bevorstand?

*

Auf die Anmerkung "Wir können doch nicht mit unserer Beziehung warten bis deine Mutter stirbt" reagierte Lolli lediglich mit seinem berühmten Achselzucken. Wenn es nach ihm ginge, würden sie genau das tun. Und bis dahin forderte er von Nicola, den Mund zu halten. Forderte von ihr, sich die entwürdigende Blöße zu geben, von dieser alten, kranken, bösartigen Bäuerin beschimpft, angeschrien und gequält zu werden, ja es ihr kommentarlos zu erlauben.

Nicolas Selbstbewusstsein war sicherlich angeschlagen - anders war ihre Anwesenheit auf diesem Hof und das Ertragen dieser Situation auch nicht zu erklären - doch so tief konnte ein Mensch doch gar nicht sinken! So kaputt konnte sie doch gar nicht sein! Zwar dachte sie, dass nichts mehr von ihrem Selbstwert übrig war, nachdem sie und Gerold einander verloren hatten und das Schicksal ihnen nicht beistand - doch das Haus Schacht schaffte es tatsächlich, sie noch tiefer niederzudrücken, sodass selbst sie, gebrochen wie sie war, allmählich an ihre Grenzen stieß.

*

Hin- und hergerissen zwischen Liebe und Angst, versuchte sie so lange sie konnte durchzuhalten, was praktisch nicht durchzuhalten war: die langen Stunden, morgens und abends, im stickigen Stall.

Der Gedanke, die Beziehung zu diesem Mann könnte einmal gänzlich zerbrechen, war für Nicola entsetzlich. Sie wehrte sich gegen ihre Vorahnungen, die ihr verheißungsvoll zuflüsterten, dass ein Leben mit diesem Mann - schon gar unter diesen Umständen - nicht möglich sein würde. Doch sie wollte es nicht wahrhaben; sie wollte es nicht sehen. Sie wollte auf die innige, tiefe Liebe zwischen ihnen nicht verzichten müssen.

Irgendwo in einem abgelegenen Winkel ihres Herzens hoffte sie, dass es ihr doch irgendwie möglich sein würde, alles zu schaffen, die Arbeit zu bewältigen, hier zu bleiben. Und die Mutter zu überleben. Letzteres allerdings stellte neben allem anderen die größte Hürde dar. Diese Hexe würde nicht eher Ruhe geben, bis Nicola gebrochen wäre und vom Hof gehen würde. Sie arbeitete hart daran. Jeden Tag. Jedes Mal, wenn Nicola ihr über den Weg lief. Kaum war sie wieder oben, nahm das Drama seinen altbekannten Verlauf: verachtende Blicke, ausgesprochene Flüche und vor sich hin gemurmelte, manchmal mehr, manchmal weniger verständliche Hasstiraden waren da noch die harmlose Variante. Die ungezügelte Zanksucht, die Beleidigungen, das Schreien direkt in Nicolas Gesicht waren es, die ihr richtig zu schaffen machten. Die Alte machte keinen Hehl aus ihrem Hass. Sie trug ihn offen und fast mit Stolz zur Schau und suhlte sich in ihrer Feindseligkeit wie ein Schwein in seiner Scheiße.

Ab und zu versuchte Nicola, Lolli auf das offensichtlichste Thema, das hier auf diesem Hof groß und unumstößlich im Raum stand und mit aller Vehemenz geleugnet wurde, anzusprechen:

"Manchmal schaffen wir uns unsere Realität, in der wir leben, selbst." Nicola kniete ihm gegenüber als er neben einer Kuh hockte und das Melkgeschirr festhielt, darauf wartend, dass das Tier abgemolken war.

Er senkte den Blick. Er war unsicher und doch immer drauf bedacht, gefasst zu wirken:

"Ich bin in meiner Realität geboren und habe mich damit abgefunden."

"Du solltest dich nicht einfach damit abfinden. Jeder hat eine Wahl."

Er zuckte leicht mit den Schultern und überlegte, wie er reagieren sollte, um ihr zu gefallen.

"Wenn sie so mit dir redet, oder mit mir, macht das nichts mit dir? Findet man sich mit so viel Bosheit ab? Kann man sich an so viel Härte und Kälte tatsächlich gewöhnen? Das muss einem doch irgendwann nahegehen? Das kann doch nicht ein Leben lang spurlos an einem vorbeiziehen?"

"Ich kenn se. Man muss sie einfach lassen."

Nicola dachte schon fast, er speist sie wieder mit diesen hohlen Phrasen ab, doch zu ihrer Verwunderung erklärte er:

"Ich hätte auch gern ein anderes Leben gehabt. Aber ich konnte nicht. Ich hatte nie die Chance. Sie war immer allein, weißt du? Mein Vater war viel krank. Wenn irgendwo ein Unglück lauerte, schrie er förmlich 'Hier!'. Somit hatte sie die Kinder und das Anwesen praktisch alleine zu betreuen.

Es muss furchtbar für sie gewesen sein. Sie musste immer hart arbeiten. Und dann noch die Sache mit Dagmar. Was für ein traumatisches Erlebnis für sie. Sie hat echt gelitten!"

"Ja, kann ja sein. Aber gibt ihr die Vergangenheit das Recht, dich und deine Freundinnen so zu behandeln? Mit meiner Vorgängerin hat sie es ja scheinbar genauso gemacht. Hast du nicht mal daran gedacht, dir eine eigene Wohnung zu nehmen, dir ein eigenes Reich zu schaffen? Dein eigenes Ding zu machen?"

"Und was ist mit Mama?"

Nicola durchzuckte ein Schauer bei dem Wort 'Mama' aus dem Mund dieses erwachsenen Mannes, dessen tiefe Stimme und drahtige, hoch gewachsene Statur überhaupt nicht mit ihrer Vorstellung eines unbeholfenen Muttersöhnchens vereinbar war.

"Sie wäre alleine nicht zurecht gekommen."

"Und da spielst du den Helden und Vaterersatz? Und bezahlst dafür mit deinem Leben? Und erlaubst ihr obendrein, im Gegenzug dazu, deine Beziehungen zu zerstören?"

Nicola konnte sich langsam, nach Monaten der Beschimpfungen und Demütigungen, die Wahrheit nicht mehr verkneifen. Dass er sie nicht sehen wollte und ihr am liebsten verbieten würde, sie auszusprechen, verriet sein durchdringender Blick, der böse war und abweisend:

"Aber sie ist ja harmlos. Sie tut ja niemandem was!" Lolli kochte innerlich. Er hasste es, wenn an diesem Thema gerüttelt wurde, das er doch so gerne unangetastet im Keller seines Bewusstseins eingeschlossen lassen würde, tatsächlich in der Illusion, dort wäre sie gut aufgehoben und hätte keine Auswirkungen auf sein weiteres Leben.

"Mir tut sie was! Jeden Tag! Und das weißt du!"

Nicola wurde ärgerlich. Bekam er doch zeitweise direkt mit, wie seine Mutter sie angriff, hinter ihr her rannte, sie anschrie! Und er tat: NICHTS! Er reagierte nicht! Als sei das alles normal! Als sei diese Art des Umgangs, die so unfassbar böse war, böser als alles, was Nicola bisher hat kennengelernt, nichts Außergewöhnliches!

"Was weißt du schon!", zischte er sie an. Sein Blick verschärfte sich und aus seinen Augen sprach ein unformuliertes 'nimm dich in Acht!', dass es ihr einen Schauer durch Mark und Bein jagte.

"Jedenfalls ist das Haus unten jetzt fertig. Ich habe meinen Teil der Abmachung erfüllt. Und wenn wir hier weiter machen wollen, dann brauchen wir dringend etwas Eigenes! *So* kann das jedenfalls nicht weiter gehen. Diese Behandlung halte ich nicht mehr allzulange aus."

"Sie ist halt manchmal etwas schlecht gelaunt. Das ist alles. Sind wir doch alle mal, oder nicht?"

Das kann doch nicht sein Ernst sein! Jetzt stellt er das alte Scheusal so hin, als sei ihre Art des Umgangs mit seinen Frauen nichts Schlimmes! Als wäre das nichts!

Und die Idee, selbst mal etwas zu ihrer Beziehung beizutragen und jetzt auch mal aktiv zu werden, kam ihm gar nicht erst in den Sinn! Christian hatte ins Schwarze getroffen, als er ihr wiederholt erklärte: "Der wird nichts tun. Und oben ausbauen wird der schon gar nicht. Der bewegt sich nicht einen Millimeter. Das wirst du sehen."

Lolli war ihr mit einem Mal unheimlich. Anstatt sich ihrer Beziehung zuzuwenden, verteidigte er noch die hohe Gewaltbereitschaft dieser unmenschlichen Alten, die bisher zwar nur verbal stattfand, doch wer konnte wissen, ob nicht irgendwann auch mal körperlich. Ein paar Mal war sie ja schon kurz davor gewesen, ihr eine rein zu hauen. Sieht er tatsächlich nicht, was hier vor sich geht? Direkt vor seinen Augen?

"Die ist dabei, dir auch diese Beziehung zu zerstören!" Versuchte Nicola Lolli verzweifelt zu erreichen.

Fehlanzeige. Er wollte sich der Wahrheit einfach nicht stellen. Stattdessen kippte er seelenruhig die Kanne ab, griff sich die Eimer, lief mit starr vor sich her gerichtetem Blick an ihr vorbei und tat so, als würde er sie nicht hören. Er wollte sie nicht hören, nicht sehen, nichts wissen. Er wollte nicht, dass wahr war, was wahr ist.

Vom Ausbau hat er nie wieder gesprochen.

*

Nach dem Melken packte Nicola ihre Sachen, zog sich um und machte sich auf den Weg runter ins Haus. Lolli, der sie abfing, als er aus der kleinen Stalltoilette kam, war ganz offensichtlich verdutzt. Für Augenblicke standen sie voreinander. Keiner sagte ein Wort.

Sie wollte einfach nur Abstand haben. Allein sein.

So weit ist es gekommen. Bis hierher hat es die Alte schon geschafft. Sie stritten sich. Entzweiten sich. Wegen ihr. Sie hat ganze Arbeit geleistet.

Er, auf der anderen Seite, wollte aber doch nichts sehnlicher, als sie um sich haben. Aus seinem Blick sprach Verzweiflung. Hilflosigkeit. Hilflosigkeit allem gegenüber. Ihr, der Mutter, der Tatsache, dass sie jetzt gehen wollte.

"Es tut mir leid", flüsterte sie leise, als sie an ihm vorbei in den Stall ging. Er ließ sie gewähren. Was sollte er auch tun?

Sie drehte sich noch mal kurz um, als sie die Tür hinter sich schloss und sein Blick wandelte sich im letzten Augenblick aus der eben noch rührenden, sanften, ja fast flehenden, mitleiderregenden Bitte an sie zu bleiben, in ein abwertendes, verachtendes, angewidertes 'Mach, dass du weg kommst'.

Die Tür fiel ins Schloss. Nicola stand regungslos im dunklen Stall und starrte auf die geschlossene Tür, obwohl sie sie nicht sehen konnte, so dunkel war es. Er wurde ihr immer unheimlicher. Vorsichtig, ganz leise, als hoffte sie, von niemandem gehört zu werden, obwohl alle wussten, dass sie da war, ertastete sie den Lichtschalter. Dann wurde ihre Schockstarre gebrochen: ihre Hunde kamen auf sie zu gestürmt und begrüßten sie, als hätten sie sich mindestens drei Wochen lang nicht gesehen. Für sie war ihr Wiedersehen eine große Party und es gab keinen Grund, Trübsal zu blasen.

Nicolas Herz erweichte in Bruchteilen von Sekunden und schmolz im Hinblick auf die zwei Kleinen, die freudestrahlend, in überschwänglichem Glücksrausch, vor ihr durch den Stall hüpften. 'Mit Frauchen Zeit verbringen, das machen wir am liebsten!', schrie es ihr entgegen. Nicola konnte sich ein Lächeln nicht verkneifen. Sie atmete tief durch. Für heute war sie der Hölle des Hauses Schacht entkommen. Heute Nacht musste sie nicht frieren.

*

"Für den ist dieser Umgang normal", die Stimme von Ehrhard wirkte gewohnt beruhigend auf sie. "Der ist in dieser Atmosphäre groß geworden und lebt da. Für den ist das tatsächlich nichts Außergewöhnliches. Der kennt das nicht anders. Für den bedeutet diese Atmosphäre 'zu Hause sein'."

Nicola schwieg.

"So etwas gibt es. Auch wenn das schwer vorstellbar ist, aber du kennst die entwicklungspsychologischen Stadien der Kindheit bis ins Erwachsenenalter. Wenn ein Mensch so etwas als das Gefühl von 'Heimat' kennenlernt, dann verinnerlicht er das und wird genau *das* sein Leben lang suchen. So kommt es auch, dass Frauen von schlagenden Vätern sich schlagende Partner suchen. Söhne von autoritären Müttern autoritäre Ehefrauen. Oder sie schaffen den Absprung erst gar nicht und werden zum Ödipus - zum Muttersöhnchen."

"So wie Lolli."

"So wie Lolli."

Plötzlich, unerwarteter Weise, machte der Name dieses Mannes Sinn. All die Monate, in denen sie ihn nun kannte, hat sie sich gefragt, wie ein erwachsener Mann den albernen Namen eines kleinen Jungen tragen kann. Es durchzuckte sie, anfangs mehr als jetzt, wenn jemand diesen Mann mit diesem Namen ansprach: Lolli. *Wie albern. Wie peinlich!* dachte sie. Jedes Mal. Doch je länger sie sich mit seiner Psyche auseinandersetzte, umso mehr erschloss sich dieser Kleine-Jungen-Name. Er war bis heute Mamis kleiner Junge. Und aus dieser Rolle ist er nie, nie herausgekommen. Lolli. Passt. Wie die Faust aufs Auge!

"Und man muss sich natürlich auch die Vaterrolle angucken. Was hatte er denn für eine Vorbildfigur? Was war denn mit dem? Lebt der noch?"

"Der Vater war Säufer. Auch das wird geleugnet. Und ist vor guten 25 Jahren im Suff gestorben."

"Der war Alkoholiker?"

"Ja, soweit ich das in Erfahrung bringen konnte. Auch Lolli hat sowas angedeutet."

"Dann ist der auch nicht gegen die Alte angekommen. Und es kann definitiv keine gute Ehe gewesen sein. Die war einfach nicht zum aushalten! Au weia, Nicola! Und um die aushalten zu können, hat er getrunken! Ach Gott! Und der war seine Orientierung? Sein Leitbild? Du weißt ja: das, was für die Mädchen die Mutter ist, ist für den Jungen der Vater. Der war also seine Identifikationsfigur."

"Lolli leugnet das natürlich. Der hat nicht die Kraft und auch nicht den Geist, um hinter die Fassade seines Lebens zu gucken. Seiner Erzählung nach war der Vater eben viel krank. Aber er war nicht krank. Der war ein Suffkopf."

"Der Bauer leugnet ja sogar seine gegenwärtige Situation. Was erwartest du? Dass er die Vergangenheit reflektieren kann? Der hat doch keinen, mit dem er mal seine Themen bespricht und durcharbeitet. Da ist doch niemand. Oder hat der Freunde?"

"Hast du mich schon mal gefragt. Der hat keine Freunde."

"Mit wem soll er sich denn dann austauschen. Mit Mama? Wer hinterfragt ihn denn mal? Wer stellt ihm denn mal Fragen, die ihm seine Situation ins Bewusstsein holen könnten? Der Vater war dazu ja scheinbar auch nicht im Stande. Der wird das selber nicht gekonnt haben."

"Der Vater war ein typischer Alkoholiker. Lollis Erzählungen decken alle Symptome des klassischen Alkoholismus ab. Auch wenn er es nicht wahrhaben will. Aber die Dorfälteren kannten den Vater noch. Der war wohl oft schon angetrunken und konnte kaum mehr geradeaus laufen, wenn er morgens runter auf die Wiesen fuhr. Meist war er schon komplett blau, wenn die Alte dann im Laufe des Vormittages hinterher kam. Bis er schließlich in seinem Suff irgendwo gegen gelaufen ist und an dieser Verletzung starb. Auf irgendeiner Betriebsfeier. Gehirnbluten."

"Im Suff gegen 'nen Hänger gerannt. Was für ein entwürdigender Tod!"

Das Fernsehen kam ins Dorf. Irgendeine Dorfbewohnerin hat den Norddeutschen Rundfunk kontaktiert, woraufhin sie dieses Dorf für ein Portrait ausgewählt haben. Die Aufregung war groß. Natürlich wurde auch Nicola gefragt, ob sie etwas zum nachmittäglichen Programm an dem groß erwarteten Tag beitragen könnte.

"Klar", willigt sie sofort ein, "allerdings nur, wenn ich einen zweiten Musiker rankriege. Alleine brauche ich mich nicht mit Saxophon oder Querflöte auf die Bühne zu stellen. Das bringt nichts."

Sie glaubte, alle Beteiligten des Organisationsteams hätten ihre Aussage verstanden, waren sie doch alle freundlich und hießen sie mit offenen Armen willkommen.

Es fand sich kein Musiker. Der eine Akkordeonist, den sie hat kennen lernen dürfen, war verreist und mehr Leute kannte sie nicht, weiter war sie noch nicht vernetzt. Das hieß: ihr Beitrag fiel aus.

Wider Erwarten rief diese Tatsache Zorn bei den Leuten hervor, und von diesem Tage an wurde sie von eben jenen, von denen sie dachte, mit offenen Armen empfangen worden zu sein, geschnitten und missachtet. Dabei konnte sie erstens nichts dafür, dass sich kein zweiter Musiker finden ließ, und zweitens hatte sie das ja genau so angekündigt.

Aber egal! Sie hatte ja Lolli. Was interessierte sie sich für Leute, die sie frontal gegen die Wand fahren ließen und sie mieden für Dinge, für die sie nichts konnte?

"Das ist Heike", bestätigte ihr Lolli beim abendliche Ausmisten. "so sind die hier. Die legt sich ihre Geschichten so zurecht, wie sie es haben will und ist am Ende beleidigt. So kennt man sie. Und Udo kannst du eh vergessen!" Er machte dieselbe abfällige Handbewegung wie seine Mutter, "und von seiner Frau will ich gar nicht erst reden. Die drängelt sich immer und überall in den Vordergrund und ist so ein penetrantes Weib, dass ich mir nicht erklären kann, wie der dazu kam, ausgerechnet *die* zu heiraten."

Harte Worte. Aber Lolli musste es ja wissen. Schließlich kannte er die Leute hier. Eine besonders hohe Meinung hatte er von niemandem. Noch nie hat er freundlich oder positiv über einen anderen Menschen in Nicolas Gegenwart gesprochen. Außer über Mama, wenn er sie in Schutz nahm für ihre aggressiven Ausbrüche. Allerdings auch das nur manchmal, meistens winkte er nur ab und sagte sein verächtliches: 'Ich kenn se.'

Trotz des Disputes bestand Lolli darauf, abends zur Feier auf den Dorfplatz zu gehen. Und da Nicola durch diese Situation daran erinnert wurde, wie froh sie war, Lolli an ihrer Seite zu haben, ging sie mit. Hier war das Jahr über ja kaum etwas los. Einmal Dorffest, einmal Fasching. Und jetzt der WDR. Eine gute Gelegenheit, zusammenzukommen. Und sich zu betrinken.

Nicola war totmüde und geschafft von der Arbeit. Am liebsten wäre sie einfach zu Hause geblieben und hätte sich ins Bett gelegt. Zeitweise hatte sie das Gefühl, sie könne sich kaum mehr auf den Beinen halten. Doch sie liebte Lolli. Darum vermied sie jede Diskussion.

Ein Lagerfeuer war entzündet. Hier und da erzählte man sich, wie enttäuscht man war, dass sich die Leute vom Fernsehen gar nicht für das Nachmittagsprogramm des Dorfes interessiert, sondern lediglich die kurze Lifezuschaltung am frühen Abend mit ein paar Kommentaren gesendet haben. Also war doch alles in Butter! Die Bespaßung, die tagsüber statt fand, war demnach ein Flop. Gut, dass Nicola sich nicht auch noch blamiert und sich tatsächlich solo und akapella mit ihrer Klarinette in die Runde gestellt hat. Doch das Dorf sah das anders und sollte ihr noch lange nicht verzeihen.

Eine ganze Weile stand sie alleine abseits und guckte in die Flammen des Lagerfeuers, die langsam die zusammengetragenen Äste verschlangen. Es gab jetzt zwei Möglichkeiten, diesen Abend zu ertragen: entweder ging sie nach Hause, auch auf die Gefahr hin, sich noch mehr mit Lolli zu entzweien, als es die Mutter eh schon versuchte, oder sie trank, wie alle anderen hier auch. Nüchtern, müde wie sie war, würde sie diesen Abend nicht überstehen. Sie guckte sich um. Ihr Blick fiel auf ihren geliebten Lolli, von dem sie sich noch nie hat vorstellen können wie es sich wohl anfühlte, ihn nicht zu lieben.

Sie entschied sich für Letzteres.

Der Abend war lang, die Nacht war kurz und am nächsten Morgen war sie noch müder, als sie es ohnehin schon gewesen ist. Die Dämpfe im Kuhstall machten ihr mehr zu schaffen, als je zuvor.

Nicola war nicht gerade in ihrer besten Verfassung. Die Stallzeit war noch nicht ganz vorbei, die Kühe noch nicht einmal eingestreut, als Nicola nicht mehr konnte. Ihr ging es während des Melkens schon schlecht, Übelkeit setzte ein und mit jedem Atemzug dieser schrecklichen Stallluft wurde es schlimmer. Sie hatte Magenkrämpfe, Würgereize und brach schließlich zusammen.

Eigentlich wollte sie heute nach Hause fahren, alleine sein, unten in der alten Köhlerkate regenerieren, weg von der Mutter, zusammen mit ihren Hunden, die sie doch über alles liebte, die ihr Heil, ihre Sonnenstrahlen waren und sie immer liebten. Doch daran war nicht mehr zu denken. Ihr ging es so schlecht, dass sie es gerade einmal schaffte, ins Haus zu gehen, sich die Treppe hoch zuschleppen und sich ins Bett fallen zu lassen.

Lolli ließ sich bis zum frühen Nachmittag nicht blicken.

*

Am späten Nachmittag hatte sie sich halbwegs wieder aufgerafft, saß unten an der Kaffeetafel, der Ignoranz von Lolli und den scharfen Blicken der Mutter ausgesetzt, die nichts duldete, was sie tat und nicht tat. Nicola wollte weder Kaffee noch Kuchen. Dafür war ihr Magen nicht stabil genug. Sie machte sich einen Tee, nahm sich ein Glas Wasser und einen Apfel. Etwas Frisches. Genau das Richtige!

Solange sie nicht im Stall stand, ging es ihr relativ gut. Schlimm wurde es erst, als sie erneut den Kuhstall betrat. Es dauerte keine halbe Stunde und sie hatte das Gefühl, sich in demselben desolaten Zustand wiederzufinden wie schon am Morgen desselben Tages. Sie verließ den Stall, rettete sich auf die kleine Stalltoilette, die fast unmittelbar an den Kuhstall angrenzte, setzte sich auf den geschlossenen Toilettendeckel und hoffte, Übelkeit und Schwindel würden von allein wieder verschwinden. Doch auch die paar Minuten, die sie in dem kleinen Raum ohne Fenster saß, den Kopf in die Hände gestützt, die Augen geschlossen, verhießen keine Erleichterung. Zwanzig Minuten später und sie wagte es, ins Haus zu gehen, wo die Alte saß, und sie mit bitterbösen Blicken empfing:

"JETZT SOLL ICH IN DEN STALL! DU SPINNST WOHL! ALLE WISSEN, DASS MAN KEIN WASSER UND OBST ZUSAMMEN ESSEN SOLL! ABER DU KANNST DAS JA ANSCHEINEND! DUMM WIE DU BIST!" schrie sie sogleich los.

Dass Nicolas Übelkeit mit der schweren Arbeit und der Stallluft zusammenhingen und nicht mit einem kleinen Glas Wasser und einem süßen Apfel, darauf kam die vergrätzte Bäuerin natürlich nicht. Der Kuhstall spielte selbstverständlich keine Rolle.

Nicola sagte nichts. Sie ließ die Schimpfkaskaden der Alten, seit Lollis Geburtstag und der Auseinandersetzung mit ihm, schweigend über sich ergehen.

Es dauerte eine Weile, bis sie wieder vollständig zu sich kam. Ihr war schwarz vor Augen vor lauter Dämpfen und schlechter Luft, Erschöpfung, Überarbeitung, Aussichtslosigkeit und willkürlichem Hass, der ganz gezielt darauf ausgerichtet war, sie zu zerstören.

Lolli ging seiner Arbeit nach. Er kümmerte sich nicht weiter drum, wie es Nicola ging. Er erledigte die bald 50 Jahre lange Stallroutine, als würde nichts geschehen. Auch als sie zurück in den Stall kam, würdigte er sie keines Blickes. Genervt davon, dass sie nicht anwesend war und ihren Job erledigte, ging er wieder einmal wortlos an ihr vorbei, den gewohnt starren Blick vor sich hergerichtet, innerlich vor Wut kochend.

Nicola nahm ganz langsam eine Schiebkarre und ging zu dem großen Rundballen aus gepresstem Stroh, der direkt vor dem Hund an der Kette lag. Ihr Blick fiel auf Aestor. Aestor wiederum schaute zu ihr auf. Ihre Blicke trafen sich und für Sekunden verharrten sie, einander ansehend, ihre Blicke ineinander verschlungen. Fast so, als hätten sie sich gegenseitig erkannt, als würde der eine zum anderen sagen: du bist nicht allein. Ich sehe dich, denn mir geht es ebenso wie dir.

*

Nicola versuchte, sich geistig immer mehr von Lolli und seiner Mutter zu distanzieren. Auf Rat Ehrhards begann sie, sich ausführlich zu belesen:

"Google doch mal die Begriffe 'Ödipuskomplex', 'Muttersöhnchen' oder 'Mutter-Sohn-Symbiose'. Das wird dir Aufschlüsse geben über sein Verhalten."

Nicola machte sich ans Werk, wollte sie doch verstehen, was hinter all diesen Kuriositäten steckte.

Sie ging ins Internet und was sie fand, war geradezu erschreckend. Sie scannte Seite für Seite durch und traf immer wieder auf die selben Schlagwörter:

Muttersöhnchen, Symptomatik:

- Pascha
- erwarten, dass sich das Leben anderer in seinem näheren Umfeld einzig und allein um seine Bedürfnisse dreht
- kann sich von der Mutter nicht lösen bzw. seine eigene Meinung gegen sie vertreten
- nicht in der Lage, seine Partnerin bei Angriffen der Mutter in Schutz zu nehmen
- redet der Mutter nach dem Mund
- kann nicht ertragen, uneins mit der Mutter zu sein
- Mutter wird als Teil seiner selbst empfunden
- Es ist immer die Mutter, die Recht hat und es besser weiß als die Partnerin
- der Mutter wird Glauben geschenkt, der Partnerin nicht
- übermäßig enge Bindung an die Mutter
- Rechtfertigungen, dass es ja 'nicht anders geht', der Betroffene 'nicht anders kann', das Verhältnis nur 'zwangsläufig' besteht.
- wiederholte Erklärungen und Rechtfertigungen für ausfallendes und aggressives Verhalten von Seiten der Mutter

Nicola wurde schlecht. Sie brauchte gar nicht weiter zu lesen. Alles, ausnahmslos ALLES, traf auf diesen Menschen zu! Doch das war es noch lange nicht gewesen. Es wurde noch komplexer, noch aufschlussreicher:

- Symbiose - Zusammenleben zweier verschiedener Spezies, wobei beide einen Teil ihrer Autonomie, ihrer Selbstständigkeit, verlieren - *keiner von beiden ist selbstständig. Die sind komplett aufeinander angewiesen!*

- Maligne Symbiose oder Verschmelzung - Kind lernt, Autonomie-Impulse zu unterdrücken - verinnerlichtes Autonomieverbot. *Klar! Wehe, wehe, wenn der sich mal selbstständig äußert. Undenkbar! Dann gibt s doch gleich Krieg im Haus! Und wahrscheinlich ist der deswegen auch so gehemmt, weil seine innere Stimme, die 'verinnerlichte Mutter', ihm jede eigenständige Äußerung verbietet!*

- Diese Verschmelzung zweier Entitäten als ursächlicher Aspekt der Autonomiestörung und deren Folgen.

Unter Autonomie wird verstanden: eine eigene Wahrnehmung von der Welt und von sich selbst zu entwickeln und eigene Gefühle und Bedürfnisse spüren und äußern zu können - *kann er definitiv nicht. Seine Wahrnehmung ist gleich ihre Wahrnehmung. Kein Unterschied.*

Autonome Wahrnehmung entscheidend für Identitätsentwicklung, Fähigkeit, sich verändern und wachsen zu können. *Die ist bei Lolli ganz klar auf der Strecke geblieben! Der lebt und arbeitet wie andere 1945.*

Ist diese zentrale Instanz beeinträchtigt, ist eine autonome Selbststeuerung und jedwede Kontaktaufnahme zum anderen Geschlecht beeinträchtigt. *Absolut!*

Der Sensor, welcher für die Selbstregulation erforderlich ist, wird ganz oder teilweise ausgelagert, in das Gegenüber. *Krass! Natürlich! Ihre Wünsche sind gleich seine Wünsche. Ihre Sichtweisen sind gleich seine Sichtweisen. Ihre Impulse sind gleich seine Impulse. Der ist gar nicht in der Lage, sich ein eigenes Bild von sich und seinem Leben zu machen. Geschweige denn, von mir!*

Unterdrückte negative Gefühle, insbesondere angestaute aggressive Impulse, sind die Ursache für Erkrankungen, die bisweilen Abgrenzung und Rückzug ermöglichen. *Er hat ständig irgendetwas, weswegen er nicht weggehen oder sich auch mal mit anderen treffen kann. Es passt alles!*

Um das Überleben zu können, kommen Kompensationsstrategien ins Spiel: Abhängigkeit, Fremdbestimmung, Außensteuerung, aber auch Kontrolle, die Tendenz, den eigenen Partner zur Stabilisierung seines eigenen Lebens zu benutzen, asoziales Verhalten, Gewalt.

*

Der Frühling hielt langsam Einzug und ließ alles wesentlich freundlicher erscheinen, als es in Wirklichkeit war. Die ersten Blüten reckten sich gen Himmel, öffneten sich und präsentierten ihre Farben in der herrlichsten Pracht. Vögel zwitscherten und die Sonne strengte sich an, sich an jedem neuen Tag mit dem Spenden von Kraft und Wärme selbst zu übertreffen. Die Bauern brachten nach und nach ihre Kühe wieder runter auf die Weiden, zur Begeisterung ihrer zwei Hunde, die nur zu gerne mit ihnen spielten, auf sie zu rannten, sie anbellten und sich endlos freuten, wenn diese großen Tiere vor den beiden Drei-Käse-Hochs Reißaus nahmen. Doch weder ihre fröhlichen Hündinnen noch das schöne Licht, das durch die Fenster der alten Köhlerkate fiel und sie freundlich und hell erstrahlen ließen, wollten Nicolas alte Unbeschwertheit und Zuversicht wiederherstellen. Das konnte nur sie selbst.

Ihre Seele war umwoben von einem dunklen Schleier aus Angst, Aussichtslosigkeit, Selbstaufgabe und Verschüchterung. Dazu kamen ihre Traurigkeit und Niedergeschlagenheit über die Tatsache, dass sie das alles wusste, gleichzeitig aber immer noch keinen Plan hatte, was sie tun sollte.

Langsam versuchte sie weiter zu gehen, Schritt für Schritt, und ihr Leben in irgendeine Bahn zu bringen. Auf der einen Seite hatte sie ihre Hunde. Wenn ihre Tiere nur weit genug waren, würde sie anfangen, sich eine kleine Zucht aufzubauen. Und auf der anderen hatte sie die Ferienwohnung, für die sie fleißig dabei war, Profile im Internet zu erstellen und sie online zu bringen. Sogar eine eigene Seite hat sie gestaltet, zwar nicht selbst programmiert, wie sie es damals mit ihrer eigenen Homepage gemacht hat, doch mit einem Baukastensystem über einen der zahlreichen Umsonstanbieter, die es mittlerweile im Internet gab. 'Eine feine Sache!', freute sich Nicola. So blieben ihr lästige und aufwendige HTML-Codes erspart und sie musste nur anklicken und einfügen, was immer sie wollte, wählte Farben, Backgrounds, Bilder und sogar Videos, die alle auf die gleiche Weise und ohne Probleme in jedem Browser angezeigt wurden. Was für ein angenehmes Arbeiten!

Sie erinnerte sich an eine Seite, welche die CDU Potsdam einmal online geschaltet hatte. Der Eingangssatz des Hauptmenüs lautete 'Wir freuen uns immer über ihren Besuch.' Dieser Satz war mit einem Zeilenumbruch so getrennt, dass der erste Teil etwas weiter oben, der zweite etwas weiter unten stand. Doch nicht alle Browser konnten diesen blöden Befehl zum Zeilenumbruch einlesen, was zur Folge hatte, dass die meisten Leute, die die Seite dieser Partei aufriefen, auf ein zusammenhangsloses 'CDU Potsdam - wir freuen uns immer' stießen, das von den Programmierern nur bemerkt wurde, weil immer mehr Menschen Bemerkungen über die ausgefallene, originelle Homepage machten. 'Wir freuen uns immer'. *Ein tolles Motto für meine Hundezucht!*

Mit ein paar Handgriffen stand das Grundgerüst der Seite. Da sie kein Internet in der Kate hatte, fuhr sie zum Arbeiten zu einer Freundin im Dorf, die allerdings immer erst nach Feierabend Zeit hatte. Zu Nicolas Erleichterung! So hatte sie zu schaffen und eine gute Ausrede, ihr eigenes Ding zu machen und nicht im Stall stehen zu müssen. Denn es schien mittlerweile für die Schachts eine Selbstverständlichkeit, dass sie dort zu arbeiten hatte. Tat sie es nicht, gingen Schimpfkaskaden der Mutter auf sie nieder, die in solchen Momenten mindestens doppelt so lang ausfielen wie die alltäglichen Angriffe. Obendrein: böse, verächtliche Blicke von Lolli.

Sie selbst fühlte sich dort oben gefangen, von ihren eigenen Gefühlen reaktionsunfähig und von ihrer Angst gegängelt, von ihrer Liebe zum Leiden verurteilt; ihrer Liebe zu ihm, den einen, der einst alles für sie war und die langsam von all der Abneigung, Gnadenlosigkeit und Unbarmherzigkeit, die dort regierten, zersetzt wurde.

Lolli schützte sie nicht. Nicht ein einziges Mal. Er saß nur teilnahmslos neben ihr und wandte sich von den Szenen ab, die sich in seinem Beisein abspielten.

"Was ist denn mit dem, dass der nicht reagieren kann. Ist der autistisch?", warf ihr Chef in den Raum.

"Autistische Züge hat der. Er ist manchmal lethargisch bis apathisch. Als würde er abschalten und sich so weit in sich selbst zurückziehen, dass er praktisch nicht mehr anwesend ist. Das ist zwar noch lange kein Autist im klassischen Sinne, aber autistische Charakterzüge sind das sicherlich. Und dann diese Mutter, die nicht loslässt!"

"Ich hatte mal einen Kollegen; berühmter Verlagschef, der viele Jahre seines Lebens Redaktionssitzungen leitete. Am Ende seines Lebens war er schwer krank. Das wusste aber keiner. Er hat es nie erwähnt und wollte es selber auch nicht wahrhaben.

Manchmal ging er zwischendurch raus, verließ mitten in der Sitzung den Raum. Später erfuhren wir, dass er sich im Nebenzimmer auf seine Couch legte. Seine Sekretärin war instruiert, ihm entsprechende Schmerzmittel zu verabreichen, geschult, ihm diese zu spritzen. Wenn er sich erholt hatte, 20 Minuten, halbe Stunde, kam er wieder rein. Kein Wort. Und führte die Sitzung fort.

Irgendwann war seine Krankheit so weit fortgeschritten, dass er in ein Krankenhaus kam. Selbst als er schon bettlägerig war, der Vorstand einen neuen Vorsitzenden gewählt hatte und die Redaktionssitzungen von einem Nachfolger geleitet wurden, rief er mindestens drei Mal am Tag im Büro an. Sogar von seinem Sterbebett aus meinte er noch die Sitzungen zu leiten und richtungsweisende Entscheidungen zu treffen. Das machten natürlich längst andere. Aber er glaubte das. Er meinte, die Zügel noch immer fest in der Hand zu haben. An Loslassen dachte er gar nicht. Das zog er nicht eine Sekunde lang in Erwägung. Das war keine Option für ihn.

Mit der Alten wird es dir genau so ergehen: die wird ihrem Sohn auch auf dem Sterbebett noch seine Beziehungen madig machen, ihm seine Frauen aus dem Haus jagen und ihre Kühe melken. Glaub mir."

Nicola brauchte nicht viel Fantasie, um sich dieses Geschehen bildlich vorzustellen. Traf sein Beispiel doch exakt den Punkt des Problems und den Charakter dieser Frau.

Nicola musste da raus. Sie *musste* da weg. Daran führte langsam kein Weg mehr vorbei. Auch wenn die zweisamen Momente, für die sie ihren Lolli so unendlich liebte und die so unvergleichlich schön waren, vorbei sein würden; auch wenn sie diesen Mann in ihrem tiefsten Innern liebte wie keinen anderen jemals, wusste sie, dass es hier keinen Weg mehr geben wird. Es sei denn, die Alte verschwindet. Und zwar umgehend. Doch damit war nicht zu rechnen. Die würde festhalten, an dem Hof, der Situation, ihrem Sohn, bis dass der Tod sie von allem schied.

Traurig blickte sie vor sich her.

Herr Conrad blieb ihr Trübsinn natürlich nicht verborgen. Trotzdem bohrte er weiter:

"Und die Mutter wird nie dafür sorgen, dass die Erbschaftsverhältnisse geklärt werden. Weil sie nicht *will*, dass die Erbschaftsverhältnisse geklärt werden. Sie *will* einen Sohn, der von ihr abhängig ist, der ohne sie nicht leben, nicht existieren kann! Das gibt ihr Macht und Einfluss. Der Sohn ist ihr Besitz und sie seine Herrin. Die Herrin über den Hof. Die Herrin über sein Leben. Die Herrin über seine Seele. Und der Typ? - ist krank! Ein Muttersöhnchen. Hat dein Professor doch gut erkannt. Und der Alten zu erlauben, so mit dir umzugehen, macht ihn zum Mittäter! Dem ist es egal, wie es dir geht! Den interessiert das nicht! Den interessiert nicht, wie es dir, dem Hund, den Kühen oder sonstwem geht. Der interessiert sich für gar nichts! Außer für Mama!"

Aus dem Mund ihres Chefs klang das alles so einfach, so klar. Und der Abstand, den sie in Hamburg von dem kleinen Dorf in Mecklenburg hatte, trug sein Übriges dazu bei, den Sinn seiner Worte in all ihrer Bedeutungsschwere aufzunehmen und zu verstehen. Das war's jetzt also. Sie würde wieder alleine sein.

Sie schaute ihren Chef an, der auf ihre unausgesprochenen Worte nur sagte:

"Alleine bist du sowieso. Das bist du die ganze Zeit gewesen. Ob mit oder ohne ihn."

Obwohl sie das wusste, trafen sie seine Worte tief. Die Wahrheit seiner Gedanken fanden Widerhall in ihrer Seele und machten sie traurig. Allein? Ja, das war sie. Die ganze Zeit schon gewesen. Und nun?

Irgendetwas tief in ihr sagte klar und deutlich, dass sie sich nicht einfach so mir nichts, dir nichts, umdrehen und gehen konnte. Irgendetwas hielt sie immer noch zurück. Es war nicht nur Liebe sondern vor allem diese seltsame Dunkelheit, die immer mehr in den Vordergrund trat. Dieses ungute Gefühl, das sie so vehement verdrängte und überhörte, dass es kaum mehr zu spüren war.

Schon lange hatte sie keine Träume mehr, die sie warnten. Doch sie erinnerte sich gut an jeden einzelnen und jetzt, wo sie das erste Mal ernsthaft in Erwägung zog, zu gehen und ihren Geliebten zu verlassen, jetzt, wo sie der unausweichlichen Tatsache ins Auge sah, dass es keinen anderen Weg geben konnte, schlich sich die leise, furchteinflößende Stimme wieder in ihr Bewusstsein, die ihr wiederholt zuflüsterte: 'wage es nicht!'

Die Stimme kam nicht von der Mutter. Auch nicht von ihm. Sie kam von irgendwo aus dem Nichts. Sie war nicht zu orten. Niemandem zuzuordnen. Hatte keinen Namen.

Vor der Mutter hatte sie schon lange keine Angst mehr. Zwar klopfte ihr Herz und sie verabscheute das widerliche Weib, das nur Hass und Zorn in sich trug, doch Angst hatte sie merkwürdigerweise schon seit einer ganzen Weile keine mehr.

Nicht einmal mehr, als Lolli am nächsten Morgen nach einem halbwegs friedlichen Frühstück, bei dem die Mutter natürlich anwesend war, vom Küchentisch aufstand, den Raum verließ und die Alte aus dem Nichts heraus, ohne Vorwarnung, nach einem alltäglichen Gespräch, das gerade noch stattgefunden hatte, sich direkt zu ihr wandte und aus voller Kehle schrie:

"DU MISTSTÜCK! DU WIDERLICHE SCHLAMPE! ICH WERDE NICHT EHER RUHE GEBEN, BIS DU HIER ENDLICH VOM HOF RUNTER BIST!"

Pure, reine, unverblühmte Abscheu schlug ihr entgegen, die ihr schon lange nicht mehr neu war und sie schon lange nicht mehr erschreckte.

Nicola, die mittlerweile an die Ausbrüche dieser Geisteskranken gewöhnt war, sagte keinen Ton. Sie würde nur noch mehr Zorn auf sich ziehen, sowohl von ihr als auch von ihm. Stattdessen nahm sie ihre Sachen und verließ ebenfalls die Küche. Im Stall warteten ihre Hunde. Wie immer vor Freude außer sich. Ihre Schätze! Ihre Sonnenscheine!

Mehr als einmal wurde sie von Lolli - von der schrecklichen Hexe sowieso - für ihren Umgang mit ihren Hunden schräg angeguckt. Als wäre es abartig, wie sie ihre Hunde behandelte. Schon allein die Tatsache, dass sie bei ihr ins Haus durften, stempelte sie in den Augen der Schachts zu einem Messi ab. Die Tatsache, dass es eine kleine, nichthaarende und nichtriechende Hunderasse war, einzig und allein für den Menschen als Schoßhund gezüchtet und ohne menschlichen Kontakt lebensunfähig, spielte dabei keine Rolle.

Nicola erwähnte schon gar nicht mehr jeden Angriff der Alten. Sie suchte Lolli auch nicht mehr, bevor sie morgens den Hof verließ. Sie setzte sich einfach ins Auto und fuhr runter in die Kate.

Es dauerte nicht lange, da klingelte das Telefon:

"Du kannst wieder hoch kommen. Muttern ist mit Christian ins Krankenhaus gefahren. Sie wurde von einer Kuh untergekriegt."

"Ach so? Wie ist denn das passiert?"

"Sie war unten auf der Weide und musste ja unbedingt zu den Viechern rein. Eine Kuh hat sie angegriffen und sie in die Mangel genommen. Dann kam sie hier an. Es scheinen ein paar Rippen gebrochen zu sein."

"Und nun?"

"Und nun kannst du hochkommen. Sie ist weg."

Nicola überlegte nicht lange. Da sie so ziemlich jede Situation ihres Lebens versuchte als Chance zu sehen, verstand sie auch diesen Unfall als einen Wink vom Schicksal: So hatte sie doch, bevor sie ging, die einmalige Gelegenheit, ihn ohne Mama zu erleben. Das erste Mal nach nun gut einem Jahr. Der 19. Mai, das Datum ihres Kennenlernens und gleichzeitig ihr Stichtag, waren nicht mehr weit entfernt. Eine Woche. DIE eine Woche, die Nicola sich jetzt geben wollte. Als letzten Versuch. Als allerletzten Versuch. Oder als Abschied?

*

186

Die Stimmung war kühl. Nicht entspannt, wie Nicola erhofft hatte. Kühl. Fast noch kühler, als sie es war, mit der Alten im Haus. Lolli war angespannt. Ihre Tischgespräche erstarben und wollten einfach keine Themen finden. Er war wie zugemauert. Unzugänglich. Starr. Als wüsste er nicht, wie er sein soll, was er machen soll, sagen soll, wie er zu reagieren hat. Als wäre seine Steuerung ausgefallen.

Von ihr wurde wortlos verlangt, die Rolle seiner Mutter zu übernehmen. Den ganzen Tag lang. Was sie in ihrem Leben zu tun hatte oder wovon sie leben sollte, in Zukunft, wenn es wirklich mal dazu käme, dass weder sie ihren Hamburger noch er seine Mutter hätten - war ihm egal. Das stand nicht zur Debatte. Sie hatte den Job der Alten zu regeln und ihr Leben nebenbei zu führen.

Wortlos setzte er sich vor den Fernseher, wenn die morgendliche Stallarbeit getan war, und wartete, bis Nicola mittags fertig gekocht und das Essen auf den Tisch gestellt hatte. Er ließ sich holen, wenn alles fertig war.

Den Pascha, den er immer so gern in Christian sehen wollte und die Rolle, die er nur zu gern und zu bissig seinem Schwager zuschrieb, hatte er selber inne. Lolli machte keinen Handschlag. Für den Haushalt war die Frau zuständig, egal ob sie eben so viel Arbeit hatte, wie er, oder sogar noch mehr. Das spielte keine Rolle. Der Herr ließ sich bedienen. Von vorne bis hinten.

Obendrein wurden Nicolas Kochkünste natürlich an denen der Mutter gemessen. Doch Nicola, die ihr Leben frei, mit Musik, Kunst, Schriftstellerei und Studien aller Art verbracht hat, war keine Hausfrau und Putze mit 70 Jahren Erfahrung, so wie Mama. Nicola war ein Freigeist, ein eigenständiges Wesen, eine eigenständige Frau, die nicht ihr Leben lang auf das Erledigen des Haushaltes getrimmt worden war; ein individueller Charakter - so, wie alle anderen Menschen auch. Sie war keine Funktion, die man programmieren konnte und die dann reibungslos im 'Mama-Modus' lief und ein Programm abspulte, das er von Kindesbeinen an gewohnt war. Genau das war Lollis größtes Problem.

"Unser Jahr ist bald abgelaufen", begann Nicola vorsichtig, als sie zusammen am Mittagstisch saßen.

Lolli reagierte wie so oft mit Nicht-reagieren und einem starren Blick aus dem Fenster.

"Wie stellst du dir diese Beziehung weiter vor? Wir haben uns nun kennengelernt, wissen so ungefähr, wer wir sind und wie ein gemeinsames Leben funktionieren kann. Wir haben ein Jahr auf Probe gemacht und ich habe eine gute Idee davon bekommen, was hier von mir erwartet wird."

Lolli guckte sie an und zuckte mit den Schultern.

"Aber ich kann hier nicht weiterhin umsonst in diesem Maße arbeiten ohne einen Cent zu verdienen. Das geht auf keinen Fall."

"Solange Muttern da ist, wird sich hier nichts ändern. Aber so lange wird sie nicht mehr haben. Aus ihrer Sippschaft ist keine älter als 76 geworden. Ihre Halbwertszeit ist praktisch abgelaufen."

Nicola schluckte schon gar nicht mehr über die Trockenheit, mit der Lolli über menschliches Leben, ja über Leben allgemein sprach; wusste sie doch, dass er das Leben eines Menschen auf seine Funktion runterbrach und den Nutzen, den er davon hatte.

"Mit anderen Worten: wir warten jetzt gemeinsam darauf, dass deine Mutter stirbt um dann endlich unsere Beziehung führen zu können?"

"Ja, sozusagen."

Am liebsten hätte sie geschrieen: *Das kann doch nicht dein Ernst sein!* Aber sie schrie nicht. Sie zuckte nicht mal, weder äußerlich noch innerlich. Denn sie kannte Lolli. Sie wusste, wie abgebrüht er war und selbst nutzte sie dieses Gespräch dazu, sich aus allem hier herauszuziehen, ohne größere Schaden zu nehmen. Denn Schaden hatten die Alte und er, der alles - alle Beschimpfungen, alle Angriffe und alle Bösartigkeiten dieser Frau zugelassen hatte - in ihrem Leben und in ihrer Seele genug angerichtet. Sie durch ihre direkte Aggression, er durch seine eingekapselte, die sich in Gleichgültigkeit, Ignoranz und Eiseskälte zeigte. In Abweisungen. In Stehenlassen. In Nichtbeachtung.

Jetzt war es Nicola, die mit dem Kopf schüttelte:

"Ich kann hier nicht umsonst stehen und in diesem Maße weiter arbeiten. Das geht nicht."

Schweigen. Lolli löffelte in totaler Gleichgültigkeit seinen Nachtisch aus und sagte nichts.

"Bitte denke dir was aus."

"Ich sage dir am Sonntag Bescheid."

Aha, Sonntag. Montag soll seine Mutter wieder kommen. Klar, gutes timing. Bis dahin hält der mich bei der Stange. Bin ich froh, wenn ich das hier hinter mich gebracht habe!

Jede Situation, jede neue Szene, die sich abspielte, gaben Nicola mehr Aufschluss über ihren innerlich schon seit Monaten anbahnenden Entschluss: diese Hölle aus Arbeit, Angst und Aggressionen nicht länger zu ertragen; dieses zwischenmenschliche Spiel des Herrschers und der Sklavin, das er jetzt, wo sie alleine waren, versuchte an sie weiter zu reichen, nicht länger mitzuspielen. Sie würde ihre Karten niederlegen. Sie wird aussteigen.

Damit sie sich aber den Zorn dieses Menschen nicht ins Leben zog - denn sie wollte alles, nur das nicht - musste alles, was hier passierte, so aussehen, als sei es seine alleinige Entscheidung. Alles, was hier geschah, musste *er* in der Hand haben. Musste sie *ihm* in die Hände legen. Sie hatte nun genug Situationen durchlebt, genug Fakten gesammelt, die ihr erlauben würden, die Situation gegen ihn zu verwenden ohne ihn zornig zu machen. Sie studierte das Blatt auf ihrer Hand und hoffte, schlau genug zu sein, um es weise zu spielen.

"Gab es denn Situationen, in denen du hättest vorher schon wissen müssen, wie Lolli drauf ist? Gab es Hinweise darauf, dass er zerstörerische oder sadistische Züge hatte?", fragte Ehrhard.

"Hm", machte Nicola verlegen. Sie wusste ganz genau, was sie erzählen wollte, zögerte aber kurz, fragte sich für ein paar Augenblicke, ob diese Geschichte bedeutungsvoll oder doch belanglos ist.

"Was war?", bohrte der Psychologieprofessor nach, der genau spürte, dass sie nachdachte.

"Da gab es was. Einmal, abends oben im Zimmer. Die Türklinke zu seinem Schlafzimmer ist abgebrochen, und zwar von innen, als ich drin war. Die war aus Plastik und die ganze Zeit schon brüchig. Er war im Wohnzimmer, lag auf der Couch und sah fern. Ich war müde und wollte schlafen, zog die Tür hinter mir zu und - klack - hatte die Klinke in der Hand.

Ich war so müde, dass mich das erst mal nicht weiter gekümmert hat. Natürlich habe ich was gesagt, Lolli - auf der anderen Seite - hat aber nicht reagiert. Ich deponierte die Klinke auf den Nachttisch und legte mich Schlafen.

Irgendwann, es war schon ziemlich spät, musste ich noch einmal runter ins Bad. Aber ich kam nicht aus dem Schlafzimmer. Mir war nur der eisige Vierkant zugewandt, an dem die Klinke befestig war und der sich mit bloßen Fingern nicht drehen ließ.

Erst habe ich von innen geklopft. Dann habe ich ihn gebeten, doch die Tür zu öffnen. Ich hört ihn husten, sich auf der Couch bewegen. Darum wusste ich, dass er wach war. Aber geöffnet hat er nicht.

Es dauerte eine Weile bis ich es irgendwie geschafft habe, mit viel Tricks und mehreren Versuchen, die Tür aufzukriegen. Er lag auf der Couch, tat so, als ob er schlief. Doch er schlief nicht. Ich kenne ihn, wenn er schläft. Seine Geräusche, sein Atem, seine Mimik. Er schlief definitiv nicht. Statt dessen versuchte er, sich ein Grinsen zu verkneifen."

Ehrhard räusperte sich.

"Ich bin dann runter ins Bad. Als ich wieder hoch kam, saß er auf der Couch und aß Gummibärchen."

"Und? Hat er dich angeguckt? Was gesagt?"

"Nein. Er hat den Fernseher fixiert und schwieg. Kein Wort. Kein Blick."

Stille.

Von ihren eigenen Gedanken bedrückt wartete Nicola, ob er irgendetwas sagen, irgendetwas fragen würde, das ihr Erleichterung verschaffte.

Er sagte nichts, schwieg ebenfalls für eine Weile und ließ sie mit ihrer Bedrückung allein. Schwermut zog in ihre Seele ein. Traurigkeit machte sich breit. Ein bitterer Geschmack beschlich ihre Sinne. Gerade, als Nicola sich fragte, ob er sie tatsächlich ohne jeden Grund oder aus Berechnung und mit voller Absicht ihren eigenen Gefühlen überließ, fragte er:

"Und? Gab es noch was? Oder war das alles?"

"Na, und dann ist da der Schäferhund an der Kette." Sie schilderte den Zustand dieses Hundes zum gefühlten hundertsten Mal. "Ich habe angefangen, mich um den Hund zu kümmern, habe Futter gekauft, damit der nicht immer nur Trockenfutter bekommt - wenn er überhaupt mal was bekommen hat. Manchmal war das Futter auch alle und dann bekam er tagelang nichts. Sogar Wasser hat oft gefehlt und nach dem Melken gab es lediglich eine Schale Milch, für ihn und die Katzen."

"Oh nein! Tatsächlich?"

"Ja. Und dann hat das Tier noch chronisch entzündete Ohren. Der arme Kerl schreit jedes Mal, wenn man auch nur ganz leicht an die Ohren stößt. Im Sommer wurden die Ohrenspitzen zusätzlich noch von den Fliegen zerfressen. Er war ständig dabei zu versuchen, sie abzuschütteln. Der kommt da ja nicht weg. Er liegt ja an der Kette. Sogar ein Bekannter hat mich damals zur Seite genommen und mich gebeten, mich doch des Hundes anzunehmen. Lolli oder die Alte würden es nicht tun. Die haben das wohl noch nie getan. Die Leute, die ihn kennen, wissen das"

"Das ist aber schrecklich! Das gibts doch gar nicht! Der Mann ist ja gar nicht empathiefähig! Der hat ja gar kein Mitgefühl! Natürlich nicht, wie denn auch? Bei dieser Mutter!"

"Nein, der fühlt nicht mit. Der arme Hund liegt oft in seinen eigenen Fäkalien - bzw. lag. Seit ich da bin, mache ich die weg.

Und ich muss dir ganz ehrlich sagen, dass es mir um den Hund am meisten leid tut, wenn ich gehe."

"Das kann ich mir vorstellen! Wie gehen die beiden denn mit deinen Babies um?"

"Die können Tiere allgemein nicht besonders gut leiden, habe ich das Gefühl. Sie sind geduldet, aber ins Haus dürfen sie natürlich nicht."

"Das ist klar. Diese alten Bauernfamilien sehen in Tieren nur den Nutzen. Gefühle haben sie für diese Geschöpfe keine."

Nicolas Bedrückung schnürte ihr langsam aber sicher den Atem ab. Nur mit größter Mühe konnte sie ihre Tränen unterdrücken. Auf was für einen Menschen war sie da bloß hereingefallen?

"Aber Nicola, dir muss völlig klar sein: ein Mann, der einen Hund an die Kette legt, geht auch mit seinen Frauen nicht anders um. Das weißt du, nicht? Und ein Mensch, der Tieren gegenüber kein Mitgefühl hat, hat auch Menschen gegenüber keines. Denn entweder, die Fähigkeit zum mitfühlen ist in einem Menschen angelegt oder nicht.

Konrad Lorenz hat mal so einen Satz geschrieben, warte mal", Nicola hörte, wie Ehrhard heftig in irgendwelchen Seiten herumblätterte. Sie war still, wartete ab und war froh, dass er nicht sehen konnte wie erste Tränen ihre Wangen herunterrollten.

"Ah hier. Ich les dir mal vor, was der geschrieben hat: **'Wer einen Hund oder Affen, ja jedes höhere Säugetier wirklich genau kennt und trotzdem nicht davon überzeugt wird, dass dieses Wesen ähnliches erlebt wie er selbst, ist seelisch abnorm. Er gehört meines Erachtens nach in eine geschlossene psychiatrische Klinik, da seine Schwäche ihn zu einem gemeingefährlichen Wesen macht.'**

Der geht also sogar davon aus, dass - wenn ein Mensch kein Mitgefühl hat - er gefährlich ist und eingewiesen werden muss. Okay, soweit würde ich jetzt nicht gehen, aber überleg dir das mal!"

*

Nicola überlegte. Und wie sie überlegte. Sie überlegte nicht nur, sondern beschloss, endlich mit diesem armen Tier zu ihrer

Tierärztin zu fahren. Die Alte war nicht da. Sie brauchte also nicht befürchten, angegriffen und angeschrieen zu werden. Die Bahn war frei. Sie zögerte auch nicht, rief Marion an, die auch sofort zusagte, sie könne kurz vor der regulären Sprechstunde vorbei kommen um sich des armen Geschöpfes anzunehmen.

Gesagt, getan. Nicola hatte sogar vorsichtshalber noch einen Maulkorb besorgt, da sie nicht absehen konnte, wie sich dieser 8-jährige Hund benähme, wenn er das erste Mal seit Welpenalter in ein Auto verfrachtet und durch die Gegend gefahren würde. Ein klein wenig mulmig war ihr bei der Sache schon, doch alles ging gut. Aestor streifte sich zwar vehement diesen blöden Korb vom Maul, doch als er das endlich geschafft hatte, war Ruhe. Er guckte gelassen aus dem Fenster und gab keinen Mucks von sich. Die ganze Fahrt über nicht.

In der Praxis war er ebenso ruhig.

"Erstaunlich!", sagte Marion, "was für ein liebes Tier! Dabei kennt der doch gar nichts anderes als die Kette und den dunklen Stall." Sie berührte ihn leicht an den Ohren und Aestor heulte sofort laut auf.

Sie gingen mit ihm ins Behandlungszimmer, wo die Ärztin gleich eine Spritze zückte:

"Willst du ihn sedieren?"

"Wir müssen ihn sedieren. Der hat solche Schmerzen, anders kommen wir an den ja gar nicht ran."

Sie betäubte ihn und es dauerte nur Sekunden, bis er sich hinlegte. Gemeinsam hoben sie ihn mit einer Decke auf den Behandlungstisch. Jetzt erst, unter dem gleißenden Licht der Arztpraxis, sah Nicola, in welch einem desolaten Zustand sich dieses Tier befand: abgemagert bis auf die Knochen, was man erst richtig sehen konnte, als er flach auf der Seite lag und seine Rippen leichte Schatten warfen. Die Haut: ledrig, das Fell: abgekratzt. Der Arme hatte ja kaum noch Haare! Und dann die Ohren!"

Marion wollte mit einem Otoskop den Gehörgang inspizieren, kam jedoch gar nicht soweit, da ihr der Eiter und das verknorpelte, ausgeartete Gewebe, dass sich in den vielen Jahren dieser chronischen Entzündung gebildet hatten, den Zugang versperrten. Und es stank!

"Oh Gott!", entwich es der Tierärztin. Das andere Ohr sah nicht besser aus. "Die Entzündung muss da schon jahrelang drin sitzen."

"Lolli sagte immer, es lohnt sich nicht mehr, das zu behandeln, weil der das schon so lange hat."

Marion seufzte und verdrehte die Augen: "Man kann diesen Bauern aber auch nicht beikommen! Für die sind Tiere einfach wertlos", sie schaute Nicola mit ihren liebevollen Augen an und einem Ausdruck im Gesicht, der auch *ihre* Hilflosigkeit widerspiegelte. "Da kann man nichts machen. Was soll man da auch machen? Man kann all diesen Leuten ja nicht einfach die Tiere wegnehmen."

"Obwohl man das eigentlich müsste", rutschte es Nicola raus.

"Ja, obwohl man das eigentlich müsste", bestätigte Marion, "aber das ist hier auf dem Land so."

Beide wirkten niedergeschlagen bei demselben Gedanken: dass Menschen Tiere verwahrlosen lassen, Geschöpfe, die uns ausgeliefert und auf unsere Fürsorge angewiesen sind. Und nichts passierte. Nichts konnte getan werden.

Aestor schlief tief und fest. Nicola streichelte ihm sanft über das Gesicht. Wie schön er war, wenn er da so friedlich lag und schlief, frei von Schwermut und frei von Schmerzen.

"Warum hat der überhaupt einen Hund?", fragte Marion?

Nicola konnte diese Frage nicht wirklich beantworten:

"Ich weiß es auch nicht. Er schlägt an, wenn jemand auf den Hof kommt. Vielleicht deshalb."

Marion schüttelte den Kopf und verdrehte die Augen:

"Aber deswegen muss man doch so ein Tier nicht so verkommen lassen. Und seine Mutter? Käthe?"

"Na die kümmert sich erst recht nicht! Die hätte mich wahrscheinlich an Ort und Stelle erschlagen, wenn die mitgekriegt hätte, dass ich mich des Hundes annehme und ihn zum Arzt bringe. Die wäre durchgedreht, glaub mir!"

"Ich habe schon von der gehört. *Die* ist bekannt!"

Allein an der Art und Weise, wie sie 'die' gesagt hat, wusste Nicola, dass die Aggressivität der Alten sogar bis zu ihr durchgedrungen ist.

"Die", betonte Nicola ebenso wie Marion, "und Lolli würden sich nie - im Leben nicht! - um einen Hund kümmern. Sie gucken mich ja schon immer komisch an, wenn ich mich um meine Tiere kümmere. Allein die Tatsache, dass sie mit ins Haus dürfen, macht mich in ihren Augen ja schon zur Abtrünnigen."

"Das sind doch kleine Schoßhunde! Stubenhunde! Die gehören doch ins Haus!"

"Sag das mal den Schachts! Die sehen das anders und werden dir erst mal was von Hundehaltung erzählen. *So* wird ein Hund gehalten", sie deutete auf Aestor.

Marion nickte. Sie verstand und bohrte nicht weiter. Denn es hatte keinen Sinn. "Diese Leute sind dumm, halten sich für unglaublich schlau und alle, die anders sind, werden verächtlich gemacht und ihrer Meinung nach am besten aus der Welt ausgeschlossen. So sind sie."

Nicola nickte nun ebenfalls:

"Was machen wir jetzt?"

"Wir nehmen eine Hautprobe. Wenn ich mir den so angucke tippe ich mal auf Schilddrüse. Außerdem braucht der dringend was gegen Räudemilben. Eine Antibiotikakur und entsprechende Medikamente. Und ich geb' dir mal ein Shampoo mit, das hilft schon mal gegen den Juckreiz."

"Gut!"

Nicola merkte erst jetzt, wie erleichtert sie war, tatsächlich hierher gekommen zu sein. War doch der Zustand diese Tieres wesentlich dramatischer als gedacht. "Und was ist mit den Ohren?"

Marion hatte so gut es ging versucht, die Ohren zu reinigen, ein paar Knorpelreste entfernt und versucht, den Eiter herauszuspülen.

"Die müssen jeden Tag sauber gemacht werden. Und ich gebe dir gleich Tabletten mit. Die kannst du sofort anfangen zu geben. Kümmerst du dich?"

"Klar!", versicherte Nicola. Natürlich würde sie sich kümmern. Es brach ihr das Herz, dieses Tier in diesem Zustand zu sehen.

Lolli würde dafür kein Verständnis haben. Das war ihr klar. Das wusste sie. Damit rechnete sie gar nicht erst. Im Gegenteil: wahrscheinlich würde sie sogar abfällige Blicke und abwendendes Schweigen ernten. Doch das war ihr mittlerweile egal.

Obwohl sie ihn liebte, seine Stimme im Ohr hatte und seinen Geruch in der Nase, sich nach wie vor zu ihm hingezogen fühlte, als wäre ein unsichtbares Band zwischen ihnen, das unzertrennlich ist, wurde der Abstand zu ihm größer und ihr sein Zuspruch langsam gleichgültig. Obwohl er ihr ans Herz ging, war er ihr langsam egal. Obwohl es schien, als wäre er, sein Wesen, diese Ausstrahlung, die er besaß; das, was aus ihm heraus in die Welt leuchtete, schon immer das, wonach sie sich sehnte, nahm sie Abschied.

Es war, als hätte sie ihn schon von Anfang an gekannt. Als wäre er von je her ein Teil von ihr gewesen. Ein Leben ohne ihn war auf eine ganz eigenartige Art und Weise nicht vorstellbar. Und doch unausweichlich.

Denn dem vertrauten Gefühl zuwider lief die aktuelle Lebenssituation, die allem widersprach, was sie ihm gegenüber fühlte; die weder Gemeinsamkeit, Nähe noch irgendeine Art der Verbundenheit erlaubte. Dieser Mann, diese Mutter, dieser Stall, die Konstellation seines Lebens - nichts ließ Beziehung wirklich zu. Dazu seine Herzlosigkeit, seine Ignoranz, seine Geringschätzung ihr gegenüber. Gegen dieses festgefahrene Gefüge und diesen verhärteten Charakter hatte eine einzelne Frau keine Chance. Sie hatte nie eine Chance gehabt.

Abends lag sie trotzdem, wie immer, wie jeden Abend, dicht an ihn gekuschelt auf seiner Couch und schlief in seinen Armen ein. Jeder Abend konnte der letzte sein, dessen war sie sich durchaus bewusst.

Heute sank sie zwar in einen leichten Schlummer, doch ihre Gedanken waren zu wach, als dass sie ihr ein Einschlafen ermöglicht hätten. Einerseits genoss sie seine Nähe, die sich anfühlte, als wäre sie seiner Seele Leben für Leben begegnet und sie von Anfang an dafür bestimmt gewesen, ihm zu begegnen und ihn zu lieben. Andererseits spürte sie, wie ihre Zeit ablief, langsam aber stetig, jeden Tag ein kleines Stück mehr.

Nicola genoss noch einmal ihre tiefsten Gefühle reinster Zuneigung zu ihm, sog mit jedem Atemzug seinen Körpergeruch in sich auf, wohl wissend, dass dies bald vorbei war - vorbei sein musste - wollte sie ihr Seelenheil retten, wenngleich der Preis dafür ein Stück ihres Herzens war.

"Meinst du nicht, es wäre möglich, vielleicht noch mal die Erbschaftssituation anzusprechen", Nicola richtete sich halb auf, schaute Lolli in die Augen. "An diesem Unfall ist doch allen noch einmal bewusst geworden, wie schnell das gehen kann, dass du alleine dasitzt. Und ich kann mir nicht vorstellen, dass sie sich noch einmal so weit erholt, dass sie den nächsten Winter mit dir hier im Stall stehen kann. Du hast jetzt eine Freundin, das ändert die Lage ebenfalls noch mal erheblich. Glaubst du nicht…"

Er stieß sie vehement von sich, richtete sich auf, schlug verärgert die Decke weg unter der sie eben noch lagen:

"ES REICHT JETZT! HABE ICH DIR NICHT GESAGT, DASS ICH ERST AM SONNTAG DARÜBER SPRECHEN WILL! KANNST DU NICHT EINFACH MAL RUHE GEBEN!"

Nicola war starr vor Schreck. Sie wollte ihn doch gar nicht erzürnen. Dachte einfach nur, es würde helfen - jetzt, wo sie alleine waren - mal ihre Gedanken spielen zu lassen, um vielleicht endlich mal zu einem Lösungsansatz zu kommen. Fehlanzeige. Ihr wurde der Mund verboten. Und ihr Lolli, bei dem sie keine 60 Sekunden zuvor friedlich in den Armen gelegen hatte, kriegte sich vor Wut gar nicht wieder ein:

"DU HAST DOCH VIEL STUDIERT UND MACHST SO VIELE SACHEN? DANN GEH DOCH UND MACH DAS!"

Es klang wie ein Vorwurf, dass sie gebildet war und sich ihre Abschlüsse erarbeitet hatte. Es klang wie eine Anklage, dass sie sich nicht um sich gekümmert, sondern stattdessen das letzte Jahr bei *ihm* gewesen war, im Stall gestanden hat, helfend und alle Gratis-Beigaben in Form von Beschimpfungen und Angriffen ertragend. Sie schwieg. Sie sagte kein Wort. Lolli ließ laut schreiend eine Schimpfkaskade auf sie niederprasseln, die sie - wie sie es von ihm gelernt hat und mittlerweile in diesem Haus gewohnt war - schweigend ertrug. Ohne Gegenwehr.

Als er fertig war, hatte sie das Gefühl, seiner Mutter gegenüber zu stehen. Eine bisher nur von der Alten gewohnte bedrohliche Stille lag in der Luft, die es einem kaum erlaubte, zu atmen. Sie wagte es nicht, ein Wort zu sagen. Selbst wenn sie gewollt hätte, sie traute sich nicht. Für ein paar Momente verharrte sie regungslos neben ihm auf der Couch, um sicher zu gehen, dass er fertig war und kein weiterer Aggressionsanfall bevorstand. Als er ruhig blieb und eisern auf den Bildschirm starrte, als wäre sein Blick von dem Gerät verhaftet, entspannte sie sich ein wenig. Er dagegen visierte den Fernseher an, als könnte er all seinen Groll nur dann noch im Zaum halten, wenn er wie besessen, wie wahnsinnig, mit aller Gewalt die Mattscheibe fixierte. Als Rettung. Vor sich selbst.

Sie stand auf. Lautlos. Es schien, als hätte man eine Stecknadel fallen hören können, obwohl der Fernseher recht laut lief. Die Stimmung war eingefroren. Es war - Mitten im Mai - tiefster Winter und die Temperaturen weit unter Null. Eine kleine Bewegung, und das Krachen der sich ausdehnenden Eisfläche würde kilometerweite Echos in die Stille schneiden.

Langsam, ganz vorsichtig, nahm sie ihre Tasche, die neben der Tür auf dem Teppich lag und in der die wichtigsten Utensilien untergebracht waren, drehte sich wortlos um und verließ, ohne sich noch einmal umzusehen, das Zimmer. Ging die Treppe herunter, die ersten Stufen vorsichtig und leise, dann immer schneller, öffnete unten die erste Tür in die Küche. Ihr Gang beschleunigte sich. Durch die zweite Tür in den Flur, in den Wirtschaftsraum. Sie schmiss ihre Tasche hin, riss ihre Sachen aus dem Schrank und schmiss sie sich über. Ihr Nachtkleid zog sie gar nicht erst aus, griff ihre Tasche - durch den ersten Flur - Tür auf - zweiter Flur - in die Schuhe - in den Stall - durch die Gasse - in die Dunkelheit - ihre Hunde geschnappt - die Stalltür aufgerissen und hinter sich ins Schloss geworfen - ins Auto gesprungen - die Zündung gestartet - Rückwärtsgang rein - gewendet - runter vom Hof.

Draußen tat sich die dunkle, spärlich beleuchtete Dorfstraße vor ihr auf. Ihr Wagen rollte fast lautlos dahin. Sie beeilte sich, fuhr so schnell sie konnte und versuchte gleichzeitig, ruhig zu bleiben. Sie erreichte den Dorfrand und die bebende Kopfsteinpflasterstraße aus groben Felssteinen, die es einem nicht erlaubten, schneller als Schrittgeschwindigkeit zu fahren. Ihr fiel es schwer, sich so langsam fort- und von Lolli wegzubewegen.

Vor der alten Köhlerkate war es stockfinster, doch sie kannte den Weg zur Tür in- und auswendig. Sie hätte ihn auch mit verbundenen Augen gehen können, darum machte ihr die Dunkelheit nichts aus.

Die Magnete der Gartentür schnappten ein und sie schob den Riegel von innen vor. *Ich brauche dringend eine Kette und ein Schloss!* Das wollte sie doch eigentlich schon so lange erledigt und an ihrer Tür hängen haben.

Sie verriegelte ausnahmsweise die Innentür ihres kleinen Anbaus, den Gerold und sie ganz am Anfang einmal vor die Eingangstür gebaut hatten, und der nun als Windschutz und Vorraum diente. Hier stand die alte Couch des Vorbesitzers. Für die Hunde. Und ganz selten auch mal für sie.

Nicola schloss auf und von innen wieder zu. Noch eine ganze Weile stand sie in der Dunkelheit. Und auch nachdem sie schon lange in der Köhlerkate angekommen war, spukten ihre Gedanken noch immer in Lollis Zimmer umher und ihr innerer Blick wich nicht von dem versteinerten Mann auf der Couch, der ihr heute zum ersten Mal sein wahres Gesicht gezeigt hat. Eine Kaltherzigkeit, die ihr die Angst durch Mark und Bein jagte und der sie im Leben nicht noch einmal begegnen wollte.

*

Sie lag wach. An Schlafen war vorerst nicht zu denken. Sie kuschelte sich fest an ihre beiden Hunde, als könnten sie sie davor bewahren, in die Abgründe ihrer eigenen Seele zu stürzen.

Traurigkeit machte sich breit, die jedoch jäh von ihrer Angst überschattet wurde. Was sollte sie tun? Es war merkwürdigerweise nicht so, dass sie Angst davor hatte, wieder hochzufahren und morgen früh wie verabredet ihre Arbeit dort oben zu erledigen. Sie hatte viel mehr Angst vor dem, was geschehen würde, würde sie es *nicht* tun. Eine eigenartige Furcht machte sich breit, eine Art Panik, die direkt in das tiefdunkle, schwarze Gefühl führte, das sie ganz am Anfang gewarnt und das sie bis hierher begleitet hat. Wie eine Warnung stand es nun vor ihr und flüsterte ihr immer wieder den altvertrauten Satz zu: *'Nimm dich in Acht! Wage es nicht!'*

Doch was sollte schon sein? Sie würde morgen früh hochfahren, Frühstück machen und die Melkarbeit erledigen. Die ging ja relativ schnell, denn die Kühe waren wieder draußen. Für sie war die Sommerarbeit mittlerweile zur Routine geworden, die sie leicht bewältigte, also: No big deal!

*

Sie versuchte, etwas Schlaf zu finden. Dämmerte weg, wachte wieder auf, dreht sich von einer Seite auf die andere und stand plötzlich auf einem Schiff an der Reling. Sie konnte nicht erkennen, wer hinter ihr stand, sah sich nur noch fallen, wie ein Stein ins Wasser plumpsen und sinken.

Und sinken.

Und sinken.

Und sinken.

Es wurde dunkler. Es wurde beengender. Der Druck stieg. Und ein Ende war nicht abzusehen. Die Tiefe war endlos.

Sie sank.

Und sank.

Und sank.

Mit letzter Kraft schlug sie die Augen auf und war durchdrungen von der tiefen Gewissheit, dass es keine Rettung gab.

Es war Donnerstag. Morgen war schon Freitag. Sonntag war Stichtag. Dann würde sie ihn ganz in Ruhe seine Erklärung abgeben lassen und sich innerhalb dieses Gespräches ihren Weg aus seinem Leben bahnen. *Alles, nur nicht noch einmal seinen Zorn auf mich ziehen!*

Der Freitag verging wortlos. Nur beim zweiten Frühstück versuchte sie, die Stimmung etwas zu entspannen:

"Cheer up, Honey! Auch wenn es keine Lösung für uns geben sollte, ist das noch lange kein Grund, wütend aufeinander zu sein."

Er guckte wie immer aus dem Fenster und reagierte nicht. Doch er hörte sie. Ganz genau. Und die Atmosphäre entspannte sich tatsächlich etwas.

'Angst ist kein guter Ratgeber', ging es ihr durch den Kopf, als sie Stunden später mit ihren zwei geliebten Kleinen über die Wiesen spazierte, den Kopf voll und doch nicht in der Lage, einen klaren Gedanken zu fassen.

Sie sprach mit niemandem. Wollte keinen sehen. Allein sein, mit sich, mit ihren Hunden, schweigen und hoffen, dass alles gut über die Bühne gehen würde.

Der Freitag verging. Abends flüchtete sie sich ins Schlafzimmer und ließ Lolli auf der Couch liegen, auf der er mittlerweile regelmäßig einschlief. Der Samstag ging ins Land und der lang ersehnte Sonntag kam heran. Schon beim Aufwachen hoffte sie, gleich nach dem Frühstück das angekündigte Gespräch führen zu können.

Der Morgen zog sich endlos hin. Die Handgriffe, die sie schon aus Gewohnheit ausführte, verrichtete sie heute ganz besonnen, wohl wissend, dass es das letzte Mal sein würde, wo sie hier stehen und bei ihm sein sollte.

Fehlanzeige. Nach dem Frühstück verließ er wortlos die Küche und verschwand im Stall. Nicola war erleichtert, obwohl sie gehofft hatte, dass jetzt und hier alles ein Ende finden würde.

Sie machte Mittag und fragte sich, ob er nach dieser Mahlzeit irgend etwas von sich geben würde. Irgendetwas?

Erneut Fehlanzeige. Anstatt den einzigen und wahrscheinlich letzten Sonntagnachmittag, den sie je alleine für sich haben würden, bei ihr zu bleiben und wichtigste Gespräch des ganzen letzten Jahres zu führen, stieg er ins Auto und fuhr - zu Mama.

So mein Freund, wenn du bei Mami bist, mich bis zur letzten Minute hier schmoren lässt, werde ich jetzt - ob du willst oder nicht - mir doch endlich mal den Brief von deiner Dagmar angucken, den du mir die ganze Zeit zeigen wolltest.

Nicola ging hoch in sein Zimmer. Ein Handgriff in das erste Schrankfach und der Brief lag oben auf einem Stapel Papieren. Er war aufgerissen und musste etliche Male aus dem Umschlag genommen worden sein, denn er sah abgenutzt aus.

Nicola nahm den Brief heraus und entfaltete ihn. Was ihr hier entgegen trat, entsetzte sie mehr, als alle Erzählungen von Lolli zusammen: Da schrieb eine gebrochene Frau, verzweifelt versuchend, ihn mit ihren Worten zu erreichen; niedergeschmettert von seiner Kälte und seinen Abweisungen, entmutigt von den Angriffen und der Feindseligkeit seiner Mutter, deprimiert von der Gleichgültigkeit seitens Lollis, mit der er zusah, wie ihre Ehe von seiner Mutter vernichtet wurde; bittend, flehend, doch zu ihr in die wenige Kilometer entfernte Wohnung zu ziehen - weg von der Mutter, unter der sie so sehr litt.

Nicola legte den Brief nieder, setzte sich, musste schlucken, las die Zeilen erneut. Nicht nur, dass die Worte dieser Frau auch ihre Worte hätten sein können, nicht nur, dass diese Frau exakt dieselbe Situation beschrieb, in der auch Nicola sich wiederfand, sondern diese flehenden Worte, die Bitten, diese Verzweiflung wollte Lolli Nicola zeigen - als Beweis dafür, was für ein verlogenes Stück doch seine Exfrau gewesen war?

Nicola war wie vor den Kopf geschlagen. Was las *dieser* Mann aus *diesem* Brief? Der konnte ja scheinbar überhaupt nicht erkennen, wie sehr diese Frau ihn geliebt haben muss!

Nicola senkte ihre Hände, in der sie das Papier hielt, das ihr fast entglitt. Ihr Blick traf auf das offene Fach der Schrankwand. Sie stand auf und als würde sie geleitet, griff sie erneut in den Schrank. Das nächste Dokument, das ihr in die Hände fiel, war eine 20-seitige Stellungnahme von Dagmar, offiziell verfasst, für die Katholische Kirche, im Zuge der Annullierung der Ehe

Zimmermann/Schacht. Eine Stellungnahme zu allen ihr bisher gemachten Vorwürfen. Nicola setzte sich.

'Es war mir gar nicht möglich, eine Beziehung zu diesem Mann aufzubauen, da mich die Mutter vom ersten Tag unsere Ehe mit einer Aggressivität konfrontierte, die mich hat aus diesem Haus flüchten lassen'.

Die ersten Sätze las sie noch langsam, dann rasten ihre Augen über die Zeilen. Sie ist vor der Ehe nicht fremd gegangen. Sie ist erst einem anderen Mann in die Arme gefallen, als sie es hier nicht mehr ausgehalten hat! Und aus diesen Unterlagen ging klar hervor, dass die Alte sie nicht nur verbal angegriffen, sondern sogar geschlagen hat. *So weit war es also tatsächlich gekommen!*

'Ich gebe nicht eher Ruhe, bis du hier wieder weg bist!', zitierte Dagmar ihre Schwiegermutter wort-wörtlich. Diese Sätze hat sie ihr schonungslos entgegengeschleudert. Gleich am ersten Tag nach ihrer Eheschließung.

Angeblich haben alle Schachts, er, seine Mutter, seine Schwestern, alle angegeben, dass sie vor der Ehe schon ein Verhältnis mit einem anderen Mann gehabt haben soll. Obwohl keiner dabei war. Niemand hatte sie je gesehen. Keiner hatte einen Anhaltspunkt für die Unterstellungen, die ihr gemacht wurden. Und sie bestritt diese vehement. Warum sollte sie es nicht zugeben, jetzt wo eh alles in den Brüchen lag, wenn es doch so gewesen war?

Mittlerweile war der Mann, dem sie damals aus lauter Verzweiflung in die Arme fiel, ihr Ehemann und sie Mutter von zwei Kindern. Er nach wie vor am Tisch der Mutter sitzend. Allein. Ohne Partnerschaft.

Die Aggressionen der Mutter dagegen wurden von den Schachts mit keinem Wort erwähnt, wie Dagmar hier festhielt. Sie stand allein gegen alle Vorwürfe und Unterstellungen und sah sich ihnen hilflos ausgeliefert. Wollte die Annullierung - auf Grund dieser hohen Gewaltbereitschaft in diesem Haus, wegen der Mutter, die eine Beziehung unmöglich machte und wegen eines Ehemannes, den das alles kalt ließ. 'Es war die Hölle auf Erden'. *Verständlicherweise!*

Und am Ende - verglich sie sich doch tatsächlich mit dem armen, vor sich hin rottenden Hund an der Kette, den es damals schon gegeben haben muss. Nur mit anderem Namen in anderer Erscheinung.

Nicola traute ihren Augen nicht.

Die Mutter war demnach nicht so böse wegen Dagmar geworden - weil die arme, alte Frau so gelitten hatte - sondern sie hatte vor 15 Jahren schon die Beziehung ihres Sohnes zerstört und dieses junge Mädchen vom Hof gescheucht, sie sogar geschlagen - und Lolli hat nichts getan, sie nicht in Schutz genommen, sich nicht vor sie gestellt, sondern hat sie - genau wie Nicola - den Angriffen und dem blinden Hass der Alten schutzlos ausgeliefert. Sie las weiter. Dagmar beschrieb seitenweise ihren Horror vor der Alten und auch vor ihm, der durch seine Anteilnahmslosigkeit die Gewalt ihr gegenüber nicht nur geduldet hatte, sondern ihr sogar selbst drohte, würde sie sich gegen seine Mutter auflehnen. Ihre Angst würde größer und größer, bis sie irgendwann unerträglich war, und sie es für sicherer hielt, vom Hof zu flüchten.

Keine Frage: die beiden waren wahnsinnig! Sogar Dagmar hat vor 15 Jahren schon gespürt, dass es nicht ganz ungefährlich war, sich hier aufzuhalten. Genau wie …

Nicola guckte zur Tür. Dann auf die Uhr. Es war bald Melkzeit. Schaffte sie es noch, ihre Sachen zu packen und abzuhauen?

Sie schob hektisch die Unterlagen zurück in den Umschlag und versuchte mit ihren zittrigen Händen so gut es ging, alles wieder so ordentlich und gerade hinzulegen, wie sie es vorgefunden hatte. Akkurat und korrekt. Penibel. Auf Falte gelegt. Wie die Bettwäsche.

Ihr ganzer Körper zitterte. Das ganze Konstrukt 'Dagmar' brach in sich zusammen. Plötzlich machte alles Sinn. Die Leugnung, dass die Alte krank war und er mit ihr in einem Boot saß, schlug damals ihrer Vorgängerin schon die Beine weg. *Von wegen 'meine arme Mutter hat ja so gelitten'! Die war schon immer ein Satansbraten! Von je her! Was für einen Albtraum diese arme Frau durchlebt haben muss!*

Nicola war außer sich. Sie riss ihr Handy aus der Tasche und wählte die Nummer von Christian:

"Hallo mein Schatz", begrüßte er sie wie immer gut gelaunt.

"Ich muss hier weg!", flüsterte Nicola aufgeregt ins Telefon. "Ich habe die Unterlagen gefunden. Die Alte und Dagmar. Und diese

Angriffe! Und diese unfassbaren Lügen von Lolli! Das kann alles nicht wahr sein! Ich hab Angst, Christian. Ich muss hier weg. So schnell wie möglich! Am besten ich hau einfach ab, bevor Lolli wieder kommt. Der ist natürlich bei Mama."

"Bleib mal ganz ruhig. Entspann dich. Wegrennen ist jetzt keine gute Idee."

"Warum?"

"Damit ziehst du erst Recht den Zorn von Lolli auf dich. Und den willst du nicht spüren, glaub mir. Wenn der zornig ist, sieht der rot. Ich habe ihn oft genug erlebt. Bleib mal ganz ruhig."

Christians Worte beruhigten Nicola keineswegs. Wenn ein Mensch sich so ein Lügenkonstrukt zusammenbaut, wenn ein Mensch so eine hohe Gewaltbereitschaft verschleiert und sie damit zulässt, dann stimmt da etwas ganz Grundlegendes nicht:

"Und was soll ich deiner Meinung nach jetzt tun?"

"Jedenfalls nicht einfach wegrennen. Bleib mal da, tu so, als wenn nichts geschehen ist, ganz nach der Art der Schachts. Zieh das jetzt durch. Habt ihr schon gequatscht?"

"Nein, er musste ja zu Mama fahren."

Christian wollte das nicht glauben, glaubte es aber natürlich sofort. Klar. Er kannte Lolli:

"Pass ein bisschen auf. Der Typ ist nicht ohne. Du weißt: der Apfel fällt nicht weit vom Birnbaum."

Nicola wurde noch schlechter als ihr ohnehin schon war.

"Der müsste doch sowieso gleich wieder kommen, oder? Ist doch langsam Zeit!"

Ein Auto fuhr auf den Hof. Lolli. Jetzt saß Nicola in der Falle. Jetzt kam sie hier nicht mehr ungeschoren vom Hof. Jetzt *musste* sie bleiben.

Lolli kam durch den Stall. Das Klappen der Türen schallte in Nicolas Kopf als würde er Tore öffnen, die hinter ihm ins Schloss fielen und deren eisiges Geräusch in großen, leeren Räumen widerhallte. Dann betrat er die Küche. Sie stand mitten im Raum, das Telefon noch in der Hand. Sein Blick fiel auf ihre Tasche, an der sie sich festhielt und er guckte sie an, als sei er wahnsinnig. *Dieser Mann IST wahnsinnig!*

205

"Wolltest du weg?", fragte er in angespanntem Ton. Nicola hatte das Gefühl, seine Mutter würde vor ihr stehen, an deren Stimme sie immer so ziemlich genau die Sekunden abzählen konnte, die es noch dauern würde, bis sie ihr ihren lautstarken Wutausbruch ins Gesicht brüllte. Sie gab ihm nicht mehr als 10.

"Nein", sagte sie so belanglos und gut gelaunt wie möglich, drehte sich um und holte ein paar Tassen aus dem Schrank. "Wie war's im Krankenhaus?"

Die Stimmung entspannte sich umgehend. Nicola mobilisierte all ihre Kraftreserven und riss sich zusammen. Offensichtlich merkte Lolli wirklich nichts und entspannte sich ebenfalls zunehmend.

Er erzählte in knappen Sätzen. Nicola hörte zu, stellte hier und da mal eine Frage, alles belangloses Zeug, alles auf dem Niveau, auf dem er seine Konversationen führte: bloß nichts ansprechen, bloß nichts aussprechen, sich bloß mit nichts auseinandersetzen, nur nicht der Wahrheit ins Auge sehen - so die Devise des Hauses Schacht.

*

Die Melkzeit ging vorbei, und dieses Mal wusste Nicola mit absoluter Sicherheit, dass es das letzte Mal sein würde, dass sie diese Handgriffe ausführte. Das Gespräch! Sie wollte nur noch das Gespräch, und dann war sie weg.

Lolli ließ sich Zeit. Er hatte offensichtlich keinen Anlass zur Eile. Wahrscheinlich würde er nicht mal mit ihr reden, wenn sie es nicht einfordern würde. Was sie allerdings tat.

Nachdem er endlich geduscht hatte und aus dem Bad kam, erwartete sie ihn am Küchentisch, auf ihrem Platz sitzend. Er setzte sich zu ihr und zuckte wie immer mit den Schultern:

"Also, das Einkommen hier reicht nicht für zwei. Hier wird sich nichts ändern."

Nicola nahm mit voller Erleichterung seine Worte entgegen, hatte sie doch nichts anderes erwartet und erhofft. Sie kannte Lollis Unfähigkeit, auch mal von sich aus etwas in eine Beziehung einzubringen und setzte darauf - mit vollem Erfolg. Als es daran ging, etwas zu geben und nicht nur zu nehmen und Erwartungen zu stellen, war der Ofen aus.

"Gut", sagte Nicola und fackelte auch nicht lange, "dass ich hier allerdings nicht weiter machen kann ohne irgendeine Gegenleistung, ist ja sicherlich klar."

Und dass hier auf dem Hof niemand geduldet ist, der nicht auch komplett die hier anliegende Arbeit mitmacht, ist auch klar! Das war ihre Fahrkarte raus aus diesem Leben. "Dann gehe ich jetzt runter in die alte Kate und brauche 24 Stunden Bedenkzeit."

Sollte er doch sehen, wie er seine Scheißarbeit alleine schaffte. Alt genug war er ja schließlich.

Und sie? Sie wollte nicht alleine sein, wenn sie ihre Sachen hier rausholte und vom Hof fuhr. Sie wollte, dass irgendwer wusste, dass sie hier war. Und gleich wiederkommen würde.

Er faselte noch etwas von "es geht ja leider nicht anders", und, "das war ja von Anfang an klar", doch Nicola hörte nicht mehr hin. Sie hatte keine Lust mehr auf irgendwelche Erklärungen seinerseits.

Kurzerhand nahm sie ihre Sachen und ging. Worauf sollte sie warten?

*

Unten im Haus überlegte sie, wie sie den nächsten Abend so einfädeln konnte, dass sie sich sicher genug fühlte, ihm gegenüber zu treten. Die Idee kam, wie so oft die besten Ideen, beim Spaziergehen mit ihren Hunden.

"Ob wir uns morgen kurz sehen? Auf einen Kaffee?", fragte Nicola ihre Freundin Carolina am Telefon.

"Klar, komm rum. Manuel ist auch da."

Hervorragend. Sie fuhr sofort hoch, quatschte mit ihrer Freundin, die die Geschichte in Auszügen kannte und ihr schon lange geraten hatte, so schnell wie möglich von diesem aggressionsverseuchten Hof zu flüchten.

"Ich mache mich jetzt auf den Weg. Melkzeit müsste vorbei sein. Showdown!", sie lächelte Carolina an. "Ich komm danach wieder vorbei."

"Kein Thema", lächelte Carolina zurück.

.

Unten war Manuel dabei, das Pony der Kinder zu versorgen. Sie winkte ihm von weitem zu, stieg in ihr Auto, gestärkt durch die Anwesenheit ihrer Freunde, und fuhr hoch. Ein letztes Mal.

Lolli war tatsächlich mit dem Melken fertig und gerade dabei, hinten auf dem Hof mit seinem Trecker Rundballen von einem Hänger abzuladen. Als er sie sah, machte er den Motor aus und sprang aus dem Fahrerhäuschen. Er war ganz offensichtlich schlecht gelaunt. Klar, Nicola ist ja auch nicht zur Arbeit erschienen! Das allein genügte ja fast schon als Grund für ihn, die Beziehung aufzukündigen.

"Und?", begrüßte er sie trocken.

Nicola sah ihm direkt in die Augen, in die sie hunderte Male geschaut hat, ohne irgend etwas Neues zu entdecken:

"Ich weiß nicht, wie ich es machen soll", antwortete sie ohne Umschweife. "Ich kann nicht Vollzeit arbeiten ohne Einkommen irgendeiner Art."

Lolli deutete auf's Haus:

"Dann pack deine Sachen, geh runter in die Kate und gut is." Er machte noch eine Bewegung in Richtung seiner Strohballen: "Aber beeil dich. Ich muss nochmal Ballen hochholen."

Er ging schnurstracks auf die große Scheune zu, durch die man ins Wohnhaus gelangte. Nicola kam kaum hinterher, so schnell lief er voran, so eilig hatte er es, ihr ihre Sachen in die Hand zu drücken.

Hatte der wirklich so wenig Gefühl? War der wirklich so abgebrüht, dass nicht die leiseste Regung in ihm stattfand und er sie - nach einem Jahr Arbeit umsonst - so mir nichts, dir nichts vom Hof warf?

Nicola zwang sich dazu, sich weder zu wundern noch verletzt zu sein. Es brachte nichts.

In der Scheune fiel ein letzter Blick auf Aestor, der sie sehnsüchtig anschaute, als wüsste er, dass er ab jetzt wieder allein seinem Schicksal an der Kette ausgeliefert sein würde. Keiner mehr, der ihn mit Frischfutter versorgte, ihm Kauknochen mitbrachte, ihn wusch, ihm seine Medikamente verabreichte und sich in irgend einer Weise um ihn kümmerte. Nicola wurde daran erinnert, wie schwer ihr Herz war. Wie schwer es schon gewesen war, als sie hierher kam. Der Mangel an Mitgefühl, der hier zur alltäglichen Hausordnung gehörte, spiegelte sich nur allzu deutlich in diesem verwahrlosten Geschöpf. Wie sehr sie sich wunderte, dass ihr das nicht viel, viel früher, gleich am Anfang, aufgefallen ist. Es ihr hätte auffallen müssen, sprang doch der Zustand dieses armen Tieres jedem, der hier auf den Hof kam, nur all zu deutlich ins Gesicht. Und wie sehr sie sich wünschte, doch schon weit früher etwas für ihn getan zu haben. Viel zu spät hat sie reagiert, und jetzt, da sie erst anfing, aufzuwachen, ging sie und überließ ihn seinem Schicksal. Überließ ihn sich selbst. Ließ ihn im Stich.

Leb wohl, kleiner Engel!

Seine Augen folgten ihr noch, als sie schon lange um die dunkle Ecke gebogen und im Haus verschwunden war.

Lolli eilte ins Haus, die Treppe hinauf, griff ihre Decke und die letzten Kleinigkeiten. Sie holte noch schnell ihre geliebte Hundetasse aus dem Küchenschrank, die sie sich selbst zu Weihnachten geschenkt hatte, packte sie ein, und schon kam Lolli wieder herunter, ging an ihr vorbei, vorne aus dem Haupteingang direkt auf den Hof, quer über den Parkplatz, öffnete ihre Kofferraumklappe und schmiss ihre Sachen hinein. Nicola konnte gar nicht so schnell ihre Schuhe anziehen, wie er beim Auto war.

Sie ging ebenfalls raus, erreichte ihr Auto aber erst, als er schon wieder auf dem Weg in die Scheune war.

Er drehte sich nicht noch einmal nach ihr um. Ohne sie eines Blickes zu würdigen, ging er zurück in die Scheune und schloss die Tür hinter sich. Nicola stand mit offenem Mund auf dem Hof und ihr Blick haftete für ein paar Momente an der geschlossenen Scheunentür.

Abgefertigt.

Rausgeschmissen.

Eiskalt abserviert.

Das war Lolli wie er leibte und lebte.

Ein eisiger Schauer durchlief sie und ging ihr durch Mark und Bein. Ihre Hände waren kalt. Sie zitterte.

Langsam stieg sie ins Auto, startete und fuhr vom Hof. Das letzte Mal. Obwohl sie es schon am Morgen desselben Tages wusste, tröstete sie dieser Gedanke in den Augenblicken, in denen ihre Augen noch einmal die Gebäude streiften, die ihr so vertraut und gleichzeitig so verhasst waren, nicht. Wie paralysiert lenkte sie ihren Wagen zurück auf den Hof von Familie Patberg.

"Was? Schon zurück?"

"Der musste keine 5 Minuten überlegen, um mich vom Hof zu schmeißen."

"Das gibt's doch gar nicht!"

Carolina und Manuel, die ihr das letzte halbe Jahr treu zur Seite gestanden hatten, schüttelten synchron mit dem Kopf und sagten beide dasselbe: Was für ein Arsch!

Diesen Satz hatten sie nur allzuoft in den letzten Monaten ausgesprochen und auch so gemeint. Denn die Art und Weise wie dort oben mit ihr umgegangen wurde, ertrugen sie kaum, und Nicolas Geschichten von dort wollten sie schon lange nicht mehr hören.

Nicola erzählte auch nichts mehr. Nicht einmal jetzt, als alle drei wortlos auf dem Hof standen. Lolli donnerte mit seinem Traktor und dem leeren Hänger an ihnen vorbei. Keiner grüßte. Weder er noch einer von ihnen. Und obwohl dieser Mann nur an ihr vorbei fuhr, traf sie erneut ein eisiger Hauch von Kälte, der sich umgehend wie ein Schleier über ihr Herz legte.

"Ich muss dann", zog sich Nicola aus der Situation.

"Bleib doch noch. Du kannst gern zum Abendessen hier sein."

Doch sie lehnte dankend ab, wollte allein sein, musste sich sammeln. Zu sich finden. Ihre Seele auftauen und ihre Wunden lecken. Denn sie war verletzt. Wie ein geschundenes Tier, das man erst bis zur Erschöpfung gehetzt, es bis an den Rande seiner Möglichkeiten getrieben und dann gewissenlos ausgebeutet hat. Wie ein Nutzvieh, an dem man sich bereichert hatte, um es am Ende - wenn die Kosten den Nutzen überstiegen und das Tier nicht mehr gefügsam war - auszusondern und dem Schlachter zu überlassen.

Nicola fuhr in die alte Köhlerkate, doch sie blieb nicht. Sie musste raus. Nahm ihre Hündchen, die wie immer freudestrahlend an ihr vorbei die Auffahrt entlanghüpften, bog in Richtung Wiesen ab und gab sich den letzten Strahlen der abendlichen Sonne hin.

Eigentlich hätte sie jetzt glücklich und erleichtert sein müssen, tatsächlich den Absprung geschafft zu haben. Raus aus dem Haus, weg von den Schachts, von ihr *und* ihm. Befreit. War es doch genau das, was sie wollte. Aber ihr war schwer ums Herz und sie: traurig.

Weit ab ratterte es. Ein Traktor. Ihr Blick fiel über die Weiten der Tiefebene, und tatsächlich: da rangierte Lolli seinen Trecker, am anderen Ende der endlos scheinenden Wiesen, und lud Ballen auf. Wahrscheinlich nicht einmal einen einzigen Gedanken daran verschwendend, was er für ein kostbares, zärtliches Band der Liebe unwiederbringlich gekappt und für alle Zeit zerstört hatte.

Sie hätten nur wahrhaftig zu sich selbst sein müssen; zu sich und ihrer Liebe stehen müssen; sich *gegen* die Alte und *für* das eigene Leben entscheiden müssen. Das wäre die Grundvoraussetzung dafür gewesen, dass sich ihr gemeinsames Schicksal hätte erfüllen können.

Doch sie haben es nicht geschafft. Eine gemeinsame Zukunft wird es niemals geben. Ihre Chance war verwirkt.

TEIL II

Die alte Köhlerkate war leer. Nur die frühlingshaften, immer wärmer werden Temperaturen konnten die Kälte abfangen, die in Nicolas Leben Einzug hielt. Doch auch Erleichterung schaffte sich Raum und machte sich breit. Sie würde über kurz oder lang die Oberhand gewinnen und über den Trennungsschmerz siegen. Nicola wusste das, und es erleichterte ihr die durchwachten Nächte, in denen ihre Träume sie heimlich und immer wieder hoch in Lollis Arme trugen. Das schwere Gemüt, das sie manchmal in die Mangel nahm und sie daran erinnerte, dass es vorbei war und auch nicht wiederkommen würde, wurde ebenfalls durch den Gedanken abgefangen, dass es das Beste war, was ihr und ihrem Leben hatte passieren können. Denn Lollis Konflikt war unlösbar. Sein Konflikt würde erst enden, wenn er selbst stirbt. Und seinen Höhepunkt erreichen, wenn die Alte geht. Ob er dann durchdrehen würde? Amok laufen? Oder einfach nur in Depressionen und Handlungsunfähigkeit versinken und apathisch, wie er war, noch apathischer werden?

Nicola schob diese Gedanken beiseite und trat vor die Tür. Der Tag war traumhaft. Die Böschung vor ihrem Haus, die runter zu dem kleinen Bach führte, der vor ihrem Grundstück verlief, war komplett zugewuchert. Dort, wo während der Wintermonate nur spärliches Gestrüpp stand und jedem freie Einsicht auf ihre alte Köhlerkate gewährt war, tat sich nun eine dichte Wand aus Grün auf, die kein Blick durchdrang. Auch die großen, mächtigen Eichen, die wie schützende Wächter am Rande des Grundstücks standen, waren dicht beblättert, was ihrer ohnehin schon stolzen Erscheinung etwas Majestätisches verlieh.

"Komm doch morgen runter, ich bin auf dem Bau bei Thoralf", erinnerte sie sich an Manuels Worte, die er ihr gestern zuwarf, als er kurz bei ihr vorbei schaute, das Pony seiner Kinder vor die Kutsche gespannt, einen Kumpel und zwei Bier auf dem Kutschbock, auf dem Weg in die Wiesen.

Warum nicht? Seit einer Woche war sie jetzt alleine. An ihrer Geschichte würde sich auch dann nichts mehr ändern, wenn sie noch eine, zwei oder fünf Wochen drüber nachdachte. Also?

Sie schnappte sich ihre Hunde, stieg ins Auto und fuhr ins nächste Dorf, suchte den Abzweig, an dem sie schon etliche Male vorbei gefahren ist, ihn aber nie als Abzweig registriert hat, denn es war nur ein landwirtschaftlicher Plattenweg, wie man ihn in dieser Gegend überall fand. *Da ist es!* In einer Kurve der Hauptstraße bog sie links ab. Nach ein paar Metern hielt sie ihren Wagen an und stieg aus. Es tat sich eine Ebene vor ihr auf, die an Schönheit und Weite die Linderower Wiesen noch übertraf. Dabei dachte sie die ganze Zeit über, dass dies nicht möglich sei. Ein Anblick wie im Märchen. Der Plattenweg zog sich weit vor ihr an Wiesen und Äckern vorbei, Bäche umsäumten den Rand der Felder, und wundervolle, alte Bruch-Weiden ergossen ihre Äste die Böschungen hinunter ins Wasser. Der Weg senkte sich leicht, und man fuhr bergab direkt in die Niederung hinein.

Die Klarheit der Natur hatte etwas Heilendes, die Ebenmäßigkeit der bestellten Äcker etwas Beruhigendes. Es wehte kein Wind. Stille machte sich bemerkbar, und dem Frieden, den dieser Ort ausstrahlte, konnte sie sich nicht entziehen.

Langsam ließ sie ihren Wagen die leichte Senkung hinabrollen, vorbei an einem alleinstehenden Haus zu ihrer Linken, einem riesigen Acker zu ihrer Rechten, der kein Ende zu nehmen schien, und erreichte die Baustelle: ein allein stehendes Haus in Laufnähe zu dem dort ansässigen Betrieb.

Hier baute Thoralf, ein alteingesessener rheinländer Bauer, der gemeinsam mit seinem Bruder nach der Wende einen ehemaligen Milchviehbetrieb aufgekauft hatte und seitdem modernisierte. Über 10 Jahre waren sie hier bereits am Wirken. Nicola hatte ihn noch nie gesehen.

Eine große Deutschlandfahne hing vorne an der frisch gemauerten, halbhohen Wand, die einmal den Carport umsäumen sollte; denn es war Fußballweltmeisterschaft, und das Deutsche Team, dem viele das Überleben der Vorrunden nicht zugetraut hatten, war stetig und bisher ungeschlagen auf dem Weg ins Endspiel. Ob sie es erreichen würden, blieb fraglich. Aber die Stimmung im Land war optimistisch, die Leute positiv gestimmt, überall fieberte und wettete man für die eigene Mannschaft und wer von dieser Euphorie immer noch nicht ergriffen wurde, dem strahlte die angehende Sommersonne mit voller Wucht in die Seele und auch der letzte konnte sich nicht dagegen erwehren, aufzuhellen. Nicht einmal Nicola.

Sie wurde freudig von den Männern auf dem Bau begrüßt, die das Radio zu laufen hatten, die neuesten Berichte der WM hörten und nicht das erste Bier an diesem frühen Nachmittag ansetzten.

Thoralf, groß gewachsen in kräftiger Statur, begrüßte sie zurückhaltend und ließ sie keine Sekunde aus den Augen.

"Komm, ich zeig dir den Betrieb", erschlich er sich ein wenig Zeit mit ihr allein.

Zwei riesige Hallen standen hintereinander auf dem weiträumigen Gelände. Am Ende der ersten Halle: Die Milchkammer. Diese allerdings nicht so klein und beengend wie bei Lolli; auch nicht mit einem gebeugten Mütterchen als Inventar, die dafür da war, einen nicht zu grüßen, sondern mit großen Tanks bestückt.

"Wir bauen gerade den vierten Melkroboter. Drüben in der zweiten Halle", erklärte er ihr.

Schon die erste Halle hatte Nicola mehr als beeindruckt. Die Ställe zu ihrer Rechten und Linken waren groß und geräumig, ja riesig geradezu. Es war hell und luftig. Kein muffiger Stallgestank, kein beengendes Gefühl, niemand, der sich zwischen zwei Kühe drängeln und in den Mist hocken musste. Das hier war das pure Gegenteil von allem, was Nicola bisher an Milchviehställen zu sehen bekommen hatte. Zwar kannte sie die Technik der Melkroboter vom Hörensagen, gesehen hat sie diese aber noch nie.

Ein großer, breiter Mittelweg, aus Beton aufgegossen, geräumig genug für Traktoren und schwere Maschinen, teilte die Halle in zwei Hälften. Zu beiden Seiten des Weges waren Fressgitter angebracht, durch die die Kühe mit ihren Köpfen passten, davor - eine in den Boden eingelassene Rinne, die als Trog diente. Das Verteilen des Futters geschah zentral, war einfach zu händeln, mit Trecker und Radlader.

Die zwei Ställe waren geräumig, die Kuhherden konnten den ganzen Tag herumlaufen. Es gab Ruheplätze, ausgelegt mit Gummimatten und Stroh, Rinnen, die die Gülle gleich ableiteten, sodass die Tiere nicht in ihrem eigenen Dreck liegen mussten, eine zentrale Wasserversorgung und sogar eine Bürstenstation. Diese konnten die Tiere aufsuchen, wenn ihnen das Fell juckte oder der Fellwechsel anstand, sich anlehnen, schubbern. Die Kühe waren gut genährt und nicht eine einzige lahmte. Jedenfalls keine, die Nicola gesehen hatte; dabei hatte sie einen Blick dafür entwickelt.

Lollis Tiere waren im Vergleich zu diesen in einem katastrophalen Zustand; und jetzt, wo Nicola diese recht fülligen, im Fell glänzenden, ganz offensichtlich gesunden Tiere sah, kam ihr im Rückblick der Zustand von Lollis Tieren noch katastrophaler vor als er ohnehin schon gewesen ist.

"Was passiert mit den Tieren, wenn sie mal krank sind? Oder lahm gehen? Oder abmagerten?"

Alles Attribute, die Nicola einfielen, als sie die Tiere aus Lollis Stall mit denen von Thoralf verglich.

"Sie werden in die Separationsbox geschleust. Guck", er zeigte auf eine dick mit Stroh eingestreute Box, die sich hinter der Station, wie sie im Fachjargon genannt wurde, befand, und in der ein paar wenige Kühe lagen. Die Melkstation stand im ersten Drittel des Stalles. Die zwei Herden auf den restlichen zwei Dritteln. Die Separationsbox befand sich bei den Milchtanks, zur Mitte des Betriebes hin. Zwischen den Hallen lag der Parkplatz und durch eine kleine Tür gelangte man direkt ins Büro. Die Tierärzte hatten also keinen weiten Weg zu den Kühen in der Box.

"Und wenn eine Kuh lahm geht, dann macht sich das doch sofort an der Milchleistung bemerkbar. Das muss Lolli doch auch gesehen haben."

"Der melkt ja mit Kannen, du kennst ja die Technik dort. Der registriert ein paar Liter mehr oder weniger gar nicht."

"Ich habe gehört, dass der nicht mal eine Rohrmelkanlage hat?"

Nicola kam es lächerlich vor, dass sie fast ein Jahr lang mit einem erwachsenen Mann und Mami im Stall gestanden hatte und erwähnte nicht, dass seit guten 20 Jahren solch eine Anlage im Schuppen lag. Es war ihr peinlich, davon zu berichten, jetzt, wo sie vor diesem ganz offensichtlich zukunftsorientierten, wirtschaftlich innovativ denkenden Unternehmer stand, der sich diesen hochmodernen Betrieb selbst erdacht, geplant und aufgebaut hat. Zwar auch in Kooperation mit einer zweiten Person, dennoch in Eigenleistung. Ohne, dass sie diesen Grund und Boden vererbt bekommen hätten. Ohne, dass hier Familieneigentum im Spiel war. Ohne innerfamiliäre Hilfe. Ohne Mama.

"Merkt der denn nicht, wenn eine Kuh mal weniger Milch hat. Wenn die Schmerzen haben und humpeln, dann geht die Milchleistung doch gleich um ein paar Liter runter?"

Nein. Lolli merkte das definitiv nicht. Sie fragte sich sogar, ob Lolli überhaupt davon wusste. Denn er hat nie Landwirtschaft gelernt, geschweige denn studiert. Er hat sich alles, was er konnte, von Mama und Papa abgeschaut, nie selbstständig gedacht, sich nie alleine weiterentwickelt, nicht gebildet, nicht über den Tellerrand des heimatlichen Betriebes hinaus geschaut.

Tatsache war, dass in seinem Stall alle - ausnahmslos alle - Kühe hinkten. Standen demnach also unter Schmerzen. Hätte Nicola gewagt, dieses Thema auch nur anzusprechen - am besten noch am Küchentisch im Beisein von Mutti - wäre im Hause Schacht die Hölle los gewesen. *Das* hat sie nie gewagt. Nach Meinung der Familie Schacht war sie ohnehin nur eine dumme Gans aus der Stadt, die keine Ahnung vom Landleben hatte. Also was wusste sie schon? Sie war die letzte, der es zustand, Kritik zu üben.

Thoralf reagierte nur mit einem verhaltenen Seufzen auf Nicolas Schweigen, das Bände sprach. Nicola hätte das nicht einmal bemerkt, doch sie sah ihn direkt an. Er nickte, las in Nicolas ausbleibender Reaktion, dass dort oben nichts, aber auch gar nichts passierte, was in Richtung des heutigen Standards, geschweige denn irgendeiner Art der Modernisierung ging.

"Wer sich gegen Neuerungen sperrt, der sperrt sich gegen die Zukunft", bemerkte Thoralf. Treffender hätten seine Worte nicht sein können. "Wer sich gegen den Fortschritt verschließt, wird irgendwann hinten runter fallen. Das ist überall so." Er wirkte sicher, wusste was er tat und wovon er sprach.

"Schau hier", er führte sie in eine der Melkstationen. "Wenn eine Kuh die Station betritt, fällt vorne in einen Trog automatisch Futter. Die Kühe wissen das. Die Pellets sind der Lockstoff.

An einem Band um den Hals ist ein Sensor befestigt. Dadurch wird die einzelne Kuh von dem Computer erfasst und erkannt. Ist sie schon oft genug zum Melken erschienen oder war die letzte Melkzeit noch nicht lange genug her, fallen keine Pellets vor ihr in den Trog, sondern die Tür wird geöffnet und die Kuh wieder 'rausgeschmissen'.

Wenn es jedoch für dieses Tier an der Zeit ist, gemolken zu werden, fährt ein mechanischer Arm aus, auf den ein Melkgeschirr aufgesetzt ist. Der Sitz der Striche wird abgescannt, sodass der Roboter genau weiß, wo sie sitzen. Jede Kuh ist anders. Nicht alle haben dieselben Euter und die gleiche Anordnung aller vier Striche. Automatisch bürstet er die Striche ab, wie mit kleinen Bürsten einer Autowaschanlage, und setzt dann die Melkbecher an. Die Milch wird abgemolken, und vom Computer werden die Werte gleich festgehalten, wie gehaltvoll sie ist, Fett und Laktosegehalt, Milchmenge pro Melkzeit und die Gesamtleistung des Tages, der Woche, des Monats", er zeigte auf den Bildschirm.

"Wird ein Tier mal auffällig, hat es zum Beispiel plötzlich ein paar Liter weniger Milch, registriert der Roboter das sofort und schleust die Kuh nach dem Melken nicht zurück in den großen Stall zu den anderen, sondern gleich auf die andere Seite in eine Separationsbox. Wir können dann an Hand der Auswertung vom Computer sofort alle Tiere sehen, die irgendwie andere Werte als sonst aufweisen und im gegebenen Fall gleich früh den Tierarzt kommen lassen, der dann die separierten Kühe begutachtet."

Hochmodernste Technik - sinnvoll genutzt!

Nicolas Blick fiel auf ein Gittertor am Vorderausgang der Melkstation. Je nachdem, in welchen Stall die Kühe gehörten, öffnete sich das Tor entweder nach links oder nach rechts, entweder zurück zur Herde oder in die Separationsbox. Der Computer wusste Bescheid.

"Morgens wenn wir kommen, macht sich mein Bruder gleich an die Auswertung der Nacht, guckt sich die Werte an und die separierten Tiere werden begutachtet. Wenn nötig wird der Tierarzt bestellt."

"Das ist Zukunft", entglitt es Nicola, die mehr mit sich selbst als mit Thoralf sprach. Doch er hörte es, lächelte.

Den Tieren ging es gut. Sehr gut sogar. Denn die Ställe waren groß und geräumig. Kein Gestank, der sich anstaute, keine Anbindehaltung, die es den Tieren nicht einmal erlaubte, einen Schritt zu jeder Seite zu tun. Es war Platz für jedes Tier und sie lebten in ihrer natürlichsten Konfiguration: der Herde. Und jedes Mal, wenn ein Tier den Druck verspürte, gemolken werden zu müssen, ging es einfach an die Station. Perfekt!

Im zweiten Stall bot sich dasselbe Bild, nur, dass der vierte Melkroboter, also eine komplette Seite der Halle, leer war und auch hier Bauarbeiten stattfanden. Natürlich roch man, dass hier Tiere gehalten wurden, doch die klare Luft im Stall, bei einer Anzahl von guten 60 Kühen pro Herde, pro Melkroboter, war beachtlich. Nicola war beeindruckt.

Niemand, der Kannen schleppen musste. Niemand, der auf dem Boden in der Scheiße saß. Keiner, der aufwendig in Handarbeit Kannen spülen, Bottiche sauber machen, Milch rausbringen und an die Straße stellen musste. Und das Beste: keine alte Hexe, die dem Sohn sein Leben diktierte! Hier waren erwachsene Männer am Werk, die selbstständig dachten und handelten.

Dieser Betrieb war das Sinnbild des modernen Weges in die Milchwirtschaft des 21. Jahrhunderts!

*

Und er half ihr. Der Besuch von Thoralfs Betrieb half ihr beim Abschiednehmen von Lolli. Er half ihr beim Loslassen und dabei, über die Zeit mit ihm dort oben auf dem Hof hinwegzukommen. Nicht, dass sie die Stallarbeit vermissen würde. Ganz im Gegenteil: sie war heilfroh, dass dieses Kapitel ihres Lebens abgeschlossen war; doch sie vermisste Lolli. Schmerzlich. Die Tatsache aber, dass an seinem Leben dieser Kuhstall hing, dieser furchtbare Betrieb, der sicherlich irgendwann einmal hochmodern gewesen war - vielleicht um das Jahr 1936 - machte Nicola den Abschied leichter. Und der Besuch bei Thoralf rückte alles noch einmal in eine andere Perspektive.

Das eine Jahr auf dem Hofe Schacht erlebte sie rückblickend nicht nur als eine Reise in eine andere Welt, sondern auch als eine Reise in eine andere Zeit. In eine Zeit der harten Landarbeit, die per Hand erledigt wurde; der autoritären Erziehung sogar gegenüber längst erwachsen gewordenen Kindern; die Zeit der Unterordnung, der Leibeigenschaft, der Sklaverei innerhalb der eigenen Familie.

Die Runde mit den Hunden, die frische Luft, die körperlichen Kräfte, die sich langsam wieder einstellten, stabilisierten Nicola nicht nur körperlich, sondern auch seelisch und geistig. Und den Duft, den die Natur um sie herum aussendete, sog sie in tiefen Atemzügen in ihre Lungen. Vor lauter penetrantem Ammoniakgestank - der ihr auch dann in der Nase hing, wenn sie gar nicht im Stall stand - war ihr der Duft der Natur schon gar nicht mehr zugänglich gewesen. Jetzt beflügelte er ihren Geist. Es waren Kleinigkeiten, die sich plötzlich wieder ihrer Wahrnehmung erschlossen. Außerdem standen neue Projekte an: das Haus, in dem viel zu viel liegen geblieben war, das Grundstück, ein neues Buch. Die Hunde. Und ein Brief.

Sie hatte sich vorgenommen, Dagmar zu schreiben, ihrer Leidensgenossin. Der Gedanke an sie ließ ihr keine Ruhe. Der Brief lag bereits fertig vor. Sie hatte ihn längst geschrieben, aus einem tiefen Drang heraus, dieser fremden Frau mitzuteilen, wie sehr sie sich ihr verbunden fühlte. Unmittelbar nachdem Nicola von ihrem Spaziergang zurück war, las sie ihn noch einmal Korrektur:

Hallo Dagmar,

du wirst dich sicher wundern, einen Brief von einer Unbekannten zu bekommen. Deine Adresse habe ich von der Kantorin aus Graven, der Mutter von Sabine, deiner ehemaligen Klassenkameradin. Mein Name ist Nicola Teising, und ich bin die Ex-Freundin von Leopold Schacht.

Ich schreibe dir, weil ich mir sicher bin, dass es keinen Menschen auf dieser Welt gibt, der so gut verstehen und nachvollziehen kann, was du im Hause Schacht durchgemacht haben musst.

Lolli, und auch die Mutter, haben mir viel und immer wieder von eurer Geschichte erzählt, die ich von Anfang an ziemlich merkwürdig fand. Irgendwann war Lolli naiv genug, den Brief zu erwähnen, den du ihm geschrieben hast. Ich habe ihn gefunden, außerdem deine Stellungnahme zu allen dir gemachten Vorwürfen. Dagmar, deine Worte hätten auch meine sein können! Dein verzweifelter Versuch, diesen Mann zu erreichen, der nie fruchtete und dessen Scheitern er damit erklärte, dich ohnehin nicht wirklich geliebt zu haben, kenne ich nur zu gut. Obwohl er mir gegenüber ja sogar behauptet hat, dass es bei ihm vom ersten Augenblick an gefunkt hat. Trotzdem war nichts anders, als es bei dir gewesen sein muss.

Aber egal. Ich will nicht den Fall, der mich nichts angeht, hier aufrollen. Nur so viel: Mir ging es ganz genau so wie dir. Ich wurde genauso behandelt und genauso niedergemacht. Ohne dich zu kennen oder jemals kontaktiert zu haben, glaube ich, dass du an der Behandlung, die du dort in dieser 'Hölle auf Erden' erfahren hast, unschuldig bist. Überhaupt nicht! Diese Menschen sind, wie sie sind, und sie sind heute noch so. Aus erster Hand weiß ich von einer dritten Frau, mit der Lolli vor einigen Jahren eine Beziehung gehabt haben soll, und der es ebenso ging wie uns.

Die Mutter ist eine giftspritzende Spinne, falsch und verlogen, scheinheilig und hinter....g . Und Lolli? Empathielos. Er leidet unter fehlendem Mitgefühl. Menschen sind ihm egal. Und seine Frauen sind für ihn nichts anderes, als die armen Hunde an der Kette in der dunklen Scheune.

Er hat seit 8 Jahren einen neuen Schäferhund, der in einem erbärmlichen Zustand ist, räudig, mit abgekratztem Fell, chronisch entzündeten Ohren, abgemagert, stumpf, aggressiv. Das Sinnbild einer jeden Frau, die dort geblieben wäre.

Alles in allem: Ich fühle mit dir und glaube jedes einzelne Wort, das du geschrieben hast, auch wenn es mich - wie schon gesagt - überhaupt nichts angeht.

Verzeih, wenn ich dir mit diesen Worten zu nahe trete. Ich bin mir bewusst darüber, dass dieses Schreiben ein Wagnis ist. Trotzdem drängt es mich, dich zu kontaktieren und dir mitzuteilen, dass es nicht an den Frauen liegt und schon gar nicht an angeblich fehlender, 'überschwänglicher' Liebe, dass ein Mensch im Hause Schacht so behandelt wird wie du und ich; es liegt an diesen Menschen. Die sind so. Und die werden immer so sein. Unabhängig von Frauen wie uns, unabhängig davon, wie viel Liebe, Zuneigung und Mitgefühl wir versuchen zu transportieren. Es kommt nicht an.

Was erwartet man auch von einem Mann, der so einer Mutter sein Leben verschrieben hat? Einer Frau, die sich ihren Idealpartner herangezogen hat, und die ihn mit ihrer verlogenen Bösartigkeit besetzt hält. Niemand, keine Frau, und sei es die heilige Mutter Maria persönlich, wird jemals eine Chance bei diesem Typen haben. Nichts ist gut genug für ihn.

Andere Menschen für seine Zwecke zu benutzen und ihnen gleichzeitig das Gefühl der Minderwertigkeit zu vermitteln, liegt Leopold Schacht tief im Blut und ist in seiner Persönlichkeit so verwurzelt, dass man seine Behandlung einfach nicht persönlich nehmen kann und darf. Das ist sein Problem, nicht das seiner Frauen oder anderer Menschen. Das ist es nie gewesen.

Falls du magst, kannst du mich gerne kontaktieren. Ich würde mich freuen. Wenn du das nicht willst, verstehe ich das natürlich ohne Worte.

Liebe Grüße

Der Brief war gut. Nicola tütete ihn ein, adressierte den Umschlag und steckte ihn in ihre Tasche. Heute noch würde sie ihn wegschicken.

Ihre Hunde schlugen an. Nicola schaute raus. Ein Auto fuhr auf den Hof. Thoralf.

"Wenn du mich einfach so besuchen kommst, komme ich jetzt einfach mal dich besuchen", scherzte er. Was für eine freudige Überraschung! Zwar hatte Nicola nicht so einen großen Betrieb, den sie vorführen konnte, dafür aber ihre alte Kate und die Ferienwohnung, die durchaus gelungen war. Beim Rundgang merkte sie selbst erst einmal, was sie sich hier eigentlich geschaffen hatte. Allein. Nur mit sporadischer Hilfe. Doch im Grunde genommen ohne irgendjemanden an ihrer Seite, ohne Bruder, und schon gar nicht mit Mama.

Die Köhlerkate war voll bezahlt, die Wohnungen saniert, die Ferienwohnung freigegeben zur Vermietung. Keine ungeklärten Erbschaftsverhältnisse, keine fragwürdigen Eigentumsverhältnisse, kein Angewiesensein auf weitere Familienmitglieder, an die man existenziell gebunden war. Nichts, Niemand. Sie stand allein. Und sie stand.

*

Wieder bellten ihre Hunde den Zaun an, und als Nicola um die Ecke blickte, sah sie dort Christian stehen.

"Ich wollt' mal schauen, wie es dir geht", sagte er in seiner unbekümmerten Art, mit der er es immer wieder schaffte, sie aufzumuntern.

"Gut soweit, komm rein."

Kurz darauf knatterte es. "Mike!", entfuhr es Nicola. Ein uriger Rocker fuhr mit seiner Harley auf den Hof, schwarz gekleidet, Leder mit Nieten an Hose und Weste, Sonnenbrille, Vollbart.

"Hallo!", begrüßte er die beiden freudestrahlend.

"Du erinnerst dich, oder? Bei der Geburtstagsfeier von Lolli?", fragte Christian.

Natürlich erinnerte sich Nicola. Wenn auch nur dunkel. Mike war ein Kumpel von Christian. Er kam damals auch weniger zu Lolli als mehr zu ihm, hatte irgendwas gewollt, das Nicola nur am Rande mitbekam. Sie erinnerte sich aber an sein lebhaftes Gemüt und daran, dass sich die Stimmung für die paar Minuten, die er am Tisch saß, enorm entspannte; und die wenigen Male, wo sie an diesem schrecklichen Abend wirklich von Herzen hat lachen können, verdankte sie ihm.

"Wie schön, dass ihr da seid!"

Es versammelte sich kurzerhand eine lustige Runde, zu der sie am Ende auch noch Manuel und Carolina rief, die sofort kamen, samt ihrer sechs Monate alten Tochter.

Nicola holte in Windeseile ein paar Grillwürstchen, würfelte einen Salat zusammen. Ein Kasten Bier, der noch im Wohnzimmer stand - übrig geblieben von den Bauarbeiten im Haus - trug sein Übriges zu der ohnehin schon ausgelassenen Stimmung bei. Der Grill wurde angeschmissen, und ihre zwei Hunde verstanden vor lauter Begeisterung die Welt nicht mehr. Aufgeregt und ausgelassen hüpften sie durch die Menge an Beinen und Füßen, die sich plötzlich hier einfanden, jagten sich über die kleine Wiese vor dem Haus und sprangen mal diesem, mal jenem, aus vollem Anlauf auf den Schoß. Was für eine Party!

Wie das Schicksal es wollte, ratterte Lolli mit seinem Trecker vorbei, der Hof voller Autos, der Garten voller Leute. Nicola wusste, dass es ihn wütend machte. Sie wusste, wie er war. Er hasste es, sie glücklich zu sehen. Glücklicher als er es jemals sein würde. Doch das erste Mal, seit sie ihn kannte und seit er hier vorbei fuhr, interessierte es sie nicht.

*

Das Viertelfinalspiel der Weltmeisterschaft stand an. Nicola ließ sich von Carolina dazu hinreißen, mit nach Loessnitz zu fahren. Dort stand ein Zelt aufgebaut und eine große Leinwand. Public Viewing auf dem Dorf.

Die Runde war nett, das Spiel jedoch langweilig. Nicola wusste nicht so recht, wie sie sich inmitten all der Fremden fühlen sollte. Ganz wohl war ihr nicht. Noch nie war sie in einer Runde auf dem

Dorf anwesend gewesen, allein, unter Fremden. Etwas unbehaglich war ihr schon, zog sie doch normalerweise einen gemütlichen Abend auf der Couch einer Menschenansammlung vor. Doch es bot Ablenkung und die Leute waren ausnahmslos freundlich. Erst in allerletzter Sekunde fiel ein Tor, und Deutschland schaffte den Sprung die Leiter hinauf, eine Sprosse vor das ersehnte Ziel.

Daheim angekommen, kuschelte sie sich mit ihren zwei Hundchen ins Bett, genoss die Stille, das Alleinsein, war froh, weg vom Trubel zu sein. Ein ganz klein wenig vermisste sie Lolli und seine schützenden Arme, die sie festhielten und doch nie geschützt haben.

Das Halbfinalspiel kam heran. Nicola fuhr mit Skepsis hoch zu Familie Patberg. Manuel war feiern, und Carolina samt Tochter oben auf dem Sofa. Nicola entschied sich diesmal für das warme, heimelige Flair des Wohnzimmers. Es wurde das Spiel des Jahrhunderts. Deutschland gewann gegen Brasilien mit 7:1 und zog mit dem grandiosesten Sieg aller Weltmeisterschaften ins Finale ein. Niemand, absolut niemand konnte sich nun mehr der euphorisch aufgeladenen Atmosphäre in diesem Land entziehen, die sogar bis in den letzten Winkel der alten Köhlerkate schwappte. Nicolas Stimmung stieg. Sie feierte mit dieser Weltmeisterschaft ihren ganz eigenen, persönlichen Sieg. Den Sieg über Gemeinheiten und Bösartigkeit, über das Kleinbürgertum des letzten Jahrtausends, über Härte, Kälte und Gnadenlosigkeit. Sollten die beiden dort oben in der Kuhscheiße doch vor lauter Freudlosigkeit vertrocknen. Nicola blühte auf. Ihr Leben hier konnte nun endlich beginnen!

Das Endspiel war die Krönung des Sommers! Die Krönung aller vorstellbaren Euphorie in diesem Land. Die Krönung von Nicolas persönlichem Erfolg. Das Finale endete mit einem grandiosen, zielsicheren Tor kurz vor Schluss und katapultierte die Nation in einen bisher ungekannten Freudentaumel. Das Land raste vor Begeisterung, die Leute feierten und fielen sich in ihrer Freude in die Arme. Kein Zeichen des Bösen, des Niederträchtigen, des Dunklen. Diese Aspekte hatte Nicola endgültig aus ihrem Leben verbannt.

Deutschland hat die Weltmeisterschaft gewonnen und Nicola ihre persönliche Freiheit! Lolli war Geschichte.

*

Es war noch nicht Mittagszeit, als am darauffolgenden morgen ihr Handy summte. Eine Whatsapp-Nachricht. Nicola entsperrte ihr Telefon und sah eine fremde Nummer.

Hallo Nicola!
Hier ist Dagmar. Tut mir leid, dass ich erst heute
antworte. Ich war sehr überrascht über deinen Brief,
da wir uns ja gar nicht kennen. Deshalb brauchte ich
etwas Zeit, darüber nachzudenken. Bei mir ist es
mittlerweile fast 15 Jahre her, aber es wühlt mich immer
noch auf. Vielleicht tut es uns beiden ja gut, mal mit einem
'Leidgenossen' zu reden. Also ich habe nichts dagegen.
Du kannst mir ja schreiben, was du darüber denkst.
Wir können uns auch gerne einmal treffen. LG. DS

Dagmar! Sie hat tatsächlich geantwortet! Natürlich würde Nicola sich mit ihr treffen. Am liebsten sofort! Sie schrieb umgehend zurück:

Hallo liebe Dagmar,
ich freue mich total, von dir zu hören, habe ich
doch gar nicht damit gerechnet, dass du dich
melden würdest. Und vor allem nicht so schnell!
Natürlich würde ich mich sehr freuen, dich mal
treffen zu können. Ich meine auch, dass es uns
möglicherweise beiden gut tun wird, uns mal
auszutauschen. Was wäre dein Vorschlag?

Ja Hallo! Also mir würde es diese Woche noch gut passen, da ich die nächsten drei Wochen arbeiten muss - da ist es nicht so gut. Mir ist es egal, oder ist es dir zu schnell??

Nein, zu schnell ist es überhaupt nicht. Bin morgen berufl einen Tag in HH, Mittwoch bei einer Probe mit der Kantorin. Könnte Mi Nachmittag, Do + Fr. Heute bin ich frei bis ca. 17h. Aufregend :-)

Heute spontan??? Ich bin zwar auch aufgeregt, aber egal - du bist ja nicht meine Ex-Schwiegermutter. So schlimm kann es ja nicht werden. Oder Mittwoch Nachmittag? Die Frage ist dann noch wo?

Gern heute. Hätt ich Riesenlust drauf. Ich nehme mal an, dass du keine Lust hast, nach Linderow zu kommen? Komme also gern nach Graven. Können einfach auf einen Kaffee zum Jugoslawen?

Nein, nach Linderow muss ich nicht unbedingt, sorry! Aber der Jugoslawe ist Okay! Welche Uhrzeit? Bin flexibel!

Gern zum Mittag. 12h?

Ist ok. Bis dann. Freue mich!

Gesagt, getan. Nicola war außer sich vor Aufregung. Endlich würde sie die berühmte Dagmar einmal persönlich kennenlernen! Sie konnte es kaum erwarten.

Als Dagmar auf dem Parkplatz vor dem Restaurant aus dem Auto stieg, wusste Nicola sofort, wer sie war, ohne sie jemals gesehen zu haben. Eine schüchterne Frau, sehr fraulich, schulterlange

Haare, ganz der häusliche Muttertyp. Als sie sich begrüßt haben und Nicola ihr gegenüber am Tisch saß, wurde sichtbar, wie unsicher und gehemmt Dagmar war. *Diese Frau soll mehrere Männer gehabt haben? Schon vor der Ehe? Und zum Vaterschaftstest sind auch gleich drei statt einer geladen worden? Unmöglich! Ganz und gar ausgeschlossen!*

Dagmar brauchte ihr gar nichts zu erklären oder versuchen, sie von ihrer Version der Geschichte zu überzeugen. Nicola war bei Dagmars Anblick vollkommen klar, wie sehr sie die Schachts mit ihrer üblen Nachrede in den Dreck getreten haben. Wie unglaublich die beiden, Mutter und Sohn, gelogen und es sich in ihrem Lügenkonstrukt gemütlich eingerichtet haben mussten, um solch einer Frau solche Geschichten anzuhängen! *Die glaubt doch kein Mensch!*

"Ich weiß ja nicht, was du von mir denkst? Ich kann mir ja nur vorstellen, was die da oben über mich erzählt haben", eröffnete sie zitternd und unsicher in der Speisekarte blätternd, das Gespräch.

"Ich denke, dass die Schachts dir unfassbar zugesetzt haben müssen und glaube kein Wort von dem, was die mir erzählt haben. Nicht mehr. Anfangs vielleicht. Ein wenig davon. Aber das ist schon eine ganze Weile her. Und nachdem ich die Alte kennengelernt habe- und dann auch noch deine Stellungnahme las - brauchte ich nicht weiter zu überlegen. In meinem Brief stand es ja schon drin. Ohne dich zu kennen, glaube ich dir jedes Wort."

Keine aß etwas, obwohl es eigentlich Zeit gewesen wäre. Ein Kaffee genügte. Das Gespräch lag schwer genug im Magen. Für Essen blieb kein Platz.

"Seine Mutter hat ja immer alles verdreht. Erzählt, dass *ich* gelogen habe. Dabei ist *sie* auf mich losgegangen, wo sie nur konnte. Einmal ist sie hinter mir her gerannt mit einem Knüppel in der Hand und hat geschrieen. So, wie sie es immer getan hat. Das war ja an der Tagesordnung. Ich bin geflüchtet und habe mich oben im Schlafzimmer im Kleiderschrank versteckt. Die Alte stand vor der Tür und brüllte. Ich hatte solche Angst, ich glaube, ich wär aus dem Fenster gesprungen, hätte die mich gekriegt.

Wenn Lolli dann nach Hause kam, ist sie immer gleich zu ihm hin und hat ihm ihre Version der Geschichte erzählt, dass ich sie angegriffen hätte und die Zicke gewesen war. Und am Ende hat er natürlich ihr geglaubt und nicht mir."

"Das ist ja unfassbar! Und doch zu glauben; denn mit mir ist ja dasselbe passiert. Mein Ex-Mann hat mir immer wieder gesagt, dass er wahrscheinlich nicht nur seiner Mutter glaubt, sondern obendrein auch noch denkt, es sei *meine* Schuld, dass das mit der Alten nicht geklappt hat. Ich wollte das immer nicht glauben."

"Aber es wird so gewesen sein. Bei mir war es ja auch so. Diese Hexe hat mich tagtäglich angegriffen, angeschrieen, niedergemacht, wo immer sie konnte. Sobald Lolli aus dem Haus war, ging das Drama los. Ich bin vom Hof geflüchtet. Mehrere Male."

"Verständlicherweise!"

"Er ist mir ja immer wieder hinter gerannt und hat mich zurückgeholt. Und damals war ich so naiv und habe tatsächlich geglaubt, dass sich irgendetwas ändern wird."

"Aber es hat sich nichts geändert."

"Nie!"

Sie schwiegen und hingen beide für kurze Zeit ihren Gedanken nach.

"Mein Vater hat ihn sogar einmal ganz direkt gefragt, warum er denn nicht *ein Mal* zu mir stehen kann, wenn seine Mutter so auf mich losgeht."

"Und?"

"Er saß am Tisch und hat geheult."

"Lolli? Geheult? So viel Gefühl hätte ich ihm gar nicht zugetraut!"

Dagmar seufzte verächtlich:

"Der hat auch kein Gefühl. Der kommt einfach mit sich selbst nicht klar!"

Nicola nickte, hörte zu, ließ das Gehörte sacken.

"Immer öfter habe ich mich krankschreiben lassen. Ich habe nur noch geweint. Es war die Hölle! Und dann verstarb auch noch meine beste Freundin.

Da ich zu der Zeit Floristin war und regelmäßig Gestecke und Kränze in die Friedhofskapelle brachte, kannte ich den dort ansässigen Pastor Finke. Es dauerte nicht lange und ich vertraute mich ihm an. Seine Frau war Jahre zuvor tödlich verunfallt. Er war allein. Und ich war so verzweifelt, dass ich gleich beim ersten

Gespräch in Tränen ausgebrochen bin. Er hat mir zugehört, mich getröstet und irgendwann, als sich unsere Treffen häuften und meine Verzweiflung zunahm, bot er mir an, dass wir uns auch mal privat verabreden könnten."

"Und du hast das Angebot angenommen."

Dagmar nickte:

"Ja. Und so kam das dann. Ich wurde schwanger, habe zu dem Zeitpunkt aber noch geglaubt, das Kind sei von Lolli. Ich habe gehofft und gebetet, das Kind sei von ihm. Heute bin ich heilfroh, dass es nicht so war!"

"Das glaube ich dir sofort! Da kannst du auch froh sein! Du wärst eingegangen! Wie eine Blume ohne Wasser. Und am Ende hätten die dich noch zertreten."

"Ich bin auch unendlich dankbar! Die Alte hat mir das Leben zur Hölle gemacht wie kein anderer Mensch vor ihr. So etwas Böses wie die habe ich noch nicht erlebt."

"Ich auch nicht. Noch nie. Nirgends, wo ich gewesen bin, in keinem anderen Land, in keiner anderen Stadt, nirgendwo habe ich jemals einen so bösen Menschen getroffen wie die alte Schacht. Die ist echt beispiellos!"

"Ist sie! Ohne Frage!"

Sie lächelten sich zu.

"Das Kind wurde geboren. Ein Junge. Ich wusste sofort, dass es das Kind meines Mannes war. Meines jetzigen Mannes. Wir sind ja mittlerweile gute 15 Jahre verheiratet." Das erste Mal, dass sich ein kleines Blitzen in ihren Augen zeigte. "Ich habe zu der Zeit bei meinen Eltern gewohnt. Sogar zur Taufe sind noch alle gekommen, die Schachts. Lolli sogar im Anzug.

Nach der Taufe, als Lolli und ich alleine im Auto saßen, habe ich ihm klipp und klar gesagt, dass das Kind nicht von ihm ist. Er meinte nur, dass es nicht so schlimm sei. Ich könne doch das Kind seiner Mutter in die Hand drücken. Sie würde es großziehen und wir würden einfach niemandem sagen, dass das Kind nicht von ihm ist. Und ich sollte einfach wieder kommen und ihren Job machen."

Nicola traute ihren Ohren nicht:

"Der ist ja abgebrüht!"

"Da wusste ich, dass der Mann nicht richtig im Kopf sein kann. Kein Wunder! Bei *dem*, was *da* oben abgeht … Ich wollte ihn danach nie wieder sehen!"

"Oh mein Gott, Dagmar! Was für ein Albtraum! Und dann obendrein diese üblen Nachreden und diese Lügen! Unfassbar, was die Schachts aus dieser Geschichte gemacht haben!"

"Die haben alles umgedreht. Nur um am Ende gut dazustehen. Ich war die Böse und die Mutter hatte ja überhaupt nichts mit der ganzen Sache zu tun."

"Ich glaub es nicht!"

Doch Nicola glaubte es, denn es war die Wahrheit.

"Ich verstehe jetzt auch, warum du die Ehe annullieren lassen wolltest. Klar! Du hattest ja nie eine Chance gehabt!"

"Nie. Da oben bei denen hat niemand eine Chance. Die sind so ein verschworenes Team, die lassen keine am Leben. Die zerstören die Frauen, die dort aufschlagen und machen sie im Nachhinein noch platt, dichten ihnen Geschichten an, denken sich Lügen aus und verbreiten sie unverhohlen, nur um den Schein zu wahren; den Schein des Guten und Heiligen."

"Wie schrecklich! Wie kommt man bloß mit so etwas klar? Wie bist du denn damit fertig geworden?"

Dagmar senkte den Blick und rührte in ihrer Kaffeetasse. Sie sagte nichts. Sie musste auch nichts sagen. Nicola verstand. Und ihr war in diesem Augenblick klar, was sie schon im ersten Moment ihrer Begegnung, als sie Dagmar vorhin auf dem Parkplatz sah, wusste: Diese Frau kam bis heute nicht damit zurecht. Die Nervosität, die Unsicherheit, die leeren Augen; sie ist nie damit fertig geworden. Sie war von ihrer eigenen Liebe in die Irre geführt und gequält worden, ihre Persönlichkeit wurde gebrochen, ihre Seele gegängelt und sie - zum Leiden verurteilt. All die Jahre. Bis zu diesem Tag.

Der Sommer war in vollem Gange. Thoralf ging nunmehr in ihrem Leben ein und aus. Nicola sonnte sich in seiner Zuneigung, allerdings ohne Gleiches für ihn zu empfinden. Doch sie genoss seine Anwesenheit, seine Zugewandtheit, sein Interesse.

Die letzte Begegnung mit Lolli war mittlerweile sechs Wochen her. Das Gespräch mit Dagmar half ihr ebenfalls, Abstand zu gewinnen. Nicola war mit großen Schritten auf dem Weg, ihn zu vergessen.

Sonntag morgen. Nicola war gerade auf dem Weg zu Thoralf, frühstücken, als ein Moped den groben Kopfsteinpflasterweg herunter kam, langsamer wurde und in ihre Einfahrt einbog. Wenn man vom Teufel sprach.

"Hallo", klang der vertraute Bariton in Nicolas Ohren und hallte sofort in ihren tiefsten Gefühlen wieder, die doch noch lebendiger waren, als sie es gern gehabt hätte. "Ich wollte nur fragen, wann du deine letzten Sachen abholen willst."

Nicola trat vor die Umzäunung. Sie trug ein kurzes, dunkelblaues Kleid, eine weiße Jacke darüber, halbhohe Schnürschuhe, die allerdings schon fast auseinanderfielen, so sehr hat sie sie im Laufe der Jahre geliebt.

"Schön, dich zu sehen", erwiderte Nicola, obwohl sie es überhaupt nicht schön fand, dass er da war.

Ihre Blicke trafen sich. Die Magie zwischen ihnen schien ungebrochen. Doch Nicola versuchte, sich nichts draus zu machen. Zu erdrückend die Vergangenheit, zu aussichtslos die Fakten, zu lebendig die Worte von Dagmar, zu erkrankt sein Geist.

Trotzdem konnte sie sich immer noch nicht gegen ihn erwehren. Sie wollte ihn des Hofes verweisen, aus ihrem Leben verbannen, doch stattdessen endeten sie auf der kleinen Bank vor dem Haus:

"Wie schade, dass es ausgerechnet ein paar Wochen zu früh enden musste. Hättest du nur ein wenig länger gewartet, viele unserer Fragen hätten sich in Luft aufgelöst: wie ich mein Geld verdiene und trotzdem bei dir sein kann, hätte sich ganz von alleine beantwortet."

Ganz bewusst provozierte sie ihn. Diese Genugtuung, dass es ihr so gut ging, wie es ihr ging, und ihr Leben in kürzester Zeit so wunderbar in die Gänge gekommen war, ließ sie sich nicht nehmen. Zu dumm auch, dass er so unbedacht und kopflos gehandelt hatte. Sie genoss es, ihm das aufs Brot zu schmieren. "Die Wohnung ist vermietet. Ich habe schon das zweite Mal Gäste. Und es kommen fast täglich neue Anfragen rein. Ich hätte selbst nicht gedacht, dass es so gut läuft." Jetzt traute sie sich, mit ihm zu spielen. Jetzt hatte sie nichts mehr zu befürchten. Es war vorbei. Vielleicht sah sie ihn heute zum letzten Mal.

Ihre Freundschaft zu Thoralf verschwieg sie. Das ging ihn nichts an. Auch den Rest ihrer Freunde brachte sie nicht ins Spiel. Lolli wusste natürlich, wer ihr zugewandt war und wer nicht. Er ist schließlich oft genug hier vorbeigefahren, als er auf dem Weg runter in die Wiesen oder zu seinem Acker war, wo er direkt hinter der alten Köhlerkate seine Arbeit verrichtete.

Lolli war ganz offensichtlich von ihrer Lebensfreude und -lust, die ihm förmlich entgegensprangen, ihrer Fröhlichkeit und ihrer Ausgelassenheit irritiert. Hatte er doch ein in sich versunkenes, zusammengekauertes Häufchen Elend erwartet, das ihn anhimmelt und hoffte, er würde sich dazu herablassen, sie wieder zu sich zu nehmen. Fehlanzeige!

Lollis Irritation ging sogar so weit, dass er doch tatsächlich Annäherungsversuche machte, keine 20 Minuten nachdem er auf den Hof gefahren und sie sich auf der Bank niedergelassen hatten.

"Nein", wehrte Nicola ab. "Nein! Du kannst hier nicht nach all dem, was passiert ist, einfach mal Sonntag Vormittag auf den Hof fahren und glauben, ich gehe mit dir um die Ecke. Tut mir leid."

Sie wimmelte ihn ab, ohne ihm seine Frage beantwortet zu haben, wann sie ihre letzten Sachen abholen würde. So eilig, wie er es an diesem einen, besagten Montagabend hatte, ihr ihre Sachen ins Auto zu schmeißen, so schnell konnte er sich gar nicht an all die Kleinigkeiten erinnern, die noch im Haus verstreut waren. Pech gehabt. Sie würde ihre Sachen abholen, wann es *ihr* passte. Und nicht mehr nach seiner Pfeife tanzen. Das war vorbei.

Sie fuhr zu Thoralf. Das kurze Intermezzo mit Lolli gab ihrem neu erwachten Selbstbewusstsein abermals Auftrieb. Thoralf spürte das, war wenig begeistert über die erneute Anwesenheit von Lolli in Nicolas Leben und gab sich noch mehr Mühe als sonst, auf sie einzugehen und ihr zu gefallen. So schnell, wie er durch die Küche flitzte und versuchte, Nicola jeden Wunsch von den Augen abzulesen und sie zu bedienen, konnte sie gar nicht gucken.

*

"Hallo Nicola", ertönte die vertraute Stimme durchs Telefon. Ehrhard. "Wie geht's dir?"

"Gut. Wirklich gut. Mit jedem Tag besser. Ich bin so froh, dass alles vorbei ist. Wirklich! Ich habe gute Freunde, das Haus ist toll, die Ferienwohnung ist vermietet, meinen Hundis geht es hervorragend - alles läuft. Und bei dir?"

"Ich wollte dich nur fragen, ob du über den Bauern hinweggekommen bist. Aber wie es scheint, bist du auf dem besten Wege."

"Ja, bin ich."

Sie erzählte von ihrem Treffen mit Dagmar, den Geschichten über die Mutter und konnte noch immer nicht diese unglaubliche Aggression fassen, mit der sie ihre Umgebung quälte.

"Zu so einem ödipalen Typen wie dem gehört ja auch immer ein bestimmter Typ Mutter. Diese herrischen Muttertypen ziehen sich die entsprechenden Opfer heran. Die Dynamik zwischen Täter und Opfer ist dann in der Regel die, dass die Opfer - in diesem Fall die Söhne - sich keinen Widerstand erlauben, kuschen, verschlossen sind und sich ducken, wenn die Alte auf den Plan tritt. Sie reden der Mutter nach dem Mund und tanzen nach ihrer Pfeife. Und die alten, herrischen Mütter verleiden ihren Söhnen jede Zuneigung anderer Frauen, drohen ihnen, zerstören ihre Liebschaften und berauben ihre Beziehungen jeder Grundlage. Im Zweifelsfall werden solche Männer irgendwann selber aggressiv.

Es gab da gerade diesen Fall eines jungen Mannes aus Wandlitz. Gar nicht so lange her. Der Fall war ähnlich gelagert. Und irgendwann - irgendwann - hat sich seine über Jahrzehnte aufgestaute Wut entladen. Seine Leidensgrenze war schon lange überschritten, und der innere Impuls, sich für die lebenslange, seelische Folter der Mutter zu rächen, wurde übermächtig und ab einem bestimmten Punkt unkontrollierbar. Er hat seine Mutter ermordet."

Nicola nickte, als könnte Ehrhard sie sehen:

"Wie hat er sie denn ermordet? Erwürgt?" *Würde Lolli seine Alte ermorden, nähme ich es ihm nicht übel.*

"Mit einem Hammer. Er hat sie erschlagen. Er hat ihr mit einem Hammer das Gesicht zertrümmert. Es war nichts mehr von dieser Frau zu erkennen."

"Wow", entglitt es Nicola.

Ehrhard war voller Mitgefühl diesem Menschen gegenüber:

"Ich kann ihn sogar verstehen. Und er tut mir auch leid."

Nicola würde für Lolli ebenso empfinden.

"Manchmal entlädt sich die aufgestaute Wut aber auch an den Frauen, die in das Leben dieser Männer treten. Und die Hemmungen, die sie der Mutter gegenüber haben, haben sie den Frauen gegenüber nicht. Das nennt man Aggressionsverschiebung. Mordphantasien und Rachegelüste werden von der Person, der sie eigentlich gelten, auf eine andere verschoben, sodass die ursprünglich gemeinte Person unberührt bleibt.

So kommen nicht nur Frauenmörder, sondern auch Pferdestecher zustande, denn auch das Phänomen der Tierquälerei und Vernachlässigung wird mit Aggressionsverschiebungen in Zusammenhang gebracht. Aber oftmals rächen sie sich an den Partnerinnen, die in ihr Leben treten, stellvertretend für die Mutter. So wie in dem Film 'Psycho' von Alfred Hitchcock. Kennst du den?"

"Nein."

"Guck dir den mal an. Der erzählt genau so eine Geschichte: Mann, herrische Mutter, Frau. Das Ganze spielt in einem Motel, das der Mann und die Mutter führen. Die Frau kommt als Gast zu Besuch, dringt also in ihr Revier ein. Einziger Unterschied: Die Mutter ist schon gestorben, er lebt aber noch mit ihr zusammen."

"Der lebt mit seiner toten Mutter zusammen?"

"Ja. Nachdem sie verstorben war, drehte er komplett durch. Logisch, denn mit ihrem Tod fiel ja auch seine Impulskontrolle weg! Der hatte nichts mehr zu befürchten und konnte ungehemmt seinem inneren Drang, endlich Rache zu üben, nachgeben.

Die Frau kommt also als Gast in sein Hotel, und er rächt sich an der Mutter, indem er die Frau ermordet. Wenn dein Bauer ein bisschen anders drauf gewesen wäre, hätte das auch deine Geschichte sein können. Sei froh, dass der nicht so ist!"

Nicola lachte:

"Nein, dazu ist Lolli nicht in der Lage. Soweit würde er nicht gehen. Der ist zwar gruselig, aber so schlimm dann doch nicht. Aber den Film, den zieh ich mir mal rein! Bestimmt gute Unterhaltung. Vielleicht was für mich und Gerold? Der hat die Geschichte ja mitverfolgt."

"Ja, oder was für dich und die Exfrau?"

Ehrhard lachte ebenfalls. Trotz seines fortgeschrittenen Alters klang sein Lachen jugendlich. "Und weißt du, was es heute Abend im Fernsehen gibt? Ödipussi von Loriot!"

Nicola konnte nicht mehr und hielt sich den Bauch:

"Geiler Videoabend! *Erst* Psycho und *dann* Loriot, oder anders herum?"

"Kommt drauf an, mit welchem Gefühl du einschlafen willst!"

*

Es ratterte mal wieder vor Nicolas Tür. Dienstag. Alle arbeiteten. Wer hatte denn die Zeit, in den späten Vormittagsstunden vorbeizukommen? Nicola trat aus dem Haus. Lolli. *Was will der denn schon wieder hier?*

"Hallo", begrüßte er sie und versuchte möglichst entspannt zu klingen. Sie öffnete die Tür. Aus Lolli brach nur: "Ich dachte, du meldest dich gestern. Ich versteh das alles nicht!", heraus.

Er war alles andere als entspannt. Nicolas Blick fiel auf einen vollkommen eingefallenen, übernächtigten und verzweifelten Mann:

"*Was* verstehst du nicht?"

"Dass das mit uns vorbei ist! Ich versteh das einfach nicht. Es hat doch so gut gepasst! Es könnte doch alles so schön laufen! Und nur, weil ich etwas vorschnell reagiert habe, kann doch jetzt nicht alles vorbei sein!"

Was erzählte er da? Nicola verstand die Welt nicht mehr. Sie sagte nichts. Rein gar nichts. Ließ ihn rein. Er setzt sich auf die

235

Gartenbank und begann zu faseln, Satzfetzen, unzusammenhängende Dinge. Er befand sich in einem vollkommen desolaten Zustand. Immer wieder 'ich versteh das nicht', die Frage 'warum', wirre Gedanken, aber nichts Substanzielles. Nichts, worauf Nicola hätte eingehen können. Nichts, was sie sich im Nachhinein hätte zurückrufen können.

"Warum hast du dich gestern nicht gemeldet?"

"Ich hatte keine Lust", antwortete Nicola wahrheitsgemäß. Warum hätte sie sich melden sollen? War es wirklich so wichtig, die letzten paar Sachen plötzlich, nach so vielen Wochen, sofort, hier und jetzt, an Ort und Stelle aus dem Haus zu holen? Hätte sie sofort springen sollen, nur weil er gerade auf die Idee kam, bei ihr vorbeizuschauen? Die Zeiten, wo sie für ihn gesprungen ist, waren vorbei. Ein für alle Mal! Kapierte der das nicht? Nicola schleuderte ihm ihr Unverständnis ungeschönt entgegen.

Ihre Reaktion versetzte Lolli einen erneuten Schlag und er sackte innerlich noch mehr in sich zusammen, obwohl ihr erster Eindruck von ihm ihr Glauben gemacht hat, dass das nicht mehr möglich gewesen wäre. Es ging auf 12 Uhr zu. Die Bottiche mit der Milch mussten an die Straße gestellt werden, damit der Milchtanker sie abholen konnte. Lolli musste los. Er konnte nicht bleiben. *Was für eine Erleichterung!*

Als er weg war, musste Nicola sich erst einmal sammeln. Sie traute ihren Sinnen kaum und fragte sich kurzzeitig, ob die Szene, die sich hier eben abgespielt hat, echt oder eingebildet war.

"Der Mann ist vollkommen zerrissen", beteuerte Ehrhard. "Der merkt jetzt natürlich, was ihm fehlt. Und dann geht es dir auch noch gut! Das haut dem die Beine weg.

Und er sitzt da oben alleine mit Mama. Der merkt doch auch, dass mit seinem Leben etwas nicht stimmt. Der weiß doch, dass da etwas nicht normal ist. Der ist sich doch bewusst darüber, dass er gegen die Alte nicht ankommt und die sein Leben regiert und zerstört. Irgendwo, tief in seiner Seele, ist ihm das alles bewusst."

"Sicher?", fragte Nicola ungläubig.

"Bestimmt. Solche ödipal gestörten Typen sind in ihrem Innern komplett gespalten. Manchmal schalten sie rigoros ab, scheinen gefühllos und starr, dann brechen sie wieder vollkommen zusammen, wenn sie an ihre Substanz stoßen und sind hilflos wie kleine Kinder; weil sie nie gelernt haben, mit sich selbst umzugehen."

"Natürlich nicht! Das hat ja immer Mami für ihn erledigt."

"Eben."

*

"*Wer* war hier?", Christian schüttelte den Kopf, als er an Nicola vorbei ging, schnurstracks auf den herrlich sonnenbeschienenen Sitzplatz. Nicola machte einen Kaffee.

"Bier?"

Er überlegte kurz und zögerte, "nö, erst mal ‚nen Kaffee."

Sie waren ein eingespieltes Team. Während der Renovierung hätten sie manchmal als altes Ehepaar durchgehen können.

"Mike wollte auch noch kurz rumkommen", Nicola stellte den Kaffee auf den Tisch.

"Na dann wären wir ja wieder vollzählig", scherzte er.

Keine zwei Minuten später knatterte es. Mike war im Anflug. Samt Harley.

"*Was* wollte der?", fragte Mike mindestens genau so entsetzt, als er ebenfalls bei einer Tasse Kaffee am Tisch saß und seinen Ohren nicht traute.

"Dat Lied ist noch nicht zu Ende gesungen, das weißt ja wohl!", meinte Christian.

"Der hat mich rausgeschmissen Leute. Da gibt es kein Lied mehr, glaubt mir."

"Na, schmeiss‘ die Flinte mal nicht so weit weg. Da kommt noch was. Pass auf!" Christian, gewohnt gelassen, gut gelaunt und an seiner Zigarette ziehend.

"Der hat dich nicht nur rausgeschmissen, der hat dich auch einfach schlecht behandelt", griff Mike ein.

"Sich noch mal auf den einzulassen, liegt unter deiner Würde!" eine vertraute Stimme ertönte hinter Nicola. "Püppi, hör mir mit dem Typen auf! Das kann ja wohl nicht wahr sein! Der hat dich so schlecht, so respektlos behandelt..." er seufzte, strich sich durch die Haare, rang um Worte, was selten vorkam.

"Wie ist der denn dazu gekommen, überhaupt hier vorbeizuschauen?" Mike.

Nicola erzählte die Szene von Sonntag. Mike lachte:

"Der hat sich gedacht: 'Wär ich mal lieber in die Kirche gegangen', das kannst' mir glauben!"

"Wenn die so sexy hier rumläuft und dann auch noch gut gelaunt ist, da juckt der Sack", Christians Trockenheit trieb Nicola vor lauter Lachen die Tränen in die Augen.

"Seine Mutter ist dann wohl doch nicht so toll, wie er bisher meinte." Mike nahm kein Blatt vor den Mund. Diesen Zug mochte Nicola an ihm. Sein Humor war köstlich!

"Meinst nicht?" Christian schaute Mike an und die zwei erinnerten Nicola an Waldorf und Statler aus der Muppetshow.

"Lass den laufen!" Gerolds mahnender Blick verriet, wie ernst er es meinte. "Lolli ist kein Mann für dich! Finger weg! Oder hast du nicht genug Demütigungen erleiden müssen?"

*

"SCHMEISS DEN VOM HOF!", polterte Thoralf, als sie abends bei ihm zum Abendessen vorbeischaute. "Der hat nichts bei dir auf dem Hof zu suchen! Der hat dich raus geschmissen! Jetzt schmeiß du ihn raus! Der hat nichts mehr in deinem Leben verloren!"

Nicola hörte hinter seinen erbosten Worten persönliche Angst. Die Befürchtung, Lolli würde schon im Vorfeld zerstören, was er sich von ihr erhoffte.

"Ich werde ihn nicht gleich vom Hof schmeißen", steuerte Nicola gegen. "Das ist nicht meine Art. Ich löse das in aller Freundschaft. Der wird schon nicht mehr kommen, keine Sorge."

Ein Auto fuhr an Thoralfs Fenster vorbei, bremste ab, rollte langsam über den Hof, wendete. Nicola guckte raus. Lolli.

"Der will wissen, wo du bist", erklärte Thoralf, der hinter ihr stand und ihn ebenfalls erblickte.

Das hätte ich mir selber denken können! Der wird schon nicht aus Langeweile und reinem Spaß an der Freude hier seine Runden drehen.

Nicola atmete hörbar durch:

"Kann der mich nicht einfach in Ruhe lassen?"

"Dir geht's jetzt wieder gut. Das kann der nicht ertragen. Der wird nicht locker lassen. Der wird wieder versuchen, dich mit allen Mitteln herunterzuziehen. So, wie er es die ganze Zeit getan hat. Es ging dir an seiner Seite ja die ganze Zeit nicht gut. *Jetzt* geht es dir aber gut. Ohne ihn. Das wird der nicht auf sich beruhen lassen."

Thoralfs Worte klangen wie eine Warnung in Nicolas Ohren. Es ärgerte sie, dass Lolli jetzt so ein Drama abspulen musste. Er hätte sie doch haben können! Der Zug stand doch lange genug am Bahnhof, mit weit aufgerissenen Türen. Doch er ist nicht eingestiegen. Warum auch immer. Jetzt ist der Zug abgefahren. Weg. In die Richtung einer anderen Zukunft. Er hatte ihn verpasst.

*

"Hey mein Schatz, alles klar?" Meldete sich Christian gleich am nächsten Morgen.

"Bei mir schon."

"Das ist schön!" Es folgte eine bedeutungsschwangere Pause. Nicola schwante nichts Gutes. "Aber bei Lolli nicht", schob er hinterher. Seine Stimme klang verheißungsvoll. "Der liegt im Krankenhaus. Herzanfall."

Nicola senkte ihre Hand, in der sie das Telefon hielt und guckte in den Himmel, schloss die Augen. *Was für ein Drama!*

"Wieso *das* denn?"

"Na warum wohl? Der ist vollkommen von den Socken. Was hast du denn mit *dem* gemacht?"

"Ich habe überhaupt nichts gemacht. Der dreht durch, das ist alles."

"Und nu? Willst du hinfahren?"

Nicola zögerte:

"Ich muss. Der liegt da wegen mir. Wegen uns. Ich *muss* da hin. So geht das nicht!"

"Die Alte will bestimmt auch ins Krankenhaus."

"Der darf ich nicht über den Weg laufen! Wie spät ist es?"

"Gleich neun."

"Am besten ich fahre jetzt. Sofort. Die Alte wird noch beim Melken sein, dann frühstücken. Ist Gritt dort?"

"Ja, darum rufe ich an."

"Ah. Gut. Ich fahr dann. Danke!"

"Keine Ursache!"

*

Ihr Herz klopfte heftig, als sie die Stufen des Krankenhauses hochstieg. Nicht, weil sie gleich Lolli sehen würde, sondern aus Angst, der Alten zu begegnen. Diese Frau blieb ein Albtraum für Nicola, der sich so tief in ihre Seele gebohrt hatte, dass er sogar jetzt noch Schwindel und Schweißausbrüche hervorrief.

Lolli wurde gerade mit einem Rollstuhl auf die Etage gefahren, als Nicola vor dem Zimmer saß und wartete. Er kam vom Röntgen. Die Ärzte konnten aber nichts finden. *Welch eine Überraschung!*

Lolli ließ sich von der Schwester ins Zimmer fahren. Drinnen bat er sie, aufstehen zu dürfen.

"Aber nicht so lange", mahnte sie ihn. Er willigte ein.

Draußen standen ein paar kleine Holztische und Stühle. Sie setzten sich, schauten sich an. Bis Nicola die Stille brach:

"Was ist denn los?"

"Ich versteh das alles nicht. Wir haben das doch alles so gut besprochen. Es hat doch so gut gepasst. Warum? Ich versteh das nicht."

Seine Worte waren nicht weniger wirr wie an dem Tag, als er bei ihr war. Neues stammelte er auch nicht. Jedenfalls nicht im ersten Moment:

"Und dann saß ich da, auf meiner Bettkante, und dann kam alles wieder hoch. Die Sache mit Dagmar, all die Lügen, das Fremdgehen. Alles."

Nicola hörte zu, widersprach ihm nicht, wollte ihn nicht noch mehr aufwühlen, als er ohnehin schon war. Auch wenn sie wusste, dass seine Worte nichts anderes waren als eine Verschleierung der Wahrheit, die er einfach nicht sehen wollte. Nicht sehen konnte. Würde er sich doch endlich mal eingestehen, wer wirklich hinter seinem Unglück steckte! Er würde wahrscheinlich zusammenbrechen. Richtig zusammenbrechen. Nicht nur so wie jetzt. Das gesamte Konstrukt seines Lebens würde in Stücke gesprengt und er müsste sich eingestehen, wie viel Unrecht er den Frauen getan hatte, die blind genug gewesen waren, sich in ihn zu verlieben. Wie weh er ihnen getan hat; durch was für eine Hölle sie geschickt wurden, von seiner Mutter, dam Bösen, das hier auf diesem Planeten herum lief. Doch er wollte es nicht, er wollte es einfach nicht sehen.

Er faselte irgendwas von Dagmar, davon, betrogen worden zu sein, versetzte sich in die Rolle des Opfers, verglich damals mit heute, sah sich auch hier als der Verlierer, der für alles nichts konnte, und immer noch nicht verstand, warum, wieso, weshalb.

Nicola hörte zu. Hoffte, durch ihre Anwesenheit Beruhigung zu erwirken. Dadurch, dass er sich aussprechen konnte und ihm gewahr wurde, dass sie alles hörte.

Die Rechnung ging auf. Am Ende des Gesprächs, das eher ein einseitiger Monolog gewesen war, dem Nicola nur bejahend zuhörte, war er ruhiger. Ebenso wie sie. Wenn auch beide aus vollkommen unterschiedlichen Gründen.

*

"Ja. So ist das." Ehrhard war weder erstaunt über die Nachrichten noch empfand er es als ungewöhnlich, dass diese Geschichte solch einen Verlauf nahm. "Der kommt gegen diese übermächtige Mutter, die sich nicht nur in seinem Leben sondern auch in seinem Kopf aufhält, einfach nicht an. Ich kann es nur immer wieder sagen. Und wenn sich da mal etwas regt, dass ganz *er* ist - ungefärbt von irgendjemandem sonst - ganz alleine *er*, dann bricht er zusammen! Weil er nie die Möglichkeit hatte, Handlungskonzepte und Lösungsstrategien für sein eigenes Inneres zu entwickeln. Der wurde klein gehalten und ist es bis heute. Da fehlt ein Stück, wie man umgangssprachlich so schön sagt.

Ohne Therapie kommt der da auch nicht raus. Entweder, der fällt zurück in die alt vertrauten Muster - das ist am Wahrscheinlichsten, denn die Alte ist ja noch da und wird ihn entsprechend ihres Charakters bearbeiten, so, wie sie es immer getan hat - oder der dreht durch."

"Wie, meinst du, könnte das aussehen?"

"Da ist alles möglich. Von Psychosen über affektive Gewalt bis hin zum Selbstmord. Schwer zu sagen."

*

Es dauerte keine 24 Stunden, als Lolli erneut vor ihrer Tür stand. Er wurde noch am gleichen Tag entlassen, da ihm nichts fehlte und seine Verfassung nicht rechtfertigte, ihn länger in der Klinik zu halten.

Kaum saß er draußen in ihrer Sitzecke, begann er auch sogleich wieder mit der 'Ich-versteh-das-alles-nicht'-Leier. Nicola platzte der Kragen:

"Jetzt hör mir mal zu! Ich habe genug von deiner Heulerei! Du weißt ganz genau, wie das da oben abgelaufen ist! Du hast mich regelmäßig deiner Mutter ans Messer geliefert, so wie alle Frauen vor mir, ohne mich auch nur ein einziges Mal zu schützen oder zu verteidigen. Du hast mit angesehen, wie ich niedergemacht wurde! Beschimpft wurde! Angeschrieen und gedemütigt wurde! Und hast nichts gemacht! Gar nichts! Obendrein hast du mir noch den Mund verboten, wenn ich mir das unfassbar gemeine Verhalten deiner bösartigen Alten nicht habe bieten lassen, das jeder Beschreibung spottet! Es war dir egal, wie sie mit mir umging! Wie sie unsere Beziehung zerstört hat!

Und am Ende machst du mich auch noch an, nur weil ich versuche, eine Lösung für unsere Situation zu finden. Nichts hast du für diese Beziehung getan! In all den Monaten nicht! Du hast mich hängen gelassen, mich .." Nicola winkte ab. Sie war das

Thema Lolli Leid. Jetzt, wo sie sich all den Frust von der Seele redete, spürte sie überhaupt erst mal ihre Wut über die Dreistigkeit, mit der sie dort oben abgefertigt wurde.

"Geh bitte!" waren ihre letzten Worte. Sie wollte ihn nicht mehr. Sie wollte das ganze Thema Lolli am liebsten aus ihrem Leben verbannen. Sie wollte sich weder mit ihm, noch mit seinen Problemen, nicht mit seiner Mutter, und schon gar nicht mit seinem Ödipuskomplex befassen. Er sollte verschwinden. Ein für alle Mal. Für immer!

*

Doch auch das half nichts. Keine 24 Stunden später, und Lolli stand wieder auf ihrem Hof. Nicola versteckte sich im Haus, machte nicht auf. Hoffte, ihre Hunde würden ruhig bleiben und mit ihr darauf warten, dass der ungebetene Gast von alleine wieder verschwand.

Es dauerte eine gefühlte Ewigkeit. Ihr Telefon ging. Er versuchte, sie zu erreichen. Sie ging nicht ran, hoffte, er würde das Klingeln im Haus nicht hören, denn ihr Handy lag auf dem Tisch im Wohnzimmer. Sie dagegen saß mit den Hunden zusammengekauert im kleinen Gästezimmer und wartete.

Er verschwand. Nicola kontrollierte verstohlen die Fenster. Er war weg. Die Luft war rein. *Was nun?*

Einen Brief. Sie schrieb. Um ihr Leben. Ein Brief, in dem noch einmal alles stand, würde endlich Klarheit bringen. Dann könnte er alles, was sie sagte und dachte, jederzeit noch mal nachlesen und müsste nicht immer wieder hier aufkreuzen und ihr Leben zerstören.

Sie machte sich sofort ans Werk. Einerseits wütend darüber, dass sie sich erneut mit diesem Idioten auseinanderzusetzen hatte, der ihr schon viel zu viel Zeit ihres Lebens geraubt hatte; andererseits insgeheim froh darüber, dass sie ihm wohl doch nicht ganz so gleichgültig gewesen ist wie er sie immer Glauben machte.

Lieber Lolli,

Um erneuten Missverständnissen vorzubeugen, schreibe ich dir. Nicht per Hand, da meine Schrift - wie du sicher mitbekommen haben wirst - für jeden außer mir selbst, unlesbar ist. Verstehe es also bitte nicht als Achtlosigkeit deiner Person gegenüber, wenn ich solch wichtige Worte am Computer formuliere.

Ich kann nicht leugnen, dass ich über deine Reaktionen der letzten Tage extrem erstaunt bin. Darum tue ich mich auch sehr schwer mit einer Antwort.

Natürlich habe ich die letzten sechs Wochen viel Zeit gehabt, um nachzudenken und mein Leben neu zu ordnen bzw. die Pläne, die ich und wir gemeinsam gemacht haben, umzusetzen. Es tut mir sehr gut, voranzukommen und vor allem: zu sehen, dass meine Arbeit nicht umsonst gewesen ist. Die Wohnung ist vorerst gut gebucht und erneute Anfragen kommen fast täglich rein. Das ist ja schon mal ein Anfang.

Doch was will ich dir sagen? Warum bin ich so erstaunt über deine momentane Verfassung? Ich kann kaum nachvollziehen, dass dir das Ende unserer Beziehung so nahe geht - zumal du mir schon mehrmals klar gemacht hast, keine Beziehung mit mir zu wollen. Und wie schon in unserem letzten Gespräch erwähnt, habe ich mich streckenweise nicht besonders geliebt und geschätzt von dir gefühlt, sondern eher das Gegenteil: abgewiesen.

Die traurige Wahrheit ist, dass ich nach all den Zurückweisungen einfach kein Vertrauen mehr in eine Beziehung mit dir habe und mein Leben im Moment nicht auf eine Beziehung zu dir bauen kann und will. Und dieser Entschluss steht, vollkommen unabhängig von irgendwelchen anderen Menschen. Er hat einzig und allein damit zu tun, wie du mit mir und meiner Liebe zu dir umgegangen bist. Dazu gehören all die Rauswürfe, Abweisungen, Kälte, Gleichgültigkeit, Lieblosigkeiten, das Sitzengelassenwerden, wenn wir verabredet waren; deine Kommunikationsunfähigkeit, das 'Mich-stehen-lassen' wenn es für dich angebracht erschien, und nicht zuletzt die Angriffe und Niederträchtigkeiten deiner Mutter, denen du mich ausgeliefert hast ohne einzugreifen oder mich in irgendeiner Weise zu schützen. Für mich kommt zur Zeit eine Beziehung zu dir nicht in Frage. Dafür ist zu viel passiert und die Situation deines Lebens zu festgefahren und ungnädig. Ich sehe keinen Platz für eine Frau in deinem Leben und deinem Herzen, jedenfalls nicht jetzt. Und so, wie ich die Situation einschätze, ist der Platz erst wirklich vorhanden, wenn du dich von deiner Mutter befreit hast, die sich in dir ihren Idealpartner herangezogen hat und dich nun mit ihrer Bösartigkeit besetzt hält. Das ist leider die traurige Wahrheit deines Daseins bzw. deines Schicksals, das du hier auf Erden zu lösen hast. Das ist einzig und allein deine Aufgabe. Dabei kann dir auch niemand helfen. Befreien musst du dich alleine.

Bisher hast du es nicht geschafft, dein Mutterthema zu lösen und dich davon zu befreien. Trotz all deiner Erklärungsversuche, die ich alle verstehe und gut nachvollziehen kann, wäre das allerdings möglich gewesen - und ist immer noch möglich. Bevor du dieses Thema nicht gelöst hast, ist Beziehung mit dir absolut nicht diskutabel. Für niemanden.

Ich wünsche dir alles erdenklich Gute und viel Kraft, die du in der nahen und weiteren Zukunft brauchen wirst. Ich wünsche dir, dass du dich von deiner Mutter befreien kannst und es endlich schaffst, für dich allein zu stehen. Denn das ist die unabdingbare Grundvoraussetzung dafür, zu irgendeinem Menschen wirklich wahre Beziehung aufzunehmen, zu knüpfen und sie letzten Endes zu vertiefen. Bis dahin konntest du es auf Grund deines ungelösten Mutterthemas leider nie bringen. Das ist kein Vorwurf, auch wenn es hart klingt, sondern eine ganz offensichtliche Tatsache, die leider viel zu selten in deinem Leben ausgesprochen wurde.

Mach es gut. Möge Gott dir helfen, Vertrauen und Kraft in dir selbst zu finden.

In Liebe und Dankbarkeit

Nicola

*

Keine 24 Stunden. Lolli hatte plötzlich Zeit wie noch nie. Wenn der sich nur einen Bruchteil dieser Zeit für ihre Renovierung genommen hätte! Oder dafür, oben eine Wohnung auszubauen! Oder dafür, seiner Mutter mal die Leviten zu lesen! Das waren lang gehegte Wunschvorstellungen, die längst der Vergangenheit angehörten. Doch auf Grund dieser unerlösten Wünsche und Vorstellungen konnte sie ihn jetzt auch nicht mehr ernst nehmen.

"Was willst du?", begrüßte sie ihn.

"Mit dir über den Brief sprechen."

Was gibt es denn da noch zu besprechen? Ist da tatsächlich noch Raum für offene Fragen?

"Mit allem, was du geschrieben hast, hast du absolut Recht."

Nicola glaubte zu träumen.

"Es stimmt. Ich habe dich nicht gut behandelt. Und meine Mutter auch nicht."

Nicola wischte sich die Augen. War das wirklich Lolli, der vor ihr stand?

"Ich weiß, dass sich etwas ändern muss und es so nicht weiter gehen kann. Mit der Arbeit, die Wohnsituation da oben, alles."

Kann mich mal bitte einer kneifen! Das ist doch jetzt ein Film, oder?

"Ich werde die Kühe abschaffen. So geht das nicht mehr. Ich schaffe die Arbeit nicht alleine. Ich will schließlich auch irgendwann mal was von meinem Leben haben. Und ausziehen werde ich sowieso. Das da oben ist Geschichte."

Kannst du mir das schriftlich geben? Mit Datum und Uhrzeit? Und anwesenden Zeugen? Ihre beiden kleinen Hündchen schauten treu zu ihr auf, erwartungsvoll, wann sie denn wieder gestreichelt werden würden.

Lolli war mager. Er war ohnehin schon nicht sehr füllig, doch jetzt magerte er täglich ein Stück mehr ab. Er wirkte eingefallen. Angestrengt.

Mit traurigen Augen fixierte er den Brief, die Tischplatte, Nicola konnte es nicht deuten.

Stille. Beide dachten nach.

Dann wanderten seine Augen zu ihr und blieben an den ihren haften. Für Momente saßen sie beieinander und schauten sich an. Sein Inneres strahlte noch immer dieselbe Zartheit und Hilflosigkeit aus wie immer. Es hatte sich nichts geändert.

*

Nicola wurde traurig. Ihre gute Laune und Beschwingtheit der letzten Wochen verflog mit jedem Tag ein Stück mehr. Schwere zog wieder in ihr Leben ein. Theatralik, Drama, unlösbare Probleme, innere Kämpfe. All das brachte er ihr als kostenlose Geschenke mit, jedes Mal, wenn er auftauchte. Und hinterließ etwas von ihnen, jedes Mal, wenn er wieder verschwand.

"Du hast wieder Lolli-Energie in deinem Feld", bemerkte Gerold, als er auf einen Tee vorbei kam. Ihr Ausdruck war nicht mehr strahlend und hell, sondern eingefallen und in sich gekehrt, ähnlich wie in dem einen Jahr, das sie doch so gerne vergessen hätte. "Du siehst schlimm aus."

Gerold sagte nichts, was sie nicht wusste. Natürlich sah sie schlimm aus. Dazu kam die eigene Niedergeschlagenheit über ihre Unfähigkeit, ihn loszuwerden; ihn loszulassen; die richtigen Worte zu finden, damit er endlich geht.

"SCHMEIß IHN ENDLICH VOM HOF", polterte Thoralf nach wie vor, der mittlerweile begann, tiefen Groll gegen Lolli zu hegen.

"Was willst du denn noch mit dem?", fragte ihr Chef einfühlsam und:

"Der kommt da alleine nicht raus", mahnte Ehrhard wiederholt.

Doch wo stand *sie*? Was wollte *sie*? Sollte sie ihm trauen? Seinen Worten? Seinen Versprechungen? Seinen neuen Plänen, die er angeblich machte? Oder ihn davon jagen? Und endlich - endlich! - Ruhe haben und ihr Leben weiter leben? Ohne ihn?

*

Es war schon dunkel, als Lolli auf den Hof fuhr.

"Du triffst dich mit Thoralf. Ich weiß es. Ich habe dein Auto dort stehen sehen. Neulich. Spät abends", sein Blick war von Wut erfüllt.

"Und?"

"Du bist doch mit ihm zusammen. Der hat doch schon an dem Montag hier gestanden, als du bei mir vom Hof gegangen bist!"

"Bist du jetzt völlig übergeschnappt? An dem besagten Tag, als du mich rausgeschmissen hast, kannte ich ihn noch gar nicht."

"Ich bin den Abend hier vorbeigefahren und noch spät um 10h stand sein Wagen hier."

"Der stand hier nicht, weil er an diesem besagten Tag nicht hier war."

"Da muss man sich doch fragen, was er um diese Uhrzeit noch hier macht. Das kann man sich ja wohl ausmalen!"

Nicola war außer sich:

"Du tickst doch wohl nicht mehr ganz richtig! Er war weder hier, noch war ich mit ihm im Bett. Spinnst du jetzt! Kommst du noch klar mit deiner Welt?"

Sie raste innerlich vor Wut. Welch eine Frechheit, ihr so etwas zu unterstellen! Welch eine Dreistigkeit, solch eine Behauptung aufzustellen! Solch eine Lüge! Solch Unwahrheit! Um dann auch noch Spekulationen hinterher zu schieben. Schamlos! Ganz so, wie er es bei Dagmar gemacht hat.

"Na, da hast du dir ja den Richtigen gesucht! Der ist doch dumm wie Stulle! Der kriegt doch nichts auf die Reihe. Nur sein Bruder, der macht alles. Aber Thoralf rennt doch nur den ganzen Tag mit Kaffeetasse und Zigarette über den Hof und macht schlaue Sprüche. Ohne seinen Bruder wäre der nichts. Da wär der auch nichts anderes als Christian, Harz IV, zu mehr würde es bei dem doch nicht reichen! Da hast du dir den Richtigen geangelt!"

Nicola wäre ihm am liebsten ins Gesicht gesprungen. Was erlaubte sich dieser Mensch, so mit ihr zu reden? So über andere zu reden? So über Menschen zu sprechen, die ihr zugewandt waren? Die ehrlich mit ihr umgingen, im Gegensatz zu ihm. Und dann unterstellte er ihr noch … sie platzte:

"Geh jetzt! Hau ab! RUNTER VON DIESEM HOF!"

Nicola raste. Wütend auf sich selber, dass sie sich hat dazu hinreißen lassen, überhaupt noch einmal mit ihm zu sprechen; wütend darüber, sich von diesem Kranken wütend machen zu lassen. Von diesem Idioten! Sie begann, ihn zu hassen. Dafür, dass er so war, wie er war. Für seine Lügen, seine Unterstellungen, seine Selbstherrlichkeit, die er trotz seiner angeblichen Verzweiflung über die ihm versagte Zuwendung nicht verbergen konnte.

*

Am nächsten Tag klingelte gleich vormittags das Telefon. Wieder Lolli. Sie ging nicht ran. Hätte das Telefon am liebsten in die Ecke geschmissen, nur um die Gedanken an ihn so weit wie möglich von sich zu weisen. Das Telefon klingelte abermals. Sie wollte nichts - *nichts* mit ihm zu tun haben! Er sollte weg. Raus aus ihrem Leben!

Wenig später hielt ein Trecker vor ihrer Einfahrt an. Ihr schwante Böses. Sie guckte vorsichtig aus dem Fenster. Und war erleichtert. Ein alteingesessener Bauer schlenderte fröhlich pfeifend auf ihre Tür zu.

"Kurt!", sie war sichtlich erleichtert, ihn zu sehen. Nicht, weil sie ihn so atemberaubend fand, sondern weil sie Erleichterung verspürte, dass es nicht Lolli war.

"Lust auf einen Tee?"

"Klar!" antwortete Nicola und brachte sogleich zwei Tassen raus.

Kurt hielt sich nicht lange mit einer Begrüßung auf, sondern stieg sofort ins Thema ein:

"Ich lebe ja nun schon immer hier. Und ich kenn die da oben. Weißt du, wir kommen mit allen gut aus, wir sind eine wirklich gute Dorfgemeinschaft. Aber mit denen da oben wollen wir nichts zu tun haben! Die Alte hat Haare auf den Zähnen, das sag ich dir! Ich kenn die! Die war schon immer so! Da wollen wir nicht ran! Sei froh, dass du da weg bist!"

Und das war Nicola auch. Heute mehr als je zuvor.

*

Zwei Tage schaffte sie es, Lolli von sich fern zu halten. Dann stand er wieder vor ihr. Er fragte schon lange nicht mehr, ob er vorbei kommen durfte oder sie ihn sehen wollte. Das kam ihm gar nicht in den Sinn.

Der Tag neigte sich dem Ende zu. Die Melkzeit musste vorbei sein. Langsam wurde es dunkel. Trotz des spärlichen Lichts war nicht zu übersehen, dass sich sein Zustand zusehens verschlechterte. Er war noch magerer geworden, sein Gesicht noch eingefallener und faltiger.

"Bitte komm zurück", winselte er. Nicola war angewidert. Sie konnte nicht fassen, welch Dreistigkeit dieser Mensch besaß, zu ihr zu kommen - nach allem, was er ihr angetan hatte - und so vor ihr aufzutreten.

"Ich kann so nicht weiter leben. Es geht nicht mehr. Ich habe mir schon überlegt, ob es nicht besser wäre, Schluss zu machen."

Jetzt spielt der mit Selbstmordgedanken oder was?

"Heute war ich kurz davor, mein Auto gegen einen Baum zu steuern."

Nicola begann augenblicklich zu zittern.

Ihr erster Ehemann hatte sich totgefahren. Aus einer Lebenskrise heraus. Mit dem Motorrad. Allerdings war es kein Baum gewesen, sondern ein Brückenpfeiler.

Nicht noch einmal!

Die Schuldgefühle von damals waren heute, 10 Jahre später, noch immer genau so präsent wie am ersten Tag. Die Tatsache, dass sie ihm nicht hatte helfen können, fiel dabei nicht ins Gewicht.

"Komm zurück. Ich kann ohne dich nicht leben", flehte Lolli mit den Worten ihres verstorbenen Mannes, unmittelbar bevor er sich umbrachte. Nicola sackte innerlich zusammen. Sie wusste, dass sie sich angesichts solcher Gedanken nicht mehr gegen ihn erwehren können wird. Nicht mehr gegen ihn wehren durfte. Wollte sie nicht das Drama vergangener Jahre auffrischen und in einer neuen Auflage in ihr Leben ziehen.

Trotzdem schüttelte sie vorsichtig den Kopf und wandte sich ab. Er griff nach ihrem Arm, hielt sie fest und drückte sie an sich.

In ihr war gähnende Leere. Totenstille. Sie wehrte sich nicht. Sie neigte sich ihm aber auch nicht zu. Sie wünschte, verschwinden zu können. Jetzt. Sofort. Und nie wieder kommen zu müssen.

"Kann ich vorbei kommen. Heute. Am besten, ich fahre gleich los."

Etwas überrumpelt stimmte ihre Freundin zu. Lara. Nicolas Musikpartnerin aus Marienburg.

Es dauerte keine 10 Minuten, und ihre Sachen waren gepackt. Sie schmiss alles, was sie brauchte, in einen Wäschekorb, Kleidung, Getränke, Hundefutter, brachte die Sachen ins Auto, stieg ein und fuhr vom Hof. Verließ Linderow. Verließ Mecklenburg. Hauptsache weg.

"Das ist eine Flucht", bemerkte Thoralf richtig.

"Und wenn schon. Ich halte es dort nicht mehr aus."

Sie verheimlichte seine Suizitgedanken. Sie verheimlichte ihre Angst, die ihr verbot, ihn mit aller Gewalt aus ihrem Leben zu schmeißen.

"Ich habe dir doch gleich gesagt, du sollst den rausschmeißen. Der hat gar nichts mehr in deinem Leben zu suchen. Der hat dich rausgeschmissen. Und jetzt rennt er dir hinterher und macht dir leere Versprechungen. Der wird nichts ändern. Mutti wird auch nichts ändern. Da passiert nichts. Und für dich werden die beiden schon gar nichts anders machen."

Thoralfs Worte gingen an ihr vorbei und verhallten ungehört in den weiten Ebenen Mecklenburgs, die sie froh war, hinter sich lassen zu können. Ein zweiter Brief musste her. Der vorsichtig genug formuliert war, um ihn nicht noch tiefer in seine Verzweiflung zu stoßen, und doch ganz klar sagte, dass es hier nicht weiter gehen würde. Bevor dieser Brief nicht fertig und in der Post war, würde sie ihr alt vertrautes Brandenburg und den sicheren Hafen, den die Wohnung ihrer Freundin ihr bot, nicht verlassen.

*

"Ich bin so froh, dass ich mich von Rakesh habe scheiden lassen", erzählte Lara. "Denn immer, wenn ich mit ihm zu tun hatte, ging es in meinem Leben bergab. Es gibt solche Typen. Die bringen

Unglück, wann immer sie auftauchen. Und der hat mein Leben bis zum Schluss runtergezogen. Seine Anwesenheit in meinem Leben hat mich immer Kraft, Zeit und Energie gekostet, egal wann und unter welchen Umständen er aufgetaucht ist.

In den sechs Jahren, die ich mit ihm zusammen war, habe ich unendlich viel Geld und Zeit in diesen Menschen investiert und nichts kam zurück. Es wäre immer so weiter gegangen, wenn ich nicht irgendwann den Absprung geschafft hätte.

Sogar heute noch, wenn wir mal Kontakt wegen unseres Sohnes haben, raubt er mir Kraft. Und um Samuel kümmert der sich auch nicht. Ich sitze komplett alleine mit diesem Kind da. Das habe ich von Anfang an. Mittlerweile habe ich aufgegeben. Der wird nie an etwas anderes denken als an sich selbst. Als an seine Bedürfnisse und an die Erfüllung seiner Erwartungen. Wer ich bin oder was ich wollte und brauchte, das hat ihn nie interessiert."

Lara guckte ihre Freundin mit liebevollen Augen an. Ihr Blick fiel auf eine zermürbte Frau, die ihr Strahlen, das Lara immer so an ihr bewundert hat, fast verloren zu haben schien.

Nicola hörte aufmerksam zu. Sie war dankbar, dass ihre Freundin redete, denn sie selbst fühlte sich kaum in der Lage, einen klaren Gedanken zu fassen. Es war, als hätte sich Lolli mit seiner letzten, ausgesprochenen Drohung in ihr Gehirn geschlichen und sie in einen permanenten Alarmzustand versetzt, der klares Denken ganz und gar unmöglich machte.

"Und vielleicht ist Lolli ja dein Rakesh?", fügte sie hinzu.

"So ist das wohl", bestätigte Nicola versunken. Dann blieb sie stehen, guckte hilfesuchend zu ihrer Freundin, die ihr weniger helfen konnte, als Nicola es sich in diesen Augenblicken wünschte.

Sie gingen eine Weile schweigend nebeneinander her.

"Weißt du", sagte Nicola, "ich habe Angst, ihn vom Hof und aus meinem Leben zu schmeißen. Er hat etwas an sich, das mir unheimlich ist.

Der trägt eine merkwürdige Art unglaublicher Wut in sich. Das können nur wenige sehen, wenn es überhaupt jemand wahrnimmt. Aber ich, als die Frau an seiner Seite, sehe das. Der hat eben ein Frauenthema am Laufen, das mit eben dieser unglaublichen Wut und einer geradezu erschreckenden Aggressionsbereitschaft behaftet ist.

Seine Mutter lehrt einen ja schon das Fürchten, aber wenn man näher an Lolli herankommt und ihn mal erlebt hat, dann gefriert einem das Blut in den Adern. Der hat etwas, das mir von Anfang an Angst gemacht hat. Und ich habe streckenweise mehr gehorcht, als dass ich aus freien Stücken und vorbehaltloser Liebe dort war. Und ihm half. Wenn sich diese eigenartige, eingekapselte Aggression irgendwann mal entfesselt, dann bringt der entweder sich selbst um - was er ja schon angedeutet hat - oder die Alte. Oder was weiß ich. Aber irgendwann entläd sich diese aufgestaute Energie. Das ist so ein Gefühl, weißt du?"

Es fühlte sich gut an, ihre Gefühle zum ersten Mal jemandem offenbart zu haben. Ihrer Freundin. Bei der sie gut aufgehoben waren.

"Dann musst du da weg, egal wie. Wenn du nicht willst, dass dein Leben so endet wie meins mit Rakesh, und du einen Klotz am Bein hast, der dich doch immer nur Nerven kostet, dann sieh zu, dass du da raus kommst. Ganz ehrlich. Das ist mein dringender Rat an dich! Dringend! Mach nicht den gleichen Fehler wie ich. Und lasse ihn dein Leben zerstören."

Lara kam auf sie zu, stand jetzt ganz dicht bei ihr. Sie hatte Mitleid mit ihrer Freundin. Sah sie doch aus wie das legendäre Häufchen Elend. Doch helfen konnte sie ihr am Ende doch nicht. Entscheiden und ihre Entscheidung durchziehen konnte nur Nicola allein. Doch Lara wurde nicht müde in ihrem Versuch, ihr Kraft zu spenden:

"Schau dich an. Du hast so viele Talente und Gaben, um die dich viele beneiden. Du musst sie selbst nur mal sehen und anerkennen. Dann werden es auch andere tun. Vergiss, was war. Auch Gerold. Der hat dir nicht gut getan. Die Beziehung zu ihm hat deinem Selbstwertgefühl nicht gerade Aufschwung gegeben."

Sie war die Einzige ihrer Freundinnen, die Nicola wirklich sehen und erkennen konnte. Von der Nicola sich erkannt fühlte. Und gestärkt. Für ein paar Augenblicke kehrte ein Hauch des Lichtes in ihre Augen zurück, das Lara an ihrer Freundin so sehr schätzte:

"Im Zweifelsfall kommst du zurück. Hier hast du doch viele Freunde, und die Menschen mögen dich. Du hast doch genug Möglichkeiten."

Nicola nickte:

"Sicher. Doch erstmal muss ich aus dieser Beziehung raus kommen."

Sie gingen weiter. Ein kleiner Uferweg direkt an der Havel, dicht bewachsen, verschlungen und doch ausgetreten genug, um ihn als Weg bezeichnen zu können, führte sie an eine Lichtung, umsäumt von alten Bäumen und herausragendem Wurzelwerk. Hier konnte man direkt am Wasser sitzen. Obwohl man von ganz weit weg den Berliner Ring hörte und das leise Rauschen der Autobahn, strahlte dieser Ort einen Frieden aus, an den Nicola sich tief in ihrer Seele wohl erinnern konnte und den sie - so stellte sie mit Schrecken fest - schon fast vergessen hatte.

*

Thoralf rief an. Wollte sich erkundigen, wie es ihr geht. Wollte sicher gehen, dass seine Liebste, die sie in seinen Augen schon lange war, obwohl das nur seinem Wunschdenken und nicht der Realität entsprach, wohl behalten und gut aufgehoben war.

"Weiß er, wo du bist?"

"Nein, ich habe nur gesagt, dass ich vorerst weg bin. Ich weiß selbst noch nicht, wie lange ich bleibe."

"Das ist eine Flucht."

"Ich weiß. Das hast du schon mal gesagt. Und wenn schon? Dann flüchte ich eben, und?"

"Du kannst doch diesem Mann nicht so viel Einfluss auf dein Leben überlassen. Du kannst doch nicht deine Anwesenheit und dein Leben in deinem Haus, nach ihm ausrichten. Das ist doch absurd!"

"Ich weiß. Aber im Moment ist es so."

Nicola wusste, das keine ihrer Antworten auch nur im geringsten befriedigend für Thoralf sein konnten, der sich herzerweichend rührend um sie bemühte. Doch für den sie einfach nicht das empfand, was er sich wünschte.

"Bring mich ins Spiel. Schreibe ihm, dass du einen Neuen hast. Fertig."

"Ich habe keinen Neuen. Wir sind nicht zusammen. Das weißt du."

Thoralf seufzte:

"Ach Schatz. Ich weiß. Aber sag ihm, dass wir befreundet sind und er nichts mehr in deinem Leben zu suchen hat. Du weißt doch, manchmal bewirkt die Tatsache, dass da jemand anderes ist, weit mehr als alle Worte und Handlungen."

Nicola ließ Thoralfs Worte auf sich wirken. Er hatte nicht ganz Unrecht mit dem, was er da von sich gab. Vielleicht würde sie seinen Rat sogar befolgen, entschied sich aber gleichzeitig, ihn das nie wissen zu lassen, um falsche Hoffnungen zu vermeiden.

*

Es dauerte Tage, bis sich die ersten Worte formulierten, die sie für den Brief brauchte, obwohl sie ganz genau wusste, was sie schreiben wollte; was sie zu schreiben hatte. Nach guten fünf Tagen, die Nicola die Erinnerung an Freiheit und Frieden, Selbstvertrauen und Sicherheit wieder brachten, setzte sie sich an einem frühen Morgen hin und schrieb. Es war Montag, ihre Freundin musste zur Arbeit, und noch bevor sie aus dem Bad kam, hatte Nicola zwei Seiten formuliert:

Lieber Lolli,

und noch ein Brief. Dies wird allerdings der letzte sein. Ich denke du ahnst, was hier drin steht.

Es gibt eigentlich nicht viel zu sagen. Einfach nur, dass es mit uns nicht weitergehen wird. Es zerreißt mir das Herz und tut mir in der Seele weh, dich gehen zu lassen und ich leide daran, wie du leidest. Ich liebe dich, das steht außer Frage, und ich werde dich immer lieben. Trotzdem ist mir bei unserem letzten Treffen absolut klar geworden, dass unsere Beziehung nichtsdestotrotz hier und jetzt vorbei sein muss. Unsere Verbindung hat für mich etwas sehr Zerstörerisches. Ich spüre das jedes Mal wieder. Mir eine Zukunft mit dir vorzustellen zieht mich runter, und ich fühle mich erschlagen. Die Zeit bei dir auf dem Hof war einfach zu belastend. Ich habe dir die Punkte in meinem letzten Brief schon erläutert. Eigentlich war ich sehr froh, den Absprung geschafft zu haben, und ich möchte es gern dabei belassen.

Auch wenn ich bisher nicht in Erwägung gezogen habe, eine Beziehung zu einem anderen Mann einzugehen, wozu ich noch gar nicht in der Lage bin, so gibt es mittlerweile doch einen anderen in meinem Leben. Und ich habe ihn über die letzten Wochen sehr lieb gewonnen, auch wenn ich lange noch nicht von Liebe sprechen kann; Natürlich sehe ich, dass der `Neue` weder ein Idealpartner ist noch glaube ich, dass eine Beziehung zu ihm von Dauer sein kann und wird. Trotzdem fühle ich mich mehr zu ihm hingezogen als ich mir bisher eingestehen wollte, und möchte dich loslassen, um frei zu sein, um meinen Kopf und mein Herz frei zu bekommen, selbst wenn er nicht der Richtige ist. Das kann und wird erst die Zukunft zeigen.

Ich habe immer gesagt, dass WIR mein letzter Versuch waren, und dazu stehe ich auch heute noch. Ich glaube nicht mehr an dauerhafte Beziehungen oder daran, einen Partner für's Leben zu finden. Ich glaube, wir Menschen treffen uns, um einen Teil unseres Weges miteinander zu gehen, bestimmte Erfahrungen zu machen und dann weiter zu gehen. ER weiß das. Ich mache ihm auch keine Hoffnung auf mehr. Ich selbst glaube ja auch nicht mehr an `mehr`.

Unsere Zeit ist jedoch vorbei. Man weiß nie, was das Leben bringt, die Zukunft ist immer offen, aber jetzt und hier, für diesen Moment, habe ich meine Entscheidung getroffen, und das bedeutet für mich, nun ohne dich weiter zu gehen.

Bitte lass uns erst einmal Abstand halten. Bitte lass uns vorerst einmal Ruhe, uns beiden, mir und dir. Ein paar Wochen wenigstens. Das brauche und will ich jetzt. Wenn es noch etwas zu sagen gibt, dann können wir das irgendwann später besprechen, aber bitte nicht jetzt.

Nicola

"Aber Nicola, du weißt doch genau, was da alles gelaufen ist. Wie kommt der jetzt nur auf diese dreiste Idee, dich so zu bedrängen?"

Herr Conrad lehnte an ihrem Schreibtisch, an dem sie arbeitete. Auch ihm fiel auf, wie zerfahren sie war. "Der sieht doch nichts anderes als das, was *er* sehen will. Der merkt nicht, was er anrichtet. Der spürt nicht, wie es anderen in seiner Umgebung geht. Der kann sich nicht in andere Wesen hinein versetzen. Nicht einmal in eine arme, empfindsame Hundeseele. Das sagt doch alles über diesen Typen!

Der Mann ist autistisch! Der ist krank! Der ist ein Leben lang an diese geisteskranke Mutter gekettet. Der kommt weder innerlich noch äußerlich gegen diese aggressive, herrschsüchtige Frau an. Der hatte jahrelang Zeit, diesen unheimlichen Hass und Zorn aufzubauen, den du schon von Anfang an spüren konntest. Und der dir Angst eingejagt hat. Davon erzählst du ja schon die ganze Zeit. Was überlegst du denn jetzt?"

Ihr Chef guckte voller Unverständnis auf sie herunter. Nicola blieb stumm. Ihr Chef schüttelte den Kopf:

"Da ist eine Sternschnuppe bei denen auf den Hof gefallen, und sie haben es nicht gemerkt."

Nicola schaute zu ihm auf. Noch im Umdrehen lächelte er sie an, zwinkerte ihr zu und schenkte ihr einen kurzen Blick, in dem mehr Verständnis lag als in allen Momenten zusammengenommen, die sie je dort oben auf dem Hof erlebt hat.

*

Der Brief war abgeschickt. Noch aus Serrin, einem kleinen Ort unweit von Marienburg, in dem sie mit Gerold gewohnt hatte und der an einen wundervollen Wald grenzt, schickte sie ihn los. Als sie zwei Tage später von einer ihrer Hamburgtouren zurück kam, wusste sie, dass Lolli ihn bereits erhalten haben musste. Sie war erleichtert. Etwas von dem Frieden, den sie in Marienburg gekostet hatte und den sie samt der frischen Havelluft in ihrer Erinnerung bei sich trug, machte sich kurz vor dem Schlafengehen bemerkbar und begleitete sie in ihre Träume, die ebenso friedlich waren wie die Lichtung, auf der sie mit ihrer Freundin gesessen hatte. Die Erleichterung übermalte sogar den Schmerz der losgelassenen Liebe, die sie einst für Lolli empfand und der sie bis zu diesem Tage schmerzlich quälte. Allmählich glitt sie in einen traumlosen Schlaf, der schon beim Einschlafen Erholung verhieß.

Ihre Hunde schlugen an. Es war stockdunkel. Nicola vermutete eine Maus im Haus. Das kam ab und an mal vor. Doch die Zwei hörten gar nicht wieder auf zu bellen. Sie richtete sich auf, machte das Licht an und erschrak fast zu Tode: Neben ihrem Bett stand ein Mann. Lolli.

Die Uhr zeigte halb zwei. Nicola war augenblicklich in Alarmbereitschaft. Sie hatte nicht einmal etwas an. Lag ungeschützt, nackt vor ihm, nur ihre Decke über sich, die sie zitternd an sich drückte und hoffte, er würde nicht bemerken, wie sehr sie sich fürchtete. Sie schluckte und schaffte es mit aller Kraft, die aufquellenden Tränen zu unterdrücken.

"Ich wollte mit dir über den Brief sprechen."

Nicola wünschte, das wäre nicht wahr, spielte das Spiel aber mit. Sie empfand es als die beste Lösung, so unauffällig wie möglich diese Situation zu handhaben.

"Du hast so recht, mit dem was du sagst. Aber Thoralf? Liebst du den denn? Du kannst den doch gar nicht lieben! Das ist doch gar nicht dein Typ! Das geht doch überhaupt nicht!"

Mit diesen Worten hatte er allerdings Recht, ob Nicola wollte oder nicht.

"Was willst du denn mit dem? Schau, jeder hat doch seine Macken. Meine Macken kennst du."

Ja, und genau darum will ich ja nichts mehr mit dir zu tun haben!

"Ihn kennst du nicht. Der wird auch nicht besser sein als ich."

"Aber der ist allein. Der hat keine Mami, die ihm die Frauen aus dem Haus jagt und der er erlaubt, sie so niederzumachen wie du es deiner Alten erlaubst!"

Nicola wurde augenblicklich wieder wütend. Wütend über die Dreistigkeit dieses Mannes, der doch tatsächlich meinte, sich alles erlauben zu können. Und dafür am Ende noch geliebt zu werden.

"Ja, das stimmt schon. Aber im Grunde genommen ist er in derselben Lage wie ich. Der ist auch ein ganz armes Schwein. Und der ist genau so alleine wie ich."

"Du bist nicht alleine! Du hast Mama."

"Ja, sie ist halt da", spielte er diese Tatsache wie gewohnt herunter. *Sag jetzt bloß nicht, dass du nie anders konntest und keine andere Wahl gehabt hast! Ich dreh durch!*

"Was sollte ich denn tun? Ich kann sie ja nicht totschlagen!"

"Spätestens, seitdem du eine eigene Freundin in der Nähe deines Dorfes mit eigenem Haus hattest, glaubt dir kein Mensch mehr, dass du nie eine andere Wahl gehabt hast!"

Nicolas Worte klangen scharf.

"Da magst du ja Recht haben. Aber das kann man ja ändern. Ich hab doch gesagt: das da oben ist Geschichte. Das wird so nicht weiter gehen."

"Und was willst du jetzt von mir?"

Er schaute sie an, als könne er nicht verstehen, dass sie solch eine Frage stellte. Und das konnte er auch nicht. Er war vollkommen geblendet von seinen eigenen Vorstellungen und seinem persönlichen Willen, der alles überschattete und auch seine ohnehin schon fehlende Empathie noch weiter in den Hintergrund drängte. Denn hätte er ein ganz klein wenig davon gehabt, müsste er merken, was hier geschah.

"Ich kann nicht glauben, was du geschrieben hast. Es ist nicht die Wahrheit. Ich weiß, dass du mich liebst."

Er schaute ihr in die Augen. Natürlich liebte sie ihn. Sie hatte ihn immer geliebt. Vom ersten Tag an. Aber darum ging es nicht. Nicht mehr. Das spielte schon lange keine Rolle mehr. Es ging um ihr Leben. Und ein Leben war es, das für sie beide nicht möglich war. Seine Psyche war es, die ihr zuwider war. Sein verschrobener Geist. Sein fehlendes Mitgefühl. Seine Ich-Bezogenheit. Sein symbiotisches Leben mit seiner Mama. Und seine aus all diesen Faktoren resultierende Grausamkeit *den* Geschöpfen gegenüber, die ihm am nächsten waren.

"Ich weiß es einfach", setzte er nach.

Du weißt nichts! Du hast nichts verstanden! Du hast nicht einen einzigen Tag auf unserem gemeinsamen Weg begriffen, worum es hier überhaupt ging!

"Ich bin doch jetzt dabei, was zu ändern. Gib mir doch einfach etwas Zeit. Du wirst sehen, alles wird anders."

Er bearbeitete sie bis früh morgens um fünf, bis er endlich los musste, hoch in den Stall. Die Kühe warteten. Und Mama, die schimpfte, wenn er nicht pünktlich zur Arbeit erschien.

Nicola war nach dieser Nacht erschöpfter denn je. Kraftlos. Ausgelaugt. Leer. Hoffnungslos. Und müde von dem Versuch, sich gegen Lolli zu wehren.

*

"Du wirst ja wohl nicht wieder in Lollis Arme fallen, nur weil du keine Kraft mehr hast, dich gegen den zu stellen!", Thoralf konnte es kaum fassen. "Der Typ steigt dir hinterher, weiß immer, wo dein Auto steht, weiß immer, wo du bist und wer dich besucht, wo du hinfährst und mit wem du unterwegs bist! Der fährt Tag und Nacht durch die Gegend! Kein Wunder, dass der Herzanfälle hat und im Krankenhaus landet. Wenn ich tagsüber arbeiten und nachts durch die Gegend fahren würde, hätte ich auch Herzanfälle! Der hat keine Herzanfälle, der hat Schwächeanfälle! Der bricht bei dieser Doppelbelastung zusammen. Ist doch ganz klar! Hier fährt der auch oft genug Kontrolle. DAS IST STALKING!", Thoralf war außer sich. Wütend auf Lolli, wütend auf Nicola, wütend über seine Hilflosigkeit, mit der er zusehen musste, wie die Frau, die er liebte, ihm entglitt.

"Ich fühle mich von diesem Mann emotional erpresst!", schleuderte sie ihm entgegen. Wobei das ziemlich untertrieben war, fand Nicola. Thoralf wusste von den Selbstmorddrohungen, den Bettelarien, dem Herzanfall und dem Krankenhaus. Er hatte alles mitbekommen. Fast alles.

Sie verschwieg, dass Lolli in ihr Haus eingestiegen war und vor ihrem Bett stand. Sie befürchtete, dass er ausrasten, zu ihm fahren und ihm 'ein paar auf's Maul hauen' würde. Angedeutet hat er es oft genug. Bisher konnte Nicola ihn immer noch zurückhalten. Doch sie wusste nicht, ob sie das noch können würde, wenn er von dem Eklat der letzten Nacht erfuhr.

Thoralf war groß und kräftig. Wesentlich kräftiger als Lolli. Lolli hätte gegen ihn keine Chance gehabt. Thoralf würde ihn platt machen. Zermalmen. Mit wenigen Hieben außer Gefecht setzen.

Ihr Telefon klingelte. Gerold. Sie ging ran. Seine Leichtfertigkeit entspannte die Situation beträchtlich.

"Der ist der Meinung, er wäre allein? Wo der Tag und Nacht mit seiner Mutter verbringt? Was für eine schräge Wahrnehmung!"

Nicola hatte schon keine Lust mehr, sich mit dem Thema 'Lolli' zu befassen. Enthielt sich hier auch jeglichen Kommentars.

"Gib ihm Zeit. Schlage ihm vor, dass du dir das bis, sagen wir mal, Weihnachten anschaust. Tu so, als sei alles in Butter. Gib ihm das Gefühl, dass er nichts mehr zu befürchten hat. Und wenn bis Weihnachten nichts passiert ist, schmeißt du ihn wirklich raus. Bis dahin hat der sich bestimmt etwas entspannt, ihr habt Abstand gewonnen, sein Leben hat sich wieder in alten Bahnen eingefahren, er ist wieder in seine alten Muster verfallen - und du wirst ihn nach und nach los werden. Das ist der sicherste Weg, die Sache zu beenden.

Seinen ganzen Zusagen und leeren Versprechungen würde ich an deiner Stelle keinen Glauben schenken. Bisher entpuppten sich doch all seine Pläne als leere Phrasen, oder?"

"Alle!", bestätigte Nicola.

"Na siehst du. Darum denke ich, du musst dir keine Sorgen machen. Der kommt nie von Mama los! Also, wenn du ihn nicht rausschmeißen kannst, dann schleich dich da raus. Auch eine Möglichkeit."

"Vielleicht sollte ich genau darauf bauen", erwiderte sie erleichtert.

Sie hoffte insgeheim auf Thoralfs Hilfe, wusste aber auch nicht, wie diese aussehen sollte. Sie konnte sich nicht auf ihn einlassen, eine Beziehung mit ihm eingehen, zu ihm ziehen, wenn auch nur vorrübergehend, so wie er es ihr fast täglich anbot, und was sicherlich die Lösung der ganzen Situation gewesen wäre. Doch die Gefühle waren einfach nicht da. Sie konnte Thoralf nicht geben, was er wollte und sich so sehr wünschte, und darum war die Hilfe, die er ihr zukommen lassen konnte, begrenzt.

Die Idee von Gerold jedoch war gut. Grandios geradezu. Da sie eh nicht wusste, was sie machen sollte, schien dies die beste Lösung, um mit der Situation umzugehen und sie gleichzeitig zu entspannen.

Gesagt getan.

Lolli nahm das Angebot an.

Und Nicola hatte ihre Ruhe.

Dachte sie.

*

So oft er konnte und es seine Zeit zuließ, schaute er bei ihr vorbei. Es war ein später Abend, er saß wieder einmal zusammengekauert neben ihr, als er ihr offenbarte, was sich in seinem Leben abspielte:

"Da oben gibt es nur noch Streit." Seine Knochen stießen hervor. Sein Gesicht war blass und schal. Er war in den letzten Wochen um Jahre gealtert. Und plädierte an ihr Mitleid.

"Es wird sich alles ändern. Du wirst sehen. Gib mir eine Chance. Lass Taten sprechen!"

"Dann lass Taten sprechen! Löse dich von deiner Mutter. Strukturiere deinen Betrieb um. Kläre deine Erbschaftsverhältnisse. Geh da weg. Du hast ja bis Weihnachten Zeit", bestätigte Nicola, ohne auch nur ein einziges Wort so zu meinen, das sie sagte.

"Ich werde meine Erbschaftsverhältnisse klären. Ich bin schon dabei. Die müssen jetzt auch endlich geklärt werden. Und ich habe allen gesagt, wenn bis Weihnachten nicht wenigstens ein Pachtvertrag oder irgend eine andere Lösung für mich unter dem Weihnachtsbaum liegt, bin ich da weg. Dann habe ich die längste Zeit mein Leben dort oben verschwendet und für den Rest der Familie hingehalten."

Lollis Gedanken spielten Nicolas Vorschlag in die Hände. Für ihn bedeutete ihr Angebot Licht am Ende des Tunnels und eine weitere Chance mit ihr.

Und für sie das Ende eines Albtraumes. Sie müsste nur lange genug die Füße still halten und warten.

Und ihn endlich los werden.

Nie wieder würde sie ihn an sich heranlassen.

*

Die ersten Wochen gingen ins Land. Es geschah nichts. Jedenfalls nichts, das irgendeine Veränderung in Lollis Leben ankündigte. Stattdessen quälte er sie mit unangemeldeten Besuchen und ewiger Kontrolle zu jeder Tages- und Nachtzeit.

Er tauchte bei ihr auf, wann immer es ihm beliebte. Sie gewährte ihm stets Einlass und hier und da eine Tasse Kaffee oder abendliche Gespräche, aus Angst, wartete aber insgeheim nur darauf, dass er sich selbst die Beine stellte und sie am Ende Recht behalten würde - dass er in alte Muster verfallen und von ihr Abstand nehmen wird.

Zwar hatte sie die Voraussetzungen dafür geschaffen, dass es auf ein friedliches Ende hinauslaufen wird, doch der Preis dafür war hoch. Sie fühlte sich in ihrem eigenen Haus von ihm gefangen, unfrei, überall beobachtet. Er bespitzelte sie regelrecht, wollte sie am liebsten isolieren und redete schlecht über alle, mit denen sie zu tun hatte. Sie fühlte sich bedroht und sah keine Möglichkeit mehr, sich unbedacht zu bewegen, ohne dass sie befürchten musste, bei nächster Gelegenheit angegriffen und mit haltlosen Unterstellungen konfrontiert zu werden.

Sie versuchte, seine Stimmungsschwankungen, die von Liebesschwüren über Annäherungsversuche bis hin zu harschen Verunglimpfungen und Kränkungen aller Art gingen, so gut es ging zu ignorieren, was ihr jedoch immer weniger gelang. Hätte er sie doch nur in Ruhe gelassen und ihr erlaubt, ihn zu vergessen! Stattdessen begannen ihre Gedanken zu kreisen und sie zu malträtieren, während sie auf den besagten Moment wartete, der endlich - endlich - dieses Thema in ihrem Leben beenden würde. Sie fieberte Weihnachten entgegen. Schon jetzt.

Der Sommer verabschiedete sich, der Herbst ging vorüber und die Zeit der Rauhnächte brach wieder an. Nicola fühlte sich elender denn je.

Ob es möglich gewesen wäre, all die Beschimpfungen und Gewalt zu ertragen? Kann man es wirklich schaffen, Niederträchtigkeiten, Bösartigkeit und offensive Angriffe beharrlich zu ignorieren? So, wie es ihr geboten worden war? War *sie* vielleicht diejenige, die versagt hat?

Ihr Kopf war kurz vor dem Platzen. Woche um Woche fühlte sie sich kraftloser. Gedemütigt. Erniedrigt. Und trotzdem schuldig.

*

"Beziehungen mit Persönlichkeitsgestörten haben am Ende meist irgendeine Art seelischer Gewalt zur Folge." Ehrhard stand ihr vor allem in ihren hilflosesten Momenten, in denen sie sich schon lange selbst nicht mehr verstand, mit seinem fachmännischen Rat zur Seite. Auf ihn war Verlass. "Da gibt es ein Buch von der bekannten Heilpraktikerin für Psychotherapie Silke Schaudinn, die hat das hervorragend beschrieben. Bei längeren Beziehungen mit solchen Typen macht sich oftmals eine langsame aber deutliche Änderung der allgemeinen Stimmungslage bemerkbar. Da solche Menschen nicht kritikfähig sind, werden alle Versuche, sie zu erreichen, vehement abgewehrt. Irgendwann wird der Partner dann dafür abgestraft, bestimmte Themen anzusprechen und wird in die absurdesten Erklärungsmodelle verstrickt, die er selbst teilweise zu glauben beginnt, weil sie so logisch und glaubhaft konzipiert sind. Der gesunde Beziehungspartner beginnt dann zunehmend, an seiner eigenen Wahrnehmung zu zweifeln. Das ist ein ganz schleichender Prozess. Und allmählich gleitet er in ein Wirrwarr von Gefühlen, Gedankenkreisen und Unsicherheit ab."

"Ich hatte ja auf dem Hof schon keine Ahnung, was mich erwarten wird, wenn ich auf die da oben treffe. Das war jeden Tag was anderes. Es war immer ein Lotteriespiel, in welch einer Stimmung ich sie vorfinden und wie sie auf meine Äußerungen reagieren würden. Wann sie mich mit Verachtung straften und wann sie mir mit Wohlwollen zugetan waren. Aber mittlerweile weiß ich überhaupt nicht mehr, was ich denken soll. Ich komme in meinem Kopf einfach nicht mehr zur Ruhe!

Dazu kommt, dass es oben ja hauptsächlich die Mutter war, die mich beschimpft und angegriffen hat. Diese Instanz fällt jetzt weg. Wenn der zu mir runterkommt, sind wir allein. Mal beteuert er mir seine Liebe und singt Bettelarien, dann unterstellt er mir wieder etwas und behauptet, es wäre wahr, stellt mich dementsprechend zur Rede und schüchtert mich mit seiner autoritär-aggressiven Art ein, ganz so, wie er es von Mama gelernt hat. Der hatte ja ein gutes Vorbild, an dem er ein Leben lang lernen konnte. Natürlich hab ich dann Angst und weiß nicht, was ich sagen soll. Der Typ ist ein Psychopath, Ehrhard!"

"Abwertungen, Ausraster, Lügen, Einschüchterungen, Nachstellen, Drohungen. Damit will er dich unter seine Kontrolle bringen. Auf diese Art unterwandern diese Menschen das Selbstvertrauen ihres Gegenübers. Das können diese Typen meisterhaft.

Dazu kommt, dass diese Persönlichkeitsgestörten auf Grenzsetzungen meist mit noch mehr Aggression und Schuldzuweisungen reagieren, und wenn man sich dann trennen will, werden sie meist zu Stalkern und überschütten ihre ehemaligen Partner mit Versprechungen, dass sich doch ab jetzt alles ändern wird. Das wird es natürlich nie! Darum machst du es absolut richtig: du spielst auf Zeit. Warte einfach ab. Irgendwann werden sich all seine Einsichten, die er in seinen wenigen lichten Momenten hatte, als leeres Geschwafel entpuppen. Damit will er dich nur bei der Stange halten, doch in Wirklichkeit zerstört er dich. Er rächt sich an dir dafür, dass du ohne ihn glücklich bist."

*

Die Weihnachtsfeier oben im Feuerwehrhaus, das als Gemeinschaftsstätte diente und direkt oben am Sportplatz stand, brachte auch nicht die erhoffte Aufmunterung. Sie kam an die Menschen in ihrer Nähe nicht mehr heran. Kontaktfreudig wie sie einst war, schien es ihr nicht mehr möglich, direkte Kontakte herzustellen. Sie fühlte sich isoliert, und trotz all ihrer Freunde um sie herum war sie selten so allein wie in den Augenblicken, in denen ihr Blick aus dem Fenster glitt und auf die mittlerweile halb gefrorene, halb aufgetaute Erde traf.

Von der Leichtigkeit und Ausgelassenheit des Sommers war nichts mehr übrig. Er hatte es doch tatsächlich geschafft, ihr den letzten Funken Kraft zu rauben und sie erneut niederzudrücken und in den Dreck zu ziehen.

Sie schaute durch die gläserne Tür in Richtung Lollis Hof. Sie musste ein paar Momente mit sich ringen, bevor es ihr gelang, ihre aufsteigenden Tränen zu unterdrücken. Jetzt war der denkbar schlechteste Zeitpunkt für einen Heulanfall. Die ausgelassene Fröhlichkeit um sie herum schien fast unreal, als wäre sie in einer anderen Welt, nicht dazugehörig, nicht wirklich anwesend und doch da.

Die gute Laune der anderen wollte sie einfach nicht mehr erreichen. Es war trübe. Vereinzelt fielen Schneeflocken, die sofort schmolzen, als sie die Erde berührten, große Pfützen und matschigen Boden hinterließen.

*

Sie ließ die feiernde Menge hinter sich, ohne sich zu verabschieden. Fuhr runter ins Haus, schloss sich ein, schloss sich weg. Allein.

Wie kam sie jemals dazu, einem Mann vertraut zu haben, ja ihr Leben anzuvertrauen, der seinen Hund an der Kette verwahrlosen ließ? Der es zuließ, dass seine eigene Freundin vor seinen Augen tyrannisiert wurde? Was hatte ihr so viel Sand in die Augen gestreut? Was hatte ihre Wahrnehmung so dermaßen ausgehebelt, dass sie nicht sehen konnte, wer vor ihr stand und was geschah?

Sie hasste ihn dafür, ihn jemals geliebt zu haben und begann, sich selbst zu verabscheuen, sich zu verfluchen und sich mit Vorwürfen zu überschütten, so blind vor Liebe gewesen zu sein.

"Mach dir keine Vorwürfe, dass du das nicht gleich sehen konntest. Das kann niemand auf den ersten Blick, egal wie geschult sein Auge sein mag." Ehrhard versuchte mit allen Mitteln, Nicolas Niedergeschlagenheit abzufangen und sie aufzubauen. In seiner sanften Stimme schwang tiefes Verständnis und Lebenserfahrung mit. "Solche Menschen haben eine unglaubliche Fähigkeit, sich nach außen darstellen zu können und blenden alle, auch ihre Beziehungspartner. Und es dauert meist sehr lange, bevor man wirklich durchschaut, was hinter solch einem Leben verborgen liegt. Das sehen im Normalfall auch nur die Partner. Außenstehende können gar nicht erkennen, was da an Psychoterror praktiziert wird. Denn das Schlimme ist ja, dass solche Angriffe meist nur zu Hause hinter verschlossenen Türen stattfinden, und das auch nicht gleich vom allerersten Tag an.

Nach außen hin wahren diese Menschen oftmals das typische Image des Saubermannes oder Sunnyboys, der immer nette Nachbar, der ja keine Fliege etwas zuleide tun kann. Und plötzlich hört man von Gewaltverbrechern oder Mördern, denen die eigene Schwester das nicht zugetraut hätte. Geschweige denn der Nachbar von nebenan ... .

Und das Problem ist: diese Typen empfinden ihr Verhalten gar nicht als problematisch. Für sie ist ausschließlich der Partner das Problem und alles - schlichtweg alles - wird auf ihn projiziert. Und am Ende ist es der andere, der vermeintlich lügt, betrügt, gemein und aggressiv ist. Dabei sind sie es selbst! Sie können es nur nicht wahrnehmen! Dir hat er doch auch schon Lügen vorgeworfen!"

"Das macht der andauernd! Der hat mir sogar schon das Stichwort 'Münchhausen' an den Kopf geworfen."

Ehrhard lachte schallend: "Das ist ja wohl eine Frechheit! Wo er in seiner selbstgeschusterten Lügenwelt lebt und alle, die die Wahrheit erkennen könnten, zerstört. Der ja die anderen vor dir auch auf diese Weise zerstört hat!

Das Leben dieser Menschen ist meist ein einziges, großes Lügenkonstrukt und das verteidigen die mit allem Mitteln, bis hin zur Aggressionsverschiebung, was ja ebenfalls ein Mittel ist, um von sich und den Urhebern des eigenen Lebensdilemmas abzulenken. 'Mit *uns* hat es ja gar nichts zu tun, dass *du* so gemein und verlogen bist' heißt es dann am Ende."

Nicola wurde immer trauriger, je länger sie Ehrhard Ausführungen zuhörte.

"Wenn du aber an ihrem Konstrukt rüttelst, dann musst du mit Mobbing, Abwertungen, Verdrehen von Situationen und Gesprächsinhalten, Lügen, Drohungen, Manipulationen, Verleumdungen und Anschuldigungen für nicht getane Dinge rechnen. Dazu kommen Intrigen und das Boykottieren jeglicher Gemeinsamkeit. Und das ist hier ja ganz klar der Fall. Er verdrängt und verzerrt ja die Wahrheit seines Lebens bis zur Unkenntlichkeit und verschleiert alles hinter logisch klingenden Erklärungen. Und ganz zum Schluss bist du an dem ganzen Unfrieden Schuld. Das ist seelische Gewalt!

Damit will er dich klein halten und emotional von sich abhängig machen. Er will nicht, dass du Spaß in deinem Leben hast. Der will nicht, dass du glücklich bist, und schon gar nicht ohne ihn. Der will dich isoliert sehen. Deine Welt soll sich einzig und allein um ihn drehen. Genau wie die Welt von Mama. Das ist sein Vorbild. So muss es sein. Und zusätzlich sollst du alles andere, den ganzen Psychoterror, ertragen. Wenn du das nicht bringen kannst, wirst du zerstört."

"Aber Ehrhard, das kann doch niemand bringen! Das geht doch gar nicht!"

"Natürlich nicht! Aber so ist es."

"Das heißt, ich habe überhaupt keine Chance?"

"Du hast nie eine Chance gehabt, meine Liebe."

Silvester. Sie wollte allein sein. Wie damals, als sie sich von Gerold trennte. Wollte sich selbst eine dieser unvergessenen Nächte bescheren, die in ihre persönliche Geschichte eingehen sollten und in der sie - wie damals - Entscheidungen treffen, Rückschau halten, Zukunftspläne schmieden wollte.

Doch die Nacht brachte ihr nichts Neues; keine neuen Erkenntnisse, keine neuen Gedanken, nichts, was sie nicht schon tausend und ein Mal durchdacht hätte.

Am prägnantesten ragte der Rauswurf, diese fünf Minuten, in denen Lolli ihr ihre Sachen ins Auto schmiss, aus allen Erinnerungen heraus. Ansonsten: Nichts.

Bis jetzt hat sich auch nichts geändert. Nichts war passiert. Lolli saß nach wie vor oben bei Mama am Tisch, ihr nicht widersprechend, Gehorsam leistend, ihren Sklaven mimend. Alles war beim Alten. Ihre Prophezeiung hatte sich erfüllt. Er hatte sich, wie vorhergesehen, selbst ein Bein gestellt und würde jetzt auf die Nase fliegen. Ohne sie. Jetzt würde sie nicht länger warten. Sie würde frei sein.

*

Zwei Tage später klopfte es. Lolli. Er stand mit versteinertem Gesicht vor ihr. Seine Augen voller Wut auf sie herab gerichtet.

"Hallo", versuchte sie ihn so freundlich wie möglich zu begrüßen und seine Wut zu neutralisieren. Diesmal fruchtete ihr Versuch nicht.

Er folgte ihr ins Haus, baute sich neben ihrem Kachelofen auf, stemmte einen Arm in die Hüfte und lehnte den anderen auf den Ofen. Seine Augen ließen sie nicht los.

Was war passiert? Welche Wahnvorstellung hatte jetzt wieder von ihm Besitz ergriffen?

"Wo warst du in der Silvesternacht?"

Nicola war stutzig. Sie dachte, die Monate, die zwischen den Aggressionen von Seiten der Schachts und heute lagen, hätte sie vergessen, hinter sich gelassen, ausgeheilt. Falsch gedacht. Sie begann auf der Stelle zu zittern. Nichts war vorbei. Alles war, wie es immer gewesen ist.

Ihre Knie wurden weich, ihre Stimme heiser. Seine Ausstrahlung raubte ihr den Verstand:

"Ich war hier, wieso?"

"Du warst nicht hier! Du warst oben bei Familie Patberg feiern!"

"Ich war hier. Ich war nicht oben."

"Ich habe erfahren, dass du dort warst!"

Sein Ton war streng wie der seiner Mutter. Und sie fühlte sich wie das legendäre Lamm, das auf die Schlachtbank geführt wurde.

"Ich war hier."

"Es war alles dunkel."

"Aber mein Auto stand doch vor der Tür. Das musst du doch gesehen haben, wenn du hier gewesen bist."

"Das hat nichts zu sagen."

Das hat nichts zu sagen?

"Fahr doch hoch und frag Manuel und Carolina. Die waren im Feuerwehrhaus feiern. Da waren gute 25 Leute, wie sie mir berichtet haben. Zur Weihnachtsfeier war ich dort, aber nicht Silvester. Und wenn ich bei denen gewesen wäre, würden das alle hier wissen. Es ist ein kleines Dorf, vergessen? Aber ich war hier!"

Nicola fiel überhaupt nicht ein, was sie hätte sagen sollen. Und dazu kam sie auch nicht mehr. Die Wut, die Aggression, dieser verkapselte, aufgestaute Zorn entlud sich und es geschah, wovor sich Nicola von Anfang an gefürchtet hatte:

"DU VERLOGENES MISTSTÜCK!!!", er holte aus, schlug zu. Nicola traf seine flache Hand mitten ins Gesicht. "DU VERLOGENE SCHLAMPE!!!" Der nächste Schlag donnerte auf sie nieder. Nicola ging zu Boden. Sie schrie. Niemand hörte sie. Es war Winter. Die Fenster fest verschlossen. Der nächste Nachbar weit weg.

Wieder holte er aus und schlug auf sie ein. Lolli war wie besessen, hörte gar nicht auf zu schreien:

"DU VERLOGENES MISTSTÜCK!!! DU VERLOGENES MISTSTÜCK!!!"

Nicola hielt ihre Hände vors Gesicht, um sich zu schützen. Er griff ihre Handgelenke und begann, mit ihren eigenen Händen auf sie einzuschlagen.

"HAU AB! GEH NACH OBEN ZU DEINER KRANKEN MUTTER!", brüllte sie aus lauter Verzweiflung.

Sie griff in seinen Hemdkragen, hielt sich daran fest, damit er nicht weiter auf sie einschlagen konnte. Er riss an ihren Handgelenken. Ein Knopf schoss durch die Gegend, sein Autoschlüssel fiel aus der Tasche und klirrend zu Boden.

"HAU AB!", schrie sie aus voller Kehle, "RAUS HIER! VERSCHWINDE ENDLICH AUS MEINEM LEBEN!!"

Sie brüllte ihm all ihre Angst entgegen. In ihr hatte sich ebenfalls genug aufgestaut, auch wenn sie schon fast geglaubt hatte, in den langen Monaten des Wartens sei viel davon verflogen. Doch ihre Angst trat - ihm gegenüber - in vollem Umfang zum Vorschein.

Er schob sie an den Handgelenken durch den gesamten Flur bis in die Küche und drückte sie dort an die Wand. Auf den rutschigen Fliesen fand sie mit ihren leichten Hausschuhen keinen Halt und hatte ihm nichts entgegenzusetzen. Nicht an Stärke, nicht an körperlicher Kraft.

Er schrie auf sie ein, sie brüllte zurück, drückte sich von der Wand ab, traf ihn mit der rechten Handkante leicht im Gesicht. Er grinste. Seine Augen funkelten vor Zorn.

"HAU AB!", schrie sie erneut. Er ging einen Schritt rückwärts, ließ ihre Hände los. Sein Grinsen stand in seinem Gesicht wie einem Wahnsinnigen der Irrsinn, seine Augen halb zugekniffen, sein Blick verheißungsvoll.

Nicola atmete schwer, konnte sich vor Entsetzen kaum noch auf den Beinen halten. Es schien ihr wie ein Wunder, als er sich umdrehte und das Haus verließ. Sie schnellte zur Tür und schmiss sie hinter ihm ins Schloss.

Als sie sich umdrehte fiel ihr Blick auf seinen Autoschlüssel, der mitten im Flur lag. Sie griff ihn, hektisch, mit zitternden Händen, riss die Tür auf, schmiss ihn in die Dunkelheit und die Tür wieder zu.

Sie rannte ins Wohnzimmer, griff zum Telefon, wählte die Nummer von Carolina:

"Ja", meldete sie sich freundlich und gelassen.

"LOLLI IST AUF MICH LOS GEGANGEN! ER IST NOCH HIER! IST MANUEL DA? ER MUSS KOMMEN! SOFORT!"

"VERSUCH IHN AUF HANDY ZU ERREICHEN!", schrie Carolina ins Telefon, die sofort die Dramatik der Situation erfasste, und "RUF THORALF AN!"

Nicola suchte, zittrig wie sie war, Thoralfs Nummer aus ihrem Telefonbuch. Sie war kaum in der Lage, auf dem Touchscreen den Curser zu bewegen, fand aber die Nummer und wählte.

"Ich bin bei Robert, eine halbe Stunde weg. Er hat dich geschlagen?"

"Komm! Bitte! Sofort!"

Nicola weinte ins Telefon.

Lolli musste immer noch irgendwo da draußen sein. Es war dunkel, sodass Nicola nichts erkennen konnte. Sie sah nicht, ob er ums Haus schlich, an seinem Auto war oder vielleicht direkt hinter dem Fenster stand, an das sie sich lehnte; der einzige Ort, von dem aus sie hier im Haus Empfang hatte. Lolli wusste das.

Die paar Minuten, die Manuel brauchte, um aus dem Dorf hier runter zu fahren, kamen Nicola vor wie Stunden. Gerade, als Lolli vom Hof fuhr kam Manuel an. Er hatte einen Kumpel mitgebracht. Beide saßen vollkommen verwirrt auf der Couch und konnten nicht glauben, was Nicola ihnen berichtete.

Sie war außer sich, saß in sich zusammengesunken auf einem Stuhl am Wohnzimmertisch, zitterte aber weinte nicht mehr. Ihr Schock verbot ihr jede Reaktion. Sie war wie eingefroren. Auf Stand-By. Entsetzt.

Ein weiteres Auto fuhr auf den Hof. Thoralf.

"Jetzt reicht's!", beschloss er in seiner entschiedenen Art, die aber im Gegensatz zu der Lollis nie bedrohlich wirkte. "Der Typ hat dir das letzte Vierteljahr zur Hölle gemacht! Du fährst jetzt zur Polizei und zeigst ihn an! Basta! Der versteht es nicht anders! Oder worauf willst du noch warten?"

"Ja? Zur Polizei? Willst du nicht erst mal eine Nacht darüber schlafen?", schlug Manuel vor. Sein Kumpel sagte keinen Ton.

Nicola zögerte. Allerdings nur ein paar Sekunden. Sie wusste: an Schlafen war heute Nacht nicht zu denken. Und DAS konnte sie jetzt nicht mehr auf sich sitzen lassen, geschweige denn reaktionslos hinnehmen, so, wie all die Demütigungen und Erniedrigungen, die bisher aus der Richtung Schacht in ihr Leben getragen wurden. Thoralf hatte Recht: Jetzt war Schluss!

*

Noch im Auto zitterten ihr die Knie. Sogar der Beamte auf der Wache konnte sie nicht beruhigen.

"Ich habe Angst vor diesem Mann! Schreiben Sie das ins Protokoll! Das *muss* da rein!", drängte sie den Polizisten. Er verstand.

Sogar Thoralf machte eine Aussage, gab das Stalking, das er all die Monate mitbekommen hatte, zu Protokoll und stützte damit Nicolas Aussage erheblich.

"Fahren Sie ins Krankenhaus", riet ihr der Beamte, als sie fertig waren und sein Blick über ihr Gesicht glitt, "und reichen sie das Protokoll morgen ein. Ich bin hier."

Thoralf fackelte nicht lange und fuhr sie sofort ins Krankenhaus. Nicola kannte den Weg. Sie konnte sich erinnern.

Ihr Gesicht war gerötet. Ihre Nase blutete und Reste des getrockneten Blutes klebten noch an ihrer Oberlippe. Ihre Handgelenke waren blau angelaufen, ihre Augen verquollen, ihr Gemüt zerfetzt, ihre Seele in Stücke gerissen.

Thoralf war ihre Rettung und bot ihr wiederholt an, zu ihm in die Wohnung zu kommen, wann immer sie wollte. Sie nahm das Angebot an, blieb jedoch nicht eine einzige Nacht.

Sobald sie wusste, dass sie Polizei Lolli kontaktiert hatte, wurde sie ruhiger. Und trauriger. Und inmitten ihrer Trauer geleiteten sie ihre Gedanken zu dem geschundenen Hund an der Kette. Einmal mehr fühlte sie sich ihm verbunden.

Sie wartete nicht lange und entschied, jetzt, wo ohnehin alles in den Brüchen lag und die Polizei eingeschaltet war, den Tierschutz oben auf den Hof zu schicken und den Schäferhund zu retten. Sie war es ihm schuldig. Fand sie.

Lolli wurde zeitnah zum Verhör geladen und zwei Wochen später standen schon wieder Beamte auf seinem Hof. Samt Tierschutz. Die Amtsärztin war verständigt, und dieser Mann bekam endlich Auflagen, sich um das verwahrloste Tier zu kümmern - was er natürlich trotz tierärztlichem Befund, trotz Marions Bitten und trotz der Schmerzen des Tieres nie tat.

"Und wenn ich jede Woche mit der Polizei hier stehe, der Hund wird behandelt!", berichtete die Tierschützerin Nicola am Telefon.

Nicola hatte Aestors Zustand genauestes umrissen und hatte dabei fast das Gefühl, ihren eigenen zu beschreiben.

"Alle Ihre Angaben konnten bestätigt werden", versicherte ihr auch die Amtsärztin.

Erst unter dem Druck der Polizei forderte er endlich die Unterlagen, die schon seit fast einem halben Jahr bei der Tierärztin vorlagen, an und die entsprechenden Medikamente gleich dazu.

Lolli soll nur gelacht, abgewunken und dies als Nachbarschaftsstreit abgetan haben. Doch die Tatsachen waren zu erdrückend, als dass die Polizei oder das Amt es ebenso haben sehen können.

Im Dorf erzählte er von der gemeinen Lügnerin, die ihm die hässlichsten Dinge unterstellte, Gemeinheiten, die natürlich alle nicht stimmten. Viele Alteingesessene glaubten ihm und Nicola hatte fast den Eindruck, eine Hexenjagd braute sich über ihr zusammen.

Ihr kamen Gerüchte zu Ohren, mit welchen Männern sie angeblich im Bett gewesen sein soll und mit wem sie schon zu Zeiten Lollis Affären gehabt hatte. In diesem Zusammenhang fielen natürlich auch die Namen Manuel und Christian.

Nicola wusste, woher die Gerüchte rührten. Sie erinnerte sich sehr lebhaft daran, wie Lolli über seine Exfrauen gesprochen und welche Affären er ihnen angedichtet hatte. Und auch das ließ Nicola nicht auf sich sitzen. Das letzte, was dieser Mann - und diese Alte, missratene Hexe - jemals von ihr hören sollten, waren zwei Briefe ihres Anwalts in Berlin. Ihr letzter Gruß und das endgültige Ende eines Weges, den sie von vornherein nie hätte beschreiten dürfen.

Jetzt, viel zu spät und doch rechtzeitig, warf sie die Tür zu diesen Menschen mit aller Wucht ins Schloss, auf dass sie für immer und alle Zeit verriegelt bleiben würde. Es sollte für ihn keinen Weg mehr zurück geben. Schon alleine sein Schamgefühl den Leuten aus dem Dorf gegenüber sollte es ihm verbieten, sich jemals wieder auf Nicolas Hof blicken zu lassen. Dafür nahm sie sogar die böse Nachrede in Kauf und die paar Leute, die Lolli mit seinen Lügen infiltrierte.

DERLIG - HAMANN - KALLAK
Rechtsanwälte

Nicola Teising ./. Leopold Schacht
wegen   Nachstellung   und   ehrenverletzender
Äußerungen

Sehr geehrter Herr Schacht,

in vorgezeichneter Angelegenheit zeigen wir
an, dass uns Frau Nicola Teising mit der
Wahrnehmung ihrer rechtlichen Interessen
beauftragt hat. Eine Bevollmächtigung auf uns
wird ausdrücklich versichert, eine
Vollmachtsurkunde kann auf Wunsch gerne
nachgereicht werden.

Nachdem Sie unserer Mandantin seit mehreren
Monaten hartnäckig nachstellen, indem Sie
beharrlich ihre räumliche Nähe aufsuchen, sie
wiederholt direkt oder über Dritte
kontaktieren und ihr Umfeld mit böswilligen
Verleumdungen infiltrieren, sieht sich unsere
Mandantin nun gezwungen, amtliche und
gegebenenfalls auch gerichtliche Hilfe gegen
Sie in Anspruch zu nehmen. So haben Sie unter
anderem gegenüber Bekannten unserer Mandantin
behauptet, sie gehe mit einem Herrn Manuel
Patberg bzw. Herrn Christian Rapp, bei dem es
sich um Ihren Schwager handelt, ins Bett,
überhaupt gehe sie mit jedem verheirateten
Mann ins Bett.

Zudem betraten sie mehrfach, ohne dazu befugt
zu sein, das Grundstück und das Haus unserer
Mandantin, um unserer Mandantin nachzustellen.

Die vorgenannten rufschädigenden Behauptungen
sind unwahr und wurden von Ihnen in der
Absicht verbreitet, unserer Mandantin seelisch
zuzusetzen, sie verächtlich zu machen und ihr
Ansehen herabzuwürdigen.

Ihr Verhalten ist nicht nur geeignet, zivilrechtliche Ansprüche unserer Mandantin zu begründen, sondern auch strafrechtlich von erheblicher Relevanz. Dies betrifft insbesondere die Straftatbestände der §§ 238 Abs. 1, 185, 186 und 187 StGB. Hierbei handelt es sich um die Delikte Nachstellung, Beleidigung, üble Nachrede und Verleumdung, wofür Geldstrafe und Freiheitsstrafe bis zu drei Jahren droht.

Im Namen unserer Mandantin fordern wir Sie auf, das geschilderte Verhalten zu unterlassen, insbesondere es zu unterlassen, unserer Mandantin nachzustellen, sie zu kontaktieren, sowohl persönlich als auch über Dritte oder per Fernkommunikationsmitteln, unsere Mandantin vor anderen Personen verächtlich zu machen, Gerüchte über angebliche Beziehungen zu verbreiten sowie sonstige das Ansehen unserer Mandantin schädigende wahrheitswidrige Behauptungen aufzustellen und das persönliche Umfeld unserer Mandantin hiermit zu behelligen.

Sollten Sie besagtes Verhalten nicht umgehend abstellen, sieht sich unsere Mandantin gezwungen, ohne weitere Ankündigung rechtliche Schritte gegen Sie einzuleiten. Für diesen Fall sind wir bereits jetzt mit dem Stellen einer Strafanzeige und eines Strafantrages gegen Sie sowie mit der Erhebung einer Unterlassungsklage und der Beantragung einer einstweiligen Verfügung gegen Sie beauftragt worden.

Vor diesem Hintergrund raten wir Ihnen dringend an, das von Ihnen gezeigte Verhalten zu überdenken und im Hinblick auf die Ihnen drohenden zivil- und strafrechtlichen Konsequenzen ab sofort zu unterlassen.

Mit freundlichen Grüßen

Dasselbe Schreiben ging an seine Mutter, die schon von Nicolas angeblichen sexuellen Eskapaden sprach, als sie noch im Stall stand und für die Schachts Kühe molk. Nur das Nachstellen ließ ihr Anwalt weg, ansonsten war der Brief an Käthe Schacht identisch.

"Du bist aber mutig!", meinte Marion.

"Das ist lange überfällig!", sagte Thoralf.

"Mich rächst du damit gleich mit. Niemals hätte ich den Mut gehabt, mich gegen die so aufzulehnen, wie *du* das tust", bestätigte ihr Dagmar.

Und Christian meinte nur:

"Ich hoffe, der kriegt endlich mal, was er verdient!"

"Das wird denen hoffentlich eine Warnung sein. Und eine Grenze setzen. Damit die wissen, dass sie diese Nummer nicht mit jeder abziehen können!" bestätigte ihr Gerold.

"Ein Schuss vor den Bug. Richtig so! Bei dir sind sie eben an die Falsche geraten", bestärkte sie ihr Chef.

Nur Ehrhard war skeptisch:

"Nicola! Pass auf! Damit ziehst du dir den Zorn dieses Mannes erst recht ins Leben! Da gibt es etwas, das nennt sich affektive Entladung. Du findest solche Leute in Nervenheilanstalten. Die entladen vollkommen unkontrolliert ihre blinde Wut in Momenten, in denen sie das gar nicht mehr mitbekommen. Darum gelten die auch als vermindert schuldfähig. Die sehen Rot. Im wahrsten Sinne des Wortes."

"Das hat er ja nun getan. Und mit all diesen Aktionen habe ich mich geschützt. Der wird nicht mehr kommen. Das traut der sich gar nicht."

"Bist du dir sicher?"

Das war sie. Ihr schlechtes Gefühl war verflogen. Ungeachtet der Schläge ging es ihr besser. Sie war befreit!

"Mit all diesen Anzeigen und Briefen habe ich dafür gesorgt, dass der sich hier nicht noch einmal blicken lässt. So ein Drama wie im Sommer brauche ich kein zweites Mal! Außerdem wissen genug

Leute im Dorf von seiner Aktion, die er natürlich vehement abstreitet."

"Natürlich streitet der alles ab! Was soll der denn auch sonst machen? Redet er schlecht über dich? Unterstellt er dir irgendwelche Dinge, Affären und so?"

"Klar!"

"Damit probiert der jetzt, seine Ehre wiederherzustellen. Sei froh, dass er es auf diese Weise macht. Das schadet dir nicht wirklich."

Nicola seufzte.

"Na ja, jedenfalls nur indirekt", korrigierte er sich.

"Weißt du Ehrhard, da ist noch ein Aspekt: wenn die Alte morgen, oder nächste Woche, oder in drei Monaten, tot umfällt, dann will ich nicht, dass der jemals noch mal auf die Idee kommt, hier auf meinem Hof aufzuschlagen. Am besten, die Schwestern verscherbeln noch den Hof und er sitzt von heut auf morgen ohne Existenzgrundlage da. Dann hat der nichts mehr zu verlieren. Wenn der *dann* mit Selbstmord droht, sollte ich ihn nicht wieder in mein Leben lassen - so, wie er es ja diesen Sommer schon getan hat - dann setzt der sich wirklich gegen einen Baum! Und damit will ich nichts zu tun haben! Von mir aus soll der sich dann hinten an seinem blöden Schuppen aufhängen, das ist mir egal. Aber ohne mich in seinem Leben! Ohne, dass ich da in irgendeiner Weise involviert bin."

"Ich verstehe das schon und das hast du auch ganz richtig gemacht. Aber meinst du, dann werden ihn all diese Anzeigen und Briefe davon abhalten, dich aufzusuchen?"

"Ich denke schon. Bis dahin hat der genug Abstand gewonnen und mich vergessen. Ich hoffe sehr, dass die Alte noch lange lebt. Soll der seine nächsten Jahre mit ihr verbringen, in trauter Zweisamkeit oder was auch immer. Ist mir egal. Ich bin aus der Sache raus! Das Kapitel Leopold Schacht ist endgültig abgeschlossen! Endgültig!"

*

"Vielleicht solltest du langfristig doch überlegen, ob du da weg ziehst?"

Nicolas Blick glitt über die vertrauten, grünen Hamburger Dächer, auf die man von der obersten Etage dieser herrschaftlichen Villa einen wunderbare Sicht hatte. Die Sonne schien. Das Leben dort draußen vor dem Büro wirkte friedlich. Friedlicher denn je.

"Habe ich auch schon gedacht. Dieses Haus ist ohnehin viel zu groß für mich allein. Vielleicht nicht unbedingt gleich 1000 Kilometer weit in den Süden Deutschlands. Schließlich arbeite ich ja hier und habe auch nicht vor, dich zu verlassen."

Ihr Chef lächelte.

"Aber möglicherweise ans Meer? Ein kleines Häuschen, groß genug für mich und meine Hunde?"

"Dort könntest du in Ruhe züchten."

"Ja. Und schreiben."

"Und deine Musik machen. Oben an der Küste gibt es sicher viele Auftrittsmöglichkeiten für dich."

"Klar. Und Lesungen organisieren. Vielleicht sogar Ausstellungen mit meinen Bildern?"

"Die Tierheilpraktik könntest du anbieten, bei den Kunden, die dir Hunde abkaufen."

"Und sie gleich betreuen."

Sie hielten inne. Herr Conrad sah seit langer Zeit mal wieder ein wenig vom alten Glanz aus ihrem Wesen strahlen, das er so liebte und das lange Zeit unter der erdrückenden Last entwürdigender Misshandlungen verschüttet lag.

"Wär' das nicht ein Traum? Ein Traum, den du dir schon lange verdient hast? Für den es sich zu leben lohnt?" Er lehnte in seiner gemütlichen Couch, die Beine über der Tischkante, die Hände hinter dem Kopf verschränkt, Kraft und Zuversicht ausstrahlend, an der Nicola sich labte wie eine Biene an süßem Nektar. "Was für herrliche Aussichten!"

Die Bilder, die er gemeinsam mit ihr in den Raum zeichnete, legten ihr ihre Zukunft direkt vor die Füße, und das erste Mal seit langer Zeit, wenn nicht sogar überhaupt das erste Mal in ihrem Leben, schien sie zum Greifen nah.

TEIL III

Nicola genoss die herrliche Meeresluft und die Brise, die ihr um die Haare spielte und ihr ins Gesicht wehte.

"Hallo mein Schatz! Wo steckst du bloß? Linderow ist so leer ohne dich!"

"Christian! Lang ist's her."

"Drei Jahre haben wir jetzt fast nichts mehr voneinander gehört. Kaum zu glauben, wie die Zeit vergeht! Schade, dass du nicht mehr da wohnst." seine Stimme klang belegt. "Seit du weggezogen bist, fahre ich auch kaum noch nach Linderow. Was soll ich da ohne dich?"

Nicola musste sogar jetzt noch über die liebevolle Vertrautheit lächeln, die ihr alter Kumpan und ungebrochener Fürsprecher in ihr Leben brachte.

"Wie läuft's bei dir? Was macht die Hundezucht?"

"Meinen Hunden geht es super!"

"Wieviele hast du denn jetzt?"

"Sechs. Vier Zuchthündinnen und zwei Rüden. Reizende Tiere. Du weißt ja, wie verliebt ich in meine Hunde bin."

Er lachte:

"Ich erinnere mich gut! Und sonst?"

"Mein Leben läuft. Mein kleines Haus hinterm Deich ist genau das, was ich immer wollte. Zwar habe ich keinen Blick auf die Alpen, aber dafür das Meer in Laufnähe. Ein echter Traum!"

"Hm", machte Christian.

Stille.

Der Wind rauschte. Nicola musste sich immer wieder so hindrehen, dass ihr die Brise nicht direkt ins Telefon blies.

"Du willst mir doch bestimmt was erzählen?"

Sie erreichte die schützenden Dünen, die mit dichtem Gras bewachsen waren und von dem vielen Wind aussahen, als hätte sie jemand gekämmt.

"Klar. Es gibt Neuigkeiten aus dem Hause Schacht."

"Will ich die wissen?", fragte Nicola lauthals sich selbst.

"Willst du die wissen?" wiederholte er ihren Satz. "Klar willst du die wissen!", beantwortete er auch sogleich ihre Frage.

Nicola seufzte:

"Na dann. Was ist?"

"Die Alte ist tot."

Nicola nickte:

"Na endlich. Dann kann Lollis Leben ja beginnen."

Christian stieß einen verächtlichen Lacher aus.

"Und, wie geht's ihm", erkundigte sich Nicola, obwohl es sie gar nicht interessierte.

"Ich habe ja all die Jahre keinen Kontakt mehr zu ihm gehabt. Du weißt ja, ich bin da oben nicht mehr gern gesehen. Die haben mich ja zum Buhmann erklärt, nachdem du weg warst und mir die Schuld am Scheitern eurer Beziehung gegeben. Was soll's. Es waren ja schon immer die anderen, die an allem schuld waren. Hat mich nicht weiter interessiert.

Erst auf der Beerdigung hab ich ihn dann mal wieder gesehen. Der sah alt aus. Eingefallen. Kam apathisch rüber. Desorientiert."

"War nicht anders zu erwarten", Nicola schaute auf ihre Hunde, die miteinander rangen und in den Wiesen hinterm Deich Fangen spielten. Es dämmerte schon. Nicola musste sich beeilen, wollte sie nicht erst im Dunkeln ihr Haus erreichen. Der Himmel war bedeckt. Es sah nach Regen aus. Die Nacht würde sehr dunkel werden, wenn sie einmal einsetzte.

"Ja, was soll ich dir sagen?"

"Da bleibt nichts zu sagen." Nicola durchzog ein Hauch von Trauer, als sie seine Stimme im Ohr hatte und wusste, dass sie das Gespräch gleich beenden und auflegen würden. Und er vielleicht für immer in den Tiefen der Vergangenheit ihres bisherigen Lebens verschwinden würde. Ihre Gemeinsamkeit, das, was sie zusammen gehalten hatte, war lange nicht mehr existent. Ihre Verbindung schon seit Ewigkeiten abgebrochen.

"Na dann", sagte Nicola schweren Herzens. "Das ist also die letzte Nachricht aus meiner alten Welt."

Christian schwieg, schien er doch ebenso bedrückt wie sie.

Schon immer hatte er die Gabe, zu fühlen, was sie fühlte, und diese unsichtbare Verbindung zu ihr aufzunehmen, indem er sich ganz drauf einließ, was zwischen ihnen stand, was parallel und zeitgleich in ihnen beiden ablief.

"Na dann", sagte auch Christian. "Mach es gut, mein Schatz."

Nicola lächelte in sich hinein.

"Mach es gut, mein Schatz", sagte auch sie.

Christian schob noch sein altvertrautes "wir hören uns" hinterher, obwohl beide wussten, dass es gelogen war. Eine Floskel. Die Wahrheit war: Ihre Leben berührten sich nicht mehr. Und das würden sie auch in Zukunft nicht wieder. Ihr gemeinsamer Weg war jetzt und hier gegangen. Sie würden sich nie wieder sprechen. Beide wussten das.

*

Noch lange hing Nicola ihren Gedanken nach. Ihr Gemüt wurde schwer, und die Traurigkeit, die durch die Ereignisse von damals unauslöschliche Spuren in ihrer Seele hinterlassen hatte, meldete sich in einem leisen Tenor. Kaum hörbar und doch präsent.

Sie rief ihre Hunde, die sofort ankamen. Es wurde immer dunkler. Ihr Haus lag allein. Nur noch den kleinen Weg an der Schafweide vorbei, durch das kleine Wäldchen, die Böschung hinauf und sie würde zu Hause sein, es sich gemütlich machen, einen warmen Tee trinken und sich an ihren Hunden erfreuen, die jeden Abend seelenruhig am Kamin auf der Couch kuschelnd neben ihr einschliefen.

Der kleine Weg war kaum mehr zu sehen. Die dichten Bäume vom kleinen Wäldchen versperrten auch noch dem letzten, spärlichen Licht den Zugang.

Etwas raschelte im Unterholz. Die Lichtung am Ende des Weges erlaubte Nicola, wenigstens noch Umrisse zu erkennen.

Ihre Hunde bellten. Vor ihr trat eine Gestalt aus dem Gebüsch. Nicola blieb ruckartig stehen. Ihr Blick fiel auf eine in schwarz gekleidete Figur. In der Hand waren die Umrisse einer Axt zu erkennen, doch sie konnte nicht sehen, wer es war, denn die Dunkelheit legte sich wie eine Maske über ihr Gesicht.

Es war ein Mann!
Er ging einen Schritt auf sie zu.
Und holte aus.
Lolli.

Sternenstaub am Horizont

von Selbstwert und Zerstörung -
oder: Erkenne Deinen Wert
Ein Überblick

Damals, als die Sonne noch schien -
oder: Ein Leben in der Dunkelheit ist keine Option
Einblick eines Betroffenen

Un-möglichkeit und Möglichkeit -
oder: Von der Wichtigkeit, sich selbst zu lieben
Aussicht für Betroffene

Finales Resümee -
oder: Nichts geschieht umsonst auf dieser Welt
Ein Nachruf

von Selbstwert und Zerstörung -
oder: Erkenne Deinen Wert

Ein Überblick

Es gibt viele Varianten, wie sich der Schluss zu solch einer lebensdramatischen Geschichte hätte gestalten können. Der Tod, vor allem ein Mord, ist sicherlich eine der drastischsten Realitäten, die vorstellbar gewesen sind, doch ich wählte diesen Schluss, da mir das Drastische die tiefsten Eindrücke zu hinterlassen scheint. Dazumal ein Mord tatsächlich als eine logische Folge möglich gewesen wäre. Laut einem Kriminologen aus der Pfalz liegt der Anteil von Männern, die Gewalttaten mit Todesfolge begehen und deren Leben eine ungelöste Mutterproblematik zu Grunde liegt, bei 70%! Somit wäre solch ein Ende einer so gearteten Geschichte durchaus möglich, wenn nicht gar wahrscheinlich.

Schon Alfred Hitschcock wählte in seinem berühmten Film 'Psycho', dem ebenfalls die Thematik eines ungelösten Mutter-Sohn-Konfliktes zu Grunde liegt, den Mord als Plott. Doch was macht den Charakter eines solchen Menschen aus?

Arno Gruen schrieb in seinem Buch 'Wider den Gehorsam' über Menschen, in deren Leben an die Stelle von Selbstverwirklichung auferzwungener Gehorsam getreten ist:

'An die Stelle wirklichen Verantwortungsbewusstseins tritt Pflichterfüllung ... Pflichterfüllung aber hat mit Gehorsam zu tun. Indem man sich pflichtbewusst verhält, bleibt man dem Bild treu, das Eltern und andere Autoritätspersonen von sich selbst vermittelt haben. Wer ihren Erwartungen entspricht, wird mit Bestätigung belohnt.

So gerät das Ausfüllen von Rollen zum Ziel des Lebens. Für einen solchen Menschen, der die Pose zum Sein erhebt, bedeutet Schuld, wertlos zu sein, weil man sich nicht richtig verhalten hat. Korrektes Verhalten erzeugt den Anschein von Verantwortung, ist aber von einer wirklichen Übernahme von Verantwortung weit entfernt. Daraus resultiert ein Persönlichkeitsgefüge, das innere Regung nach Freiheit mit Ungehorsam gegenüber der

Macht gleichsetzt, von der man Anerkennung erhofft. Gleichzeitig hasst man alles, was die dahinter lauernde Angst und damit die wahre Ursache des Leidens aufdecken könnte.

Aus diesem Grund müssen Menschen mit einer solchen Entwicklungsgeschichte alles, was die Wahrheit aufdecken und zu wirklicher Liebe führen könnte, nicht nur hassen, sondern auch zerstören.'

(2003, aus dem Buch 'Wider den Gehorsam')

Zerstören wollte mich auch ein Bauer aus demselben Dorf, in dem ich lebte. Er meinte, sich in der Figur des Lolli im Buch wiederzuerkennen und sah sich entlarvt, wähnte sich erkannt und ertrug es nicht, dass angeblich sein Lebenskonstrukt und die große Lüge seines Daseins, entdeckt wurden. Die Beschreibung der Geschichte, des Lolli, im Buch, schien so treffend gewesen zu sein, so deckungsgleich zu seinem Innen- und Außenleben, dass er nicht umhin konnte, sich darin gespiegelt zu sehen. Im Buch ist es Lolli, dessen Lüge nicht nur sein Leben, sondern auch ihn stützte. Hinter dieser Lüge lauerte seine Wahrheit: Die Tatsache, dass er es eben nicht geschafft hatte, für sich selbst zu stehen und ein eigenes Leben zu führen, sondern stattdessen sein Leben in treuer Unterwürfigkeit und absolutem Gehorsam fristete, von deren Erfüllung für ihn alles abhing.

Der Bauer ging gegen das Buch vor, obwohl er seit Monaten von dem Erscheinen des Buches wusste, ja, sogar eines der Korrekturexemplare gute 4 Wochen vor dem Erscheinen der ersten Buch- und Autorenvorstellung im Nordkurier in der Hand hielt. Dieser Mann lehnte mit aller Vehemenz mein Angebot ab, den Roman vom Markt zurückzuziehen. Obwohl ich ihm schon 3 Tage nach der Veröffentlichung des ersten Zeitungsartikels und einen Tag nach einer lauten, aggressiven Schimpfkaskade, die er am Telefon über mich hinunterprasseln ließ, dieses Angebot machte. Auch auf meine SMS hin, die ich 3 Wochen später schrieb, mit dem Wortlaut :

'Schade, dass Du nicht reden magst. Ich bin immer noch zu einer Einigung bereit. Das war ich von Anfang an',

292

kam keine Reaktion.

Die Presse schaltete sich ein. Es folgte ein Zeitungsartikel nach dem anderen. Das Dorf wurde durch Hetzkampagnen und Lügengeschichten des angeblich Beschriebenen aufgewiegelt und kochte. Eine von mir geplante Lesung wurde anwaltlich untersagt, was die Geschichte rund ums Buch endgültig auf die Titelseite der lokalen Presse katapultierte. Letztendlich fand eine Lesung statt, mitten im Familienzentrum im Herzen Teterows, die bis auf den letzten Platz ausverkauft war. Der anwesende Journalist betitelte den anschließenden Zeitungsartikel mit der Schlagzeile:

Antonia T - gescheitert doch wieder aufgestanden.

Der detaillierte Verlauf der Geschichte ist den Zeitungsartikeln zu entnehmen, die bis heute nicht nur auf meiner Internetseite www.antonia-katharina.de einzulesen sind, sondern auch auf einem Blog, den ich aus Selbstschutz kreierte und der sämtliche Ereignisse eingehend dokumentiert. Er ist zu finden unter

breakablezerbrechlich.wordpress.com

Ein Jahr nach der Veröffentlichung des Romans folgte eine Klage, die der Bauer beim Landgericht Rostock eingereicht hatte und von der er auch nach mehreren Einigungsversuchen nicht abließ. Des Weiteren, unmittelbar nach dem Erscheinen des Buches, folgte eine Rufmordkampagne in unserem Dorf, in dem wir gemeinsam lebten - er im ersten, ich im letzten Haus, außerhalb. Was Arno Gruen beschrieb, spiegelte sich im wahren Leben wider: Dieser Mann musste nicht nur hassen, sondern versuchte mit allen Mitteln, *die* zu vernichten, die seiner Meinung nach die Wahrheit aufgedeckt hatte: mich.

Die Klage endete mit einer Güteverhandlung, in der der Kläger eine Einigung einging, die er ganz offensichtlich weder verstanden, noch wirklich gewollt hat. Denn schon zwei Wochen später gingen die ersten Strafanträge gegen mich ein, die er vorher bei seiner Nachbarin mit den Worten angekündigt hatte:

'Die werden wir vor Gericht ziehen. Die wird bluten!'

Die Strafanträge gingen ebenfalls beim Landgericht Rostock ein und waren ebenso haltlos wie die Klageschrift selbst. Fast ein weiteres Jahr später - nach mehreren Schriftwechseln, erneuten Konsultationen bei meinem Anwalt und eingereichter Beschwerde der Gegenseite - wurden sie vom Landgericht abgelehnt.

Leopold Schacht hat all seinen lebenslangen Hass hinuntergeschluckt, all den aufgestauten Groll eines ungelebten, selbst-unverwirklichten Lebens still versucht zu ertragen. Den Groll auf ein Leben, das er unter Gehorsam und treuer Pflichterfüllung gefristet hatte - bis er Nicola traf und er am Ende die Kontrolle verlor; und darüber hinaus sich selbst.

Es war, als wenn mit dem Erscheinen dieses Buch ebensolche Gefühle in dem Bauern entfesselt wurden, dessen Lebensgeschichte für ihn dort niedergeschrieben stand. Das Buch war Anlass für ihn, seine Rufmordkampagnen zu begrüßen, zu klagen, Strafanträge einzureichen, Vernichtung zu üben gegen das endlich gefundene Objekt seines Hasses - mich.

Zeitweilig hatte ich Angst, dass die von ihm Aufgehetzten mir im Alten Jagdhaus die Scheiben einschlagen würden. Ich traute mich nicht mehr, meine Hunde allein zu lassen. Ich hatte Angst, mich außerhalb meines Grundstückes zu bewegen. Einmal traf ich ihn, allein auf den Wiesen der mecklenburgischen Schweiz, unweit vom Dorf. Er bremste sein Auto neben mir ab, öffnete die Tür und schrie mich an. Eine gefühlte Ewigkeit. Ich sagt nichts. Erstarrte. Mein Herz raste. Dann zog er die Tür zu. Das dumpfe Knallen hallte auf der weiten Ebene. Dann fuhr er davon.

Immer wieder fragte ich mich: Wenn er abends bei sich oben die Tür hinter sich schließt, dann weiß er doch, wie es gelaufen ist? Dann weiß er doch, dass er von allem wusste, alles durchgewunken hatte, er das Buch sogar in der Hand hielt. Er las den Klappentext, ließ einmal alle Seiten des Buches wie ein Daumenkino durch seine Finger gleiten, legte es vor mir auf den Tisch mit den Worten: 'Fertig!', und lächelte mich an.

Nachdem der Roman dann erschienen war, der Artikel in der Zeitung stand, erst da - vielleicht aufgehetzt? - entfesselte sich eine Wut in ihm, die alles übertraf, was ich bis dahin von ihm kennengelernt habe. Ich bot ihm an, den Roman zurückzuziehen, wenn er mich im Gegenzug dazu nicht trotzdem verklagte - ja, übermittelte ihm meine Einigungsbereitschaft wiederholt ein paar Wochen später sogar per Text-Nachricht. Ohne Erfolg.

Er wusste doch, dass er die ganze Zeit bei mir war, um über unsere Beziehung zu sprechen; wir uns sogar noch einmal trafen, nach Erscheinen des ersten Zeitungsartikels! Das wusste er doch alles! Und jetzt wendete er sich so gegen mich? Beschimpfte mich, schrie mich an, diffamierte mich in nächster Umgebung, schaltete Anwälte ein, wollte eine völlig überflüssige Klage - anstatt einfach mal mit mir zu sprechen? Anstatt einfach einmal anzuhalten und mein Angebot anzunehmen? Einfach nur mein Angebot anzunehmen? Zerriss ihn das nicht innerlich? Machte ihn das nicht krank?

Es dauerte nicht lange, und der sich selbst zum Bauern Lolli im Buch erklärte Bauer aus meinem Heimatdorf erhielt die niederschmetternde Diagnose: Krebs.

Eine gute Freundin von mir kommentierte seinen ersten operativen Eingriff mit den Worten: *'Wenn er aus dem Krankenhaus kommt und als erstes wieder seinen Anwalt konsultiert, um weiter gegen Dich vorzugehen, dann weißt Du: der Zug ist abgefahren.'*
Seine Beschwerde gegen die gerichtliche Ablehnung der Strafanträge kam nur wenige Wochen, nachdem er wieder daheim war.

'Ein bis eineinhalb Jahre nach einem traumatischen Ereignis kommt meist die Diagnose - wenn man das Ereignis nicht verarbeitet hat und ihm erlaubt, die eigene Seele zu zersetzen', erklärte mir eine andere Freundin, die ihre Diagnose fortgeschrittenen Krebses nach dem Tod ihres Sohnes erhielt. Sie ließ sich in einer ganzheitlichen Klinik behandeln und krempelte ihr Leben danach vollkommen um, schloss Frieden mit sich und

ihren Erfahrungen, folgte ihrem Herzen, wechselte ihren Beruf und richtete ihr Leben vollkommen neu aus. Heute lebt sie ein Leben nach ihren Vorstellungen; und ist krebsfrei. Seit mehr als 15 Jahren.

Seine Krankheit war *nicht* heilbar. Die Operationen konnten die Streuung der Metastasen nicht mehr aufhalten; keine Chemotherapie schlug an.

Er litt lange. Rief mich von seinem Totenbett aus noch einmal wortlos an und schrieb mir wirre Nachrichten, die keinen echten Sinn ergaben. Trotzdem blockte er auch dann noch einen allerletzten Versuch ab, mit mir und damit mit sich selbst Frieden zu schließen.

Mit fortschreitender Krankheit, zunehmendem Leiden und der ganz offensichtlichen Unfähigkeit dieses Mannes, loszulassen, kam die Frage auf, ob es noch etwas zu klären gäbe in seinem Leben; mit jemandem? Ob noch etwas offen sei, eine unerledigte Geschichte? Er bejahte, lehnte jedoch bis zum letzten Tag, den er bei Kräften war, alles ab, was ihm seinen ersehnten Frieden hätte bringen können.

Nach Monaten der Bettlägerigkeit, am Ende teilweise wirr und kaum mehr ansprechbar, verstarb er früh morgens allein in seinem Krankenhauszimmer. Ob er seinen inneren Frieden noch gefunden hat, nach dem er sich zu Lebzeiten so sehr sehnte und dessen Erfüllung ihm versagt blieb?

Warum schrieb ich dieses Buch?

Wieder und wieder stellte ich mir diese Frage. Nicht nur andere Menschen mutmaßten darüber, sondern auch ich selbst.

Schreckliches habe ich erlebt und in der Geschichte der Nicola verarbeitet. Genau wie viele andere Autoren ließ auch ich mich von meiner eigenen, gelebten Realität inspirieren, wobei dieser Roman weniger aus dem Gefühl der Inspiration heraus entsprang, als mehr aus dem Gefühl, zu platzen, wenn ich diese Geschichte nicht aus mir heraus in die Welt brächte. Und dabei war es nicht einmal der körperlich gewalttätige Übergriff, den ich erleben musste, der den sogenannten Kickstart für den Roman darstellte. Sondern die Reaktionen von den nächsten Menschen aus dem Dorf, in dem ich lebte, auf mein endliches Zur-Wehr-Setzen gegen einen Mann, der schon seit langer Zeit alle erdenklichen Grenzen überschritten und mich am Ende tatsächlich verletzt hatte. Nicht der Mann, der Gewalttäter, wurde geächtet und ausgeschlossen - sondern ich, die Betroffene; die Frau, die endlich Nein gesagt hatte.

Ich litt sehr. Sowohl unmittelbar nach dem Übergriff, als auch nach der Veröffentlichung des Romans. Ich litt unter all dem Hass und der Abwehr, die mir aus meiner unmittelbaren Umgebung entgegenschlugen, entfacht und befeuert nicht nur durch die Presse, sondern vor allem durch die Geschichten eines Mannes. Eines Mannes, der durchs Dorf lief, sich einerseits den Schuh des Lolli anzog, andererseits förmlich an jede Haustüre klopfte, um den Menschen, die sich hinter ihnen verbargen, die diffamierendsten und entwürdigendsten Lügengeschichten über Antonia Katharina Tessnow zu erzählen. Die Menschen hörten auf, mich zu grüßen, wenn ich ihnen begegnete. Manche wandten sich schon ab, wenn sie nur mein Auto die Dorfstraße entlangfahren sahen.

Die Ablehnung, die mir entgegentrat, quälte mich täglich. Ich wollte weg aus diesem Dorf, doch mir fehlten die Kraft und der Mut, ein neues Leben an einem neuen Ort aufzubauen. So sah ich keine Möglichkeiten, dort weg zu kommen und mir fehlten die Mittel, welche die Voraussetzungen dafür gewesen wären, ein neues Haus an einem neuen Ort zu kaufen. Denn das einzige, was mich am Gehen hielt, war der Wunsch, meinen allerletzten Traum zu verwirklichen: Ein Leben allein mit meinen Tieren. Das ging in meiner finanziellen Situation nur dort, wo ich jetzt war mit dem, was ich zu diesem Zeitpunkt hatte. Es war zum Verzweifeln.

Im Gegensatz zur Rufmordkampagne in meiner nächsten Umgebung entschied ich mich für den Rückzug und das Schweigen. Ich hielt mich auch von Freunden aus dem Dorf fern, um niemanden in diesen Sumpf von Zeitungsartikeln, Klagen und unendlich scheinenden Lügengeschichten, die über mich kursierten, hineinzuziehen. Ich litt im Stillen. Und ich litt sehr, plagte mich mit Schuldgefühlen, die mir einhämmerten, alles falsch gemacht und mein Elend wohl verdient zu haben, machte mir Vorwürfe über das Buch, das Zur-Wehr-Setzen, das Nein-Sagen, und lehnte mich zeitweise selbst über alle Maßen ab.

Heute weiß ich, dass ich in einem selbstgeschaffenen Gefängnis gelebt habe; dass ich nicht nur all meinen Gedanken zur Situation Macht über mich gegeben hatte, sondern vor allem dem, was ER mir versucht hat einzutrichtern und weiszumachen. All den Drohungen, all dem Hass, all der Zerstörungswut, die von seiner Seite in mein Leben und meine Seele schwappten, habe ich Raum in mir gegeben. Ich habe all dem erlaubt, mich zu beeinflussen: meine Gefühle, meine Gedanken, meinen Geist. Allein darum war die Situation für mich lange Zeit sehr schwer zu ertragen.

Erst im Nachhinein, Jahre später und im Zuge seiner Diagnose, habe ich verstanden, dass ich selber einen großen Teil meines seelischen Leidens entschieden habe, dass ich innerlich ja gesagt hatte zu den Meinungen und Gefühlen anderer mir gegenüber, und deshalb diese Situation als so quälend und als so unaushaltbar wahrnahm und erlebte: Weil ich *ihm* geglaubt habe. Weil ich *den anderen* um mich herum geglaubt habe. Weil ich *seinen* Anfeindungen, *seinem* Hass, *seinen* Lügen und *der Haltung und Meinung anderer* mir gegenüber Glauben geschenkt habe.

Ich habe ihm geglaubt, als er sagte, alle Menschen seien gegen mich.

Ich habe ihm geglaubt, als er meinte, das einzige was ich tun könnte, sei hier wegzuziehen.

Ich habe ihm geglaubt, als er meinte, kein Mensch würde jemals wieder etwas mit mir zu tun haben wollen.

Ich habe ihm geglaubt, als er sich von mir abgewandt hat, als er begann, mich bösartigst zu bekämpfen, mich anzugreifen.

Ich habe geglaubt, dass sein Versuch, mich zu vernichten, richtig war.

Ich habe den anderen geglaubt, die sich von mir abwandten, mich nicht mehr grüßten, ihre Ablehnung mir gegenüber zur Schau trugen.

Ich habe ihnen geglaubt, als sie den Kontakt zu mir abbrachen, mich nicht mehr sehen wollten, verächtlich auf mich niederblickten.

Ich habe geglaubt, dass sie das Richtige tun und ich das Falsche.

Ich habe geglaubt, dass sie Recht haben und ich nicht.

Und das ist eine Falle.

Die Falle für Menschen, die sich in die Lage eines anderen versetzen können. Und wenn der andere ein psychischer, emotionaler und/oder seelischer Gewalttäter ist, man sich jedoch gleichzeitig in seine Lage versetzen kann und seine Gefühle und Gedanken versteht, läuft man Gefahr, diesen Gewalttaten, die gegen einen verübt werden, zu glauben. Ja, mehr noch: Sie zu rechtfertigen und dem anderen einzuräumen, dass er das Richtige tut. Das alles geschieht ganz automatisch, ohne sich selbst, seine Gefühle und Gedanken mit einzubeziehen; und ohne den eigenen Wert zu kennen.

Womit wir bei dem wichtigsten Punkt sind, der mich überhaupt dazu bewogen hat, diesen Kommentar zu schreiben und diese gesamte Geschichte zu offenbaren:

An alle Betroffenen, an alle Verletzten, an alle Niedergedrückten, an alle Ausgestoßenen, an alle Selbstzweifler, an alle Schmerzerfüllten, an alle Hoffnungslosen und an alle an sich selbst und an der Welt Leidenden - Euer Wert ändert sich nicht, egal wie andere Menschen euch behandeln!

Es gibt eine alte Geschichte, eine Metapher, über Wert und Behandlung:

Ein 20-Dollar-Schein, der frisch aus der Presse kommt, hat einen Wert von 20 Dollar. Man kann ihn zerknüllen, man kann auf ihn treten, man kann auf ihn spucken und man kann ihn verachten - doch nimmt man ihn wieder in die Hand, dann hat dieser 20-Dollar-Schein nach wie vor einen Wert von 20 Dollar - und nicht einen Cent weniger. Er ist derselbe 20-Dollar-Schein, der frisch aus der Presse kam und einst unversehrt aussah. Egal, was passiert und wie er behandelt wird: Sein Wert ändert sich nicht!

Das Gleiche gilt für uns Menschen: Egal, was wir erleben auf dieser Welt, egal durch welche Erfahrungen wir geschickt werden - Anfeindungen, Niederträchtigkeiten, gesellschaftliche Ausschlüsse, Bösartigkeiten, Hass - *unser Wert ändert sich nicht*.

Es ist schwer, sich den eigenen Selbstwert ins Bewusstsein zu holen, wenn man ihn nicht fühlen kann. Ich weiß, wovon ich rede.

Selbstwert beginnt im Bewusstsein; Selbstannahme beginnt im Geiste. Die Außenwelt spielt dabei im Grunde genommen keine Rolle. Die Ablehnung anderer trifft uns nur, wenn wir uns selbst ablehnen. Die Feindseligkeit anderer nur dann, wenn wir uns selbst ein Feind sind. Der Hass anderer trifft uns nur, wenn wir uns irgendwo, in den Tiefen unserer Seele, selber hassen.

Doch nur, weil der eigene Selbstwert schwach ist, rechtfertigt es nicht, Ungerechtigkeiten, Niederträchtigkeiten und Gewalt - egal ob in seelischer, geistiger oder physischer Form - zu ertragen.

Wartet nicht darauf, bis ein anderer Euch gibt, was Euch innerlich fehlt; bis ein anderer Eure eigene innere Leere füllt. Sagt selbst ja zu Euch. Und Euer Leben wird sich ändern. Grundlegend.

Steht auf! Steht für Euch ein! Steht für Euer Recht ein, wertgeschätzt zu werden und macht Euch stark für Euch selber!

Wartet nicht darauf, dass es ein anderer tut. Duldet keine Gewalt, in keiner Form. Und wenn der Moment, in dem Ihr gegen jede Art der Gewalt aufsteht, zur Folge hat, dass es Menschen gibt, die sich von Euch abwenden, dann bezahlt diesen Preis gerne und lasst diese Menschen aus Eurem Leben gehen! Es sind lediglich die Mitläufer, die Hetzer, die Angepassten, die Maulhalter, die Nach-Dem-Munde-Reder, die Dabei-Sein-Woller, die In-Der-Masse-Verschwinder, die Ängstlichen, die einen Menschen, der aufsteht, der für sich selbst einsteht und Nein sagt, ablehnen.

Es gibt Momente im Leben, wo sich Wege scheiden und man erkennt, dass man sich in einigen Menschen getäuscht hat;

dass sie doch mehr Mitläufer sind, als man dachte;

dass sie doch mehr Hetzer sind, als man vermutet hat;

dass sie doch angepasster sind, feiger, ängstlicher, schwächer.

Doch das ist ihr Problem, nicht das Eure. Und es rechtfertigt keine schlechte Behandlung!

Lasst diese Menschen gehen und bleibt Euch selber treu. Schätzt Euch wert! Seid es Euch wert, aufzustehen und bestimmte Verhaltensweisen, bestimmte Umgangsweisen, bestimmte Gewalttätigkeiten, nicht zu dulden. Macht Euch stark! Macht die Liebe in Euch stark, für Euch, zu Euch! Denn wenn Ihr Liebe, Selbstwert, Anerkennung und Respekt für Euch selbst *in* Euch tragt, wenn ihr Euch selbst *in* Euch etabliert und *in* Euch Heimat findet, dann kann Euch die Welt - die anderen - nichts mehr anhaben. Und darüber hinaus könnt Ihr all diese Dinge und Gefühle in die Welt einbringen. Erst dann könnt Ihr Selbstwertgefühle, Mut, Achtung und wahre Liebe für sich und den Nächsten auch geben. Denn man kann nur geben, was man hat.

Die Arbeit an sich selbst ist so wertvoll, da sie das Leben nicht nur bereichert, sondern wertvoller und gehaltvoller macht; und das nicht nur für Euch, sondern für alle!

Ihr seid wundervolle Menschen! Jeder einzelne von Euch.

Ihr seid nicht ohne Grund auf dieser Welt. Jeder von Euch ist einmalig. Es gibt niemanden wie Dich ein zweites Mal.

Erkenne Dich an! Erkenne das Wunder Deiner Existenz, Deines Lebens. Erkenne die Gaben, die Dir gegeben sind.

Sei dankbar und vergleiche Dich nicht.

Glaube nicht den Lügen eines anderen Menschen über Dich, der Dir bewusst machen möchte, Du seist nichts wert. Geschichten über Deine angebliche Wertlosigkeit sind immer Lügen, egal ob diese Lügen von außen oder Deinem eigenen Innern kommen.

Sei wachsam.

Sei gnädig zu Dir und vergebe Dir.

Liebe Dich.

Denn Du bist es wert!

Damals, als die Sonne noch schien -
oder: Ein Leben in der Dunkelheit ist keine Option

Einblick eines Betroffenen

"Was ist die Essenz dieses Buches?

Wenn man sich fragt, was eigentlich die Essenz des gesamten Falles *Breakable* ist, dann gibt es anfänglich zwei verschiedene Fragen und im Weiteren zwei unterschiedliche Perspektiven:

- Zunächst war für die Autorin, glaube ich, relevant, *warum* sie eigentlich das Buch geschrieben hat. Anfangs hat sie es nicht genau gewusst und in einem Zeitungsartikel gesagt, sie hätte sich erst einmal alles von der Seele geschrieben. Okay. Die zweite Frage, die sich jedoch stellt, ist:

- Warum hat sie das Buch veröffentlicht?

Es war ihr wichtig, das ihr angetane Unrecht in die Welt zu bringen. Sie wollte sich eine Stimme verschaffen, aufklären, nicht alles unkommentiert im Raum stehen lassen.
Als sie dann diese Buchlesung im Teterower Gemeindezentrum hatte, haben ihr Frauen berichtet, dass Antonia ihnen aus der Seele geschrieben hat. Dass sie sich in diesem Buch wiedergefunden haben. Spätestens da wusste sie ganz genau, warum sie dieses Buch geschrieben *und* veröffentlicht hat - denn plötzlich hatte dieses Buch einen Nutzen; einen Nutzen nicht nur für sie, sondern auch für andere, für Betroffene. Für Menschen wie sie selbst.

Doch was ist der Nutzen dieses Buches?

Es zeigt vor allen Dingen auf, wohin es führen kann, wenn man nicht rechtzeitig Grenzen setzt.

Hier zeigt sich die erste Perspektive, würde ich sagen.
- Aus Sicht der Frau heißt Grenzen setzen, rechtzeitig zu schauen, ob eine Beziehung gut tut oder ob sie krank macht. Und da gibt es

die emotionale, die psychologische und die physische Komponente.

Die Abwägung vieler Menschen ist: Besser eine schlechte Beziehung als gar keine. Bei ihrem Beziehungsversuch und der daran gekoppelten leidvollen Erfahrung hat Antonia jedoch erkannt, dass es eher andersherum ist: Lieber keine Beziehung als eine schlechte. Und eine schlechte Beziehung ist eine, die einem emotional, psychisch oder sogar physisch schadet.

Die Kraft zu haben, eine solche destruktive Beziehung zu beenden, ist das eine. Darüber hinaus jedoch noch den Mut zu haben, diese Erfahrung, dieses Wissen darum, was alles passieren kann, weiterzugeben - in allgemeiner Form, ohne Namen zu nennen - erfordert noch einmal eine ganz andere Dimension an Mut. Und diesen Mut hat die Autorin gehabt. Diesen Mut könnte man vielen Frauen wünschen. Nicht nur hier in Deutschland, sondern überall auf der Welt.

Obwohl Deutschland ein so zivilisiertes Land ist, steht Gewalt gegen Frauen noch immer an der Tagesordnung. Es passiert immer wieder, dass Frauen geschlagen werden oder Eltern ihr Kind zu Tode schütteln. Aber warum passiert all das?

Weil man emotional und psychisch vollkommen überfordert ist. Und da kommen wir zum zweiten Teil der Beantwortung dieser Frage, was die zweite Perspektive dieses Buches ist. Und diese betrifft die Männer.

Die Rezension auf Amazon unter dem Titel 'Ein psychodramatisches Lehrstück für selbstschädigend liebende Frauen und mutterbesetzte hilflose Männer' spricht mir aus der Seele. Denn auch ich empfinde das Buch als eine Art psychologisches Lehrstück. Als Mann kann man aus diesem Buch nämlich ebenfalls erkennen, wohin es führen kann, wenn man nicht rechtzeitig Grenzen setzt.

Eben dasselbe, was ich vorhin schon in Bezug auf Frauen meinte, gilt demnach auch für Männer: Es geht um das Setzen von Grenzen. Aber hier ist die Grenze anders.

Es kann sein, dass Du in einer häuslichen Lebenssituation gefangen bist, die sich ursprünglich mal zu Deinem Besten, zu

Deinem Wohlwollen, in Deinem Leben eingefunden hat - weil Deine Mutter Dich behüten wollte.

Es gibt im Öffentlichen Recht das sogenannte Übermaßverbot. Man darf zum Beispiel keine Verkehrszeichen mit Geschwindigkeitsbeschränkungen an Orten anbringen, an denen es nicht notwendig ist. Eine mütterliche Behütung darf auch nicht über ein gewisses Übermaß hinausgehen. Es scheint aber einigen Müttern sehr schwer zu fallen, solch ein Maß zu finden.

Wenn dieses Maß jedoch irgendwann kontinuierlich überschritten wird, wird aus der Behütung ein Gefängnis. Und zwar nicht nur ein leeres, einsames Gefängnis, sondern ein Gefängnis mit einer Gefängnisaufseherin.

Einer die 'weiß, wo es langgeht'.

Einer, die weiß, 'was für einen am besten ist'.

Spätestens dann, wenn jemand ins Leben dieses Mannes tritt - nämlich eine Frau für einen solchen Mann - *muss* es zu ernsthaften, gravierenden Konfliktsituationen kommen. Dann muss der Mann sich entscheiden: Bleibe ich im Gefängnis oder trete ich heraus? Das kann aber zu einem Zeitpunkt gefordert sein, wo die Strukturen schon längst so verhärtet sind, dass der Mann nicht mehr einfach heraustreten kann, sondern *ausbrechen* muss. Zu dem Preis, dass die Mutter, die Gefängnisaufseherin, die sich längst an dieses Leben und an ihre selbstgeschaffene Rolle gewöhnt hat, verletzt werden *muss*.

Da ihre Rolle vom Sohn immer wieder bestätigt wurde, ja sie von ihm sogar als wort- und naturgegeben anerkannt worden ist, fühlt sich diese Mutter zurückgewiesen, undankbar behandelt und zurückgelassen - weil sich der Sohn plötzlich von ihr abwendet.

Diesen Schmerz bekommt der Sohn ganz direkt vermittelt, indem es der Mutter logischerweise schlechtgeht. Offenkundig, demonstrativ schlechtgeht. Obwohl diese ganze Konstruktion längst am Thema vorbei ist und den Beteiligten schon lange nicht mehr klar ist, um was es ursprünglich eigentlich ging - nämlich um die wohlwollende Behütung einer Mutter ihrem einstmals hilflosen, unmündigem Kind gegenüber - wird dieses Konstrukt aufrecht erhalten und sogar verteidigt.

Thema verfehlt würde man im Deutschaufsatz schreiben.

Und genau hier offenbart sich die Problematik: Der Moment, an dem eine Art von Grenzziehung hätte stattfinden müssen, wurde verpasst. Diese Männer sind an einem viel zu späten Punkt ihres Lebens gefragt, das Bewusstsein zu entwickeln, welche Art von Grenzziehung notwendig ist, um frei leben zu können. Das ist ganz schwer - für mich war es jedenfalls sehr schwer. So eine Grenze würde ich immer nur nach objektiven Kriterien bestimmen können - nicht nach emotionalen; sonst wirst Du wahnsinnig; sonst schmeißt Du dich irgendwann von einer Brücke.

Der eigenen Mutter Grenzen zu setzen, hört sich so einfach an, ist es aber überhaupt nicht. Wenn man es nämlich nicht schafft, diese Grenze irgendwann zu setzen, dann wird nicht nur die Frau des Lebens / die Gelegenheit des Lebens verpasst sein, sondern es ist sogar eine große Wahrscheinlichkeit, dass Du auf Grund extremer Unzufriedenheit eine gewisse Aggression aufbaust und - wenn Du den Ausgang nicht finden kannst - Dein Gefängnis freiwillig noch mit einer großen, starken Betonschicht umgibst.

In diesem selbsterrichteten Bunker wirst du langfristig elendig verrecken. Deine Gefängnisaufseherin kann Dir dann auch nicht mehr helfen. Im Zweifelsfall wirst Du einfach vor Dich dahinsiechen; oder Du springst von irgendeiner Brücke, die Du noch aufsuchen kannst, bevor der Bunker komplett eingegossen ist.

Wenn er aber erst mal zu ist, dann kriegst Du nicht einmal mehr hin, dich selbst umzubringen. Dann hilft nur noch die tödliche Krankheit, um Dich aus dieser Situation zu erlösen.

Bücher wie Breakable - Zerbrechlich öffnen einem die Augen. Jedenfalls haben sie meine geöffnet. Ohne dieses Buch wäre ich mir meiner Lebenssituation nie so bewusst geworden; und ohne den Kläger und seine tragische Geschichte würde ich bis heute in diesem häuslichen Bunker leben, ohne mir darüber klar zu sein, wie Lebens-wichtig es ist, den Ausgang zu finden."

Ferdinand S.

Un-möglichkeit und Möglichkeit -
oder: Von der Wichtigkeit, sich selbst zu lieben

Aussicht für Betroffene

Es wird viel über narzistischen Missbrauch gesprochen, geschrieben und ge-youtubed. Das Netz ist voll davon. Doch nichts findet man über die Rolle der Frau an der Seite von Männern, die ein Leben lang von ihren eigenen Müttern narzistisch missbraucht wurden.

Was ist narzistischer Missbrauch?

Ich möchte hierzu keine lange Analyse schreiben, nur eine kurze Erläuterung: Narzistischer Missbrauch beschreibt das Befriedigen der eigenen Bedürfnisse durch die In-Besitznahme und Funktionalisierung einer anderen Person. Oder auch die Instrumentalisierung einer anderen Person, die zur Befriedigung der eigenen Bedürfnisse missbraucht wird. Die Mechanismen solch einer Instrumentalisierung / narzistischen Missbrauchs sind unter anderem

- Einimpfen von Schuldgefühlen gegenüber jeder individuellen Regung
- Beschimpfungen, Diffamierungen, Mobbing
- Drohungen, Lügen, das Verdrehen von Worten, Entstellen der Wahrheit
- Entwerten und Abwerten der Gefühle des anderen
- Leere Versprechungen, das Isolieren des anderen, permanentes Überschreiten von Grenzen, emotionale Erpressung

Nicht selten zieht der narzistische Missbrauch die Zersetzung der Persönlichkeit im Missbrauchten nach sich. Wenn der narzistische Missbrauch von Müttern ihren Söhnen gegenüber verübt wird, entsteht - wie Arno Gruen schon schrieb - ein Abhängigkeitsverhältnis vom Unterdrückten zum Unterdrücker.

Wie kommt es zu dem Verhalten solcher Mütter?

Diese Mütter leben in Symbiose mit ihren Kindern, was bedeutet: sie sind das Kind und das Kind sind sie. Es hat nie eine Trennung dieser beiden Individuen stattgefunden, weshalb das Denken und Fühlen dieser beiden Menschen gleichgeschaltet ist und bleiben muss. Jede eigene Gefühlsregung des Kindes - selbst wenn das Kind schon lange erwachsen ist - wird als Trennung und damit als unerträglich empfunden, quasi als *Fall aus dem Paradies*. Die Psychoanalyse definiert den Begriff des 'Ozeanischen Gefühls' als das ursprüngliche Gefühl des *Einsseins mit Allem*. Der Verlust des *Einsseins mit Allem*, des pränatalen Ozeanischen Gefühls, wird in der Bibel als der Fall aus dem Paradies beschrieben.

Sobald also das 'Kind' - egal ob 5 oder 50 Jahre - eigene Regungen zeigt, eigene Gedanken hat, mit eigenen Ideen und Lebensentwürfen spielt - gegebenenfalls sogar eine eigene Liebe außerhalb der Mutter-Sohn-Symbiose findet - kämpfen diese Mütter um ihr Leben, weil sie das Gefühl haben, 'aus dem Paradies vertrieben zu werden'. Und gegen den Fall aus dem Paradies wehren sie sich mit allem, was ihnen zur Verfügung steht, kämpfen gegen ihn an, als ginge es um ihr Leben - was in ihrem Bewusstsein tatsächlich so ist. Sie werden alles tun, um den Fall aus dem Paradies, das bedeutet: die Trennung aus der Symbiose mit ihrem 'Kind', zu verhindern. Die Angst vor dem Verlust dieses Ozeanischen Gefühls, des *Einsseins mit Allem*, das auf die Bindung zum Kind projiziert und durch die Symbiose gelebt wird, ist bei diesen Müttern gleichzusetzen mit der Angst vor Sterben und Tod. Kommt also etwas - oder jemand - in das Leben dieser beiden, nicht voneinander getrennten Individuen, muss dieser jemand vernichtet werden, um das eigene Überleben zu sichern.

Was macht das mit den Männern und wie gestalten sich deren Beziehungen zu Frauen?

Eine lebenslang zersetzte und gestörte Persönlichkeitsstruktur, der

- jeder eigene Willensimpuls aberkannt wurde
- jeder Impuls zur Selbstentfaltung und Selbstentwicklung aberzogen wurde
- jede Regung in Richtung der eigenen inneren Neigungen und Werte vernichtet wurde

findet in sich selbst keine Grundlage einer eigenen Haltung der Welt gegenüber.

Denn

- an die Stelle von persönlicher Entwicklung trat Hörigkeit
- an die Stelle eigener Meinungen - eingeimpfte Vorstellungen desjenigen, dem sie unterworfen waren und meist noch sind
- an die Stelle persönlicher Regungen und Neigungen - Schuldgefühle.

Eine eigene Persönlichkeit kann nicht reifen, wenn sie permanent unterwandert, unterminiert, nicht erlaubt und wegdiskutiert wird.

Männer, die ihre unnatürliche Bindung an ihre Mütter, ihre Lebenssituation und ihr daraus resultierendes So-Sein niemals hinterfragt oder therapeutisch aufgearbeitet haben, können sich in der Regel nicht als selbstständige Personen wahrnehmen. Das Gestalten einer eigenständigen, befriedigenden Beziehung ist für diese Männer meist nicht möglich

Kann man helfen?

Da man leider nur Menschen helfen kann, die selber erkannt haben, dass eine solche Historie wie die ihre grundlegende, fundamentale Schäden angerichtet hat, ist ihnen nur schwer zu helfen. Ohne therapeutische Hilfe, ohne psychoenergetische Prozesse, ohne Interventionen und Hilfestellungen von außen, können diese großen Lebens-Themen meist nicht gelöst werden. Dafür hat sich das gesamte So-Sein dieser Männer zu sehr an der narzistisch-krankhaften Persönlichkeit ihrer Mütter orientiert. Da die Persönlichkeitsstruktur äquivalent zur Störung der Mütter gewachsen ist, setzt sie sich heute aus den Fragmenten dessen zusammen, was diese überstarke, symbiotisch erzwungene Bindung an ihre Mütter von ihnen übrig gelassen hat. Das, was einst die Persönlichkeit dieser Männer, die sie auf diese Welt mitbrachten, ausmachte bzw. hätte ausmachen können, wurde ihnen aberzogen, ja verboten. Sie haben sich im Zuge des Missbrauchs ihre eigenen Werte, Gedanken, Gefühle und Regungen mit derselben Vehemenz verboten, mit der sie einst von den Müttern regiert wurden und oftmals ein Leben lang regiert werden. Was übrig ist, sind meist nicht mehr als Fragmente, Bruchstücke, zusammenhangslose Einzelteile.

Es bedarf fundamentaler Therapien, um *das* auszuheilen, was ihnen angetan wurde; um dann - und zwar *erst dann* - zu schauen und herauszuarbeiten, wer *sie* eigentlich selber sind. Darüber hinaus nachzuholen, was an Entwicklung versäumt wurde, ist schlicht unmöglich und nur teilweise im Nachhinein erlernbar.

Seinen eigenen Raum zu haben und als höchste Form der Selbständigkeit in den eigenen vier Wänden mit dem eigenen Fernseher zu sitzen, hat das Problem in der Gesamtheit, im Ursprung, nicht gelöst. Die Wunden in der Seele und die Störungen in der Persönlichkeit, die durch einen lebenslangen Missbrauch entstanden, sind dadurch nicht ausgeheilt, die Verwirklichung des eigenen Selbst dadurch nicht ersetzt. Zudem gleicht es die fehlende Persönlichkeitsentwicklung nicht aus. Beziehungsfähig sind solche Männer in der Regel nicht.

Warum gestalten sich Beziehungen zu solchen Männern so kompliziert?

Wird das hinter dem Lebens- und Verhaltensmuster liegende Thema nicht ins Bewusstsein geholt, setzt hier ein Mechanismus ein, der in der Psychologie als *Projektion* bekannt ist. Die *Projektion* setzt automatisch immer dann ein, wenn die betroffene Person ein neues Gegenüber, gleichgeschlechtlich zur Mutter, vor sich hat. So werden Frauen an der Seite dieser Männer in eine Rolle gezwungen, die sie überhaupt nicht innehaben und auch gar nicht wollen. Das Resultat einer unbewusst ablaufenden Projektion kann somit zwangsläufig nur sein, dass eine Frau automatisch in die Rolle der Autoritären, der Missbrauchenden, der Überstarken, der Lieblosen, der Ausbeuterischen gedrückt wird - egal ob sie wirklich so ist oder nicht. Ehe es sich die Frau versieht, findet sie sich stellvertretend für die Mutter bekämpft, beschimpft, bestraft, verlassen und vernichtet; im Bewusstsein der Männer: zu Recht. Darüber hinaus geben diese Projektionen den Männern die Möglichkeit, endlich *das* in der Welt zu bekämpfen, was sie nie bekämpfen konnten und wogegen sie nie ankamen: Ihre Mutter.

Die Mütter, die im Selbstverständnis dieser Männer mit der Ungeeignetheit ihrer Frauen natürlich nichts zu tun haben, werden ihre Söhne in der Annahme der Schrecklichkeit ihrer Partnerinnen *immer* bestätigen. Womit die Symbiose, die dem *einen* verbietet, anders als der *andere* zu denken und zu fühlen, abermals bestätigt und erneut erlebt wird.

Nicola ist ein ganz lebendiges und klares Beispiel für eine Frau an der Seite eines lebenslang narzistisch missbrauchen Mannes, der mehr projiziert als selbst wahrnimmt. Der lebenslang aufgestaute Hass seiner Mutter gegenüber entlud sich am Ende an Nicola.

Und ich bin ein weiteres Beispiel einer Frau, die von einem - nach meiner Einschätzung - lebenslang narzistisch missbrauchten Mann angefeindet wurde. Einer, der sich selbst im Buch erkannte, und sich offenbar mit seinem Leben, ja mit sich selbst konfrontiert sah - was er wohl nicht ertragen konnte. All das, was an

Vernichtungsversuchen von diesem Mann ausging, die Klage, die Strafanträge, Lügengeschichten, Diffamierungen - mögen die Auswirkungen dessen sein, was ihm angetan und nie bearbeitet wurde. So etwas passiert, wenn man entweder

A - im Falle Nicola keine Grenzen setzt und den Absprung nicht schafft, oder

B - im Falle von mir diese Problematik ganz offen thematisiert

Hat der Mann Einsicht in seine Situation, sind die Chancen für eine zukünftige Kommunikation und Beziehungsbildung möglicherweise gegeben, wenn sie sich auch eher schwierig gestalten werden.

Männer jedoch, die aus irgendwelchen Gründen nicht in der Lage sind, sich ihre eigenen Lebensthemen ins Bewusstsein zu holen und sich ihnen zu stellen, sind schwer beziehungsfähig. Die Wahrscheinlichkeit, dass sie zerstörerisch, beleidigend und angriffslustig werden, sprich: Das Erbe ihrer Mütter antreten, ist hoch. Im Ergebnis werden sie versuchen, all das zu vernichten, was sie nie verarbeitet haben und nun auf ihr Gegenüber projizieren.

Oder sie zerstören sich am Ende selbst, um ihrem Lebensleiden zu entkommen. Das kann entweder ganz offensiv geschehen, in Form von aktiven Handlungen; oder die Selbstzerstörung vollzieht sich mit derselben passiv-aggressiven Grundhaltung, die sie schon ihrem Leben gegenüber innehatten. Ferdinand S. beschrieb diese Form der Selbstzerstörung mit der Flucht in die Krankheit als letzten Ausweg.

Das einzige, was eine Frau im Leben eines solchen Mannes davor bewahren und beschützen kann, unbewusst von ihm in die Rolle der missbräuchlichen Mutter gedrängt und am Ende stellvertretend für sie vernichtet zu werden, ist eine Abkehr von diesem Mann. Die Abkehr von der zerstörerischen Lebenssituation und eine Hinwendung zum eigenen Leben und der Liebe zu sich selbst.

Zu all dem kommt noch ein bedeutender Aspekt, der in diesen Fällen oft übersehen wird:

Männer, dessen Mütter ein Leben lang um sie kreisten wie ein Planet um ein Zentralgestirn, und deren Leben von der Anwesenheit ihres Sohnes abhing und noch immer abhängt, neigen tendenziell zur Egozentrik. Denn trotz all des Missbrauchs sind sich diese Männer sehr bewusst darüber, dass ihr Gegenüber ohne sie nicht leben kann und will, nicht existenzfähig ist, in vielen Fällen ohne sie schon lange gestorben wäre. Jedenfalls nach den Suggestionen der Mutter zu urteilen. Denn das ganze Leben ihrer Mütter drehte und dreht sich um die symbiotische Beziehung zu ihnen - auch wenn diese zerstörerischen Charakter hat.

Zieht man nun den Mechanismus der Projektion heran, so wird schnell klar, dass diese Männer einen eben solchen Absolutheitsanspruch an Aufmerksamkeit auch von ihrem neuen Gegenüber - einer Frau - erwarten. Unbewusst! Es wird sich jedoch kein Leben einer Frau in dieser Ausschließlichkeit um einen Mann drehen, wie das einer narzistisch missbrauchenden Mutter, die 'ohne ihn nicht leben kann' aus Angst vor dem 'Fall aus dem Paradies'. Konflikte, die sich daraus ergeben, dass ihr Absolutheitsanspruch an Aufmerksamkeit nicht in dem gewohnten Umfang bedient wird, sind beinahe vorprogrammiert.

Im Buch forderte Lolli von Nicola quasi den 100%igen Fokus auf ihn bei gleichzeitiger Isolation in der alten Köhlerkate. Währenddessen lebte er jedoch mit seiner Mutter auf dem Hof, ohne darin einen Anstoß und/oder ein Hindernis für die Beziehung zu sehen. Jedes Abweichen des Fokus' von Nicola allerdings, sprich: Treffen und Kontakt zu anderen - wurden auf dieselbe Weise abgestraft, wie die Mutter ein Heraustreten aus der Mutter-Sohn-Symbiose bestrafen würde; das bedeutet in dem Fall von Lolli und Nicola: Mit Verachtung, Vorwürfen, Schuldzuweisungen und Lügen in Form von Unterstellungen (z.B. 'Wo warst Du in der Silvesternacht?') die dem Mann das Recht geben, zu bestrafen und zu verlassen. Oder zu vernichten.

*

Ihr, als Frauen, als Betroffene, müsst Euch die Frage stellen: Wollt Ihr Euch als Projektionsfläche hergeben? Wollt Ihr Euer Leben, Eure liebevolle Natur, Euren über Zeiten gewachsenen Charakter, Eure hart erarbeitete Persönlichkeit - wollt Ihr all das als Projektionsfläche einem Mann zur Verfügung stellen, der jede Form der Selbstentwicklung und jede Form der wirklichen therapeutischen Ansätze für sich und sein Thema abwehrt, ablehnt und bekämpft? Und Euch obendrein stellvertretend für seine Mutter vernichten will? Wollt Ihr das?

Den betroffenen Frauen an der Seite solcher Männer rate ich dringend zu tun, was weder eine Nicola im Buch geschafft hat, noch ein Lolli gegenüber seiner Mutter: setzt klare Grenzen, dreht Euch um, geht ins eigene Leben und gestaltet dieses aktiv nach eigenen Vorstellungen und Wünschen.

Denn alles, was Frauen davor schützen kann, für all das bestraft zu werden, was diesen Männern ein Leben lang von ihren Müttern angetan wurde, ist zu sich selbst zu stehen. Den Preis für

- die Zersetzung der Persönlichkeit dieser Männer
- für das gestohlene und versäumte Leben
- für das Zerstören ihrer persönlichen Interessen und Freuden, Freundeskreise, Liebesbeziehungen, ja
- für ihr ganzes kaputtes und vollkommen abhängig von dieser Mutter gelebten Lebens

habt Ihr - liebe Frauen - *nicht* zu bezahlen. Das ist nicht Eure Aufgabe. Bürdet sie Euch nicht auf! Denn am Ende steht kein Lohn, sondern das Bestraftwerden, Bekämpftwerden und Kaputtgemachtwerden von euch, die an Stelle der ehemaligen Unterdrückerin mit ihrem Leben bezahlen wird.

*

'Liebe Deinen Nächsten *wie Dich selbst*' ist die Aufforderung des Jesus im neuen Testament an uns alle. Ein scheinbar einfach anmutender Satz, der jedoch schwer umzusetzen ist, nicht weil wir unseren Nächsten, sondern uns selbst vergessen, nicht schätzen, nicht ernst nehmen, einfach hintenanstellen.

Seid es Euch wert, von Euch selbst geliebt zu werden. Zieht die Liebe von dem anderen, missbrauchenden, zerstörenden, erkenntnis-abwehrenden Menschen ab und gebt die Liebe, die Ihr hofft, in der Welt zu finden, Euch selbst!

Verhärtet Euch nicht! Seid achtsam Euren eigenen Gedanken und Gefühlen gegenüber, denn sie können einen Menschen von innen her zerfressen - wie ebenfalls aus dieser tragischen Geschichte zu ersehen ist. Behandelt Euch gut. Macht, was Euch Freude macht. Haltet Euch an die, die Euch wohl gesonnen sind und Euch mögen. Und lasst die anderen gehen. Sie sind nicht für Euch bestimmt.

Laut der indischen Philosophie des Hatha-Yoga ist Akzeptanz der erste Schritt zur Erleuchtung. Auch wenn wir vielleicht die Erleuchtung in diesem Leben nicht erlangen, so ist doch das Annehmen und Akzeptieren von allem, was für uns zum Erleben bestimmt ist, ein großer und wichtiger Schritt auf dem Weg zu echtem Seelenheil und -frieden. Alles anzunehmen bedeutet jedoch nicht, alles zu erdulden! Ihr dürft zu Ungerechtigkeiten und schlechter Behandlung Nein sagen!

Wir dürfen - nein, wir sollten - uns an diesem Leben auch erfreuen! Denn trotz all der zerplatzen Träume und dem durchlebten Leid sollte man nicht vergessen, dass dieses Leben wundervoll sein kann. Darum:

Lasst los, was Euch nicht glücklich macht.

Und lebt - in Frieden.

Finales Resümee -
oder: Nichts geschieht umsonst auf dieser Welt

Ein Nachruf

Das finale Resümee dieser gesamten Geschichte ist tatsächlich in dem kurzen, schon in der Überschrift erwähnten Satz, zusammenzufassen: Nichts geschieht umsonst auf dieser Welt.

Ohne die Geschichte des Lolli, die in dem Buch Breakable als Roman niedergeschrieben ist, hätte und würde es nie lebensverändernde Erkenntnisse bei Betroffenen gegeben haben. Das gilt nicht nur für Ferdinand S., der sich ebenfalls in der Figur des Lolli wiedererkannt hat, sondern für all die Männer, die sich in der Rolle des Lolli erkannt fühlen und die die Botschaft des Buches erreicht. Möge das Buch all die Betroffenen zu Erkenntnissen führen, die sie dazu befähigen werden, sich langsam aber sicher aus ihrem Bunker zu befreien.

Betroffene Frauen kamen zu mir und berichteten, dass sie nach dem Lesen dieses Buches ihre Situation überhaupt erst einmal verstanden und auf Grund dessen die nötigen Grenzen in ihrem Leben zu ziehen in der Lage waren. Und das nicht nur ihren Männern, sondern vor allem ihren Schwiegermüttern gegenüber. Möge die eine oder andere aussichtslos scheinende Partnerschaft durch dieses Buch doch noch gerettet werden; und möge die eine oder andere Frau sich durch diese beispielhafte Geschichte am Ende selbst retten.

Ich wünsche jedem von Euch, er möge versuchen, die Botschaft dieser Geschichte zu erfassen und die daraus gewonnenen Erkenntnisse in seinem Leben umzusetzen. Ich wünsche Euch, dass dieses Buch Euer Leben verändern wird und Euch dazu befähigt, bedrückende und zerstörerische Lebenssituationen zu lösen.

Ich empfinde tiefe Trauer; nicht nur der leidlichen Erfahrung gegenüber, die ich in dem Buch verarbeitet habe. Sondern vor allem gegenüber *dem* Mann, den ich einst geliebt habe wie keinen anderen, der das Buch erlaubte und nie verstehen konnte, dass nichts jemals zu seinem Unheil gemeint war. Nie.

Bis heute ist mir zwar theoretisch erklärbar, jedoch meinem Herzen vollkommen unklar, warum er jeden Versuch zur Einigung abblockte; warum er sogar das Zurückziehen des Romans ablehnte, obwohl es doch das war, wofür er kämpfte. Scheinbar.

Doch vielleicht trug er einen tiefersitzenden, inneren Lebenskampf nach außen. Vielleicht konnte er keine Einigung mehr finden, weil seine Zerrissenheit, seine Wut, sein Missmut über lebensentscheidende Themen, die weit über das Buch hinausgingen, so allumfassend waren, dass es ihm Erleichterung verschaffte, all das im Außen bekämpfen zu können. Vielleicht schaffte er damit seinen Gefühlen endlich ein Ventil. Vielleicht. Wissen kann ich all dies nicht. Nur mutmaßen.

Es scheint mir jedoch eine traurige Vermutung, dass all die für ihn unfassbaren Gefühle, Emotionen, Aussichtslosigkeiten seines Lebens, für die er nie einen Namen, geschweige denn eine Lösung fand, ihn am Ende zerfraßen. Es sieht mir so aus, als hätten sein unverarbeiteter Hass, sein Zorn, sein entfesselter Wille zur Zerstörung ihn zugrunde gerichtet. Ihn ausgezehrt. Bis kein Leben mehr in ihm war.

Die Tage nach seinem Tod war der Himmel in der Region verhangen. Unser ehemals beider Heimatdorf wirkte dunkel. Erst am Tage seiner Beisetzung klarte es auf und die Sonne schien hell und licht.

Der Preis für eine innere Verhärtung und seelische Verbitterung ist hoch. Das ist keine neue Erkenntnis. Neu für mich ist jedoch die Annahme, dass solche Gefühle einem Menschen nicht nur schaden können, sondern ihn unter gewissen Umständen sogar vernichten.

Wolf Büntig, der seit über 30 Jahren eine Rehabilitationsklinik für Krebskranke leitet, sagte in einem Interview mit Ken Jebsen auf die Frage, ob es eine Gemeinsamkeit von Menschen mit dieser Krankheit gäbe, nach längerem Zögern:

'Die Betroffenen sagen einhellig, auf die eine oder andere Weise: Ich habe immer versucht, es allen anderen recht zu machen; und worum es in meinem Leben geht, habe ich keine Ahnung. Das verbindende Element scheint das mangelnde Wissen um die Sinnhaftigkeit ihres Lebens. Das verbindet ihre Krebskrankheit. Sie haben sich nie gefragt, wozu sie da sind. Sie haben immer 'alles richtig gemacht' und versucht, anderen alles recht zu machen. Ich nenne dies das Dilemma zwischen Normopathie und Autonomie.

Diese Menschen haben sich nicht um die Ausgestaltung ihrer eigenen Begabungen zur Eigenart gekümmert, sondern haben die Norm erfüllt. Die gesellschaftliche Norm, in der jeweiligen Umgebung, in der sie aktiv waren. Pauschal könnte man behaupten: Sie waren immer lieb, haben aber nie gelernt, zu lieben.
Es zeichnet sie eine fehlende Selbst-Behauptung, ein fehlendes Durchsetzungsvermögen, das Nicht-leben und Nicht-erfüllen des eigenen Potentials aus.'

Wenn es also eine Gemeinsamkeit gäbe, dann wäre es wohl die Tatsache, dass diese Menschen nicht gelebt haben, sondern *sich haben leben lassen*. Das krankmachende, zerfressende Element jedoch, das am Ende die Krankheit hervorruft, ist der tiefe Lebensfrust, die Leere, die empfundene Sinnlosigkeit des eigenen Lebens. Trauer. Schmerz. Aussichtslosigkeit.

Der Preis für ein Brachliegenlassen dessen, was man zu sein bestimmt ist, kann demnach hoch sein; für ein Nicht-Annehmen der eigenen Fähigkeiten und das Ausschlagen der Verwirklichung des eigenen Potentials, gepaart mit dem Wunsch, immer lieb sein zu wollen, von allen gemocht zu werden und es immer allen recht zu machen. Wird der Wunsch nach einem eigenen Leben dann noch durch tiefsitzende, eingeimpfte Schuldgefühle vereitelt, was Ferdinand S. schon beschrieb, wird das Leben schnell zur ausweglosen Sackgasse. Wird dann der daraus resultierende Lebensfrust einmal entfesselt und die Person wird sich über ihre Lebensmisere bewusst, ohne einen Ausweg zu finden - und dabei ist es egal, was diese Entfesselung in Gang setzt - dann ist dieser Preis unter Umständen das Leben selbst.

Schon immer spürte ich, wie wichtig es ist, 'sich selbst zu leben', oder 'seinem eigenen Herzen zu folgen', 'seine innere Seligkeit zu verwirklichen'. Doch dass es tatsächlich *lebensnotwendig* ist, dies zu tun, wusste ich bis zum Tod des Klägers nicht.

Fesseln, Gefängnisse, Bunker, Lebenssituationen, die einem 'verbieten', selbst zu leben, *sollten* nicht nur verlassen werden - nein, sie *müssen* verlassen werden, soll das Leben einen Sinn ergeben; will man gesund bleiben; möchte man wahres Leiden vermeiden. Wahrer Frieden in der Seele *kann* anders nicht gefunden werden. Andere Menschen sind sicher wichtig; Helfen ist immer eine Tugend. Doch die Botschaft 'Liebe Deinen Nächsten *wie Dich selbst*' sollte in ihrer tiefsten Bedeutung ernst genommen werden. Zu schmerzhaft der Frust, zu zerstörerisch die Wut, zu hoch der Preis für ein 'ungelebtes' Leben.

Ich wünsche mir aus tiefstem Herzen, dass all das durchlebte Leiden aller beteiligten Personen nicht umsonst gewesen ist. Dass daraus Schlüsse gezogen und wenn nötig auch Veränderungen herbeigeführt werden können.

Und dass der Tod nicht vergebens war.

Möge Euer Leben friedlich sein.

Möget Ihr zu Euch selbst und eurem Herzen finden.

Möget Ihr im Stande sein, Euer eigenes Glück zu schmieden.

Möget Ihr die Kraft haben, Euch durchzusetzen und Euer eigenes Potential in die Welt einzubringen.

Möget Du Frieden in Deiner Seele finden; und glücklich sein.

Ihr seid das Salz der Erde. Wenn das Salz seinen Geschmack verliert, womit kann man es wieder salzig machen? Es taugt zu nichts mehr, außer weggeworfen und von den Leuten zertreten zu werden.

Ihr seid das Licht der Welt. Eine Stadt, die auf einem Berg liegt, kann nicht verborgen bleiben. Man zündet auch nicht eine Leuchte an und stellt sie unter den Scheffel, sondern auf den Leuchter; dann leuchtet sie allen im Haus. So lasst Euer Licht vor den Menschen leuchten, damit sie Eure guten Taten sehen.

Denn Ihr seid ***das Licht der Welt***. (Matthäus 5, 14 - 16)

In tiefer Dankbarkeit für diese Erfahrung

Antonia Katharina Tessnow
aus dem Alten Jagdhaus

Sei gut zu Dir!

Wer den Himmel nicht in sich trägt,
sucht ihn vergebens
im gesamten Weltall

Über die Autorin:

Antonia Katharina, geboren 1975 in Berlin, absolvierte nach Beenden der Schule ihren Highschool-Abschluss in den USA. Nach einem einjährigen USA-Aufenthalt kehrte sie nach Deutschland zurück und arbeitete viele Jahre hauptberuflich als Berufsreiterin. Mit 22 wechselte sie in einen Sportstall nach Schleswig-Holstein, in dem sie sich auf die Dressur spezialisierte und Pferde aller Klassen trainierte und ausbildete. Mit 28 wechselte sie ins Berliner Olympiastadion und arbeitete dort 6 Jahre als Landesverbandstrainerin des modernen Fünfkampfes in der Disziplin Springreiten. Berufsbegleitend studierte sie Heilpraktik, Tierheilpraktik und ganzheitliche Psychologie und besuchte eine dreijährige Fortbildung am Institut für Emotionale Prozessarbeit.

Mitte 30 verließ sie den Reitsport, ging an eine Uniklinik nach Sri Lanka und erwarb dort ihre internationale Heilerlaubnis. Es folgten 3 Jahre, in denen sie zwischen Indien und den USA hin- und herpendelte, psychoenergetische Sitzungen leitete und sich weiterbildete.

Antonia Katharina ist Doctor of holistic Medicine und Psychology, hat sich umfassend mit alternativen Heilweisen befasst, wozu auch der therapeutische Einsatz von Musik gehört. Sie absolvierte eine Ausbildung am Institut für Emotionale Prozessarbeit in Berlin und besuchte Kurse von dem führenden Reinkarnationstherapeuten Trutz Hardo. Im Laufe ihres 3-Jährigen Indienaufenthaltes spezialisierte sie sich auf psychoenergetische und musikalische Heilarbeit, Reinkarnationstherapie und Pflanzenheilkunde.

Seit 2009 lebt sie wieder in Deutschland und widmet sich seitdem nicht nur ihrer künstlerischen, heilpraktischen und schriftstellerischen Arbeit, sondern setzt sich auch intensiv mit dem Thema Hunde auseinander - vorrangig der Rasse Bolonka Zwetna.

Neben dem Schreiben von Büchern und ihrer tierheilpraktischen und -therapeutischen Arbeit, die sie seitdem weiter vertiefte, absolvierte sie eine Zusatzausbildung zur Hundefriseurin und besuchte diverse Weiterbildungen zum Thema Haltung, Zucht und Tierkunde. Heute lebt Antonia Katharina am Rande eines Dorfes in Mecklenburg-Vorpommern und betreibt die kleine Rassehundezucht der 'Zarenhunde aus dem Alten Jagdhaus'.

Webseite der Autorin:

www.antonia-katharina.de

Webseite der Hundezucht 'aus dem Alten Jagdhaus':

www.bolonka-zucht.de

Webseite der Fotographie:

www.light-in-time.com

Webseite von Tattoo Spirit:

www.tattoo-spirit.com

Die Botschaft der Tiere

Der Weg zurück zu uns selbst

Ein Wegweiser durch unsere Zeit

Es ist ganz und gar möglich, den Weg nach Hause zu finden. Wir brauchen nicht zu warten, bis wir diese Welt verlassen und zurück in unsere Seelenheimat gehen, um in den ewigen Gefilden Frieden und Liebe zu erleben. Wir können uns unser Zuhause, das Paradies, auch hier auf der Erde, auf diesem Planeten erschaffen. Es ist tatsächlich möglich, uns in ein neues, anderes Bewusstsein hineinzuentwickeln, von dem nicht nur die heiligen Schriften und die Erleuchteten im Laufe unserer Erdgeschichte berichtet haben, sondern von dem uns auch die Tiere erzählen, indem sie es uns Tag für Tag vorleben.

Wir Menschen können noch umkehren. Wir müssen diese Welt nicht zerstören. Es muss nicht alles so weitergehen wie bisher. Es ist möglich, den Weg zurück ins Paradies zu finden, doch können ihn uns nur diejenigen weisen, die ihn kennen.

Wenn wir den Tieren erlauben, uns den Weg zu weisen, werden wir ihn finden. Wenn wir ihre Botschaft ernstnehmen, sie verinnerlichen und versuchen, sie zu entschlüsseln, werden wir sie verstehen. Die Tiere haben das Paradies nie verlassen. Wer, wenn nicht sie, könnten uns diesen Weg weisen?

327

Kommunikation mit Tieren

ein Essay

Tierkommunikation ist keine Kunst, die nur wenigen Auserwählten vorbehalten ist, sondern eine Fähigkeit, die in jedem von uns schlummert und uns allen innewohnt. Es ist nichts, was man lernen muss, sondern es ist etwas, woran man sich erinnern kann, wenn man dafür bereit ist. Dieses kleine Büchlein beschreibt in kurzen, aufeinander aufbauenden Abschnitten die Kommunikation mit Tieren. Es soll dabei helfen, sich an seine ursprünglichen Fähigkeiten zu erinnern und sie wieder nutzbar zu machen; es soll ein Wegweiser sein und zeigen, dass jede Begegnung eine Aufgabe für uns bereit hält, für die es immer eine Lösung gibt und an der wir wachsen können. Alles hat einen Sinn und es lohnt sich, darauf zu vertrauen. Selbst wenn wir ihn manchmal nicht gleich verstehen.

Textauszug:

'Jede Kommunikation ist individuell. Jede Verbindung, jedes Karma einmalig. Manchmal sind die Tiere überhaupt erst dafür da, um dem Menschen die gefühlte, intuitive Wahrnehmung und Kommunikation zu erschließen. Es ist ein Gewinn für alle, wenn der Mensch beginnt, eine Verbindung zu seinem Tier und damit zu sich selbst herzustellen, sich seinen Themen und deren Botschaften zu öffnen und von ihnen zu lernen. Wenn du dazu bereit bist, das Tier in seiner Ganzheit zu erkennen und als gleich-wertig zu schätzen, wenn du dich auf dein Ganz-Sein einlässt und dem Tier genauso erlaubst, es selbst zu sein, wie es das Tier dir erlaubt, dann entsteht wahre Verbundenheit. Wenn du über die weit verbreiteten Trainingsmethoden der Dominanz und der autoritären Kontrolle hinauswächst und dich dem tieferen Sinn einer Begegnung zuwendest, wenn du versuchst zu erkennen, was dein Gegenüber dir beibringen will, dann beginnt die Kommunikation mit deinem Tier.

Celtic Spirit

*Eine Reise
in die Tiefen
zeitloser keltischer
Weisheit*

In den Kulturen aller Zeiten findet man Spuren von der ursprünglichen Verbundenheit zwischen Mensch, Welt und Universum. Nicht nur bei den Kelten, sondern überall schien der Geist des Einklanges in der einen oder anderen Weise wirksam zu sein. Das *Einssein mit Allem*, woraus auch der Keltische Spirit hervorging, schien in uriger Zeit auf der ganzen Welt präsent und Grundlage jeder Form der Wahrnehmung.

Möge 'The Celtic Spirit' eine Idee davon geben, wie man über das Erfühlen der Bäume eine Verbindung zum Leben herstellt, wie sich die einzelnen Bäume anfühlen, warum sie bestimmten Zeitabschnitten im Jahr zugeordnet wurden und was sie mit diesen unterschiedlichen Zeitqualitäten gemein haben.

Und möge dieses Büchlein Inspiration für all diejenigen sein, die sich nicht nur ein ganzheitlicheres Verständnis mit der Natur wünschen, sondern sich auch nach einer tieferen Verbundenheit mit dem Leben sehnen.

Bolonka Zwetna

Von der Empfindsamkeit der Hundeseele und der Liebe, die sie schenkt

Dieser kleine Ratgeber soll nicht nur zum allgemeinen Verständnis der Beziehungen von Hunden zu uns Menschen beitragen, sondern vor allem den Menschen in seiner Seele berühren. Neben kurzen Überblicken über Rassestandard, Ernährung, Fellpflege und Haltung führt die Autorin den Leser in die facettenreiche Welt der Hundeseele, die voll tiefer Empfindsamkeit ist und niemanden unberührt lässt, der die Fähigkeit besitzt, zu fühlen.

Antonia Katharinas Liebe gilt seit jeher den Tieren. Viele Jahre war sie hauptberuflich in der Reiterei tätig bevor sie Heilpraktik, ganzheitliche Psychologie und Tierheilpraktik studierte. Seitdem widmet sie ihr Leben den Kleinhunderassen im Allgemeinen und dem Bolonka Zwetna im Speziellen. Neben ihrer schriftstellerischen, musischen und tierheilpraktischen Arbeit hat sie sich auf die Auftragsmalerei von Tierfotos spezialisiert und betreut ihre kleine Rassehundezucht der 'Zarenhunde aus dem Alten Jagdhaus'.

Die Hundezucht 'aus dem Alten Jagdhaus'
ist zu finden unter

www.bolonka-zucht.de

Madras

Zauber der Palmblätter

Die Palmblattbibliotheken: Tausende Jahre alt und bis heute ein ungelöstes Rätsel. Das Geheimnis dieses Ortes ist das Thema dieses Buches. Die Geschichte dreht sich um eines der größten Rätsel der Menschheit.
Eine Reise führte mich dort hin. Ich habe meine kleine Heimatstadt verlassen um der Sagenumwobenen Legende auf den Grund zu gehen, die besagt, dass dort alle Lebensgeschichten aller Menschen niedergeschrieben sind; allerdings nur von denjenigen, die sich aufmachen, um danach zu suchen.
Eben das habe ich getan. Und dies ist es, was ich gefunden habe.

Dieses Buch liegt in deutscher und englischer Fassung vor.

Menschen, die dieses Buch gelesen haben:

"Ein interessantes Buch. Wer will, findet die Antwort auf die Frage: Wie viele Leben hat ein Mensch?"
Günther Prinz, Publizist, ehemaliger Chefredakteur der 'Bild', Deutschland

"Da steht also mein ganzes Leben auf einem Palmenblatt in Madras. Dieses Buch hat mein Verständnis von Raum und Zeit grundlegend verändert."
Fritz Bloomberg, Ex-Vizepräsident Burda Media, New York

"Ein außergewöhnliches Lesevergnügen, das meine Sicht auf die Welt verändert hat."
Gregor Tessnow, Schriftsteller und Drehbuchautor

Stille Nacht, Heilige Nacht

Erinnerungen an einen Heiligen Abend
in den letzten Tagen des zweiten Weltkriegs

eine Kurzgeschichte

Diese Geschichte
liegt in deutscher und Englischer Fassung vor.

Über das Buch:

1943. Es ist Weihnachten. Schon damals schrieben Kinder
Tagebücher, um die unfassbaren Erlebnisse, die in Worten kaum
wiederzugeben sind, festzuhalten. Die ältere Schwester von
Antonia Katharinas Mutter ist neun Jahre alt, als sie durch ihre
kindlichen Augen die Ereignisse einer Nacht beschreibt, die tiefe
Eindrücke hinterlassen und niemanden unberührt lassen. Eine
wunderbare Erinnerung daran, in was für friedlichen Zeiten wir
heute leben dürfen.

Über die Autorin:

Antonia Katharina Tessnow ist die Tochter einer ehemals
ostpreußischen Familie, die nach dem ersten Weltkrieg nach
Deutschland kam. Ihre Großeltern ließen sich in Berlin nieder,
mussten jedoch aus der Stadt fliehen, nachdem ihr Wohnhaus im
letzten Jahr des zweiten Weltkrieges zerbombt und komplett
zerstört wurde. Viele Jahre später kehrten sie nach Berlin zurück.
Obwohl Antonia Katharina dort geboren ist, fühlte sie sich in
dieser Stadt jedoch nie heimisch. Heute lebt sie auf dem Lande am
Rande der Mecklenburgischen Schweiz.

Weiß Du,
was Du mit Dir trägst?

Eine Entscheidungshilfe
für Tattoo und Motiv

Was für Wirkungen auf Dich und welche Auswirkungen auf Dein Leben kann eine Tätowierung haben? Wie weitreichend können Veränderungen, wie tief Seelenschmerzen sein, die eine unbedachte Tätowierung möglicherweise mit sich bringt? Wie wichtig sind die Auswahl des Motivs und des Tätowierers?

Antonia Katharina Tessnow ging durch die dunkle Erfahrung einer vorschnellen Entscheidung und obendrein eines schlecht gestochenen Tattoos. Fast zwei Jahre ihres Lebens kostete sie die Wiederherstellung ihres Armes, für den sie sich täglich schämte. Ihre Leidensgeschichte beschrieb sie in dem ersten Teil des Buches 'Tattoo - Laser - Cover Up - Wenn der Traum zum Albtraum wird'. Für alle, die hoffentlich nicht vor dem Lasern und Covern stehen, sondern vor der einmaligen Entscheidung zu einer neuen Tätowierung, veröffentlicht sie nun den erweiterten und überarbeiteten zweiten Teil und bietet damit allen Tattoo-Freudigen einen Ratgeber und eine Entscheidungshilfe.

‚Frage Dich, was Du mit Dir tragen willst, bevor Du Dir mit einer falschen Entscheidung eine Bürde auflastest, die Du zu tragen nicht vermagst.‘

HAIR

Alles über alternative Haarpflege

HAIR - Alles über alternative Haarpflege, ist ein heilpraktisches Sachbuch. Es gibt in den einleitenden Kapiteln einen Überblick über die Inhaltsstoffe in herkömmlichen Shampoos und Duschgels und wie schädlich synthetisch hergestellte Chemikalien in der täglichen Anwendung auf Haut und Haaren sind. Des weiteren wird auf die Langzeitschäden eingegangen, die sich durch den dauerhaften und wiederholten Kontakt mit diesen Chemikalien ergeben können.

Der Hauptteil des Buches zeigt Alternativen zu herkömmlichen Produkten auf, die leicht umzusetzen und anzuwenden sind. Es wird auf komplizierte Anwendungstechniken verzichtet und ganz gezielt die Einfachheit der Methoden betont und in den jeweiligen Anwendungsbeschreibungen dargelegt. Alle alternativen Methoden zur Haut- und Haarreinigung sind von mir persönlich im Selbstversuch getestet, für jeden Interessierten leicht nachvollziehbar und die entsprechenden reinigenden Substanzen leicht erhältlich.
Im letzten Teil des Buches wird auf die Lebensweise, die Ernährung, Öle, Haarbürsten und Tipps und Tricks eingegangen, die langfristig und nachhaltig für gesunde und volle Haare sowie für gesunde, vitale und frische Haut sorgen.

Ziel dieses Buches ist es, das Bewusstsein für den Umgang mit unserem Körper, unserer Umwelt und damit unserer Gesundheit zu schärfen.

Winston

Eine Pferdebuch-Trilogie für Jugendliche

Da Antonia Katharina selbst viele Jahre als Berufsreiterin tätig war, greift sie hier auf einen langjährigen Erfahrungsschatz zurück und veranschaulicht die Welt der Pferde für jeden Leser so realistisch und wirklichkeitsnah, dass man meint, selbst am Geschehen Teil zu nehmen. Ein Pferdeleben, wie es authentischer nicht beschrieben werden kann.

Winston Band I

Ein Fohlen erblickt die Welt

'Da steht er nun. Seine Beine sind viel zu lang für seinen kleinen Körper. Er versucht sich mühsam in der Koordination seiner Bewegungen, die anfangs nur bedingt gelingen. Das Fohlen macht seine ersten Gehversuche und stakst dabei durch das Stroh wie ein Storch durch den Salat.
Es ist wackelig auf den Beinen. Das Neugeborene drückt seinen Körper fest an den seiner Mutter, um stehen zu bleiben und nicht umzukippen. Die Stute bleibt regungslos stehen und wartet, schaut ihr Fohlen an und wagt nicht, sich zu bewegen, sondern bietet mit ihrem großen, ausgewachsenen Körper dem Kleinen Stütze und Orientierung.'

Winston Band II

Die große Show

'Ich wünsche mir aus tiefstem Herzen, dass der Ort, an dem ich bin und alles andere mein Leben lang so bleiben wird wie in diesem Sommer. Das alte Gestüt, in all seiner Stille, entwickelte sich zum unvergesslichen Ort meiner Sehnsucht. Hier will ich sein. Hier gehöre ich her. Und in meinen stillen Augenblicken gibt es nichts, was mir fehlt.

Zwar weiß ich, dass es für die Menschen hier darum geht, Geld zu verdienen, Erfolg zu haben, die Pferde ordentlich auszubilden und teuer zu verkaufen. Doch für mich geht es um den Geruch von frischem Stroh, wenn ich morgens in den Stall komme; um das Glück, das mich durchströmt, wenn ich meine Fohlen auf die Weide lasse; um die Sehnsucht in Winstons Augen, um die warme Sommerluft an lauen Abenden und den unendlichen Frieden, der über den Weiden liegt.

So gingen die Tage ins Land. Alles verlief ruhig. Bis zu jenem Tag, als etwas geschah, was diese Stille durchbrach.'

Winston Band III

Nichts ist unmöglich

'Mein Winston. Niemals hätte ich gedacht, dass man so eine tiefe und innige Beziehung zu einem Pferd haben kann. Dass man sich mit einem Tier so gut verstehen, so klar die Gefühle und Gedanken des anderen erfassen kann; und das alles ohne Worte. Ja, dass man ein Zusammengehörigkeitsgefühl entwickeln kann und eine Nähe, wie das bei uns der Fall ist und das manche Menschen mit allen Worten der Welt niemals herzustellen in der Lage sein werden.'

Kelten Kalender

Terminplaner
mit Baumkreis und Mondstand

jedes Jahr neu!

Das Keltentum ist seit jeher Quelle geistiger und seelischer Inspiration. Jeder, der sich zu der Geschichte, den Philosophien und der Lebensweise unserer Urahnen hingezogen fühlt, spürt in sich meist auch eine tiefe Verbundenheit mit der Natur. Immer mehr Menschen spüren eine große Sehnsucht nach eben dieser Verbundenheit, die über die Jahrhunderte hinweg, durch Überlagerung moderner Glaubenssätze, verloren ging.

Dieser Kalender soll dazu beitragen, dass das wunderbare Gefühl der Naturverbundenheit wieder zum Leben erwacht und sich weiter vertieft. Aus diesem Grund wird hier auf die alten keltischen Feiertage und den keltischen Baumkreis zurückgegriffen und damit auf uraltes Wissen, das aus einer Zeit hervorging, in der sich die Menschen noch als einen Teil der Natur wahrnahmen. Möge dieser Kalender ein wenig von dem alten, geheimnisvollen Wissen unserer Urahnen wachrufen und in unsere Erinnerung zurückholen; und wir damit in der Lage sein, das ursprüngliche Wissen unserer Vorväter, der Kelten, anzuzapfen.

Tattoo – Laser – Cover Up

Wenn der Traum zum Albtraum wird

Sowohl das Tätowieren als auch das Lasern ist nicht nur ein Eingriff in deinen Körper, sondern auch in deine Persönlichkeit und dem daran gekoppelten Gefühl, dir selbst gegenüber. Tätowieren verändert einen Menschen; mitunter hat diese Veränderung weitreichende Folgen und hinterlässt tiefe Spuren in deiner Seele. Festzustellen, dass dir das langersehnte Tattoo nicht gefällt oder gar misslungen ist, ist zudem eine schmerzliche Erfahrung, für die es wenig Helfende und Mitfühlende gibt.

Dieses Büchlein soll nicht nur eine Hilfestellung für Betroffene sein, sondern auch die Gedanken derer anregen, die mit der Idee spielen, sich unter die Nadel zu legen. Nicht nur meine eigenen Erfahrungen rund um das Thema Tattoo – Laser – Cover Up sind hier offengelegt, sondern es wurde auch ein Blick in all die Seelenschmerzen und inneren Qualen gewährt, die mit solchen Erfahrungen verbunden sind.

Jede Krise enthält eine Chance, weswegen die Chinesen dafür ein und dasselbe Wort verwenden. Die Chancen dieser Krise sind die daraus entsprungenen, weiterführenden und sehr hilfreichen Gedanken sowie all die wichtigen Überlegungen zum Tätowieren allgemein, die dir hoffentlich helfen mögen und die du unbedingt anstellen solltest, *bevor* du eine Entscheidung triffst, die dich in jedem Fall für dein Leben zeichnen wird.

Bildkalender

*Jeder Kalender ist jeweils als Tischkalender
und in den Größen
DIN A4, DIN A3 und DIN A2 erhältlich*

Bolonka Zwetna Wandkalender

Die kleinen Bolonka Zwetna, auch Zarenhunde genannt, erfreuen sich immer größerer Beliebtheit. Nun gibt es neben Büchern, kleinen Ratgebern und Terminplanern endlich auch einen Bildkalender, auf den schon so viele Bolonka-Fans gewartet haben.

Bolonka Zwetna Baby-Kalender

Neben den beiden Bolonka Zwetna Bildkalendern und den informativen und liebevoll gestalteten Terminplanern, vervollständigt Antonia Katharina Tessnow ihr Repertoire nun mit einem Bolonka Babykalender. Der Kalender ist ebenso liebevoll, bezaubernd und anrührend gestaltet, wie ihre vorhergehenden Publikationen, womit sie ganz ihrem Stil treu bleibt.

Impressionen aus Indien

Seit je her Faszination, Anziehung und Mystik in der reinsten Form. Ob die Schönheit der Landschaft, die geheimnisvollen Zeichen an historischen Bauwerken oder die uralte, herausragende Architektur des Landes - ein paar Blicke lohnen sich; die Eindrücke, die sie im Herzen hinterlassen, bleiben. Für immer.

Momente der Vergänglichkeit

Manche Momente möchte man gern festhalten, einige Augenblicke nie loslassen und für immer in unser Gedächtnis einbrennen. Dieser Kalender ist eine Sammlung wundervoller, feuriger und mystischer Momente, wie sie das Jahr uns schenkt.

Teltow, Abseits der Straßen

Teltow ist nicht nur ein Ort von Kunst und Kultur, moderner Innovationen und außergewöhnlichen Veranstaltungen; Teltow ist mehr! Dort, wo der Lärm aufhört und die Stille einkehrt, tun sich malerische Landschaften auf, die - je nach Tageszeit - in stimmungsvolles Licht getaucht, den Betrachter jedes Mal aufs Neue in seinen Bann ziehen.

Natur-Paradies Mecklenburgische Schweiz

Die Nostalgie der vorpommernschen Landstriche, die immer ein wenig Sehnsucht weckt, spiegelt sich ganz besonders in der Mecklenburgischen Schweiz, von der gesagt wird, es sei eines der letzten Paradiese unserer Zeit. Hier gibt es sie noch: die unberührte Natur und die ursprünglichen Landschaften, über denen der Himmel endlos erscheint.

Astro Kalender

Terminplaner mit

Planetenumlaufbahnen, Mondstände und Blanko-Chart
für das eigene Horoskop

jedes Jahr neu!

Der Astro-Kalender dient als Wegweiser durch das Jahr und spricht nicht nur Astrologen, sondern auch alle Naturverbundenen an, die zu den Gezeiten und dem Umlauf der Gestirne eine Verbindung spüren. Somit dient dieser Kalender sowohl Hobby-, als auch professionellen Astrologen, die in ihrer Arbeit auf die Planetenstände und Sternzeitberechnungen der Ephemeriden zugreifen, als Leitfaden durch das Jahr. Zu Beginn ist ein Blanko-Radix eingefügt, um die persönlichen Sternstände oder ein entsprechendes Wunsch-Horoskop eintragen zu können. Weiterführend sind die Verläufe der einzelnen Planeten graphisch dargestellt und somit visuell auf einen Blick einsehbar. Zudem sind vor jedem Monat die entsprechenden Ephemeriden gelistet, sodass man den astronomischen Jahresverlauf immer bei sich hat. Der Übertritt der Sonne sowie des Mondes in die einzelnen Zeichen ist direkt an den entsprechenden Tagen im Kalender eingetragen. Möge dieser Kalender Hilfe und Erleichterung sein und all jenen nützen, die rund ums Jahr die planetarischen Einflüsse, denen wir unterworfen sind, im Blick haben möchten, um ihr Gespür auf diese Weise noch mehr zu verfeinern suchen und bisher auf umständliche Methoden der Sternzeitberechnungen zurückgreifen mussten.

Bolonka Zwetna Kalender

Terminplaner

Jedes Jahr aktuell!

Jeder Mensch, der sich Hunden verbunden fühlt, spürt in sich meist auch eine tiefe Verbindung zur Natur, denn die Vierbeiner tragen einen großen Teil dazu bei, dass wir Hundemenschen uns viel draußen aufhalten, dem Wind und Wetter trotzen und auch unter widrigsten Umständen das Haus verlassen.

Dieser Kalender soll dazu beitragen, dass sich das wunderbare Gefühl der Naturverbundenheit noch weiter vertieft. Aus diesem Grunde wird hier nicht nur auf die neu-christlichen, sondern auch auf die alten, keltischen Feiertage zurückgegriffen und damit auf uraltes Wissen, das aus einer Zeit hervorging, in der sich die Menschen noch als ein Teil der Natur wahrnahmen.

Des Weiteren sind die Mondstände in den einzelnen Zeichen angegeben, die Sonnenzeichen, d.h. die Sternzeichen, vermerkt und 12 kleine Themen umrissen. Es ist jeweils der genaue Tag des Übertritts der Sonne in das neue Zeichen angegeben, wie er in den Sternzeitberechnungen angegeben ist und der von Jahr zu Jahr ein klein wenig variieren kann.

Möge dieser Kalender jedem Hundebegeisterten ein paar neue Einblicke geben, sowohl in den praktischen Umgang mit dem Hund, als auch in die Seele dieser wundervollen Wesen, die ein jedes Leben um ein vielfaches bereichern.